Читайте романы
примадонны иронического детектива
Дарьи Донцовой

Дарья Донцова

Три мешка хитростей

Москва
ЭКСМО
2003

ИРОНИЧЕСКИЙ ДЕТЕКТИВ

УДК 882
ББК 84(2Рос-Рус)6-4
Д 67

Разработка серийного оформления
художника *В. Щербакова*

Донцова Д.А.
Д 67   Три мешка хитростей: Роман. — М.: Изд-во Эксмо,
2003. — 384 с. (Серия «Иронический детектив»).

ISBN 5-04-008789-6

Ох, не доведет до хорошего моя доброта!.. Но ко мне как магнитом
притягиваются различные преступления. Вот и на этот раз, стоило
только поговорить с незнакомой девушкой, как через несколько минут
ее машина вместе с владелицей просто-таки взлетела на воздух! Перед
смертью Полина Леонова успела рассказать, что дома ее ждет парализованная сестра. Я, конечно же, помчалась к Полине домой, но дверь
оказалась открытой, а сама квартира пустой. Тут и раздался телефонный
звонок. Неизвестный, явно спутав меня с Леоновой, сообщил, что
Настя похищена, а в обмен на ее жизнь я должна вернуть то, что взяла.
Не могу же я, Виола Тараканова, бросить несчастную сироту. Да, ну и
в историю я влипла!

УДК 882
ББК 84(2Рос-Рус)6-4

Три мешка хитростей

роман

ИРОНИЧЕСКИЙ ДЕТЕКТИВ

ГЛАВА 1

Каким должен быть идеальный муж? Ответ известен: слепоглухонемой капитан дальнего плавания. И хотя мой муж Олег великолепно слышит, прекрасно видит и вполне, когда захочет, бодро разговаривает, у него очень много общего с идеалом. Дома он практически не бывает, а если все же иногда заглядывает на огонек, то, быстро-быстро съев за один присест завтрак, обед и ужин, сонно моргает глазами и вяло бормочет:

— Ну, Вилка, теперь рассказывай, как у тебя дела?

После этих слов он словно сомнамбула бредет, пошатываясь, в спальню, рушится на кровать и проваливается в объятия Морфея. Далее его следует аккуратно раздеть и утащить куда подальше сотовый телефон и пейджер, потому что противный писк данных благ цивилизации моментально будит измученного супруга. Заслышав ноющий звук, муж разом садится и совершенно бодро сообщает невидимому собеседнику:

— Куприн. Да, да, да...

Как правило, после этого он мгновенно одевается, хватает ключи от машины и, заглотив на пороге чашечку кофе, мигом испаряется. Иногда в нем все же просыпается совесть, и муженек, уже стоя у лифта, сообщает:

— Вилка — ты лучшая из жен, в воскресенье обязательно сходим в зоопарк.

Я киваю и смотрю с балкона, как его весьма потрепанная красная «девятка» рывком стартует с места. При этом великолепно знаю, что ни в какой зоопарк, кино или ресторан в очередные выходные дни мы не пойдем, потому что в воскресенье или субботу у него на работе опять что-нибудь приключится...

Мой муж, Олег Михайлович Куприн, работает в милиции, сидит в известном здании на Петровке, 38 в кабинетике размером со спичечный коробок. В комнатенке с трудом помещаются письменный стол, два стула и ужасающий допотопный сейф, выкрашенный бордовой краской. Этот железный ящик стоит очень неудобно, и, чтобы пролезть на рабочее место, Олегу приходится протискиваться в узенькое пространство, что с его объемистым брюшком не так-то просто. Мой супруг любит пиво, а из крепких напитков предпочитает коньяк, впрочем, принимает он горячительное в гомеопатических дозах. Это обстоятельство сыграло не последнюю роль в том, что я, будучи в весьма зрелом возрасте, согласилась выйти за него замуж. Дело в том, что мой отец и мачеха были самозабвенными запойными алкоголиками, и связывать свою жизнь с человеком, который прикладывается к бутылке, я категорически не желала.

Долгие годы я, Виола, жила вместе со своей подругой Томочкой Поповой в крохотной двухкомнатной хрущобе. Судьба сложилась так, что никакого образования у меня нет. Хотя это не совсем так. То есть диплома о высшем образовании у меня нет, но немецкую спецшколу, как их называли в семидесятых годах, я окончила с золотой медалью. За десять лет обучения у меня просто не было ни одной четверки. После десятого класса я поступила в институт, но успела поучиться только на первом курсе. В автомобильной катастрофе погибли родители Томочки, воспитывавшие меня после смерти мачехи, пришлось идти на работу, причем, не имея профессии, основную часть времени я проводила с тряпкой и шваброй. Потом одна из наших соседок, мать-одиночка Наташа, крайне необеспеченная женщина, зная, что я отлично владею немецким, предложила мне стать репетитором своего сына, отпетого двоечника Темы. Я отказывалась, как могла. Своих детей нет, и, честно говоря, не слишком люблю подростков. Но Наташка так долго и упорно упрашивала, предложила сто рублей за урок, а заниматься было необходимо два раза в неделю. Быстренько умножив сто на два, а потом двести на четыре, я получила восемьсот рублей и тут же согласилась, сказав ей при этом:

— Извини, попробую в первый раз. Не обессудь.

Наташа радостно ответила:

— Ничего, ничего, не боги горшки обжигают.

Неожиданно дело пошло, да еще как пошло. Ученики теперь записываются в очередь. Трое, дети из более чем обеспеченных семей, платят по десять долларов за урок, остальные дают по сто рублей за час. Мне даже пришлось кое-кому отказать, потому что физически не могла охватить всех желающих. До сих пор удивляюсь, почему после моих занятий ребята начинают получать пятерки? Никаким методикам я не обучена. Но факт налицо: двоечник, попавший в мои руки, через год выходит на твердую четверку и лихо расправляется с любыми грамматическими упражнениями.

Мы с Томусей с трудом вылезли из нищеты и даже съездили отдохнуть на Азовское море. Но потом в нашей тихой и размеренной жизни двух старых дев случился фейерверк невероятных событий. Не буду их здесь пересказывать, скажу только, что Томочка вышла замуж за весьма преуспевающего бизнесмена Семена Андреевича Попова. Ей даже не пришлось менять девичью фамилию. В придачу к супругу она получила и дочку, тринадцатилетнюю Кристину. Есть у нас теперь собачка неизвестной породы по кличке Дюшка и кошка Клеопатра. Обеих мы нашли в мусорном бачке возле своей хрущобы. Киска оказалась не из стеснительных и через пару деньков родила сыночка: маленького, рыженького котенка, который превратился сейчас в громадного, толстого, ленивого котяру. Мы пытались подобрать ему кличку, но ни одна как-то не приживалась, пока в один прекрасный момент Кристина не воскликнула:

— Чего мучаться? Его же все зовут Сыночек.

На том и порешили.

Я не зря употребляю все время местоимение мы. Дело в том, что Семен купил для своей семьи, а ее членами он считает всех вышеперечисленных, в том числе и меня, две квартиры на одной лестничной клетке: четырехкомнатную и двушку. Теоретически между ними существует дверь, но практически я заперла ее только один раз, когда заболела гриппом.

Через некоторое время я вышла замуж за Олега, и он переехал к нам. Получилась большая коммунальная квартира, но всем это нравится. Впрочем, Семен и Олег практически не бывают дома, а мы с Томочкой, прожив всю жизнь вместе, не представляем, как можно существовать раздельно. Впрочем, я тоже редко проводила время в кресле у телевизора. Но сейчас на дворе лето, дети разъехались кто куда, и я со спокойной совестью проводила время в праздности, занимаясь своим любимым делом — чтением детективов. В нашей новой квартире одна из стен целиком занята стеллажами с книгами Агаты Кристи, Нейо Марш, Джоржетт Хейер и, конечно, российских авторов, вернее авторш, потому что криминальные романы, выходящие из-под пера мужчин, мне не слишком нравятся: очень уж они кровавые, да к тому же изобилуют сексуальными сценами, читая которые я невольно краснею и оглядываюсь. Что поделаешь, моя юность прошла в пуританском Советском Союзе, и газету «СПИД-Инфо» могу листать только в гордом одиночестве, и, если кто-нибудь входит в комнату, я тут же бросаю ее за кровать, тогда как пристрастия к детективам совершенно не скрываю.

Моей любви к криминальной литературе в доме не разделяют. Олега раздражают неточности, которые невольно допускают авторши, плохо знакомые с милицейскими буднями.

— Нет, — морщит он нос при виде яркого томика, — извини, это сказки.

Семен тоже весьма равнодушно пробегает мимо

полок. Попову принадлежат несколько газет, пара журналов и радиостанций, поэтому, оказавшись дома, он сразу орет:

— Нет, только ничего напечатанного на бумаге, дайте отдохнуть! Сжальтесь, уберите книги, скомкайте газеты и разрубите топором все говорящие приборы в доме!

Томочка берет в руки только любовные романы. Еще одна стена в нашей квартире забита этими «розовыми слюнями». Меня тошнит от них уже на второй странице, но подруга, затаив дыхание, следит за приключениями любовников. Однажды я не утерпела и, глядя, как она, уставившись в книгу, тащит ко рту вместо чашки с чаем бутылочку клея, сказала:

— Неужели так интересно?

Томуся подняла на меня отсутствующий взгляд, секунду непонимающе смотрела в мою сторону, потом с жаром воскликнула:

— Очень.

— И чего глаза портить, — фыркнула я, — сразу понятно, что Он на Ней женится. Как только тебе подобная дрянь может нравиться?!

Томочка вздохнула и, не отвечая ни слова, вновь уставилась в текст. Подруга на редкость интеллигентна и патологически незлобива, поругаться с ней просто невозможно. Я не помню, чтобы она сказала о ком-нибудь злое слово. Знакомые зовут ее «Бюро неотложных добрых дел», а их у нас наберется сотни три. Кстати, именно благодаря Томочкиной привычке лететь сломя голову всем на помощь я и осталась сегодня дома одна-одинешенька. Позавчера Кристина отправилась на дачу к своей ближайшей подруге Леночке Рыклиной, Семен с головой погружен в издательские проблемы, Олег, как всегда, искореняет преступность. Тамара же унеслась в квартиру этажом ниже, к Маше Родионовой. Она родила девочку и рыдала в телефон:

— Томочка, умоляю, приди! Она такая маленькая, я боюсь ее даже в руки взять!

Почему потерявшая всякий ум от стресса Родионова обратилась к Тамаре, у которой никогда не было грудничков, понять трудно. Но Тома моментально подхватилась и полетела.

— Чем ты ей поможешь? — попробовала я остудить пыл подруги.

— Ерунда, — отмахнулась та, — сейчас куплю в магазине пособие по уходу за новорожденными.

Клюнув меня в щеки, она выскочила к лифту, крикнув по дороге:

— Скажи Сене, что чистые рубашки в шкафу!

Я только вздохнула. Наши мужья еще те кадры: если не обнаружат на привычном месте нужной одежды, им в голову могут прийти нестандартные решения. Однажды Семен на моих глазах принялся распаковывать пакет.

— Новую рубашку купил? Красивая, — одобрила я, — только зачем тебе опять белая? Их в шкафу и так штук тридцать!

— Понимаешь, Вилка, — вздохнул Сеня, — они куда-то пропали.

— Как это? — удивилась я. — Вчера Тома гладила их весь вечер.

— Нету, — разводил руками приятель, — исчезли.

В полном недоумении я распахнула шкаф. Рубашек там, действительно, не было.

— Ой, — вскрикнула Тамара, — случайно повесила в свое отделение. Сеня, ну почему ты соседнюю дверку не открыл?

— Зачем? — удивился Семен.

— Ну поискал бы там свои рубашки...

— Да? — протянул Сеня. — Наверное, ты права, а я подумал, что их выкинули, и купил новые.

У Олега свои особенности. Не далее как позавчера Томуся обнаружила его на кухне, где он самозабвенно поедал отвратительный китайский суп из пластиковой упаковки.

— Дай сюда, — возмутилась Томочка, — зачем всякую дрянь в желудок засовываешь?

— Так больше ничего нет! — преспокойненько ответил Олег.

— Как это? — удивилась Тома. — Смотри, в холодильнике печенка со сметаной, картошка, грибной суп...

— Да? Но ведь это все греть надо, — протянул наш майор, — а лапшу залил кипятком, и готово!

— Ясно одно, — говорила мне вечером Томуся, — мужья погибнут без нас, как цветы в пустыне. Один будет все время покупать новую одежду, пока не разорится, а другой скончается в голодных муках возле набитого едой холодильника: дверцу-то еще открыть нужно!..

При этом и Сеня, и Олег весьма удачно занимаются своим делом, впрочем, по большому счету, их ничего, кроме работы, не интересует. Таких ненормальных называют трудоголиками.

Оставшись одна, я пошаталась бесцельно по квартире. Следовало убрать комнаты, но было лень. И вообще, зачем гонять пыль с места на место? Какое-то крайне непродуктивное занятие: завтра она опять осядет на телевизоре и на полках... Ну зачем зря тратить силы? Тем более что Сеня и Олег все равно ничего не замечают, а тяга к порядку совершенно не является отличительной чертой моего характера. Лучше съезжу-ка я на Каретный Ряд. Там находится фирменный магазин одного из московских издательств, где меня, постоянного покупателя, встречают с распростертыми объятиями.

Лето в этом году выдалось дождливое. Натянув джинсы и футболочку, я прихватила зонтик и поехала в центр. Любимая торговая точка на этот раз порадовала сразу девятью новинками. Набив сумку доверху, я вышла из магазина и бездумно двинулась по улице по направлению к метро «Тверская». Вдруг из огромной темно-серой тучи, нависшей над городом, блеснула молния, раздался раскат грома, и на асфальт сначала упали тяжелые редкие капли, а затем обвалился тропический ливень. Взвизгнув, я влетела в небольшой продуктовый магазинчик и встала у витрины.

Внутри оказалось полно народу. Теперь, когда

продуктами не торгует только ленивый, редко в каком месте встретишь такое количество жаждущих сыра. Впрочем, было в этой толпе покупателей что-то странное. Вся она состояла сплошь из потных женщин с огромными красно-белыми баулами в руках. Две продавщицы, стараясь быстро и ловко обслужить клиентов, крутились, словно игрушечные зайчики, снабженные батарейкой «Энерджайзер». Я невольно вслушалась в их разговор с покупательницами и удивилась: очень уж странно они объяснялись.

— Теперь кофе, — пробормотала стоявшая у прилавка баба.

— Только 250 граммов в пластиковой коробочке.

— Хорошо, сахар.

— Один килограмм, только песок, рафинад не положен.

— Еще карамель.

— Два кило, обертки разверните и бросьте в урну; кстати, бульонные кубики тоже разденьте!

Я разинула рот. Но баба послушно отошла к окну и принялась освобождать «Гусиные лапки» от одежды. Во мне проснулся интерес. Зачем она производит эти дурацкие действия? Но следующая покупательница выполнила еще лучший номер. Получив блок «Золотой Явы», дама принялась потрошить красивые аккуратные пачки. Сигареты она укладывала в простой полиэтиленовый пакетик. Третья тетка самозабвенно вытряхивала спички из коробков, потом отодрала от крышек «чиркалки» и сунула их к деревянным палочкам с разноцветными головками. Тут уж я не утерпела и поинтересовалась у продавщицы, тоскующей в винном отделе:

— Это что, клиенты из психиатрической лечебницы, осуществившие массовый побег?

Но женщина даже не улыбнулась. Она поглядела на меня неумело подмазанными выпуклыми глазами и ответила:

— Не надо смеяться: от сумы и от тюрьмы не зарекаются. Видите вон тот желтый дом?

Я кивнула.

— Это Петровка, 38, а за железными воротами — их следственный изолятор, его с улицы не видно. Посадят человека, а родственники, в основном матери и жены, бегут к следователю и узнают, что им можно из продуктов передать. Ну и к нам... Мы уже все их правила изучили: ничего в железе и стекле нельзя, сигареты без пачек, россыпью, чай без упаковки, шоколад и конфеты без оберток... Так весь день и консультируем, даже ассортимент специфический подобрали.

Я растерянно глянула в окно. Пару раз заходила к Олегу на работу. Собственно говоря, мы и познакомились с ним в его кабинете на Петровке. Но проходила я всегда через центральные ворота, на боковую улочку не заглядывала. Так вот оно что — там следственный изолятор. Конечно, должны же арестованные где-то находиться, и у многих из них есть родственники, переживающие за судьбу непутевых сыновей, мужей и внуков. Впрочем, небось там и женщин полно.

— Вот уж горе так горе, — не успокаивалась продавщица, — заведующая даже аптечку завела: кое-кому плохо бывает, сердце прихватит или давление подскочит. У нас в магазине люди пару раз в обморок падали. Вон, посмотрите на ту, второй час стоит, уж гляжу на нее, гляжу, боюсь, сейчас рухнет.

Я проследила взглядом за ее рукой и увидела в самом углу кафетерия, у высокого круглого стола девушку с лихорадочными красными пятнами на лице. Глаза незнакомки тоже покраснели, нос распух, время от времени она вытаскивала бумажный платок, промокала слезы, но они опять цепочкой бежали по щекам.

Острый укол жалости пронзил мне сердце. Кто у нее там? Муж? Брат? Отец?

— Ой, бедолага, — вздыхала продавщица, — небось денег совсем нет: пустой кофе выпила, а сахар не в стаканчик положила, а так сгрызла. Есть, наверное, хочет, а купить не на что. Может, из провинции приехала...

Внезапно я приняла решение и подошла к девушке.

— Простите, могу я вам чем-то помочь?

Молодая женщина опять вытерла лицо и ответила:

— Нет, спасибо.

— А все-таки, — настаивала я.

— Нет, нет, не беспокойтесь.

— Ничего себе, вы плачете здесь уже второй час. Может быть, нужны деньги? Возьмите, тут пятьсот рублей. Немного, конечно, но, может, хоть на что-то хватит!

Внезапно девушка печально улыбнулась.

— Вы рискуете, протягивая деньги незнакомому человеку. Вдруг возьму? А потом не верну...

Я спокойно ответила:

— Даю вам эту не слишком крупную сумму просто так, без отдачи. По своему опыту знаю, как плохо без денег.

Собеседница вздохнула:

— Спасибо, но у меня с финансами полный порядок, вот только...

Она замолчала.

— Только что? — тихо спросила я.

— Смелости не хватает, — вздохнула девушка, — надо бы перейти через дорогу и войти вон в то милое заведение, но, увы, никак не соберусь с духом.

— Очень надо на Петровку? — осторожно поинтересовалась я.

— Похоже, да, — пробормотала собеседница, — мне даже бумажку дали.

Она постучала по столику картонным прямоугольничком, похожим на визитную карточку.

— Что за бумажка? — полюбопытствовала я.

— Да ведь милиционеры теперь известно какие, — вздохнула девушка, — взяточники и негодяи. Вот приятели и посоветовали одного — Куприн Олег Михайлович. Говорят, денег не берет, дурак, наверное.

— Никакой он не дурак! — возмутилась я. — Если есть проблемы, идите смело, обязательно разберется.

— Вы его знаете?

— Да. Ступайте, не бойтесь.

— У меня дело очень щекотливое, непростое.

— Разберется.

Девушка глянула на меня:

— Спасибо, пожалуй, и впрямь пойду, прощайте. Кстати, меня зовут Полина.

— Очень приятно, Виола. Да, когда заглянете в кабинет к Куприну, передайте привет от Виолы, тогда он будет с вами еще более любезен.

— Спасибо, — повторила Полина, — и пора, наверное, а то у меня дома сестра сидит одна, инвалид она. Обычно так надолго не оставляю, а тут вот пришлось. Ну, я пошла.

Она помахала мне рукой, выскользнула из магазина, приблизилась к припаркованной у тротуара небольшой машине, кажется, «пятерке» цвета спелого помидора, села на место водителя, захлопнула дверцу, и в ту же секунду раздался невероятной силы взрыв.

ГЛАВА 2

Сначала в небо абсолютно тихо взметнулся столб огня и дыма, потом послышалось оглушительное «бум». За моей спиной зазвенели бутылки, покупательницы и продавщицы оглушительно заорали, на улице завыли сигнализациями машины. Большие стекла витрин магазинчика задрожали и абсолютно беззвучно обвалились. Дождь мелких осколков осыпал меня с головы до ног. В нос сразу ударил запах гари, бензина и чего-то отвратительного, больше всего похожего на аромат пережаренного мяса.

На противоположной стороне Петровки остановился троллейбус, водитель выскочил и принялся поливать бушующий кошмар пенной струей из огнетушителя. К нему присоединились еще несколько шоферов. Оказывается, многие москвичи послушно следуют правилам и возят в багажниках средства противопожарной безопасности.

Но огонь полыхал вовсю. Наконец, истошно воя,

примчалась красная машина и пришли четыре милиционера. Им даже не понадобился автомобиль. Инцидент случился прямо под окнами их конторы.

Поднялась суета. Сначала стражи порядка принялись разгонять зевак. Тетки-покупательницы и продавщицы в магазине, охая, собирали продукты. Повсюду слышался характерный хруст крошащегося стекла. Я отряхнулась, как мокрая собака, осколки дождем брызнули в разные стороны. Хорошо еще, что волосы у меня пострижены короче некуда, и в них ничего не запуталось. Зато под футболкой что-то нещадно кололось и царапалось. Пришлось идти в местный санузел и стягивать ее. Зрелище впечатляло. Вся верхняя часть тела была в порезах, а из футболки, которую я трясла над унитазом, сыпались мельчайшие крошки стекла, только что бывшие частью большой витрины, возле которой я стояла в момент взрыва.

Кое-как приведя себя в порядок, я вывалилась в торговый зал. В нем остались теперь одни продавщицы, бурно обсуждавшие происшествие. Увидав меня, одна, самая толстая, всплеснула руками.

— Ну и ну, вас словно кошки драли, давайте йодом помажем, у нас есть, а не то идите в «Скорую помощь».

Я глянула в зияющий проем огромного окна. Пожар уже потушили, груда искореженного почерневшего металла — все, что осталось от симпатичных «Жигулей» цвета «помидор», — высилась на проезжей части. Место происшествия уже оцепили, и за красно-белой лентой бродили какие-то люди, руками в резиновых перчатках аккуратно складывающие что-то в полиэтиленовые пакеты. Чуть поодаль стоял фургон «Скорой помощи», а на тротуаре сиротливо валялась полуобгоревшая туфелька, сморщенная и черная.

При взгляде на нее мне стало совсем нехорошо. Сглотнув подступивший к горлу ком, я просипела:

— Не надо врача, ерунда, легкие царапины.

Другая продавщица, та самая, что стояла возле бутылок с водкой, предложила:

— Выпейте кофе.

Я кивнула. Женщина схватила пакетик и моментально развела серо-розовую бурду, мало похожую на благородный напиток. Я поблагодарила, отнесла стаканчик на высокий одноногий стол и увидела там картонный прямоугольничек, тот самый, что вертела в руках так страшно погибшая Полина.

Это действительно была визитная карточка: «Агентство «М. и К°», улица Коровина, дом 7, 9.00—20.00». Внизу шариковой ручкой был написан телефон моего мужа, его имя, отчество, фамилия и стояли слова: «От Леона». Сунув визитку в карман и оставив на столе отвратительный кофе, я вышла на улицу и обратилась к одному из мужиков, стоящих у останков «Жигулей».

— Простите, женщина погибла?

— Нет, — рявкнул тот, — жива, здорова и собирается пробежаться по магазинам!

— Ой, вот отлично, — обрадовалась я, — слава богу! Честно говоря, так расстроилась...

— Ты с крыши упала? — нелюбезно поинтересовался парень в черной классной куртке. — Головушкой об асфальт, да?

— Нет, — недоуменно ответила я, — если вы о царапинах, так это осколками порезало, у витрины как раз стояла, когда бабахнуло.

Мужики уставились на меня во все глаза. Поежившись под их взглядами, я невольно провела рукой по лицу. Неужели так ужасающе выгляжу, что они онемели?

Наконец один из ментов, полный, чем-то похожий на Олега, сказал:

— Кончай базар, ребята. А вы, гражданочка, подумайте, как можно выжить в таком! — И он ткнул коротким толстым пальцем в груду искореженного металлолома.

— Нет, — удрученно ответила я, — значит, несчастная Полина погибла!

— Вы ее знали? — мигом оживился парень в куртке. — Поможете установить личность?

— Нет, просто вместе стояли в магазине, она нервничала и назвала свое имя, а потом вышла, села в машину...

— Понятно, — разом потерял ко мне интерес мент, — ступайте себе домой, ничего интересного тут нет.

— Понимаете, очень волнует...

— Идите, идите...

— Она еще сказала, что дома ее ждет сестра, беспомощный инвалид, вот и...

— Идите по месту прописки, — не дрогнул парень, — без вас разберутся.

— Но...

— Никаких но!

— Между прочим, — вконец рассердилась я, — у меня муж тут работает, на Петровке, майор Куприн Олег Михайлович, слышали про такого?

— Здесь столько народа бегает, — возразил полный мужик, — жизни не хватит всех узнать, ступайте и не мешайте работать.

— Но инвалид, одинокая, беспомощная дама, которая ждет сестрицу...

— Ступайте, выяснят без вас.

— Однако...

— Слышь, Вадим, — не утерпел парень, — давай я ее задержу для установления личности.

— Не надо, — поморщилось начальство, — щас сама уйдет. Слышь, гражданочка, топай отсюда, надоела хуже горькой редьки, инвалид... Ну чего привязалась? Дома небось дети голодные сидят, а ты по улицам шляешься, иди, обед готовь, делом займись, а в чужие заботы не лезь. Ну, брысь!

Сказав последнюю фразу, он топнул ногой. Вне себя от негодования я перешла через дорогу и подошла к телефонной будке.

У Олега в кабинете никто не отвечал. Я набрала другой номер и услышала бодрое:

— Петров.

— Юрасик, здравствуй, это Виола.

— О, — обрадовался приятель, — привет, Вилка.

Юру Петрова я знаю с детства, мы росли в одном дворе, а потом долгие годы, до того как Томочка вышла замуж за Семена, жили в соседних квартирах. У Юрки есть весьма крикливая жена Лелька и двое близнецов — Митька и Петька, приятели нашей Кристины, отчаянные разбойники. Кстати, именно благодаря Юре я познакомилась с Олегом, они работают в одном отделе и сидят в соседних кабинетах.

— Юрасик, подскажи, где Олег?

— По бабам пошел, — заржал приятель.

— Маловероятно, — вздохнула я.

— Почему? — продолжал дурачиться Петров.

— Видишь ли, Олега интересуют только две категории дам. Одна — это те, кто вступил в игры с Уголовным кодексом, а с подследственными он шашни не заводит.

— А вторая? — хихикнул Юрка, — вторая-то, кто?

— Это я, а поскольку его со мной нет, значит, он на работе.

— Не ревнивая ты, Вилка, — завистливо пробормотал Юрка, — прикинь, что бы со мной Лелька сделала, пошути с ней Олежка таким образом.

Да уж, фантастическая ревность и сварливость Лели хорошо известны всем приятелям. В голову ей приходят такие мысли, что Отелло отдыхает. Бедный мавр просто ребенок по сравнению с Лелей. Не далее как неделю тому назад в совершенно случайно выпавший свободный вечер Олег позвал Юрку в баню. Они любят иногда посидеть в парной с веником, а потом оттянуться пивом с воблой. На мой взгляд, не слишком полезное для здоровья занятие. Сколько бы ни твердили медики о пользе пара, ледяного бассейна и массажа, мне все-таки кажется, что, пробыв десять минут в жаре, не следует с разбегу прыгать в холодную воду, запросто можно инфаркт заработать. Правда, Олег уверяет, что подобным образом он снимает лишний вес. Но, по-моему, все сброшенные в парилке килограммы мигом возвращаются к хозяину, когда тот, радостно крякая, принимается за обожаемую «Балтику». Но не лишать же мужика единственной радости в жизни? Тем более что подобные походы они с Юркой могут устроить не чаще, чем раз в полгода.

Пользуются друзья самой обычной банькой, районной и ничем не выделяющейся. Правда, один раз Семен, который терпеть не может париться, сделал друзьям подарок — повел их в Сандуны, в высший разряд. Юрасик и Олег пришли в восторг. Роскошный интерьер, шикарная парная, комфортабельный бассейн, вежливая обслуга, неприятно поразила их только несусветно высокая цена на пиво, а сколько стоит входной билет, Сеня не сказал. Мотивируя свой отказ просто — это мой подарок, а с подарков всегда срезают цену.

Не успели парни расслабиться и прийти в блаженное состояние, как прямо в парную в сапогах, шапочках-масках, камуфляжной форме, с автоматами наперевес ворвался ОМОН и уложил всех присутствующих на пол, лицом вниз.

— Ну, прикинь на минуту, — злился Юрка, рассказывая о произошедшем, — лежим мы голыми жопами вверх, а эти придурки еще не сразу разобрались, кто есть кто. Нет уж, больше в это место бандитского отдыха ни ногой, только в свою баньку: двести рублей сеанс, и пиво недорогое.

Так вот, в четверг они преспокойно попарились, и Юрасик поехал домой. На пороге его встретила Лелька, похожая на персонаж из глупого анекдота.

В руках супруга держала скалку.

— Где ты был? — грозно спросила она мужа.

— В бане, — преспокойно ответил Юрасик.

— В какой?

— В нашей.

— Ах так, — завопила женщина и взмахнула скалкой.

Юрка отнял у жены «оружие» и поинтересовался:

— Лель, ты чего?

— Того, — зарычала ревнивица, — того, что шла сегодня мимо вашей бани, а там объявление висит — «В четверг женский день». С голыми бабами мылись, сволочи, негодяи, сексуальные маньяки...

Юрка побежал назад и на двери увидел записку: «В четверг, 27 июня, в связи с ремонтом будет только женский день». Сорвав бумажку, Юрасик прилетел домой и сунул супруге под нос сорванный с двери тетрадный листок:

— На, гляди, 27 июня! А сегодня только 29 мая!

Лелька нахмурилась, повертела в руках бумажку и осведомилась:

— Ну и кто из твоих приятелей написал данную цидульку?

Успокоилась она только утром, переговорив с заведующей помывочного комплекса.

— Так где Олег? — переспросила я.

— В командировку укатил.

— Юрка, заканчивай идиотничать!

— Не, честное благородное, во Львов, на поезде «Верховина», с Киевского вокзала.

— Ни фига себе, почему мне не сказал?

— Он тебе звонил, звонил, а дома никого, — пояснил Юрка.

— Зачем ему на Украину?

— Тайна следствия не подлежит разглашению, — радостно сообщил приятель.

Я хмыкнула. Если кто из работников соответствующих структур будет говорить вам, что их супруги совершенно ничего не знают о служебных делах мужей, не верьте. Рано или поздно секреты перестают быть тайной. Мне, во всяком случае, удается вытрясти из Олега необходимую информацию без особого труда.

— Да он сам ничего еще с утра не знал, — тарахтел Юрка, — а потом, бац, собрался и уехал.

— Давно?

— Часа три прошло.

Я вздохнула, значит, по мобильному его не достать.

— Юрка, позвони в бюро пропусков и узнай, не ждал ли он сегодня женщину по имени Полина.

— Если ждал, то что?

— Мне нужны ее отчество, фамилия и адрес.

— Зачем?

— Надо!!!

— А говоришь, что не ревнивая, — заржал Юрка, — ну погоди секундочку.

Я услышала, как он разговаривает по внутреннему телефону. Наконец приятель ответил:

— Никакой Полины, и вообще на сегодня он ни одного пропуска не заказывал.

— Ладно, — буркнула я, — вечером созвонимся.

И что теперь делать? Где-то в огромном городе беспомощная женщина осталась одна-одинешенька. Может, она прикована к кровати, хочет есть, пить или ей пора принимать лекарства? Вдруг около несчастной нет телефона, вдруг ей вообще некому позвонить и неоткуда ждать помощи? Впрочем, если бедняга сидит в инвалидной коляске, дело обстоит еще хуже. Сама она не сможет лечь в кровать, правда, от голода не умрет, проедет на кухню, поставит чайник. Ага, это при условии, что ее коляска пройдет в дверной проем. В нашей хрущобе на первом этаже жила обезноженная Алена Груздева, так вот она не могла выехать из комнаты, пока ее брат не снес в квартире почти все перегородки. А на улицу она смогла выбраться, когда в подъезде был установлен специальный настил. Только после этого Алена получила возможность дышать свежим воздухом во дворе дома. И то возникала куча проблем. Вниз она скатывалась без особых трудов, а вот вверх... Приходилось звать на помощь соседей, потому что брат день-деньской сидел на работе. Кстати, Алена и умерла-то потому, что дома никого не было. Она схватилась мокрой рукой за выключатель, ее ударило током, коляска перевернулась, и несчастная Алена оказалась под ней. Если бы в квартире находились люди, ее бы моментально подняли и вызвали врача, но она была одна, и бедняжка умерла, оставшись лежать под инвалидной коляской.

Я вздрогнула, ужасно! Нет, надо немедленно отыскать сестру погибшей Полины, но как?

Да очень просто, поехать в это агентство с дурацким названием «М. и К°», найти Леона и порасспрашивать его. Вряд ли мужчина дал телефон Олега совсем незнакомой тетке. Хотя...

Всунув снова в прорезь автомата карточку, я спросила:

— Юрасик, в вашем отделе есть человек по имени Леон?

— Нет, — довольно сердито рявкнул приятель, — отвяжись, дел по горло.

— Знаешь какого-нибудь Леона? — не успокаивалась я.

— Только Фейхтвангера, — сообщил Юра.

— Кого?

— Великого немецкого писателя Леона Фейхтвангера, кучу романов написал. Ну ты даешь, Вилка, а еще детям язык преподаешь! Надо бы хоть чуть-чуть германскую литературу знать!

— Фейхтвангер тут ни при чем, — обозлилась я, — и потом, он давным-давно покойник!

— Про другого Леона не слышал, — хмыкнул Юрка и отсоединился.

Я пошла к метро. Ну и где эта улица Коровина?

ГЛАВА 3

Оказалось, что в самом центре, возле метро «Кропоткинская». Впрочем, на самом деле данная магистраль была не улицей, а переулком. Он оказался совершенно крошечным, состоял всего из двух домов, причем на первом красовалась цифра «семь». Оставалось лишь недоумевать, куда подевались все предыдущие номера; впрочем, восьмой, девятый и десятый тоже исчезли: на следующем здании — желтом, с белыми колоннами, явно возведенном в начале века, — гордо белела табличка: «Коровина, 11».

Недоуменно пожав плечами, я вошла внутрь жилого дома и увидела целую кучу вывесок. Нотариус, риэлторская контора «Кедр», врач-протезист, оптово-розничный склад... Агентство оказалось на третьем этаже. Лифта в старинном здании, естественно, не было, и я полезла вверх по необъятным лестницам. Предки не экономили на строительстве, высота потолков тут явно зашкаливала за пять метров. Впрочем, коридоры тоже были безразмерными, они изгибались под самыми невероятными углами и извивались, словно змеи. Наконец ноги донесли меня до двери, на которой красовалась вывеска «Агентство М. и К°».

За дверью обнаружилась маленькая комната, в которой размещался небольшой, но элегантно отделанный офис. Красивая серая мебель — два кресла и журнальный столик, а у окна письменный стол с компьютером. Когда я вошла, под потолком что-то звякнуло. Сидевшая у монитора женщина лет шестидесяти, больше всего похожая на бабушку Красной Шапочки, немедленно расплылась в счастливой улыбке.

— Входите, входите, очень рада.

Я двинулась в комнату.

— Садитесь, садитесь, — пела бабуля.

Было в ней что-то невероятно располагающее, уютное, домашнее. Наверное, у каждого в детстве была такая бабушка — ласковая, добрая, надежная защита. Так и представляешь ее на кухне с руками, по локоть перепачканными в муке. Мне вот только не повезло, никаких старушек с песнями на мою долю не выпало, воспитанием занималась мачеха Раиса, не всегда бывавшая трезвой.

Меньше всего я рассчитывала увидеть в конторе подобную женщину.

— Не теряйтесь, голубушка, — успокаивала бабушка, — устраивайтесь поуютней. Чайку? Кофейку?

— Спасибо, не надо, — пробормотала я.

— Надеюсь, вы меня не стесняетесь, — улыбнулась старушка. — Мария Ивановна, а вас как звать, душенька.

— Виола, — ответила я, не называя фамилии.

Дело в том, что от папеньки мне досталась весьма неблагозвучная фамилия — Тараканова. Согласитесь, что не слишком приятно быть Виолой Таракановой. Интересно, какая муха укусила моих родителей в тот момент, когда они регистрировали младенца? Хотя, если учесть, что матушка бросила нас с папенькой, не дождавшись, пока любимой дочурке стукнет три месяца, а папуська не появлялся после моего семилетия не один десяток лет, то удивляться нечему. Впрочем, торжественным именем Виола никто из знакомых меня никогда не называет, обходятся попроще — Вилка!

— Ну, мой ангел, — пела бабуся, — в чем проблема, не сомневайтесь, Мефистофель поймет, и потом, знаете основное условие? В случае, если дьявол не справится, хотя, ей-богу, подобное случается крайне редко, денежки вам вернут, никакого риска — либо исполнение желаний, либо вся сумма опять в кармане.

— Но, — проблеяла я, плохо понимая происходящее.

— Боитесь рассказать о сокровенном желании? — источала мед Мария Ивановна. — Абсолютно зря, я — могила чужих секретов, мы работаем на рынке уже пять лет и имеем великолепную репутацию, кстати, кто вас к нам направил?

Я не успела ответить, потому что дверь распахнулась, и в комнатенку с огромной коробкой конфет под мышкой влетела растрепанная баба в смешном коротком и узком платье.

— Мария Ивановна, — закричала она, кидаясь старушке на шею, — спасибо, большое спасибо, огромное спасибо, а я еще не верила! Все, абсолютно все получилось, дали квартиру, в Крылатском! Комнаты! Кухня! Прихожая! Паркет, санузел раздельный — мечта...

— Вот видите, — ласково запричитала бабуся, — очень хорошо, только, простите, у меня клиент!

Бабища повернулась ко мне:

— Невероятно, поверить невозможно! Столько лет ждали жилплощадь, и ничего, а стоило душу заложить — пожалуйста, месяца не прошло — и готово. Крылатское! Кухня! Комнаты! Санузел раздельный!

— Ангел мой, — нежно проговорила Мария Ивановна, — если хотите, подождите в коридорчике, там стулья стоят...

— Конечно, конечно, — засуетилась баба. — Это вам к чаю.

— Не надо, заберите.

— От чистого сердца, примите.

— Хорошо, — вздохнула Мария Ивановна и положила коробку, на крышке которой пламенел букет тюльпанов, на подоконник.

Посетительница унеслась. Старушка горестно вздохнула:

— Каждый день по три-четыре шоколадных набора приносят, просто ужас! Представляете, что случится с моей печенью, если буду съедать все дары. Но не хочется обижать людей, они искренне выражают благодарность, вот и приходится складировать сладости. Ну да ладно, это ерунда. Так в чем ваша проблема?

Но мне уже стало невероятно любопытно, что это за агентство такое, «М. и К°»?

— Извините, но сначала хотелось бы услышать ваши условия.

— Конечно, конечно, голубушка, только скажите, кто из агентов вас к нам направил?

— Леон.

— Кто? — удивилась бабуся. — Но такого нет.

Она уставилась на меня серо-голубыми холодными глазами, на секунду мне стало не по себе, и я быстро ляпнула:

— Полина.

— Ах, Полечка! Это наш лучший работник, — оживилась Мария Ивановна, — сначала-то не поняла вас, вернее, уж простите старуху, не дослышала, вы хотели ведь сказать Леонова? Полина Леонова, да?

— Да, — кивнула я.

— Великолепно, она, наверное, и карточку дала?

Чувствуя, что все время вляпываюсь в какие-то дурацкие ситуации, настороженно покачала головой:

— Нет.

— Как же так? — изумилась Мария Ивановна, — но она должна была выдать такую штучку...

Старушка повернулась к письменному столу и вытащила из коробочки прямоугольную визитку.

— Есть, есть! — обрадовалась я, вынимая из сумочки кусочек картона. — Только, извините, записала на ней телефон, бумаги под рукой не оказалось.

— Ничего, ничего, — улыбнулась Мария Ивановна, — мне нужен только ее номер, в уголке стоит.

— 96-й, — ответила я.

— Ага, — удовлетворенно кивнула старушка, — значит, вы с ней виделись сегодня утром.

— Откуда знаете? — поразилась я.

— Полечка взяла три карточки, хотела прислать трех клиентов, — мило пояснила бабуся, — номера 95, 96, 97. Значит, увидела вас второй и отдала. Она, конечно, все объяснила.

— Нет, сказала, что вы введете в курс дела.

— Ой, — погрозила старушка пальцем, — ну и хитрюга. Поля всегда досконально растолковывает суть, просто хотите услышать от меня все еще раз. Так ведь?

— Вас невозможно обмануть, — закатила я глаза.

— Значит, душенька...

Изо рта милой старушки полились фразы. Чем больше информации влетало мне в уши, тем ниже отвисала челюсть. Нет, наши люди гениальны, до такого ни один американец не додумается. Нет, им слабо.

Агентство на самом деле называется «Мефистофель и Компания», обращаются в него люди, у которых возникают серьезные проблемы в жизни. В агентстве составляют контракт, который звучит, как цитата из какой-нибудь средневековой книги: «Я, имярек, сдаю Мефистофелю свою бессмертную душу в аренду сроком на полгода и при этом плачу заранее оговоренную сумму за исполнение моего желания. В случае, если Мефистофель не сумеет помочь, все деньги, целиком и полностью, без каких-либо удержаний возвращаются. Если желание исполнилось, деньги не возвращаются. Если клиент пожелает, срок аренды души может быть продлен еще на полгода...» Подписывать сей документ предлагалось собственной кровью, для чего клиенту предоставляли одноразовый шприц в запечатанной упаковке. Несмотря на тесное общение с нечистой силой, сотрудники агентства явно побаивались СПИДа, гепатита и других малоприятных инфекций.

— Что-то я не слишком поняла, — протянула я, — деньги-то зачем? Насколько понимаю, Сатана забирает душу, и с концами!

— Ну кто же говорит о Сатане, — всплеснула руками Мария Ивановна. — Никто никогда не станет связываться с дьяволом, это слишком опасно. Мы имеем дело с Мефистофелем.

— Разве это не одно и то же?

— Нет, конечно. Мефистофель — всего лишь маленький, симпатичный и чрезвычайно алчный чертик. К сожалению, он еще очень молод и не обладает достаточной силой, поэтому не все ему подвластно. Кое-какие желания Мефисто не способен выполнить, и мы, как честные коммерсанты, возвращаем деньги, конечно, терпим убытки, но надо же помогать людям! А вот если Мефистофель сделал нужное дело, тогда денежки идут на выкуп души. Повторяю, Мефисто жаден, с Сатаной так не договориться, тот заграбастает душеньку навеки.

— Как же вы установили связь с адом?

Мария Ивановна улыбнулась.

— Извините, но это наше ноу-хау, разглашать методику не имею права, хозяин просто выкинет меня на улицу. Однако, поверьте, в агентстве работают лучшие медиумы и экстрасенсы.

Я секунду обалдело глядела на нее. Интересно, находятся ли люди, верящие этой старушонке?

— Итак, душенька, какая у вас проблема? Оплата зависит от характера желания.

— Хочу получить высокооплачиваемую работу.

— Это, думаю, Мефисто по силам, — пропела Мария Ивановна, — и всего-то триста долларов. Если через полгода не устроитесь, денежки сразу к вам вернутся.

Ловко, однако, придумано. За столь длительный срок мне скорей всего удастся без всякой помощи со стороны нечистой силы получить место, и три сотни «зеленых» останутся в кармане у хозяев агентства, причем обретут они их без всяких усилий. Впрочем, если служба не отыщется, владельцы конторы тоже ничем не рискуют. Скорей всего у них существует долларовый счет, где деньги полгода будут приносить проценты. С меня попросили триста долларов, но с кого-то небось берут большие суммы. А эта Мария Ивановна, бабуська с ласковой улыбкой и цепким взглядом, хороший психолог. Мигом вычислила мою кредитоспособность и назвала вполне подъемную сумму...

— Как-то боязно, — прошептала я, — грех-то какой!

— Все продумано, — с жаром воскликнула Мария Ивановна, — через полгода отправитесь в храм к батюшке Серафиму, он вас исповедует и отпустит грех. Наши клиенты все так делают. Видели — только что женщина приходила, ну та, что с коробкой конфет? Тоже сначала мучалась, а теперь вон как отлично все устроилось! Решайтесь.

Я уставилась в окно, не зная, как подобраться к нужной цели. Не так давно Олег рассказывал мне о группе вузовских преподавателей, прокручивавших похожий трюк. Профессора брались устроить вчерашних школьников в институты, клялись, что во всех приемных комиссиях у них сидят свои люди, требовали деньги за услуги, но... Но вся сумма возвращалась моментально родителям, если их детки оказывались за бортом. Суть гениального мошенничества была проста: никто из учителей ничего не делал, и никаких знакомств они не имели. Просто какой-то процент выпускников совершенно спокойно попадал на первый курс благодаря крепким знаниям и хорошей голове. Радостные родители, естественно, считали, что любимая детка проникла в цитадель науки по протекции. Вот такой необременительный способ заработать на бутерброд с икрой.

Видя, что клиент колеблется, Мария Ивановна предложила:

— Давайте испытаем Мефисто!

— Как? — изумилась я.

— Ну очень просто, — продолжала лучиться счастьем Мария Ивановна, — сейчас задумаете маленькое, очень легкое, прямо-таки крошечное желаньице, рублей этак на триста. Вы готовы рискнуть такой суммой?

— Думаю, да.

— Вот и отличненько. Итак, давайте, ну?

Я секунду подумала. На триста рублей? Маленькое желание?

— Пожалуй, пусть кто-нибудь из моих домашних уберет квартиру.

— Прекрасно, составляем контракт, а как только вы уйдете, вызовем Мефисто. Надеюсь, что он не заартачится.

На столе появился бланк и шприц. Пришлось, ощущая себя полнейшей идиоткой, колоть средний палец и расписываться гусиным пером, макая его в каплю крови. Потом Мария Ивановна торжественно сожгла кусок гусиной «шубы» и велела:

— Ну, езжайте теперь домой, а завтра или послезавтра, как только желание исполнится, возвращайтесь.

— Дайте мне адрес Полины, — потребовала я.

— Зачем? — напряглась «служанка черта».

— Хочу иметь дело только с ней.

— Но вам все равно придется заключать контракт в конторе...

— Хочу только в присутствии Полины, дайте адрес.

— Невозможно, координаты агентов не разглашаются.

— Тогда телефон!

Мария Ивановна вздохнула.

— Извините, я его не знаю.

— А кто знает?

— По-моему, Полина проживает где-то ужасно далеко, у нее дом не телефонизирован, — принялась врать милая старушка.

Она нравилась мне все меньше и меньше, наверное, поэтому я излишне поинтересовалась.

— Как же вы связываетесь с сотрудниками в случае необходимости?

— Ну у всех, кроме Полиночки, есть телефоны, — брыкалась Мария Ивановна, — впрочем, она имеет пейджер, сбросьте ей информацию, и дело с концом.

Я уходила от приторно-вежливой Марии Ивановны, сжимая в руке бумажку с номером пейджера. Ох, зря бабуля думает, что пейджер может сохранить анонимность хозяина. Насколько знаю, все владельцы черненьких коробочек зарегистрированы в пейджинговой компании. Осталась чистая ерунда — узнать, какую из многочисленных «станций» выбрала Полина. Впрочем, получить такую информацию оказалось легче легкого.

Добежав до метро, я схватила телефонную трубку и услышала бодрое:

— 75-я слушает, здравствуйте.

— Девушка, хочу подключиться к вашей сети, куда обратиться?

— Будьте любезны, — ответила безукоризненно вежливая служащая, — подъезжайте в центральный офис, Планетная улица, с девяти утра до девяти вечера.

— Спасибо.

— Не за что, — вновь крайне любезно ответила женщина, благодарим за ваш выбор.

Я глянула на часы — три двадцать. Времени еще полно, дома никого нет. Томуся сейчас пеленает младенца Машки Родионовой, Кристя купается небось в приятной теплой воде. Отец ее подруги Леночки Рыклиной — очень богатый человек, и у них на даче есть бассейн. Олег укатил во Львов, Семен горит на работе...

Ноги сами понесли к эскалатору. Насколько помню, Планетная улица тянется параллельно Ленинградскому проспекту. Память не подвела, идти далеко не пришлось, второй от угла дом украшала гигантская вывеска: «Мобил бом — связь без брака».

Я хмыкнула, слоган звучал двусмысленно: «Связь без брака». Можно подумать, что сотрудники «Мобил бом» призывают всех жить только в греховном союзе, без оформления отношений... Но скорей всего человек, придумавший фразу, ничего плохого не имел в виду, просто иногда у людей заклинивает мозги. Недавно Олег рассказывал, как он слышал такой диалог. Шофер, привезший группу на место происшествия, принялся разгадывать кроссворд. Головоломка попалась заковыристая, водитель никак не мог сообразить, что к чему. Когда усталый криминалист влез в рафик, шофер страшно обрадовался и спросил:

— Слышь, Петрович, — ночной наряд?..

— Дозор, — ответил мужик.

— Не, не подходит.

— Ну тогда патруль.

— И это не то, думай давай.

— Может, десант?

— Нет, — вздохнул водитель.

— А ты в ответ погляди, — посоветовал Петрович.

— Так нечестно.

— Да ладно, смотри, мне самому интересно стало.

Водитель пошуршал страницами и потрясенно сказал:

— Слышь, Петрович, ночной наряд — это, оказывается, пижама.

По-моему, лучшей иллюстрации узости человеческого мышления трудно подобрать.

Я подошла к одному из окошечек и сказала:

— Девушка, вот номер моего пейджера, хочу переоформить его на дочь, возможна такая услуга?

Служащая не стала задавать ненужных вопросов. Она просто включила компьютер и поинтересовалась:

— Леонова Полина Викторовна?

— Да.

— Пожалуйста, ваш паспорт.

Я сделала вид, будто не слышу:

— Сделайте любезность, прочтите и адрес, а то у меня фамилия распространенная, часто путают.

Сотрудница «Мобил бом» не насторожилась, услыхав подобную просьбу. Может, сочла, что ничего страшного в ней нет, а может, их начальство велит ублажать клиентов по полной программе. Мило улыбнувшись, она прощебетала:

— Полина Викторовна Леонова, Волков переулок, дом 29, квартира 45, соответствует?

— Нет ли там случайно моего телефона? — осмелела я.

— Нет, — засмеялась женщина, — но ваш пейджер оплачен по декабрь включительно. Будем переоформлять?

— Еще подумаю немного.

— Пожалуйста, — охотно разрешила служащая и занялась следующим клиентом.

Я вышла на улицу, раскрыла зонтик и, разбрызгивая в разные стороны лужи, пошагала к метро. По счастливой случайности великолепно знаю, где находится Волков переулок. Там расположена квартира моего мужа Олега. После свадьбы он переехал к нам, а однокомнатную, расположенную как раз в 29-м доме, мы сдаём вполне приличной молодой паре без детей. Это молодожены, которые не ладят со своими стариками и предпочитают не скандалить на кухне, а снимать себе отдельную жилплощадь.

Добравшись до метро «Краснопресненская», я углубилась в квартал светлых кирпичных домов. Все хорошо в данном районе — 29-й дом стоит вроде бы крайне удачно, в десяти минутах ходьбы от подземки. К тому же совсем недалеко расположен рынок и парочка вполне приличных и не слишком дорогих магазинов. Но не все так хорошо, как кажется.

Однажды, еще до свадьбы, я осталась у Олега на ночь. Стоял душный май, и окно комнаты было распахнуто настежь. Ровно в шесть утра до моего слуха донесся дикий воющий звук, словно во дворе кого-то убивали.

— Что это? — в ужасе поинтересовалась я, пиная Олега. — Что?

— Спи давай, — пробормотал жених, не раскрывая глаз, — слон есть просит.

— Слон?! — изумилась я.

Но Олег уже мирно сопел. Я тоже попыталась смежить веки, однако не тут-то было. Минут через пять по комнате пронесся вой, утробный, низкий, хватающий за душу.

— Олег, — похолодела я, — проснись, слышишь?

— Угу, — бормотал майор, — гиены жрать собрались.

Тут уже я перепугалась окончательно и принялась трясти будущего супруга что есть мочи.

— Немедленно вставай.

— О господи, — взмолился бедолага, — в кои-то веки собрался похрапеть до десяти. Ну что еще?

— Ты к психиатру не ходил?

— Зачем?

— Что за чушь несешь? Слон, гиена, слава богу, не в Кении живем, а в Москве, тут из бродячих животных только кошки да собаки.

В это мгновение со двора долетел крик, полный предсмертной муки.

— Однако полседьмого, — пробормотал жених, — делать нечего, придется вставать.

— Ты можешь определить время без часов? — удивилась я.

Жуткий крик пролетел еще раз, и у меня быстро-быстро забилось сердце.

— Тут будильника не надо, — спокойно пояснил Олег, нашаривая тапки, — ровно в шесть трубит слон, он получает сено, через пятнадцать минут жрачку дают гиенам, затем приходит черед гиббонов, это они так противно орут, а уж в семь начинают рычать львы.

Режим, понимаешь, святое дело. Звери не люди, им есть следует давать вовремя.

На всякий случай, я отодвинулась в самый угол дивана, натянула на себя одеяло и прихватила толстый том Марининой в твердом переплете. Ужас, но будущий муж, очевидно, в одночасье сошел с ума. Если нападет на меня, стану отбиваться при помощи Каменской.

Олег поглядел на меня и захохотал.

— В окно посмотри. Наш дом стоит возле зоопарка. Я-то привык к этим звукам, но когда в первый раз услышишь, жуть берет.

Я осторожно глянула вниз. Там простиралась огромная территория, уставленная клетками.

— Но вчера они молчали!

— Так мы пришли около десяти вечера, звери спят в эту пору, они вообще рано укладываются, впрочем и встают спозаранку. Одна сова только дрыхнуть не желает, иногда слышно, как она кричит: «Ух-ух-ух!»

Я отложила Маринину и расслабилась. Сколько раз убеждалась: всякое мистическое событие имеет вполне реальное объяснение.

ГЛАВА 4

Всю свою жизнь до переезда в новую квартиру я провела в одном дворе. Быт в нашей хрущобе был провинциальный, почти деревенский. Все знали все про всех. Ничего тайного ни у кого не водилось. Да и как возможно скрыть хоть что-нибудь, если в любое время года невзирая на погоду возле подъездов толпится народ. Улучить момент, чтобы проскользнуть в дом незамеченной, просто невозможно. С утра — мамаши с детьми, после обеда — старушки с вязаньем. Руки-то у них заняты, зато глаза и языки всегда свободны. Около шести-семи вечера на лавочках появляются мужики с бутылками пива и домино, а когда жены затаскивают супружников в квартиры, наступает час молодежи. До поздней ночи гремит музыка и раздаются раскаты хохота. Причем молодых не пугает ни проливной дождь, ни тридцатиградусный мороз; правда, иногда они перемещаются в подъезд, к батарее. Словом, окажись я в родном дворе и спроси про Полину, мигом бы получила подробный отчет. Дворовая общественность тут же выдаст полную справку — вес, рост, чем болела, что ела на завтрак, сколько зарабатывает, с кем спит и о чем мечтает...

Но 29-й дом по Волкову переулку — совсем другой. Это элитный кооператив, выстроенный в конце семидесятых годов. В свое время, когда органы МВД еще вызывали у людей уважение, их сотрудникам частенько давали жилплощадь в таких домах, причем даром. Существовало даже правило — из 200 квартир десять отходило мэрии, или, как тогда говорили, Моссовету. Олегу просто повезло. Он жил в общежитии и скорей всего так бы и остался на всю жизнь в «коридорной системе», но в 1979 году его, тогда еще совсем молодого и неопытного, подстрелил какой-то бандит. Это сейчас пистолет таскает в кармане каждый второй, а в брежневские времена любая стрельба моментально превращалась в событие. К тому же произошел этот неприятный случай аккурат накануне Дня милиции.

Олега отвезли в госпиталь, сделали операцию и, перебинтованного, увешанного какими-то трубками, спустили в отделение как раз в тот момент, когда министр МВД, кажется, это был покончивший потом самоубийством Николай Щелоков, раздавал больным милиционерам подарки: продуктовый набор, сигареты и детективы Адамова. Увидав Олега, начальство расчувствовалось, сминая накинутый на плечи белоснежный халат, село к нему на кровать и принялось «допрашивать» раненого.

Олег кратко ответил на все интересующие вопросы: жены нет, детей тоже, гол как сокол.

— Нехорошо, парень, — отечески пожурил министр, — надежный тыл работнику нашей системы необходим, что невесту не ищешь?

— В общежитии живу, в девятиметровке, — спокойно пояснил Олег, — какие уж тут дети!

Щелоков нахмурился и повернулся к помощникам, стоявшим за спиной.

— Нехорошо получается, товарищи. Наш сотрудник геройски проявил себя, вступил в неравный бой с врагом... Следует быстро решить вопрос.

— Конечно, конечно, — закивала свита.

— Поправляйся, — велел министр, — получай квартирку, женись и основывай милицейскую династию, нам такие, как ты, очень нужны.

На следующее утро принесли ордер и ключи. Вот почему Олег оказался в престижной квартире с десятиметровой кухней.

В моей хрущобе, узнав, что рядом поселился милиционер, мигом бы стали ходить в гости с бутылкой, а потом звать разбираться в семейных скандалах. В 29-м доме соседи лишь вежливо здоровались, столкнувшись у почтовых ящиков или в лифте. Здесь никто не играет во дворе в домино, не выбивает ковры, а на веревках не висит бесчисленное количество белья, да и веревок никаких нет...

Я подошла к подъезду, потыкала в домофон, но из квартиры Полины не донеслось ни звука. Пришлось ждать, пока из здания вышел мужчина, за которым тянулся шлейф аромата дорогого одеколона и качественного табака.

Лифт поднял меня на последний этаж, и я уперлась в дверь, естественно, железную, только не обитую кожей или дерматином, а просто выкрашенную темно-коричневой краской.

На звонок никто не отвечал, но ведь инвалид может и не услышать! Впрочем, даже если и услышит, то, вероятней всего, не подойдет к двери! Наверное, следует идти в милицию и требовать, чтобы они взломали этот «сейф».

Внезапно створка двери абсолютно беззвучно приотворилась и потом, слегка лязгнув, закрылась. Обрадовавшись, я нажала на ручку, вошла в просторный холл и крикнула:

— Эй, здравствуйте, меня прислала Полина, где вы, отзовитесь!

Но в квартире стояла тишина. Я всунула голову в большую комнату, очевидно, служащую гостиной. Когда-то она была шикарно обставлена, но сейчас являла собой жалкое зрелище. Велюровый диван и кресла цвета опавшей листвы протерлись почти до дыр; с отличной «стенки», явно импортного производства, местами отлетел шпон, дорогой чистошерстяной ковер вытоптан, парчовые шторы потускнели. К тому же когда-то на стенах комнаты висели картины, о чем свидетельствовали многочисленные прямоугольники невыгоревшей краски. Следующая комната оказалась спальней. Хозяйка, очевидно, торопилась, потому что оставила неубранной постель с не очень свежим бельем, разбросала в беспорядке одежду и кое-какую косметику. Третье помещение явно принадлежало больной. В нем стоял тяжелый дух — смесь запахов всевозможных лекарств. На тумбочке теснились пузырьки, коробочки и бутылки. Широкая кровать была оборудована всем необходимым. В специальной железной подставке я увидела бутылку с минеральной водой и стакан, тут же лежали бананы. На столике, по другую сторону ложа, высился широкогорлый термос и стояла печь СВЧ, на расстоянии вытянутой руки находился небольшой холодильничек на подставке, установленный так, чтобы больная могла его без проблем открыть. В комнате имелся телевизор и радиотелефон.

Кто-то постарался предусмотреть все желания инвалида. Но самой больной в комнате не было.

Недоумевая, я заглянула в кухню, ванную, туалет и даже проверила огромную лоджию. Может, каким-то образом сестра узнала о смерти Полины, позвонила знакомым или родственникам и те приехали и забрали девушку? А почему не закрыли дверь? Должно быть, поторопились.

Я пошла в холл и внимательно оглядела дверь. Замок не слишком сложный, «сейфовый», такой не захлопывается, а запирается. Скорей всего у приехавших просто не было ключей. Но не успела я додумать мысль до конца, как взгляд уперся в связку с красивым красным брелочком в виде очаровательного медвежонка, висящую на крючке.

Аккуратно отцепив колечко, я сунула один из ключей, самый длинный, в плоскую скважину и повернула его. Раздался тихий щелчок, и из двери вылезли три железных штырька. Ключ подходил идеально.

Не понимая, как поступить, я вновь побрела в комнату больной и уставилась на скомканное белье. Из-за того, что всю жизнь мы с Томочкой прожили в крохотной «двушке», спальня у нас была общая и кровати мы всегда тщательно застилали. Здесь же люди увезли человека и оставили жуткий беспорядок. Хотя, наверное, в этом нет ничего страшного. Олегу, например, никогда раньше не приходило в голову собирать диван...

Резкий металлический звук заставил меня вздрогнуть. Телефон! Не успев сообразить, что делаю, я схватила трубку.

— Алло!

— Мадам Леонова? — просипел явно измененный мужской голос.

— Я.

— Небось гадаешь, куда любимая сестричка подевалась?

— Где она?

Невидимый собеседник хрипло рассмеялся.

— Пока в хорошем месте. Будешь себя правильно вести, получишь дорогую Настю в полном порядке, а ежели заартачишься, каюк твоей девке. Ну да ей много не надо, убивать, мараться никто не станет. Брошу одну, она и сама от голода сдохнет или в говне своем утонет. Поняла, лапа?

— Да. Чего вы от меня хотите, денег?

— Не прикидывайся идиоткой, верни, что взяла, и забудем эту неприятную историю.

— А что я взяла?

Незнакомец помолчал, потом сказал:

— Вижу, ты не собираешься хорошо себя вести, ну, слушай.

В трубке раздались рыдания.

— Поленька, отдай им кассету, умоляю, Полюшка, они меня хотят одну тут бросить, здесь крысы, Поленька, родная...

— Слыхала? — спросил мужик. — Крысы действительно есть. То-то им радость будет девку твою грызть! С ног начнут, а уж потом до головы доберутся, долго умирать будет, помучается... Ну так как, голубка?

— Хорошо, хорошо, — быстро согласилась я, — обязательно верну, только вот какое дело: кассетку-то я потеряла. Носила с собой в сумке, а ее украли...

Мужчина захохотал:

— Дорогуша, слушай внимательно, сроку тебе до завтрашнего утра. Ровно в одиннадцать стой у магазина «Седьмой континент» возле метро «Смоленская». Кассету держи в руке.

— Сама не приду, — быстро ответила я, — пришлю подругу.

— Никаких посторонних баб, — отрезал мужик, — лично явишься, усекла? Подойдет к тебе девка и скажет: «Простите, как пройти к Киевскому вокзалу?» Ей и отдашь. И имей в виду, стукнешь в легавку, мало вам с сестренкой не покажется.

— А Настя?

— Сначала кассету поглядим и, если не обманешь, через час на то же место сестру доставим. Поняла?

— Но...

В трубке раздался противный писк, собеседник отсоединился. Я рухнула на стул. Час от часу не легче! Что за кассета? Кажется, в гостиной у них стоит видик.

Аппарат и действительно стоял возле довольно большого телевизора, здесь же лежало штук десять кассет. Я принялась засовывать их внутрь магнитофона, но ничего интересного не нашла — самые банальные детективы, комедии и вестерны.

Закрыв входную дверь, я начала методично обыскивать квартиру. Ну куда одинокая молодая женщина может спрятать такую вещь? В постельное белье? В крупу? На антресоль? Через два часа я, потная и грязная от лазанья по потайным местам, села на кухне. Полное поражение, никаких кассет. Все остальное в этом доме не прятали. В шкафу преспокойненько стояла коробка из-под датского печенья, и в ней нашлась тысяча рублей деревянными и триста долларов. Пара не слишком дорогих колечек лежала рядом в палехской шкатулке. Очевидно, больше ничего ценного у сестер не было.

Я включила чайник, развела кофе, проглотила противную на вкус жидкость и сжевала пару бутербродов с найденным в холодильнике сыром. Что делать? Пойти в милицию, рассказать все Юрке? Вдруг за мной следят! И куда только она могла запихнуть кассету. Вроде все тайные места, которыми обычно пользуются люди, я проверила. Впрочем, Олег рассказывал недавно о поднимающихся подоконниках и полых ножках стульев. Но доски около окон стояли насмерть, их явно никогда не шевелили, а я табуретки даже не стала развинчивать — кассету в такой «захоронке» не спрятать. Сливной бачок!

Я ринулась в туалет и подняла крышку. Она была там. На самом дне емкости лежал прямоугольный предмет, упакованный в полиэтиленовый мешок. Засунув руку в воду, я вытащила его наружу и принялась разворачивать. Полина позаботилась о том, чтобы драгоценная запись не испортилась. Под пакетом обнаружилась странная коробка, сделанная из толстой резины, закрытая абсолютно герметично. Я долго пыталась раскрыть ее, пока не поняла, что следует не отковыривать, а отвинчивать крышку. Наконец в руках обнаружилась самая обычная TDK.

Дрожащими от возбуждения пальцами я втолкнула находку в видик и уставилась на экран. Ну и что там? Съемки в бане с голыми девочками? Сцены насилия? Телевизор ожил, появилось изображение какой-то странной, непонятной комнаты, замелькали люди в халатах и масках, потом возник длинный стол, а на нем неподвижно лежащий человек, мужчина. Операционная! Внезапно появился звук. Четкий женский голос слегка отстраненно, так криминальные репортеры комментируют свои материалы, совершенно не ужасаясь виду трупов и крови, проговорил:

— Семнадцатое мая, среда, восемь тридцать, оперирует профессор Чепцов.

Съемки велись откуда-то сверху, и было прекрасно видно, как около стола спокойно работают люди, без всякой суеты и нервозности. Каждый споро выполнял свое дело. Одна медсестра привязывала бинтом руки больного к операционному столу, вторая делала ему укол, третья прилаживала у изголовья какую-то непонятную и оттого устрашающую железку. Вдруг в операционную вошел — нет, вбежал — стройный мужчина в очках. Руки, согнутые в локтях, он нес перед собой так, словно они были стеклянные. Закрыв плечом дверь, вошедший бодро гаркнул:

— Всем привет, приступаем?

— Все готово, — пробормотал мужик, сидевший у изголовья пациента на высоком стульчике. — Моцарта?

— Давай, Леша, Моцарта, — согласился хирург.

Откуда-то полилась тихая музыка. Врачи и медсестры задвигались. Со стороны это напоминало хорошо поставленный балет, где каждому солисту отведена определенная роль.

Оперировали они голову, вернее лицо. Уж не знаю, что за болячка была у несчастного парня, но хорошо, что он спал и не видел, что с ним проделывали. Камера спокойно регистрировала происходящее. Вот рассекли кожу и отвернули ее, затем принялись, как мне показалось, отрезать нос и губы... Жуткое зрелище. Сначала они молчали, затем Леша неожиданно спросил:

— Кать, ты как огурчики солишь? Кожу прокалываешь?

— Конечно, — ответила одна из медсестер, — попки срезаю.

— Посуши здесь, — распорядился хирург.

Катя послушно принялась тыкать чем-то белым в кровь, одновременно сообщая рецепт:

— Сначала в холодной воде вымачиваю, потом заливаю кипятком со специями.

— А чеснок? — спросил хирург и добавил: — Оттяни, не видно.

— Чеснок ни-ни, — отрезала Катя, — он в горячей воде всю ядреность потеряет.

— 100 на 60, — сообщил Леша. — А помидорчики умеешь?

Они принялись вдохновенно обсуждать следующий рецепт. Потом хирург долго объяснял способ маринования шашлыка. Иногда медики перебрасывались какими-то профессиональными замечаниями, но основное время уделили проблемам кулинарии. Как их только не стошнит! А в телевизионном сериале «Скорая помощь» все совсем по-другому происходит.

Я прокрутила кассету. Ничего нового, просто записанное от начала до конца хирургическое вмешательство. Неужели запись представляет такую ценность, что из-за нее похитили Настю?

Положив кассету в сумочку, я со вздохом уставилась в зеркало. Теперь следует поискать в квартире фотоальбом и поглядеть, сумею ли выдать себя за Полину.

Снимки обнаружились в стенке. Хранили их в большой картонной коробке в бело-желто-красных пакетиках с надписью «Фокус».

Вытащив первую пачку, я сразу увидела фото Полины. Только на снимке девушка счастливо улыбалась, глядя в объектив. Следующая карточка заставила меня похолодеть. Господи, это еще хуже, чем я предполагала! Возле большого раскидистого дерева запечатлена девушка, вернее девочка, по виду лет десяти-одиннадцати, в инвалидной коляске. Ноги несчастной укутаны большим пледом в серо-коричневую клетку. Огромные глаза строго смотрят вдаль, светло-каштановые волосы красивыми локонами спускаются на худенькие острые плечи, тоненькая шейка выглядывает из воротника нежно-розовой блузки; руки, похожие на лапки новорожденного цыпленка, сложены на коленях.

В углу снимка стояла дата — 26 мая. Значит, фотография сделана совсем недавно. Какой ужас! Настя, оказывается, совсем малышка. Ну ничего, завтра отдам кассету, получу ребенка, а там сообразим, как поступить. Должны же у них быть родственники или друзья. Наверное, в телефонной книжке есть их координаты, только книжки нигде не видно. Не беда, завтра разберемся.

Я еще раз взглянула на фото. Надо же, мы слегка похожи. Только Полина моложе. Мой возраст перевалил за тридцать пять, а ее только-только подбирается к концу второго десятилетия. Но фигуры почти одинаковые — щуплые, с узкими бедрами и полным отсутствием бюста. Глаза у нее голубые, а у меня серые, волосы цвета качественного коньяка, и стрижки у обеих короткие. Правда, у Полины пряди слегка прикрывают уши, и на лоб спускается челка...

Я пошла в ванную, намочила волосы и вытянула челку. Стало совсем похоже. Так, теперь поглядим, что с одеждой. В гардеробе оказалось не слишком много вещей. Несчастная Полина, как и я, юбкам предпочитала брюки. Значит, надену свои джинсы, а вот футболку прихвачу эту, огненно-рыжую, и того же цвета ветровку... Очевидно, Леонова любила яркое. Кстати, красилась она сильно, щедро накладывая макияж на щеки и веки...

Потратив примерно час на разработку имиджа, я тщательно заперла дверь и поехала домой.

Первой, кого я увидела, войдя в квартиру, была Кристина с пылесосом в руках.

— Крися, ты вернулась?

— Ага, — кивнула девочка, тыча щеткой по углам.

— Чего это ты убираться решила?

— Грязно у нас, жуть, — вздохнула Кристина, — повсюду шерсть собачья и кошачья валяется, мрак.

Я усмехнулась. Плакали мои триста рублей, Мефисто честно справился с малюсеньким желанием. Никогда не обращающая внимание на чистоту полов девица ухватилась за пылесборник.

Внезапно из глубины квартиры раздалось душераздирающее мяуканье.

— Иду, иду, — отозвалась Томочка, появляясь на пороге кухни.

В руках подруга сжимала детскую бутылочку с соской. Мяуканье повторилось. Тамара понеслась в свою комнату.

— Зачем ей бутылка? — удивленно спросила я у Кристи.

Девочка мигом отключила пылесос и радостно поинтересовалась:

— Ты не знаешь?

— Нет.

— Тома принесла домой младенца, крохотного-крохотного, — трещала Кристя, — вот такусенького, я даже испугалась, когда увидела. Потом она меня отправила за памперсами и «Симилаком» и велела пылесосить. Ребенку вредно грязью дышать!

— Где она его взяла?

— Это девочка, — сообщила Кристина, — а откуда добыла, понятия не имею, небось на улице нашла.

Я побежала по коридору. Томочка — человек невероятной доброты, таких просто не бывает. Ей не лень мчаться через весь город, чтобы помочь друзьям. Когда мы жили в хрущобе, все соседи бегали к нам, зная, что Томуся всегда придет на помощь. Самое интересное, что и на новом месте люди быстро раскусили мою подругу, и теперь у нас в квартире просто штаб тимуровского движения. Помнится, были когда-то такие пионеры, помогавшие больным и пожилым людям. Переделать Тамару невозможно, я и не пытаюсь это делать, но найденный младенец — это уже слишком!

ГЛАВА 5

Томуся сидела на большой кровати и приговаривала:

— Агусеньки, агусеньки, ой, какие мы хорошенькие...

Увидев меня, подруга улыбнулась:

— Смотри, настоящая красавица.

Я глянула через ее плечо и едва сдержала крик ужаса. В белых пеленках барахталось нечто, больше всего напоминающее паучка. Круглый живот и тощенькие лапки. У младенца была абсолютно лысая голова и сморщенное личико. Вот уж не предполагала, что новорожденные такие страшные! Может, Томуся подобрала какого больного? И то верно, здорового небось никто выкидывать не станет...

— Правда, хороша? — не успокаивалась Тамара.

— Жуткая красавица, — протянула я, — просто оторопь берет, только следует немедленно позвонить в милицию.

— Зачем? — изумилась Тома.

Младенец неожиданно закряхтел, сжал крохотные губки, потом разинул беззубый рот и издал отвратительный ноющий звук, больше всего похожий на мяуканье влюбленной кошки. Так вот это кто орал только что, а я уж решила, будто Клеопатра вновь возжелала «выйти замуж».

— Сейчас, сейчас, — засуетилась подруга и моментально всунула в разверстый ротик соску.

Ребенок сосредоточенно зачмокал. Содержимое бутылочки быстро стало уменьшаться.

— При чем тут милиция? — переспросила Тома.

— Ну вдруг ребенка ищут родители!

— Никто ее не ищет. Кушай, кушай, солнышко, — щебетала Томуся.

— Все равно следует сообщить в соответствующие органы, не можем же мы оставить у себя девочку!

— Почему нет? — удивилась Тамара.

— Ты с ума сошла! Немедленно иди звонить, хоть и жаль подкидыша.

— Какого подкидыша?

— Этого, — ткнула я пальцем в довольного младенца, — кстати, может, она китаянка — и получится международный скандал!

Томуся уставилась на меня своими огромными голубыми глазами, потом поинтересовалась:

— При чем тут китайцы?

— Ну смотри, какого он, то есть она, желтого цвета и глазки-щелочки...

Томочка рассмеялась:

— Вилка, это желтуха, а глазки просто припухли, вот увидишь, через неделю они откроются.

— Гепатит! — пришла я в полный ужас. — Ребенка следует срочно положить в стационар, он может скончаться от заразы, немедленно иду вызывать «Скорую».

— Стой, стой, — заулыбалась Катюша, — к гепатиту эта желтуха никакого отношения не имеет, такое приключается иногда с новорожденными.

— Откуда знаешь? — недоверчиво спросила я, глядя на живой «апельсин».

— Вот, — показала Тома книгу, — доктор Спок, «Ребенок и уход за ним».

— И что нам теперь с этой девочкой делать?

— Растить, — преспокойно ответила Тамара, — а там Машка из больницы выйдет и заберет.

— Так это родионовская дочка, — облегченно вздохнула я. — Почему же она у нас?

— У Маши жуткий мастит, — сказала Тома, убирая пустую бутылочку. — Температура сорок, грудь разнесло, как подушку, ее в больницу отправили, а девочку оставить не с кем. Так, теперь после еды следует постоять сусликом.

После этой фразы она подняла крохотную девочку вверх, та моментально икнула, и по ее подбородку потекли белые слюни. Я только вздохнула. В свои тридцать пять лет Машка Родионова ухитрилась четыре раза выйти замуж. С удивительным постоянством она наступала на одни и те же грабли. Первый супруг оказался моряком и алкоголиком, второй — артиллеристом и алкоголиком, третий — десантником и алкоголиком, четвертый — сапером и алкоголиком. Почему ее постоянно тянуло к людям в погонах, непонятно, но все Машкины браки заканчивались разводом и горькими слезами, пролитыми на нашей кухне.

Потом Родионова решила, что брачных экспериментов хватит, и задумала родить ребенка. Мы отговаривали ее, как могли, но Машка отмахивалась.

— Хочу сына, работаю дома, денег хватит.

Любвеобильная Машка — отличный компьютерщик и на самом деле прекрасно зарабатывает. В результате появилась девочка, имени отца которой никто не знает. Родионова только вчера прибыла из роддома, а сегодня уже угодила в клинику.

— Куда в подобном случае девают младенцев одинокие матери? — поинтересовалась я.

— Их кладут вместе с родительницами в больницу, — пробормотала Тома, довольно ловко заворачивая спокойно спящего ребятенка, — только там очень плохие условия, можно инфекцию подхватить. Мне совсем нетрудно приглядеть за Никой.

— Ее Вероника зовут?

Томочка слегка покраснела.

— Маша имя ей еще не дала. Это я так. Нужно же к ней как-нибудь обращаться. Вероника, по-моему, очень здорово, можно звать по-разному: Верочка, Ника, Никуша, Никочка... Ну какие хлопоты с таким чудом?!

Я тихо пошла на кухню. От всех пережитых событий разыгрался зверский аппетит. Уже сварив сосиски, я вздохнула. Очевидно, я генетический урод, но младенцы не вызывают у меня никакого умиления. С детьми могу иметь дело после того, как им исполнится семь лет. По крайней мере, с этого возраста с ними можно разговаривать.

Ровно в одиннадцать утра, судорожно сжимая в руке кассету, я стояла у входа в «Седьмой континент». Мимо равнодушно текла толпа, никто из женщин даже не глядел в мою сторону. Минутная стрелка перепрыгнула сначала на цифру «пять», потом на десять...

— Эй, тетка, — раздалось сзади, — как пройти к Киевскому вокзалу?

Я резко повернулась. Чуть прищурившись от неожиданно вышедшего солнца, передо мной стояла худенькая девушка, почти девочка, в невероятно красной куртке. Черные волосы, роскошные, блестящие, вьющиеся картинными прядями, она отбросила за спину. Огромные карие глаза, тонкий нос, смуглая кожа, но на цыганку не похожа, скорей молдаванка.

— Ну, — весьма сердито поторопила девица, — так что?

Я протянула ей кассету. Девчонка схватила пакетик, на секунду коснувшись ледяными пальцами моей руки, и испарилась. Пару раз ее кроваво-пунцовая одежда мелькнула в толпе...

Следующий час я провела, толкаясь между прилавками. Сейчас привезут Настю, возьму такси и доставлю несчастную к нам... Не успели часы пробить полдень, как я вновь встала часовым у входа в магазин. Время тянулось томительно: полпервого, час, четверть второго, два... Около четырех я, страшно расстроенная, спустилась в метро и поехала в дом на Волковом переулке. Либо нашла не ту кассету, либо бандиты обманули... Внезапно в горле запершило, и я принялась судорожно кашлять. Вот так всегда. Стоит чуть понервничать, начинается кашель, а потом садится голос, через десять минут начну хрипеть. Не понимая, что делать, я поднялась в квартиру, повесила в шкаф яркую куртку Полины и призадумалась. Может, пойти в милицию, хотя скорей всего уже поздно, Настю, наверное, убили...

«Дзинь, дзинь», — зазвенел телефон.

— Да, — пробормотала я, — говорите...

В трубке раздавался треск.

— Слушаю.

— Поля? — робко прозвучал тоненький голосок. — Это ты?

— Настенька, — заорала я, — говори скорей. Кассету отдала... Почему тебя не отпустили?

— Не знаю, что у тебя с голосом, Поля? Это ты? — зашептал ребенок. — Я сейчас тут одна, они все ушли.

— Простыла и охрипла, не волнуйся. Адрес, адрес скажи...

— Не знаю, — шелестела Настя.

— Что видишь из окна?

— Тут подвал, грязный и сырой.

— Как зовут похитителей?

— Не знаю.

— Почему тебя не вернули? — бестолково повторила я.

— Вроде хотят выкуп потребовать, — бормотала Настя, — они меня пока не обижают, умоляю соглашаться на все.

— Как думаешь, кто это придумал?

— У тебя на работе, в агентстве есть клиент, это его рук дело. Я слышала вчера, они думали, что сплю...

— Имя, имя назови!

Послышались частые гудки. Не успела я перевести дух, как телефон снова затрезвонил. Совершенно забыв, где нахожусь, я схватила трубку и заорала:

— Да, говори быстро.

— Торопишься куда? — спросил гнусный голос.

— Ты обманул меня! Где Настя!!!

— Скажи, пожалуйста, какая злая, — издевался мужик, — за кассету мое тебе спасибо, теперь денежки давай, сто тысяч долларов.

— Откуда у меня столько!

— Ну-ну, не надо прикидываться. Квартирку продай, мебель, как раз и наберется.

— А жить где?

— Некогда мне с тобой болтать, завтра позвоню и договоримся. Только имей в виду — отправишься в милицию, хана твоей сестре, усекла!

Не успел негодяй отсоединиться, как я моментально начала набирать номер Юры. Срочно, просто крайне срочно следует сообщить ему о происшествии — дело принимает нешуточный оборот. Но в кабинете явно никого не было. Стараясь сохранить трезвую голову, я набрала его домашний номер.

— Алло, — пропела Лелька.

— Юрка дома?

— Ты, Вилка, как будто не знаешь, что он тут редкий гость, — довольно сердито буркнула подруга. — Словно ясное солнышко утром заглянул — и все. Твой где?

— В командировке.

— Чего моего тогда дома ищешь? — огрызнулась Лелька.

— Когда придет?

— Хрен его знает, — ласково сообщила милицейская жена и отсоединилась.

Я уставилась на телефон. Как поступить? Бежать в управление по борьбе с организованной преступностью?

Аппарат зазвякал.

— А ты дура, — прогундосил противный голос, — не послушалась, в милицию звонила...

— Как вы узнали? — начала я и прикусила язык.

Похититель закашлялся:

— Нехорошо, ой, нехорошо, ну-ка, выйди за дверь да возьми коробочку.

— Какую?

— Иди, иди...

Он опять бросил трубку. Я осторожно выглянула на лестницу и увидела пачку из-под сигарет «Ява». Не понимая, зачем ее здесь положили, я открыла крышечку. Внутри лежала какая-то странная желтоватая полоска. Я прошла на кухню и вытряхнула ее на стол. В ту же секунду из моей груди вырвался вопль ужаса. На хорошенькой клееночке в бело-розовую клетку, на этой милой, очень приятной клееночке, лежал человеческий палец, скорей всего мизинец, крохотный и жалкий.

Телефон вновь заорал.

— Нашла? — деловито осведомился голос.

— Да, — промямлила я.

— Видишь, что бывает за непослушание, — спокойно объяснил негодяй, — еще хорошо, что не успела договориться с ментами, или ошибаюсь?

— Нет, — пролепетала я. — Там никто трубку не снял.

— Имей в виду, — абсолютно равнодушно вещал мой собеседник, — если опять в ментовку обратишься, конец девке придет! Да сразу убивать не стану, начну по частям присылать: сначала пальцы, потом уши, затем ноги, руки, голову. Недели за две целиком соберешь для похорон! Дошло?

Не в силах сказать ни слова, я, совершенно забыв, что мерзавец меня не видит, закивала в ответ.

— Ага, — констатировал тот, — дошло!

— Послушай, — наконец собралась я с мыслями, — но такую сумму за один день не набрать!

— Сроку десять дней, — рявкнул мужик, — больше болтать с тобой не стану. Одиннадцатого числа, ровно в девять утра, позвоню и скажу, куда тащить баксы. Не принесешь, пеняй на себя.

Не успела я выдавить хоть слово, как похититель отсоединился.

Во внезапно наступившей тишине четко стало слышно, как стучат часы в какой-то из комнат. Тик-так, тик-так, тик-так...

Как все дети алкоголиков, я почти с младенчества была предоставлена самой себе. Никого не интересовало, что я ем и где провожу время. Беспризорного ребенка может обидеть каждый, и к шести годам я научилась ловко драться, ругаться матом и никогда не давала себя в обиду. Когда мне исполнилось семь лет, папеньку посадили за кражу и моим воспитанием занялась мачеха Раиса, она тоже пила, но не каждый день, а запоями, поэтому жить с ней оказалось намного легче. Следовало только соблюдать несколько простых правил: не спорить с бабой, не мешать ей спать и, как только она, покачиваясь, входит в дом, моментально убегать на улицу. Впрочем, Раиса относилась к падчерице хорошо и трезвая никогда не обижала. Я искренне благодарна ей за все.

Неизвестно, что выросло бы из маленькой девочки, усвоившей с детства звериные повадки, но в первом классе меня посадили за одну парту с Тамарой Поповой, дочерью вполне благополучных и более чем обеспеченных родителей. Мы мгновенно подружились, и я стала постоянной гостьей в их огромной шикарной квартире. Отец и мать Томочки стали для меня вторыми, а вернее, первыми, настоящими родителями. Много сил положили они на то, чтобы научить подругу дочери самым элементарным вещам: есть при помощи ножа и вилки, чистить зубы, разговаривать нормальным русским языком без постоянного употребления нецензурного словечка «бля». Дядя Витя и тетя Аня не побоялись, что маленькая беспризорница дурно повлияет на их Тому. Это они сделали меня такой, какова я есть, и, естественно, после смерти Раисы и трагической гибели родителей подруги мы поселились с Томусей вместе, а я бросила институт, чтобы зарабатывать на хлеб насущный.

Сейчас, глядя на меня, трудно представить, каким волчонком я была в раннем детстве, и, честно говоря, та наглая, злобная девочка давно не напоминает о себе. Но иногда в минуту опасности во мне вновь просыпается прежняя Вилка. Та, которая отбилась от стаи напавших на нее бродячих собак, решивших отнять у ребенка бутерброд с колбасой. Вместо того чтобы кинуться бежать, рыдая от ужаса, я стала швырять в стаю все, что попадалось под руку: камни, палки, куски грязи и орать диким голосом: «Пошли на... сволочи, гниды!» Не ожидавшие такого поведения собаки разбежались, а я преспокойно доела свой бутерброд. Потом произошел еще более страшный случай.

Возле нашей хрущобы как раз возводили новую пятиэтажку. Нечего и говорить о том, как стройка манила к себе всех ребят из окрестных дворов. Несмотря на строгий запрет, дети пролезали через забор и играли в недостроенном здании. Естественно, я от них не отставала и однажды провалилась в гигантскую яму, узкую и глубокую, невесть зачем вырытую в подвальном помещении. Могла ли я самостоятельно выбраться из этого «пенала» с гладкими стенами? Сначала я кричала так, что сорвала голос, но время подбиралось к десяти вечера, другие дети давным-давно поужинали и преспокойно глядели телевизор. Искать меня никто не собирался, папенька валялся пьяным, а Раиса еще не вернулась с работы. Она пристроилась печь батоны на хлебозавод и угодила в ночную смену. К тому же была пятница, и до понедельника в подвал никто не придет. Поняв, что помощи ждать неоткуда, я перестала визжать, призадумалась, потом вытащила из кармана платьица красный пластмассовый совочек и принялась проковыривать в земляных стенах ступеньки. Пару раз я скатывалась вниз, уже почти добравшись до самого «выхода», но в конце концов около пяти утра, грязная, с обломанными ногтями и размазанной по лицу глиной, выбралась наружу. Дома папенька, естественно, надавал мне тумаков за испорченное платье и велел идти искать потерянные сандалии. Я сбросила обувь в яме, потому что босыми ногами было сподручнее цепляться за «ступеньки». Когда это случилось, я еще не ходила в школу, мне только-только исполнилось шесть лет.

Вот и сейчас у меня в душе окрепла мрачная решимость. Руки невольно сжались в кулаки, к щекам прилила кровь. Ну погоди, мерзавец. Ей-богу, ты не знал, с кем связался! Да если нужно, пройду сквозь бетонную стену, но добьюсь своего. В милицию теперь, естественно, обращаться не стану. Жизнь девочки Насти зависит только от меня, и нельзя исключить, что за мной идет слежка! Значит, я имею в запасе десять дней и должна в течение этого срока отыскать заказчика этого похищения, потому что рядовой исполнитель мне ни к чему: ему просто заплатили за работу деньги. Нет, нужен тот, кто задумал всю эту дикую историю; та сволочь, которая не пожалела бедного ребенка-инвалида и обрекла его на еще большие страдания, чем те, которые уготовил девочке господь. Мне нужен негодяй, убивший Полину...

Хотя... Я села в потертое кресло и принялась нервно ковырять обивку. Что-то не получается. Похититель был абсолютно уверен, что разговаривает с Полиной... Он явно не знал, что девушка погибла во взорванной машине... И потом, молдаванка, что забирала кассету, девица в красной куртке... Она ни на секунду не усомнилась, подошла и выхватила пакетик... Значит, ей не показали фотографию Леоновой, а просто объяснили: «Баба около тридцати, худощавого телосложения, с короткой стрижкой...» Получается, что эти преступления просто не связаны друг с другом, следовательно, негодяев-заказчиков, как минимум, двое! Один нанял киллера, чтобы уничтожить Полину, а другой замыслил киднепинг... И где их искать? Да среди клиентов агентства «М. и К°». Интересно, кто из них возжелал нечто такое, чего потом сам дико испугался и решил убрать агента? Кого оперировали болтавшие на кулинарные темы врачи, и почему запись этой операции представляет для кого-то такой интерес... Ясно одно, нити ведут к Мефистофелю. Кстати, кто такой Леон? И зачем Полине понадобилось идти на Петровку? Что она узнала? Обладание какой информацией стоило ей жизни? Кстати, и Настя успела прошептать, что автор «постановки» — клиент Полины!

Я поглядела на часы: семь ровно. Успею доехать до милейшей Марии Ивановны и задать сладкоголосой бабусе парочку вопросов.

Но перед уходом следовало осуществить одну не слишком приятную процедуру. Стараясь не дрожать от ужаса, я закатила мизинец щипчиками для сахара в пачку. Потом очень аккуратно поместила ее в целлофановый пакет, а сверху при помощи степлера прикрепила маленькую записочку: «Первое июня. 19.00, человеческий палец и коробка «Явы» лежали на лестнице у входной двери». Затем поместила пакет в морозильник. Будучи милицейской женой, хорошо знаю: главное — сохранить все улики, на пачке могли остаться отпечатки пальцев. Вот найду Настю, отобью ее у бандитов, передам их в руки соответствующих органов, тогда улики и пригодятся!

Уже оказавшись в коридоре, я заколебалась. Полина, выходя из магазина навстречу своей смерти, обронила, что они с сестрой живут совсем одни, да и по квартире видно, что девочки обитают без взрослых... Но есть же у них какие-то знакомые?

Минут пятнадцать я старательно искала телефонную книжку. По себе знаю, что блокнотик может лежать где угодно: Тома однажды засунула свой «склерозник» в морозильник. Выгребла из сумки продукты, вместе с ним прихватила и книжечку. Мы искали ее всей семьей целую неделю и обнаружили, когда решили разморозить свой «Стинол».

Потратив зря уйму времени, я заперла дверь, прихватила ключи и поехала на улицу Коровина. Скорей всего бедная Полина таскала книжечку с собой и она погибла во время взрыва.

ГЛАВА 6

Ласковая бабуля сидела на своем рабочем месте.

— Ну как, голубушка, — запела она, — помог Мефисто?

— Просто удивительно, — принялась я старательно изображать идиотку, — представьте, возвращаюсь домой, а дочь-подросток, которая дома только и делает, что устраивает беспорядок, стоит с пылесосом! Невероятно!

— Ничего особенного, — удовлетворенно поддержала разговор Мария Ивановна, — Мефисто так же легко и свободно справится со следующим вашим желанием. Итак, вы хотели иметь хорошее место работы?

Я кивнула.

— Давайте составлять договор, — оживилась старушка — триста долларов с собой?

— В кредит нельзя?

— Душенька, — покачала головой Мария Ивановна, — к сожалению, не оказываем такую услугу.

— Понимаете, — забормотала я, — все запасы потратила, в долги влезла...

— Попросите еще у кого-нибудь, — не дрогнула бабуся, — дело стоящее. Мефисто обязательно все устроит, кредиты и долги отдадите мигом, не сомневайтесь.

— Скажите, — бубнила я, — а к вам нельзя пойти, агентом, ну, как Полина...

Марина Ивановна покачала головой.

— Увы, дорогая. В агентство берут только по рекомендации и лишь людей, обладающих определенным, обязательно высшим образованием. Вы кто по профессии?

Я не стала вдаваться в подробности и ответила:

— Учительница немецкого языка.

— В принципе, — улыбалась Мария Ивановна, — могли и подойти. Я, кстати, тоже бывший преподаватель, правда истории, но в фирме очень строго относятся к подбору кадров, люди должны обладать еще экстрасенсорными возможностями, и с улицы

никого не берут. Здесь не контора по продаже герба-
лайфа, уж извините...

Не успела она докончить фразу, как дверь с трес-
ком распахнулась, и в комнату влетела все та же тетка в слишком коротком и узком платье. В руках она
снова держала коробку конфет, на крышке которой
красовался букет кроваво-красных тюльпанов.

— Мария Ивановна, — заголосила вошедшая, —
душечка, вот уж не ожидала! Не поверите, дали квартиру! Комнаты! Кухня! Лоджия! Невероятно, а я еще
сомневалась!!! Дорогая!

Лицо милой старушки слегка порозовело.

— Любовь Петровна, — каменным голосом сообщила она, — извините, занята, у меня клиент на стадии заключения договора.

Но Любовь Петровна, очевидно, не слишком до-
гадливая, токовала, словно глухарь, торопясь испол-
нить свою роль.

— Три комнаты! Просто волшебство! Вот коробка
к чаю, век не забуду вашей помощи!

Потом она повернулась ко мне:

— Тоже сомневалась вначале, а видите, как здорово все устроилось. Восхитительно! Комнаты!
Кухня!

— Люба, — каменным тоном отчеканила Мария
Ивановна, — уйди с глаз долой!

Я расхохоталась. Любовь Петровна осеклась и
пробормотала:

— Ага, хорошо, побегу...

— Ступай себе, — процедила бабуся.

Люба выскользнула за дверь. Продолжая веселиться, я сказала:

— Да, накладочка вышла. Что это она вас два дня
подряд благодарить приходит, да еще с одной и той
же коробкой конфет. Может, у милейшей Любови
Петровны склероз? Знаете, как молодая красивая девушка вышла замуж за дряхлого, но жутко богатого
аристократа? — Мария Ивановна молча покачала головой: она явно не понимала, как себя вести после
такой дурацкой ошибки.

— Девушка думала, что старичок не слишком сексуально активен и не доставит ей много хлопот, — как ни в чем не бывало болтала я. — В первую брачную ночь муж посетил молодую жену и ушел в свою спальню. Каково же было ее удивление, когда через час он вновь появился в опочивальне, потом в третий, четвертый раз. Около шести утра несчастная, не сомкнувшая за ночь глаз, жалобно простонала:

— Сэр, но вы приходите уже пятый раз.

— Да? — удивился граф, — надо же, проклятый склероз, вечно все забывать стал! Правда, смешно?

Но Мария Ивановна даже не улыбнулась.

— Жаль, конечно, — решительно сказала я, — но сейчас прямым ходом пойду к вашему начальству, небось где-нибудь неподалеку сидит, и потребую назад свои триста рублей!

Бабуля выдвинула ящик, вытащила розовенькие бумажки.

— Берите.

— Спасибо, только это все равно никак не повлияет на мое желание отправиться на станцию метро «Улица 1905 года».

— Зачем?

— А там неподалеку от метро расположена редакция газеты «Московский комсомолец». То-то ее репортеры обрадуются, узнав о вашем мошенничестве! Вы этой Любови Петровне хоть бы коробки меняли, нельзя же такими жадными быть, шоколадные наборы не слишком дорогая вещь... Ну пошла, прощайте!

— Стойте, — резко сказала Мария Ивановна, — пощадите. Говорили, что работу ищете?

— Да.

— Диплом о высшем образовании имеете?

— Естественно, — солгала я.

— Тогда идемте, — вздохнула Мария Ивановна, — отведу к директору, скажу, что вы моя хорошая знакомая. Человека с такой рекомендацией обязательно примут на работу, только...

— Да, — откровенно ухмылялась я, — продолжайте...

— Не надо говорить никому об агентстве, а директору об этой дуре Любке. Ей-богу, первый раз такая накладка случилась. Люба сидит в соседней комнате, когда вижу, что клиент колеблется, незаметно нажимаю ногой кнопку. В другом помещении раздается звонок, Любашка моментально прибегает и начинает изображать «благодарную клиентку». Не поверишь, — перешла со мной на «ты» Мария Ивановна, — до чего на людей подобный трюк действует! Мигом все сомнения отбрасывают и нужную бумажку подписывают.

Я вздохнула. Еще бы, люди, которые уверены, что их проблемы разрешит нечистая сила, скорей всего идиоты!

— Сколько здесь зарплата?

— Десять процентов от сделки.

— Маловато, с трехсот долларов всего тридцать.

— Голубушка, — улыбнулась старушка, — три сотни «зеленых» — минимальная ставка, тут случаются контракты на пятнадцать, двадцать тысяч! Знаешь, какие клиенты бывают! В особенности жены... «новых русских»...

Мария Ивановна вытащила из элегантной сумочки пачку сигарет «Собрание» и, выбрав зеленую, вздохнула:

— Ты уж вроде как своя, так что я из роли милой бабуси выйду, курить хочется. Кстати, угощайся.

— Спасибо, не употребляю.

— Молодец, а я никак не брошу. Заведет муженек любовницу, а законные супружницы к нам бегут, загадывают всякие гадости и готовы любые деньги отдать за исполнение желания. Самое смешное, что в большинстве случаев все как надо получается, прямо удивительно.

— А вы ничего не делаете такого, ну, криминального?

Мария Ивановна раздавила окурок в красивой дорогой пепельнице из оникса.

— Мы вообще ничего не делаем, только денежки стрижем. Станция «Лоховская», следующая «Дураково». Только пойми, проработала в школе всю жизнь, пенсию в семьсот рублей заслужила. Ну и как жить? Сын-олух работать не хочет, жена ему такая же попалась. День-деньской видик гоняет — и все дела. Но кушать желают пять раз в день, сели на мою шею и ноги свесили. В агентстве же заработок около двух тысяч долларов получается, понимаешь?

— Конечно, — кивнула я, — целиком одобряю и готова за такие деньги делать все, что угодно.

— Вот и ладушки, — повеселела учительница, — пошли.

Примерно через час формальности были закончены. Тому, что у меня есть диплом, поверили на слово, но велели в следующий раз предоставить копию. Вручили пронумерованные визитки, всего две штуки, и Мария Ивановна бодро сказала:

— Успехов тебе, а нам прибыли.

— А где клиентов искать?

Учительница засмеялась:

— Самый сложный вопрос. Да везде. Полина, например, тебя где нашла?

— Возле биржи труда.

— Вот-вот, самое правильное место. Некоторые по поликлиникам толкаются, на тусовки всякие ходят. Честно говоря, не очень в курсе, никто особо о своих «хлебных» точках не распространяется. Мое дело оформить договор и получить деньги. Полина, кстати, куда-то пропала, второй день не появляется...

— А сюда, что, следует регулярно ходить? — перебила я бабусю.

— Нет, конечно, как почувствуешь, что сделка намечается, позвони мне, я время тебе назначу. Мы стараемся, чтобы люди не пересекались.

— Но ведь не у всех невинные желания?

— Конечно, вот не так давно приходил мужик. Мать ему родная опостылела. Богатая старуха, жадная и злая, сидит на мешке с долларами, а сынишке копейки дает. Очень уж он хотел, чтобы ее господь побыстрей прибрал, десять тысяч приволок. Ну и повезло ему — скончалась грымза.

— Это не вы ее, а?

Мария Ивановна расхохоталась.

— Не бойся, в самолете разбилась, полетела к своей сестре в Америку и прямехонько в океан угодила. Уж так сынок радовался, уж так прыгал!

— Неужели вот так просто о самом сокровенном рассказывают?

Мария Ивановна опять закурила.

— Тут такого наслушаешься, черепная коробка поднимается!

— А у Полины много клиентов?

— Да, она отличный агент. Не сразу, конечно, получилось, но сейчас хорошо пошло, — Мария Ивановна похлопала рукой по компьютеру, — текут денежки, текут!

С гудящей от усталости головой я побрела домой. Жест, которым Мария Ивановна погладила монитор, без слов пояснил: вся информация находится в электронной машине. Остался совсем пустяк, добыть ее оттуда, но как?

Дома стоял крик. Гадкий младенец разрывался так, словно его пилили ножовкой. Вой перекрывал все другие звуки. Очевидно, Машка Родионова родила на редкость здорового ребенка с отличными легкими.

На кухне я обнаружила Крисю, спокойно читавшую толстую книгу. Голову девочки украшали большие наушники, делавшие ее похожей на инопланетянку.

— Кристя, — позвала я.

Она даже не шелохнулась.

— Крися! — нет ответа.

Пришлось стащить с головы «заглушки».

— Ой, Вилка, — обрадовалась Кристина, — вот музыку погромче сделала, а то жить невозможно, такой визг!

— Чем она недовольна?

Кристя пожала плечами.

— Не знаю, целый день вела себя как ангел, ела и спала, спала и ела, а в восемь кошмар начался. Соску выплевывает, ногами сучит и верещит без остановки.

— Может, есть хочет?

— Нет, ей следующий раз только в полночь есть положено, а сейчас десять.

Я стала наливать чай, но не успела плеснуть в кружку кипяток, как в кухню вошел Семен, плюхнулся на стул и простонал.

— Кушать нечего?

Я заглянула в холодильник.

— Суп греть?

— Все давай, — распорядился приятель, — первое, второе, третье, четвертое, пятое.

С невероятной скоростью он принялся глотать грибную похлебку, откусывая хлеб прямо от батона.

— Немедленно положи хлеб на доску и отрежь кусок, — велела я, — и не торопись, никто у тебя тарелку не отнимет.

Но Сеня мигом схарчил супчик и накинулся на котлеты, потом залил в себя два стакана чая, подумал немного, намазал маслом калорийную булочку, шлепнул сверху джем и слопал. Проделал эту операцию во второй, затем в третий раз. На четвертой булочке я не утерпела:

— Прекрати, тебя стошнит!

— Никогда, — с видом довольного удава пробормотал Семен и начал закрывать глаза.

Я потрясла его за плечи.

— Не смей спать, мне нужен твой совет.

— Никто и не собирался спать, — пробормотал Сеня, зевая, — что у нас стряслось и где Тамара?

— Младенца укладывает.

— Кого? — разинул рот Сеня.

— Девочку, Веронику, кстати, Машка Родионова нам ее еще вчера подкинула, ты не знал?

— Нет, — покачал головой мужик.

— Слышишь крик?

— А-а-а, думал, телевизор громко включили, — объяснил Семен.

— Как же ты ухитрился вчера не заметить ребенка? Он же с вами в одной спальне ночевал. Мы его пока устроили в ящике из-под магнитофона, но, думаю, сегодня Тамара уже добыла кроватку.

— Понимаешь, — принялся оправдываться Сеня, — пришел поздно, все уже спали, свет зажигать не стал, тихонько заполз на кровать и все. А утром в семь встал и убежал...

В этом весь Семен. Кроме работы, его ничто не интересует.

Однажды у нас на кухне упал карниз, естественно, вместе с занавесками. Я терпеть не могу «голых» окон, впрочем, Томочка тоже. Вид черноты на улице не вдохновляет, без занавесок крайне неуютно. Целую неделю мы просили наших мужчин прибить карниз. Дело было плевое: приколотить два железных «ушка» взамен сломавшихся. Олег и Сеня клялись выполнить эту ювелирную работу.

— Завтра абсолютно точно, — твердили они в один голос, — сегодня никак, а во вторник обязательно.

Однако ремонт передвинулся затем на среду, следом на четверг, а там недалеко было и до пятницы. Кончилось дело тем, что я, разозлившись, сгоняла в хозяйственный магазин и водрузила карниз на место. Жизнь в доме без мужчин научила меня вполне профессионально обходиться с молотком, отверткой и вантузом, а сифон под раковиной прочищаю гораздо лучше постоянно пьяного сантехника. Вообще говоря, следовало сразу же взяться за ремонт самой, но если уж в доме появились два мужика, то хочется быть слабой и беспомощной.

— Интересно, — пробормотала Кристя, — через сколько месяцев они обнаружат, что занавески на месте?

— Сеня и Олег не настолько безнадежны, — ринулась на защиту Тамара, — вот придут вечером, сядут ужинать, увидят гардины и сразу устыдятся.

— Давай поспорим, — оживилась Кристина.

— На что? — полюбопытствовала Тома.

— Если я выиграю, ты купишь мне диск «Сима», прикольная штука, целый город на компьютере построить можно.

— А если проиграешь?

Кристя подумала и ответила:

— Тогда целый месяц стану ложиться спать в десять вечера.

На том и порешили. Первым прибыл мой муженек. Плюхнулся за стол и принялся глотать борщ.

Кухня у нас большая, окно огромное, подоконник широкий, и на нем стоит куча приборов: тостер, печь СВЧ, гриль, электрочайник, телефон...

— Олег, — начала Кристя, — сделай тостики.

Майор нарезал хлеб, встал, отодвинул занавеску, сунул ломтики в тостер и... все. Тут появился Семен и получил свою тарелку супа. Дождавшись, пока мужики насытятся, мы начали под разными предлогами гонять их к окну. Оба покорно жарили хлеб, готовили пиццу, кипятили воду... Каждый раз им приходилось касаться занавесок, но наши муженьки так ни разу и не удивились. Наконец Томуся не вытерпела и спросила в лоб:

— Парни, вы ничего не замечаете особенного?

Сеня и Олег принялись озираться. Первый спросил:

— Клеенку новую купили?

— Ой, стены перекрасили, — воскликнул второй. — Здорово вышло, намного лучше, чем раньше.

Кристя захихикала. Тамара хмыкнула.

— Нет, клеенка и стены остались прежними, попробуйте еще разок.

Мужчины окинули нас оценивающим взглядом.

— Постриглись, — протянул Олег, — очень, очень здорово, вам идет.

— И покрасились, — быстро встрял Сеня, — ты, Томочка, просто помолодела, если это, конечно, возможно в твоем возрасте.

— Мы повесили карниз, — не выдержала я, — вернули на место занавески.

— Да? — в голос удивились мужики. — А что, их разве не было? Кажется, что какие-то всегда висели.

— Зелененькие, — дополнил Олег.

— Не, голубенькие, — поправил Семен.

Я посмотрела на белые в красную клетку кухонные шторы и тяжело вздохнула. Ну как жить с такими экземплярами?

Хотя, наверное, редкие мужчины обращают внимание на оконное убранство.

Но не заметить отчаянно орущего младенца? Это уж слишком!..

— Иди в кабинет, — велела я Семену, — у меня к тебе вопрос по компьютеру.

Честно говоря, совершенно не умею управляться с данной машиной, владею самыми примитивными навыками, но Сеня великолепно разбирается во всех тонкостях.

— Ну и что? — спросил он.

— Как скачать с него всю информацию?

— Зачем всю? — изумился Сеня. — Возьми нужный файл и сбрось на дискету.

— Мне нужна вся информация.

— Да зачем?

Я секунду поколебалась, думаю, приятель сразу забудет о моей просьбе, можно говорить правду.

— Одна фирма владеет необходимой мне информацией. Никто не разрешит копаться в памяти, вот и хочу стащить все и дома разобраться.

Сеня почесал в затылке.

— Думаю, тебе нужна директория «Документы» или «Портфель». На обычную дискету не влезет, понадобится магнитно-оптический диск.

— Где его взять?

— Есть такой у меня в загашнике, на!

— Как с ним обращаться?

— Смотри, — сказал Сеня и включил компьютер.

ГЛАВА 7

На следующий день ровно в десять я ворвалась в агентство. Мария Ивановна как раз просматривала на мониторе какую-то информацию. Увидав меня, она отложила «мышку» и спросила:

— Виолочка? У вас проблемы?

— Нашла клиента, — радостно сообщила я, — богатого, на десять тысяч. Когда привозить?

— Отлично, — заулыбалась бабуся, — только зачем бежали? Надо было просто позвонить!

— Ой, хотела, как лучше!

— Ничего, ничего. Сейчас поглядим, когда его зазвать. Такого гуся следует быстро обрабатывать, — пела Мария Ивановна, роясь в ежедневнике.

И тут в кабинет без всякого стука влетела Кристя.

— Мама, — заныла она, — гляди...

— Лена! — строго заявила я. — Где велела меня ждать? У метро! Почему не слушаешься?

— Это ваша? — спросила Мария Ивановна.

— Да, — вздохнула я, — тринадцать лет, а ни на минуту нельзя оставить, хуже маленькой. Вот сегодня велела ей стоять на площади! Ну чего ты прибежала?

— Мама, — нудила Крися, старательно делая из себя великовозрастную кретинку, — пойдем, чо скажу, ну, мам!

— Говори здесь!

— Да, там мало! — зудела Кристя, — давай на ушко шепну!

— Хватит, — рявкнула я, — не позорь меня на работе, быстро говори, чего тебе надо! В туалет хочешь?

— Во, — вытащила Кристина из сумки довольно объемный пакет. — Во, гляди!

— Где взяла? — строго спросила я, выуживая из упаковки роскошный комплект постельного белья.

Нежно-бежевый пододеяльник из тончайшего льна украшала элегантная вышивка. Точь-в-точь такие же незабудки были вытканы и по углам наволочки, отороченной кружевами.

— У метро тетка с автомобиля торгует! — торжествующе выкрикнула Кристя.

— Ты украла, мерзавка! — завопила я, хватая Кристю за ухо и дергая его в разные стороны. — Сколько раз тебе, дуре, говорила, нельзя брать чужое, нельзя.

— Мамка, — зарыдала Кристя, — купила...

— Не ври, откуда деньги!!!

— Так ты мне пятьдесят рублей оставила, — оправдывалась Кристина.

— Не смей брехать, — драла я ее за уши, — такой комплект знаешь сколько стоит!

— Ей-богу, — плакала Кристя, — тетенька к метро подкатила и давай торговать, там народу уйма, она говорит: рекламная акция. Они продают за тридцать рублей пакет с названием фирмы и адресом, а белье — подарок. Только сегодня!

Я отпустила Кристю и велела:

— Сопли утри.

Потом помяла в руке наволочку и глянула на Марию Ивановну:

— Роскошное белье, надо бы еще купить, да денег нет.

Старушка невероятно оживилась:

— Где такое дают, деточка?

— Да позади метро, у оптушки.

— Покажешь мне?

— Угу, — буркнула Кристя и потерла красное, вспухшее ухо. — Конечно.

Мария Ивановна вытащила сумочку и попросила:

— Виолочка, посидите тут пока, компьютер не трогайте, я там текст печатаю.

— Не умею с ним обращаться, — вздохнула я, — у нас его нет, даже не представляю, как включать!

Мария Ивановна окончательно успокоилась.

— У подруги внучка замуж выходит, подарок нужен, лучше и не найти!

Это точно. Данный комплект белья Томусе купила за бешеные деньги в чрезвычайно дорогом магазине. Нас пригласили в воскресенье на свадьбу, и мы решили, что роскошный пододеяльник, простыня и наволочки — это лучший презент для такого случая. Редкая женщина не придет в восторг при виде подобной красоты. Вот и Мария Ивановна моментально понеслась к метро, забыв о работе. Впрочем, я ее понимаю. Сама бы полетела, не задерживаясь, узнав, почем бельишко.

Старушка притормозила на пороге и сказала:

— Душенька, до одиннадцати тут никого не жду, начальство явится к полудню. Просто посидите спокойненько, чтобы посторонние не зашли.

— Конечно, — кивнула я и вытащила из сумочки «Мегаполис», — почитаю пока.

Мария Ивановна и Кристя ушли. Быстрее стратегической ракеты я кинулась к компьютеру. Только бы не перепутать последовательность действий!

Машина странно зацокала, на экране возникли какие-то бегущие строчки, заморгали цветные линии. Я в ужасе глядела на экран — еще сломается, не дай бог! Но потом монитор моргнул и вновь загорелся приветливым голубым светом. Через минуту появился «геометрический вальс», и я расслабилась. Похоже, процедура закончена, информация переписана.

Сунув диск в сумочку, я развернула газету и принялась читать очередные сплетни про Киркорова и Пугачеву. Примерно минут через сорок на пороге появилась страшно расстроенная Мария Ивановна и сосредоточенно ковыряющая в носу Кристя.

— Не успели, — пояснила бабуся, окидывая взглядом стол.

— Подожди в коридоре, — строго велела я Кристе.

Мария Ивановна еще раз оглядела стол, убедилась, что я ничего не трогала, и протянула:

— Девочка-то у вас немного того, странная. Говорю, пошли скорей, так нет! Сначала камень из кроссовки вытряхивала, затем давай ногу чесать, полчаса возилась! Только прошли десять шагов, споткнулась и стала шнурки завязывать.

— Да, — вздохнула я, — с мозгами беда, отец — алкоголик, сами понимаете, ну мы пошли!

— Душенька, — пропела Мария Ивановна, — уступите комплектик. К чему он вам, а?

Делать нечего, пришлось продавать белье, купленное за сто долларов, за жалкие тридцать рублей.

На улице Кристя спросила:

— Ну как?

— Гениально, после школы пойдешь учиться на актерский!

— Ни за что, — отрезала Кристина, — кстати, с тебя мороженое «Баскин Роббинс», самое большое, литровое ведро.

— Дороговато будет, — вздохнула я, — может, нашим обойдешься?

— Ни за что, — возмутилась Кристя. — Это за ухо! Между прочим, могла бы и не откручивать его с такой силой!

Дома я бросилась в кабинет и всунула диск в системный блок. Надо же, сделала все правильно!

Через час, сладко потянувшись, вышла на кухню и заварила чай. Предполагала, что процент идиотов велик, но чтобы в столице их нашлось столько!

Мария Ивановна тщательно вела «бухгалтерию». Всего с первого января этого года к ним обратились тысяча восемьсот человек, то есть получается, что в среднем почти каждый день — а агентство работало без праздников и выходных — десять кретинов, десять Буратино приносили сюда свои кровные денежки. Суммы, на которые заключались контракты, колебались от трехсот долларов до двадцати тысяч. Но самое интересное было не это! Только сто человек с начала года получили назад свои баксы. В мае таких клиентов было только восемь. У остальных, очевидно, желания исполнились. Просто поразительно.

Полина работала, не покладая рук, вернее ног. Наверное, ей постоянно приходилось бегать по городу. Фамилия Леонова то и дело мелькала в списках. Март — десять клиентов, февраль — девять, апрель — семнадцать. Меньше всего в мае — только шестеро. Хотя это, наверное, легко объяснить. Начался сезон отпусков, и москвичи толпами подались в теплые края и на дачи.

Я уставилась на экран и выписала фамилии тех людей, которые, обратившись к Поле, заплатили самые крупные суммы: Логвиненко Оксана Мартыновна — 20 тысяч, Зверева Ольга Леонидовна — 15 тысяч, Караулов Федор Петрович — 15 тысяч.

Остальные отставали с довольно сильным отрывом. Больше тысячи долларов не дал никто. Навряд ли у этих людей были какие-то невероятные желания. Скорей всего наоборот, самые простые, типа устройства на работу, избавления мужа от алкоголизма или ребенка от наркомании. Ничего тайного в них нет. А вот интересно, за что заплатила Оксана Мартыновна двадцать «тонн»? И ведь ее мечта исполнилась! Пометки о возврате денег нет. Вот Зверевой и Караулову повезло меньше, им их баксы вернули... С кого начать? Пожалуй, с Логвиненко, заплатила больше всех, небось и желание самое крутое!

Радуясь, что Мария Ивановна аккуратно записала телефоны и адреса клиентов, я потыкала пальцем в кнопочки и жизнерадостно прощебетала:

— Добрый день, канал НТВ, программа «Загадай желание», можно Логвиненко Оксану?

— Слушаю, — ответил приятный женский голос.

— Редактор Тараканова, — официально представилась я, — хотим предложить вам принять участие в нашей передаче!

— Где взяли мой телефон? — удивилась Оксана.

— Компьютер выбрал, давайте подъеду и все объясню подробно.

— Хорошо, — весело согласилась дама, судя по голосу, ей еще не исполнилось и тридцати.

— Когда удобно?

— В любое время, я сижу дома, — радостно пояснила Оксана.

— Часа через полтора буду, — заверила я и кинулась одеваться.

При взгляде на дом сразу стало понятно, что милая дама отдала услужливому Мефистофелю не последние копейки. Высокое здание, стоящее на одном из крылатских холмов, украшали зеркальные стекла, а парковка перед подъездом была забита роскошными сверкающими иномарками, ни один отечественный автомобиль не попался на глаза.

Шикарный бесшумный лифт мигом вознес меня на шестнадцатый этаж. Я тихонько присвистнула. Семен великолепно зарабатывает, его бизнес приносит стабильный доход, но квартира наша, вернее две, соединенные в одну, находится в простом доме, правда, кирпичном, постройки 50-х годов. Потолки у нас три двадцать, кухня большая, комнаты просторные... Но дом, в котором жила Оксана Логвиненко, меня просто потряс. Я никогда не видела таких роскошных, застеленных коврами лестничных клеток. У одной стены стоял диван, у другой — два кресла и журнальный столик, на подоконнике цвела герань и пахло не отбросами, а французским парфюмом. Двери же выходящих на шикарную площадку квартир были обиты снежно-белой натуральной кожей, и на них золотом горели номера квартир.

Створка 120-й была приоткрыта. Очевидно, Оксана Мартыновна, услыхав в домофон, что корреспондентка прибыла, распахнула дверь. Надо же, совсем не боится. С другой стороны, чего ей опасаться! Вход в подъезд охраняют три железные двери и звероподобный секьюрити с кобурой на поясе. Странно другое: дама крайне беспечна, раз поверила на слово незнакомой женщине и пригласила ее к себе. Но когда госпожа Логвиненко выглянула в холл, все сразу стало на свои места. Да ей лет пятнадцать, не больше. Впрочем, все-таки девчонке около двадцати, но глупа она оказалась как-то уж слишком неправдоподобно. Мне даже сначала показалось, что хозяйка меня разыгрывает.

— Ой, — взвизгнула она, — а я вас по телику видела, ведете новости на НТВ, только сейчас куда-то подевались.

Я недоверчиво глянула на нее. Издевается, что ли? Но большие карие глаза Оксаны лучились восторгом, и стало понятно, что девчонка выпалила фразу от чистого сердца.

— Да вот, задумали новое шоу...

— Ой, как интересно, — верещала Оксана, втаскивая меня внутрь шикарно обставленной квартиры, — ой, как здорово, первый раз человека из «ящика» живьем вижу. Пошли, пошли.

Она проволокла меня через огромный холл и три коридора в громадную кухню-столовую.

— Садитесь, рассказывайте! Кофе хотите?

— Лучше чай.

Оксана с готовностью ухватила железную банку с надписью «Липтон», и через пару минут на столе дымился восхитительный напиток самого благородного вкуса. Видела такие упаковки в супермаркете, вес 250 граммов, а стоит четыреста рублей. Ей-богу, этот чай совсем не похож на тот, который мы завариваем по утрам. Надо нам тоже купить такой, хотя меня скорей всего, как говорят, задушит жаба. Долгие годы, проведенные в нищете, приучили к жесткой экономии. Даже теперь, когда нет необходимости считать не только копейки, но и рубли, автоматически беру самый копеечный товар, хотя отлично знаю, что это неразумно. Ей-богу, сегодня же обзаведусь таким чаем.

— Как здорово, — не утихала Оксана, — расскажите, расскажите скорей!

Я, глотая невероятный напиток, принялась вдохновенно врать, стараясь, чтобы мой рассказ звучал убедительно.

Канал НТВ придумал чудную штуку! При помощи компьютера выбирают трех человек, всего троих в огромном мегаполисе, и приглашают на шоу. Все происходит в прямом эфире. В студии уже сидит известная ясновидящая. Участникам предлагают высказать вслух свое самое заветное желание. Естественно, можно соврать, но тогда провидица сразу заметит ложь, и человек лишится права участвовать в программе. Но если он или она не побоится и смело расскажет миллионам телезрителей о своих мечтах, тогда их ждет сюрприз — исполнение желания.

На мой взгляд, подобная идея не выдерживала никакой критики, но Оксаночка пришла в дикий восторг.

— Клево, супер, стебно! Ловкий прикол, обязательно стану глядеть!

— А участвовать хотите?

Оксаночка вздохнула:

— Вряд ли.

— Почему? Такое неприличное желание, что загадать боитесь?

Девушка засмеялась.

— Знаете, честно скажу, еще не так давно была мечта, но теперь я уже все имею! Кстати, а вам чегонибудь хочется?

— Да, — вздохнула я, — только боюсь, мое желание невыполнимо...

— А что? — поинтересовалась Оксана.

Я наморщилась.

— Ну понимаете, телевидение — жуткая вещь, весь день в бегах, а ночью — монтаж. Возраст уже не юный, а мужа нет. Так недолго и в старых девах просидеть до смерти. Но где найти супруга? Не давать же объявление в газетах: «Молодая, хорошо зарабатывающая женщина, без материальных и жилищных проблем ищет мужа!»

— Ой, — всплеснула руками девчонка, — сейчас такое расскажу! В такое место отправлю! Всю жизнь благодарить станете! Слушайте, что со мной случилось!

Оксаночка оказалась старше, чем я предполагала, ей уже стукнуло двадцать пять. Наверное, глупость хорошо консервирует.

Происходила девушка из крайне простой семьи, можно сказать, родилась в социальных низах. Отец исчез на заре ее детства в неизвестном направлении.

Маменька сначала врала дочурке, будто папенька служит на дрейфующей полярной станции, но когда Ксюша пошла в школу, мамуля раскололась: отца у дочки не было. Вернее, существовал мужчина, благодаря которому девочка появилась на свет, но он никогда не являлся мамочкиным мужем.

Окончив восемь классов, Оксана пошла сначала в училище, а потом стала работать парикмахером в небольшом салоне. Стояла она в мужском зале и страстно хотела выйти замуж. И тут судьба протянула ей руку дружбы. Однажды, уже около десяти вечера, когда мастерицы сложили инструменты, в зал влетел мужик лет тридцати пяти и попросил:

— Быстренько обкорнайте меня.

— Мы закрываемся, — сообщила одышливая Роза.

— Очень надо, девочки, — взмолился поздний клиент.

— Нет, — закачали головами парикмахерши, которые после напряженного рабочего дня хотели поскорей оказаться у семейного очага, — и не просите!

Неожиданно Оксане стало жалко мужика. Дома девушку никто не ждал, мама к тому времени совсем спилась и скорей всего опять лежала на диване в компании с бутылкой.

— Идите сюда, — сказала Ксюша, разворачивая пеньюар, — вас как стричь?

Обрадованный мужик гаркнул:

— Без разницы, только коротко.

Так Оксана нашла свою судьбу. Через полгода они поженились, и девушка, сломав расчески, выбросила их в окно. Работать ей больше не пришлось, потому что Владимир — так звали супруга — оказался богат. Потекла счастливая жизнь, омраченная только одним обстоятельством. Володя не скрывал, что женат в третий раз. Первые две супруги устраивали его во всех отношениях: умные, интеллигентные, начитанные, хорошие хозяйки, но... Но они не смогли родить ему ребенка, а Владимир страстно хотел наследника, сына. Правда, это в первом браке он без конца говорил о мальчике, во втором уже был согласен и на девочку, но, как назло, беременеть жены не могли.

Поэтому третью супругу бизнесмен решил искать в другом, так сказать, социальном слое, среди бедных, но здоровых девушек. А тут подвернулась вполне симпатичная Оксаночка, добрая и аккуратная. Целый год они прожили душа в душу, Оксане никогда не было так хорошо и спокойно. Счастье омрачалось только одним: месячные приходили с удручающей регулярностью, дети не получались.

После Нового года Володя со вздохом сказал:

— Извини, Ксюша, привык к тебе, даже полюбил, но, наверное, придется разводиться, мне нужен сын или, на крайний случай, дочка.

Оксаночка зарыдала. Муж похлопал ее по плечу:

— Ладно, ладно, не на улицу выгоняю. Квартиру куплю, на работу устрою, денег дам.

Еле-еле Ксюша уговорила его подождать еще полгода и попробовать удвоить усилия. Сама же мигом понеслась в центр охраны матери и ребенка. Но тамошние гинекологи только развели руками — пациентка здорова, впрочем, и Владимир, которого Оксана со слезами упросила сходить к докторам, тоже оказался совершенно годен к продолжению рода.

Ксюша все же стала ходить на какие-то предписанные процедуры. Однажды, когда в очередной раз выяснилось, что долгожданное дитя опять не «завязалось», Оксана заплакала прямо в холле НИИ.

Неожиданно ей на плечо опустилась рука, и мягкий голос спросил:

— Могу чем-нибудь помочь?

Девушка покачала головой.

— А все же, — настаивала женщина.

И внезапно, скорей всего от отчаяния, Оксана рассказала незнакомке все. Та, а это была Полина, сообщила ей про агентство «М. и К°».

Взяв 20 тысяч долларов, Оксана поехала с Леоновой в офис.

— Понимаете, — объясняла Оксана, — я сразу успокоилась. Там такая милая старушка работает, я ей моментально поверила, просто поняла, что забеременею, и вот, глядите.

Она радостно задрала кверху длинную футболку, и я увидела круглый животик, сильно выпирающий из специальных брюк с эластичной вставкой.

— Пять месяцев, — гордо поведала Ксюша, — десятого января отнесла Мефистофелю деньги, а двадцатого месячные не пришли. Ну это ли не чудо! Уж не знаю, как вы там на телевидении станете желания выполнять, но мне черт помог. Кстати, УЗИ показывает, что это мальчик, здоровый и красивый! Хотите, я вам адрес агентства дам?

— Давайте, — вздохнула я. — А муж, когда узнал про деньги, ругался?

— Не-а, — засмеялась Оксана, — хохотал как ненормальный. А потом сказал, что я, очевидно, очень его люблю, раз с нечистым связалась. И еще добавил: «Да я бы за ребеночка в пять раз больше дал».

У нас теперь с Володей любовь каждый день, он мне все покупает! Хотите детскую посмотреть? Да не стесняйтесь, пошли, пошли.

Ей так хотелось похвастаться комнатой, ждущей маленького хозяина, что было невозможно отказаться от осмотра.

Мне была продемонстрирована беленькая колыбелька с пологом, куча игрушек, шкафчик, забитый ползунками и кофточками, гора памперсов, самых дорогих, пропитанных питательным кремом.

— Обязательно ступайте к Мефистофелю, непременно поможет, главное — верить в успех! — напутствовала Оксана, провожая меня до лифта.

Я спустилась вниз и пошла к метро. Глупенькая Ксюша сказала неожиданно очень правильную вещь: главное — верить! Одна из наших подруг, Карина Разуваева, работает гинекологом. Так вот она рассказывала, что у десятков женщин дети не получаются потому, что... их очень хотят. Организм напрягается, и возникает парадоксальная ситуация. Чем больше дама желает малыша, тем сильнее напряжение нервной системы, и тем меньше шансов забеременеть. Бывает, что, проведя десять лет по клиникам и курортам, бедняжки теряют всякую надежду, берут ребенка из детского дома и... рожают своего. Бабушки-знахарки давно подметили эту странную закономерность и частенько советуют бесплодным клиенткам:

— Сироту пригрей, полюби как родную, господь тебя наградит.

Только сдается мне, божий промысел тут ни при чем. Просто дама, получившая долгожданного сыночка, пусть даже и рожденного другой женщиной, успокаивается и перестает носиться по врачам, сдавать анализы. Организм начинает жить в нормальном ритме, без постоянного стресса, и моментально следует долгожданный результат.

Конечно, сотрудники агентства «М. и К⁰» беззастенчиво надували своих клиентов, но в случае с Оксаной обман пошел во благо, принёс счастье ей и мужу. Только мне от этого не легче. Эти люди поглощены своими делами, и им нет никакой необходимости убивать Полину и похищать Настю.

ГЛАВА 8

Со спокойной душой вычеркнув Логвиненко из списка, я двинулась по следующему адресу — к Караулову Федору Петровичу. Решив особо не утомляться, набрала телефонный номер и услышала сиплое:

— Алло.

— Можно Федора Петровича?

— Слушаю, — прохрипел мужик и закашлялся.

Ага, понятно, почему он сидит днем дома. Небось глотнул по жаре холодной воды или пивка и подцепил ангину.

Недолго думая, я выложила историю про НТВ и новое шоу. Сейчас он придет в восторг...

— Нет!!! — заорал мужик — Никакого телевидения, даже не приближайтесь к моей квартире!

— Почему? — попыталась я продолжить разговор.

— Нет!!! — вопил Федор Петрович. — Не хочу, не желаю, пошла к дьяволу!!!

Я недоуменно сжимала в руках противно пищащую трубку. Чего он так взъелся на телевидение? Но ехать все равно к нему надо, другой вопрос, как проникнуть в квартиру?

Путь оказался не ближний. Сначала до метро «Кузьминки», потом на автобусе вглубь квартала самых простых блочных домов с уродливыми черными швами. Потом еще пришлось топать пешком, и, когда наконец появилась двенадцатиэтажная башня, я чувствовала себя как ездовая собака, тащившая весь день по льду тяжеленные нарты.

Подъезд смотрел на мир выбитыми стеклами, внутри мрачно торчали сгоревшие почтовые ящики, и пахло так, как и положено в подобном месте: мочой и блевотиной.

Квартира ненавидящего НТВ Федора Петровича находилась на первом этаже, сразу за лифтом, в темном закутке. Чуть не стукнувшись лбом о какую-то свисавшую балку, я ткнула пальцем в звонок. Раздалось сначала «пение соловья», а потом шлепанье тапок, дверь приоткрылась, и на пороге возник прехорошенький блондинчик с лицом порочного ангелочка. Фигура у мальчишки была отличная, и он с удовольствием ее демонстрировал. Распахнул дверь и оказался передо мной в одних плавках. Правда, сегодня жарко, и надевать спортивный костюм в такую погоду не хочется, но мог бы хоть халат набросить. Впрочем, великолепно понимаю его: когда целый день занимаешься на тренажерах, естественно, хочется продемонстрировать всем результаты своих усилий.

Не успела я сообразить, с чего начать беседу, как парнишка картинно тряхнул роскошными волосами и, распространяя запах «Орбит», прочирикал:

— О, это вы, Надюша! Хорошо, что передумали. Ну кто же отказывается от удовольствия. А я, честно говоря, расстроился, деньги-то заплачены вперед. Входите, входите, не бойтесь, я не кусаюсь и не бросаюсь на дам прямо с порога.

— Спасибо, — прошептала я, опуская глаза вниз, и юркнула в крошечную прихожую.

Комнат в квартире было две. Одна оказалась закрытой, а во второй, куда меня завел Федор, стояла большая кушетка, накрытая белейшей простыней.

— Ну, — улыбнулся хозяин и кашлянул, — раздевайтесь, насколько понял, у вас спина.

— Вы больны, — сурово ответила я.

— Да нет, — отмахнулся Федор Петрович, — аллергия на пыльцу замучила, просто извелся, ведь с людьми работаю. Постоянные клиенты в курсе и не боятся, а новым объяснять приходится. Зимой еще ничего, а летом вообще караул. Голос вон почти потерял!

— Уезжать надо из Москвы в мае, — посоветовала я.

Федор хрипло засмеялся.

— Что вы, клиенты косяком идут, я ведь лучший массажист в Москве, даже квартиру эту специально снял под кабинет.

— Да? — удивилась я. — А вот к моей приятельнице массажист на дом приходил.

— Так и я могу, — пояснил парень, — только не всем хочется дома. Массаж, он, знаете ли, всякий бывает — общий, медицинский, тайский, турецкий, почечный, китайский, интимный... Кое-кто любит тут, в кабинете. У меня все предусмотрено, не сомневайтесь.

И он толкнул дверь в соседнюю комнату. Я увидела роскошную двуспальную кровать с великолепным бельем и горой подушек. Одну из стен спальни украшало огромное зеркало.

— Мне не нужен интимный массаж, — быстро сказала я.

— Смешно, ей-богу, — ухмыльнулся массажист, —

я что, насильник? Каждый заказывает, что хочет. Показывайте вашу спину, остеохондроз массажа как огня боится. Станете как новенькая, про боль забудете.

Я посмотрела на его красивые мускулистые руки и ответила:

— Извините, что ввела в заблуждение, но мое имя не Надежда и я не являюсь вашей клиенткой.

Федор поднял брови:

— Тогда кто вы и зачем явились?

— Служу в налоговой инспекции, и соседи сообщили нам, что здесь подпольно работает массажный кабинет, — спокойно пояснила я.

— Ах, гниды, — воскликнул хозяин и тут же заулыбался, словно продавец-араб в ювелирной лавке, — ну какой у меня бизнес? Горе одно, клиентуры никакой, чистые слезы, еле-еле на хлеб хватает, да на кефир... И вообще, только знакомых массирую, причем бесплатно, просто чтобы людям помочь.

Я рассмеялась.

— Только что говорили другое!

Федор слегка порозовел.

— Так просто болтал. Да что мы тут стоим? Пойдемте, пойдемте.

Он буквально вытолкал меня на кухню, обставленную весьма кокетливо.

— Садитесь вот сюда, на мягкий стульчик, — суетился парень, — должно быть, весь день носитесь, голодная. Мясо будете?

— Спасибо, не надо.

— Только не стесняйтесь, — пел хозяин, гремя сковородками. — Я замечательно готовлю. Наверное, следовало в повара пойти.

Быстро и ловко он поджарил несколько кусков вырезки, покромсал помидоры, вытащил из холодильника запотевшую бутылку «Гжелки» и оливки.

— Не надо водку, — сказала я.

— Не надо, так не надо, — покладисто отозвался Федор, — есть коньяк, вино красное сухое, очень рекомендую под мясо.

Я на самом деле дико проголодалась, и руки сами потянулись к прибору. Федор не соврал: если он так же хорошо делает массаж, как готовит мясо, то у него клиенты небось рядами записываются на прием. Вырезка таяла во рту.

— Вкусно? — улыбнулся парень.

Я кивнула:

— Потрясающе.

— Вот если еще согласитесь мне спину показать, — расплылся в довольной гримасе Федор, — так вообще десять лет сбросите. Хотя вы и так молодая. Но, сдается мне, у вас остеохондроз и кистоз позвоночника.

— Откуда вы знаете?

— Между прочим, — гордо заявил парень, — имею высшее образование, окончил Институт физкультуры и больную спину сразу вижу. Погодите секунду.

Он вышел в комнату, я наслаждалась потрясающе сочным мясом.

— Вот, — сказал Федор, вернувшись, — возьмите.

Я заглянула в белый конверт: пятьсот баксов.

— Это взятка?

— Никогда, просто маленький подарочек, очень скромный, к сожалению. Впрочем, если хотите, могу провести вам сеансы массажа, на самом деле легче станет... Давайте решим все проблемы полюбовно, а? Небось, зарплата крохотная...

Я горестно вздохнула:

— Точно, копейки дают, а уж работать заставляют! Ходить приходится целый день! Вот после вас пойду в агентство «М. и К⁰».

— Куда? — спросил Федор.

— «М. и К⁰», — повторила я, — говорят, жуткие жулики, людей обманывают, дурачат, деньги себе присваивают, мрак, просто «МММ» какое-то...

— Нет, — покачал головой Федор, — как ни странно, они работают нормально.

— Да? — фальшиво изумилась я. — Откуда знаете?

Федор рассмеялся:

— Пытался воспользоваться их услугами.

— Не может быть! Говорят, они предлагают клиентам заключить контракт с нечистой силой! Извините, но вы совсем не похожи на идиота.

— Похож, похож, — заржал парень, — нервов испортил десять кило, а все из-за жадности и глупости... Понимаете, какая штука получилась...

Он вытащил пачку «Парламента», закурил и спохватился:

— Вы разрешите?

— Конечно, — благосклонно кивнула я, — кстати, деньги заберите. Это ни к чему, лучше расскажите, что знаете про «М. и К°». Меня они больше как неплательщики волнуют, чем вы. Вижу, соседи по злобе наклеветали, ну какой такой массажный салон? Ерунда, да и только! Если человек своим многочисленным друзьям по доброте душевной помогает, какое же в этом преступление?

Федор широко улыбнулся, обнажив безупречные белые зубы, положил мне на тарелку еще кусок нежного мяса и сказал:

— Только не смейтесь. В тот день, когда я влип в аферу, должно быть, затмение нашло. Я ведь не богат, а семья огромная...

Родственников у парня действительно оказалось навалом, и все, как один, неработоспособные. Отец и мать больные, получают копеечные пенсии по инвалидности. Кроме Феди, у них есть две девочки-близняшки. Но те еще учатся в школе и помогать родителям не могут. Девчонок самих нужно кормить, поить, одевать и ставить на ноги. Так что из добытчиков в семье один Федор, он и тянет на своих плечах огромный воз. Правда, отец с матерью и сестры капризами не отличаются, ничего особенного не просят и питаются самой простой пищей, но старикам требуются лекарства, а девчонкам хочется одеваться. Словом, деньги, которые Федя «выжимает» из клиентов, мигом убегают от парня. Федор — хороший сын и брат, все время озабочен только одной проблемой: где найти новых клиентов?

— Это с одной стороны, — откровенничал парень, — а с другой, больше четырех человек в день никак не могу принять. Идешь потом домой, а руки, как бутылки с водой, прямо не пошевелить, устаю очень. Я ведь по-настоящему массаж делаю, без халтуры, в каждого пациента душу вкладываю...

Праздник на его улице наступает, когда кто-нибудь из клиенток, в основном дамы вокруг сорока, хочет интимных услуг. Стоит такой «массаж» дорого и даже приносит Феде удовольствие. Но подобные заказы случаются не слишком часто, однако в июне прошлого года ему жутко повезло. Появилась немолодая эстрадная дива, усыпанная с головы до ног дорогими каменьями. Сначала он вправлял Нино спину, ну а потом она сделала Федю своим любовником. На парня пролился дождь подарков, любые его желания исполнялись мгновенно. Нино купила ему машину и повезла отдыхать в Таиланд. Она явно влюбилась в молодого сексапильного Феденьку. Кстати, Караулов далеко не глуп, читал кое-какие книги, умеет общаться с дамами. Не раз и его приводила с собой на тусовки в качестве кавалера. Но Нино предпочитала встречи в квартире. Несмотря на возраст дама без конца выступала, пела на всех концертных площадках и, хотя пик ее славы прошел, зарабатывала столько, что потратить всего на себя не могла. Мужа у нее не было, детей тоже. И в голове Федора родилась, оформилась и поселилась мысль: вот бы уговорить певицу взять его в супруги! Все материальные проблемы мигом отпадут! Пару раз Федя падал на колени и предлагал руку и сердце. Но Нино не говорила ни «да», ни «нет», хотя массажист видел, что ей приятны его слова. Так продолжалось до ноября. Потом массажиста Федора вызвали на дом к девочке-инвалиду с парализованными ногами. Ее сестра, мило улыбающаяся, крайне располагающая к себе Полина, угощала после сеансов кофе и вела с массажистом приятную беседу. Как-то раз она и рассказала ему о фирме «М. и К°».

— Не иначе, как их там в фирме гипнозу обучают, — недоумевал Федор, — сам не понимаю, как клюнул. Деньги на квартиру собирал, ровнехонько пятнадцать тысяч в загашнике лежали. Схватил их и как сомнамбула пошел. Ну не дурак ли? Очень уж хотел, чтобы Нино в загс с ним побежала. Работать обрыдло, клиенты надоели...

Караулов отволок свою заначку, а после Нового года Нино, сделав кавалеру ручкой, выскочила замуж за престарелого богатого американца и укатила за океан, променяв подходившую к концу карьеру на обеспеченную жизнь в США.

Федор чуть не умер от расстройства. Узнав об измене «любимой», он мгновенно ринулся в «М. и К°» и потребовал возврата денег, добытых кровью и потом. Но мило улыбающиеся сотрудники ошарашили его отказом. Увы, контракт заключен на полгода, и сумма обязательно вернется к владельцу, но... лишь в мае!

Федор едва не потерял сознание, поняв, какую глупость совершил. Получив отказ от «дьявольских» посредников, он ринулся в милицию с жалобой. Но сотрудники правоохранительных органов его просто-напросто высмеяли.

— Чего же вы хотите, гражданин Караулов, — сказал ему высокий парень, чуть постарше Феди, — деньги у вас, что, обманным путем выманили или украли с применением насилия?

— Нет, — растерялся массажист, — сам отдал.

— С себя и спрашивайте, — отрезал мент, — контракт на руках, полгода еще не прошло. Вот если в мае не вернут, тогда возвращайтесь, побеседуем. А сейчас просто не наступил случай, предусмотренный уголовным кодексом, пока что действует ваш договор с чертом.

Не в силах больше сдерживаться, милиционер заржал, а несчастный Федор вышел в коридор и мрачно закурил возле окна. Получалось, что ласковая девушка Полина обвела его вокруг пальца. Впрочем, парень понимал, что он сам дурак, идиот, кретин, лопух.

Ругая себя на все корки, Федор набрал клиентов

столько, что перерыв между ними составлял всего полчаса, нужно было начинать копить на собственную квартиру с нуля. В то, что ему вернут кровные денежки, массажист абсолютно не верил.

Представьте его бескрайнее изумление, когда пятого мая он услышал в телефонной трубке бодрый голос:

— Добрый день, агентство «М. и К°» просит прибыть в ближайшее время для расчетов.

— Не понимаю, — пробормотал Караулов.

— К нашему глубочайшему сожалению, — затараторил высокий женский голос, — к нашему разочарованию, Мефистофель не сумел выполнить ваше желание. Такое случается крайне редко, но, увы, иногда происходит! Вы подписывали договор пятого ноября, сегодня пятое мая. Деньги ждут вас в офисе.

— Вы что? — обалдел парень. — Действительно хотите вернуть пятнадцать тысяч?

— А как же? — удивилась девица. — Естественно, ни на минуту не задержим, приезжайте хоть сейчас. Впрочем, если желаете, можем еще на шесть месяцев продлить, вдруг Мефисто сменит гнев на милость.

Но Федя, естественно, побросав мигом дела, помчался на улицу Коровина, где ему выдали всю сумму стодолларовыми купюрами. Все еще подозревая подвох, Караулов на глазах у мужика и бабы, вернувших ему деньги, подключил машинку, которую используют в обменных пунктах для проверки подлинности купюр, и начал прогонять через нее вновь обретенные деньги. Сотрудники агентства отнеслись к процедуре равнодушно, очевидно, не один Караулов усомнился в их честности.

Невероятно, но доллары оказались настоящими, и Федору пришлось признать: «слуги дьявола» его не обманули.

— Надули, конечно, — улыбался массажист, заваривая кофе, — небось прокручивали полгода баксы под большим процентом, ну, да и черт с этим. Теперь ученый. Никому больше не поверю, до сих пор не пойму, как такого дурака свалял!

На улице вновь начался дождь. Мелкая водяная пыль сыпалась с неба, серые тучи спустились совсем низко, стало темно, сыро и противно. В метро висела влажная жара, воздух куда-то исчез, да еще вагоны были битком набиты пассажирами. Я еле-еле втиснулась в поезд и моментально прилипла к какому-то мужику в светлой рубашке с короткими рукавами. От него нестерпимо несло перегаром. Отвернулась в другую сторону и очень пожалела: в пяти сантиметрах от моего носа расположилась полная мокрая дама, «благоухающая», как завод по производству рыбных консервов.

Кое-как добралась до дома, вошла в квартиру и поразилась тишине. Неужели гадкий младенец спит? И где Томочка?

Подруга обнаружилась в спальне. Окна закрыты шторами. На огромной кровати место хватило всем. Клеопатра и Сыночек устроились на подушке Семена. Ленивые кошки даже не открыли глаза, услышав мои шаги. Дюшка, лежащая в ногах, вяло помахала хвостом, но вставать не стала. Томуся полусидела в подушках, и ее лицо по цвету слилось с белоснежной наволочкой. Темные мешки под глазами резко выделялись на фоне синеватой кожи.

— Опять приступ был? — испугалась я.

У Томочки не слишком приятная болячка с красивым названием «мерцательная аритмия». Время от времени ее сердце начинает вдруг изо всех сил колотиться в грудной клетке, не сокращается ритмично, а бьется как попало. Начинается сильное головокружение, тошнота, слабость, и Тома валится в кровать. Гадкая штука имеет обыкновение возникать на ровном месте, без всякого, казалось бы, достойного повода. Только что Томуся, весело улыбаясь, стоит у плиты, и вдруг, бац, зеленеет на глазах. Самое интересное, что внезапно начавшись, приступ так же мгновенно заканчивается.

— Ты приняла обзидан? — спросила я.

Тома кивнула.

— Уже все, отпустило. Который час?

— Семь.

— Пора, а то опоздаю, — пробормотала Тамара и стала осторожно спускать ноги с кровати.

— Ты куда? А ну ложись! — велела я.

— Надо в детскую поликлинику, — пояснила подруга, — а прием там до восьми.

— Завтра сходишь, куда торопиться.

— Никак нельзя, грудничковый день один, — объяснила Тома.

— Что еще за день такой?

— Ну, в это время принимают только матерей с младенцами до полугода.

— Почему?

— Потому что у старших детей, тех, которые посещают ясли, детские сады и школы, случаются неприятные инфекции, которые могут стать смертельными для новорожденного: корь, свинка, ветрянка, грипп в конце концов.

— А, — протянула я, — здорово придумано. Только зачем Веронику к врачу тащить, похоже, она отлично себя чувствует. Вон как спит хорошо!

— Весь день орала, — вздохнула Томуся, — аллергия у нее на молочные смеси из банок, нужно получать питание с детской кухни, а его только врач выписывает!

Подруга встала и пошатнулась:

— Вот незадача, еще кружится!

— Немедленно ложись, — приказала я, — схожу вместо тебя.

— Спасибо, — вздохнула Томочка, — уж извини, пеленку чистую возьми.

— Зачем?

— У врача на стол постелить, не класть же ребенка на грязь.

— И младенца надо тащить?

— Ну, конечно, без осмотра ничего не выпишут!

Делать нечего, пришлось заворачивать на редкость спокойно сопящую Нику в одеяльце и бежать на улицу.

ГЛАВА 9

Поликлиника, по счастью, находится в двух шагах от дома, нужно только завернуть за угол. С трудом потянув на себя тяжеленную дверь, я оказалась в предбаннике перед здоровенной толстой бабищей в белом мятом халате.

— Температура? — грозно спросила она.

— Чего? — удивилась я.

— Уж не воздуха, — гавкнула медсестра, — сколько у ребенка?

Я растерянно помолчала, потом ответила:

— Думаю, 36 и 6.

— Ну и зачем сюда вперлась?

— Как это? Грудничковый день!

— Ты читать умеешь? — рявкнула тетка.

— Вроде, — окончательно потерялась я, прижимая к груди Нику, — с утра могла.

— Тогда выйди и посмотри, что на двери написано!

Я вновь толкнула «свинцовую» дверь и увидела табличку: «Бокс. Вход только с больными детьми».

Сунув голову в помещение, я робко поинтересовалась:

— А со здоровым куда?

— Ох и надоели, хуже горькой редьки, ходят и ходят, ночь уж скоро, — разразилась гневной тирадой баба, — когда ж наконец покой настанет?! Рядом вход, слепая, что ли!

Я отпустила дверь, которая с жутким уханьем хлопнулась о косяк. Ей-богу, милая медсестра сэкономила бы кучу времени и сил, просто любезно ответив: «Пройдите, пожалуйста, в соседнюю дверь».

Возле кабинетов клубилась толпа. Я положила завернутую в одеяло Нику на пеленальный столик и поинтересовалась.

— В 12-й кто крайний?

— Туда никого, — вздохнула рыжеволосая девушка, — вам редкостно повезло.

— Да уж, — пробормотала полная шатенка, — такого просто не случается!

Я постучалась и робко вступила в кабинет. Сухопарая старушка, не поднимая головы от бумаг, равнодушно буркнула:

— Жалобы есть?

— Да нам нужно питание с детской кухни.

— Фамилия, — велела докторица и так же, не отрывая глаз от стола, начала выписывать бланк.

Отдав бумажку, она приказала:

— Через месяц явитесь, это направление на июль.

— А где детская кухня?

— Улица Ливитина, двенадцать.

Я мысленно присвистнула. Страшно неудобно, туда не ходит ни один вид транспорта, придется бежать пешком.

— С шести утра до восьми, — добавила педиатр, — ваш номер 375. Каждый день будете получать три молока, два кефира и одну ацидофильную смесь!

— И нужно носиться каждое утро за едой? — возмутилась я. — Можно сразу на пару дней взять?

— Нет.

— Почему?

— Потому что так не положено.

— Но ведь очень рано! И потом, идти страшно неудобно, сами знаете, улица Ливитина на краю света, даже автобусом не доехать!

— А чего тебе еще делать? — обозлилась врач. — Дома сидишь, ни хрена не делаешь!

— Так спать ведь хочется! Ребенок всю ночь кричит!

— Пусть отец сбегает.

— А у нее нет папы.

— Ну, знаешь, — хмыкнула эскулапша, — следовало думать, прежде чем рожать! Все вы так. Рады младенца кому угодно спихнуть! Чего только теперь нет: памперсы-шмамперсы, соски, бутылки, стиральные машины автоматические для вас, лентяек, придумали. Мы, между прочим, своих детей в марлевые подгузники и пеленки укутывали да стирали пеленки мылом в корыте, а потом гладили с двух сторон... И никто трех лет по уходу за дитем не давал; два месяца — и все, дальше, как хочешь. Хочешь дома сидеть, увольняйся! А у вас все условия, так им лень за молоком сбегать, тьфу, прямо противно.

Я разозлилась:

— Шариковой ручкой пишете?

— Да, — удивилась старушка неожиданному вопросу.

— Почему не гусиным пером, а? Возьмите чернильницу, свечку поставьте, ваша бабка небось так делала. И стетоскоп сними, трубочку прихвати, деревянную, и, кстати, — я уперла палец в пачку «Парламента», валяющуюся на столе, — самосад кури, в газетке. Будет, как в старину!

Старушонка в первый раз подняла на меня маленькие злобные глазки, губы ее сжались в нитку:

— Нахалка!

— Старая идиотка, — моментально ответила я, подхватывая Нику, — вот сейчас пойду к главврачу и сообщу, что вы выписали питание, даже не развернув младенца, лентяйка!

— Да как ты смеешь, — начала наливаться кровью бабка.

Но я уже вылетела в коридор и, плюхнув Нику на пеленальный столик возле какого-то орущего младенца, перевела дух.

— Родионова, — раздался из кабинета крик, — Родионова! Вернись!

Забыв, что младенец зарегистрирован в поликлинике на фамилию Машки, я не оборачивалась.

Одна из женщин, сидевших в очереди к другому кабинету, сказала:

— Девушка, вас зовут.

Оставив Нику лежать на столике, я вновь пошла к противной врачихе.

— Ну?

— Рецепт на смеси забыли, — неожиданно вполне дружелюбно ответила бабка, — сделала вам в уголке пометки «Одинокая мать», станут давать питание три раза в неделю, в виде исключения.

Я вышла в коридор, сжимая бумажку. Странные, однако, порядки в данном заведении! Сначала обхамят, а потом сделают, как их просят.

Ника лежала тихо, зато младенец, лежавший рядом, заходился в крике.

— Что это с ним? — поинтересовалась я у очереди.

— Странные матери пошли, — вздохнула толстая тетка, покачивая своего младенца, — пришла последней на прием, бросила на столик ребенка и курить подалась.

Я подхватила Нику и пошла вниз по лестнице. У окна мусолила сигарету размалеванная девица лет пятнадцати.

— Там ваш ребенок очень сильно плачет!

— Хрен бы с ним, — ответило милое создание, — пусть легкие развивает да от капризов отвыкает!

Решив, что на сегодня «приятных» впечатлений достаточно, я понеслась домой.

Томусе стало лучше. Она мигом забрала у меня Нику и понесла в ванную. Я пошла на кухню и принялась звонить третьей даме из моего списка — Зверевой Ольге Леонидовне. Караулова больше беспокоить не буду. Он, конечно, дурак, но убивать Полину и похищать Настю у него нет никаких причин. Да и желание явно не тянуло на пятнадцать тысяч «зеленых». Подумаешь, хотел пожить альфонсом при богатой престарелой даме. В наше время подобного поведения не стесняются. Наоборот, кое-кто даже завидовать начинает.

У Зверевой не брали трубку. Я разочарованно положила ее на стол и хотела уже разогревать ужин, как из ванной донесся негодующий Тамарин крик:

— Вилка, немедленно иди сюда!

За все время нашей почти тридцатилетней дружбы подруга никогда не разговаривала со мной подобным тоном. Испугавшись, я понеслась на зов.

Красная Тома трясла перед моим носом младенца:

— Ты кого принесла?

Ну вот, от переутомления у подруги случился реактивный психоз, и она временно потеряла память!

— Томусенька, — тихонечко заблеяла я, — главное — не волнуйся, ты держишь в руках новорожденную дочку Родионовой. Слава богу, она у нас не навсегда. Машка скоро выздоровеет и заберет Нику.

— Где ты это взяла? — твердила Тома.

Зная, что с безумными нельзя спорить, я постаралась не злить Томочку. Так, стану отвечать на ее дурацкие вопросы, а сама доберусь до телефона и вызову нашего приятеля Генку, он отличный психиатр.

— Не нервничай, милая, ЭТО я взяла в детской поликлинике на пеленальном столике.

— Скорей, скорей назад, — забормотала Томуся, выскакивая в прихожую, — может, успеем, какой ужас!

— Успокойся, — попыталась я остановить подругу, — ложись спать, видишь, Никочка мирно дрыхнет, и тебе пора.

— Это не Ника, — воскликнула Тамара.

Я удрученно вздохнула. Дело принимает плохой оборот.

— Конечно, Ника.

— Нет.

— Да.

— Нет.

— Да.

— Смотри, — заорала Тома, вытаскивая несчастного ребятенка из пеленок, — это мальчик!!!

Я уставилась на тщедушного младенца. Между двумя тонкими ляжками Ники, больше всего похожими на окорочка большого лягушонка, свисал довольно большой первичный мужской половой признак.

— Это что, это как, — начала я заикаться. — Ника — гермафродит? Вроде вчера еще ничего такого не было? Как он вырос за один день?

— Ты перепутала детей, — растолковывала мне Тома, пока мы неслись галопом к поликлинике, — как тебя угораздило схватить чужого ребенка?! Пред-

ставляю, какой крик стоит сейчас в поликлинике.
Но в коридоре была мертвая тишина, матери с новорожденными разбрелись по домам. Только уборщица, шлепая мокрой тряпкой по полу, забубнила:

— Куда прете, оглашенные! Время вышло! Дрыхнут
целый день, потом несутся, а нам что, до полночи
сидеть?

Не обращая внимания на ее бубнеж, я влетела в
одиннадцатый кабинет и с облегчением увидела довольно молодую женщину, складывавшую сумку.

— Прием окончен, — спокойно ответила она, оглядывая меня, Тому и начавшего орать младенца.

— Кто у вас был последним сегодня, какой мальчик? — налетела я на педиатра, как лиса на курицу.

Врач слегка оторопела, но весьма вежливо ответила:

— Звягинцев Костя.

— Дайте скорей его домашний адрес!

— Зачем?

— Очень надо!

— Женщина, — устало вздохнула педиатр, —
идите себе спокойно, никаких адресов никому не
даем.

— Мы детей перепутали!

— Как это? — разинула рот докторица.

Я пустилась в длинные и не совсем связные объяснения.

— Вышла из двенадцатого кабинета и положила
Нику на пеленальный столик. Там уже лежал один и
орал. Потом снова позвали в кабинет, зашла, а когда
вышла, этот, Костя Звягинцев, замолк, а Ника заплакала. Ну, взяла случайно тихого младенца и
ушла, хорошо, дома заметили сразу. Ну дайте адрес,
понимаете теперь, что произошло?

— Нет, — ответила женщина, быстро-быстро роясь в тонких папочках, — в голове не укладывается,
как мать может схватить чужое дитя!

— Вовсе не являюсь ее матерью, — возмутилась я.

— Кто же вы?

Что бы такое придумать?!

— Няня!

— А мать где, — поинтересовалась педиатр.

— Я мать, — сказала Тома, — и правда, дайте нам побыстрее адрес Звягинцевых, там небось у родителей обморок. Кстати, может, у них телефон есть?

— Номер не указан, — пожала плечами врач, — остальное записывайте: улица Солдатова, дом 18, комната 46.

— Как это комната? — удивилась я. — Квартира какая?

— Там общежитие, — ответила терапевт.

На улице мы схватили «бомбиста» и, втиснувшись в узкий салон, велели гнать что есть силы. Несчастный Костик просто разрывался на части.

— Сейчас, миленький, потерпи, — баюкала его Тома, — сейчас мамочку увидишь!

Восемнадцатый дом, длинный и низкий, оказался двухэтажным дощатым бараком из тех, где на «тридцать восемь комнаток всего одна уборная». Мы добежали до сорок шестой комнаты, распахнули дверь. Перед глазами предстала дивная картина. За большим круглым столом, заставленным бутылками с дешевой водкой, сидят две полуокосевшие девчонки и один совершенно пьяный мужик. Накурено так, что лица людей проступали, словно из густого тумана. Где-то в углу надрывался магнитофон. Внезапно песня стихла, и стал слышен безутешный плач, идущий с кровати, расположенной у окна.

— О, — хрипло засмеялась одна из девок, — еще гости заявились, у нас сегодня прям как день рождения! Выпить принесли?

Пьяный мужик зашелся в хохоте. Что уж ему показалось смешным, мы так и не поняли. Лицо у алкоголика было красивое, даже породистое. Тонкий нос с нервными ноздрями, узкие глаза, довольно высокий лоб и почти идеальной формы рот с капризно изогнутой верхней губой.

Сильной рукой парень схватил полупустую бутылку, и я заметила, что у него широкие ладони с короткими пальцами. На правой не хватало мизинца.

— Садись, девки, — велел красавчик, — праздник у нас, крестины! Завтра в церковь ребенка понесем.

Тамара метнулась к кровати и схватила вопящий кулек. Ника лежала в одеяльце, очевидно, нерадивая мамаша принесла дите из поликлиники и даже не развернула его.

— Эй, эй, положь на место, — велела девка.

— У вас мальчик, Костик, так ведь? — поинтересовалась Томочка, разматывая Нику, — а здесь, гляньте, девочка.

— Как же это? — пробормотала полупьяная мамаша. — Как такой наворот случился? Где писька?

— Мы случайно вместо своей Ники взяли вашего Костю, — пояснила я, быстро отступая к двери, — бывает, уж извините, не со зла...

— Ах ты... — начала малолетняя алкоголичка.

Но мы с Томусей уже неслись во весь опор к выходу.

Едва мы переступили порог своей квартиры, как на нас налетела Кристина.

— Ну где вы носитесь? Олег звонил из Львова, страшно расстроился, что Вилку не застал!

— Младенца меняли, — хором ответили мы с Томой и принялись объяснять Кристе суть произошедшего.

После того как Нику на всякий случай выкупали в слабом растворе марганцовки и накормили, Томочка тяжело вздохнула и предложила:

— Знаешь, мне кажется, Маше Родионовой не следует рассказывать про дурацкое происшествие, по крайней мере в ближайшее время, пока она в больнице.

— Совершенно с тобой солидарна, — ответила я.

На следующий день позвонила Зверевой в восемь утра.

— Да, — неожиданно ответило мягкое сопрано.

От растерянности я ляпнула первое, что пришло в голову:

— Мосэнерго беспокоит, показания счетчика хотим снять, будете дома в течение дня?

— Мне на работу к трем, — ответила Ольга Леонидовна, — успеете, приезжайте.

— Через час примерно, — пообещала я и ринулась к шкафу.

Ольга Леонидовна оказалась дамой лет пятидесяти с хорошо сохранившейся фигуркой.

— У вас какие-то претензии ко мне? — вежливо поинтересовалась Зверева, показывая расчетную книжку. — Всегда аккуратно плачу.

— Просто плановая проверка, — с умным видом ответила я, разглядывая черный допотопный счетчик.

Что еще придумать, чтобы подольше задержаться в квартире и завести разговор на интересующую тему, я не знала.

Да, идея прикинуться служащей Мосэнерго не из лучших, раньше приходили в голову более удачные мысли.

От полной безнадежности я попросила:

— Принесите губку, какую не жалко, и кусок мыла.

Ольга Леонидовна явно удивилась, но притащила требуемое. Я намылила губочку и поднесла к счетчику.

— Эй, эй, что вы делать хотите? — забеспокоилась Зверева.

— Сейчас обмажу пеной вот здесь и проверю, нет ли протечек!

— Ни в коем случае, — закричала Ольга Леонидовна, — током ударит. Так только с газовыми трубами поступают.

А ведь верно. Я нервно рассмеялась.

— Вот до чего работа довела, еще только утро, а голова уже не варит, и пить хочется. Водички не дадите?

Любой другой человек, услышав подобную просьбу, мигом бы предложил мне чай или кофе. Но Ольга Леонидовна одна пошла на кухню и принесла пластиковый одноразовый стаканчик, до краев наполненный бесцветной жидкостью.

Пришлось изображать жажду и выпить противную воду, отдающую хлоркой. Добрая хозяйка угостила водичкой из-под крана, пожалев минералку.

Раз пять я пыталась завести беседу, но Ольга Леонидовна совершенно не собиралась поддерживать разговор ни на какие темы.

Она произносила лишь: «н-да» или «ага». На этом разговор обрывался.

Наконец я решилась и пошла напролом:

— Представляете, что сноха рассказала! Есть в Москве агентство «М. и К^o», все желания выполняет, а, если ничего не получается, деньги возвращают назад.

— Угу, — совершенно не оживилась хозяйка.

— Слышали про такое?

— Нет.

— Совсем нет?

— Нет.

— Совсем, совсем?

— Вы закончили со счетчиком? — сухо осведомилась дама.

— Через десять минут.

— Поторопитесь, пожалуйста, — крайне вежливо, но очень твердо заявила хозяйка, — мне пора на работу.

— Вроде говорили, что к трем, — попробовала посопротивляться я.

— Уходите, — велела Зверева, — извольте покинуть мою квартиру, иначе сейчас же вызову милицию!

Делать нечего, пришлось отправляться восвояси, ничегошеньки не узнав. В полной растерянности я встала у лестницы. Нелюбезная Ольга Леонидовна жила в доме постройки сороковых годов, лифт тут ездил старый, с распахнутыми дверцами. Коричневая кабина скользила в проволочной «клетке», шахта просматривалась насквозь, и ее огибала лестница. Поднявшись на один пролет вверх, я села на подоконник. Ох, неспроста милая дама не захотела идти на контакт, надо бы узнать о ней побольше.

ГЛАВА 10

Просидев бесцельно минут десять, я спустилась во двор и спросила у бабульки, прогуливающей тощенькую рыжую собачку.

— Где у вас домоуправление?

— Тебе зачем? — жадно поинтересовалась бабка.

Я глянула в ее слегка выцветшие голубенькие глазки. Вот кто мне нужен! Дворовая сплетница!

— Понимаете, хочу квартиру в вашем доме купить, и решила кой-чего разузнать о владелице, чтобы не нарваться на мошенницу, сами знаете, какие люди бывают!

— И не говори, — оживилась бабушка, — зачем тебе домоуправление? Да я в этом доме пятьдесят лет живу, всех знаю, любую информацию выдам. С кем дело иметь хочешь?

— Со Зверевой.

— А, — протянула бабушка, — с Ольгой, значит. Та еще штучка!

— Что? Не заслуживает доверия?

— Очень уж гонористая, — вздохнула старуха, усаживаясь на скамеечку, — идет по двору, никогда не поздоровается. Я ей: «Добрый день, Олечка», а она только кивнет и в подъезд — шмыг. Словно она царица, а все вокруг будто ейные слуги. Оно и понятно, бешеные деньги, говорят, получает, немереные тысячи. Одна машина чего стоит, танк. Вон, глянь.

И она ткнула пальцем в огромный лакированный джип «Шевроле», напоминающий по размеру маршрутное такси.

— Не женский автомобиль, — протянула я, — такие мужчины любят.

— Бандиты, — припечатала бабка, — вон у нас в 19-й Королев живет. Наши все перед ним приседают: «Ах, Борис Николаевич, ах, Борис Николаевич». Тьфу! Ну, какой он Николаевич, сопляк двадцатилетний, Борька-уголовник. Три года за кражу отсидел, вышел, таперича небось снова ворует. А мамаша-то его раньше мимо всех бежала глаза в пол, стыдилась на людей смотреть. Нынче в шубе разгуливает, норковой...

— Они что, родственники Зверевой, — решила я переключить словоохотливую бабку на нужную программу.

— Не, — протянула старуха, — автомобиль у Борьки, как у Ольги.

— У Зверевой небось муж богатый?

— Муж объелся груш, — засмеялась бабка, — удрал он от нее, никак. Дочка есть. Ей семнадцать стукнуло, Алисе. Вся в мать — расфуфырится, надушится и на каблучищах ковыляет. А чтоб поздороваться — это никогда. Тоже шлюхой станет!

— Почему шлюхой?

Бабулька радостно затараторила:

— Муж законный у Ольги есть, только вместе не живут. Зато любовников! Там в кровати, почитай, вся Москва и область перебывали! Через день нового водила. Потом настоящий появился. Наши все болтают: жила она за счет хахаля, только мне думается, неправда это, да и ушел он от нее давно...

— Почему?

— Сама рассуди, — пояснила бабуся, — парни у ней теперь больше месяца не задерживаются, только-только человек примелькается, глянь, уже новый топает. Ну кто они должны быть такие, чтобы бабе подобные подарки делать: автомобиль, шуба, колечки... Потом питание...

Бабулька тяжело вздохнула:

— Мы-то с оптушки дрянь тянем, полдня по ларькам бегаем, ищем, где на десять копеек дешевле станет. А Ольга в супермаркет домработницу посылает, пакеты полупрозрачные, все видно: кофе, крабы, рыба дорогущая, банки всякие... Нет, такая еда дорого стоит! А уж домработница у нее!

— Что, тоже не здоровается?

— Немая она!

— Немая!

— Ага, говорить не умеет, только мычит и руками

машет, уж как с ней Ольга договаривается, не знаю. Небось записочки пишет! Хотя после Вальки...

— Кто такая Валька?

В этот момент стукнула дверь подъезда и появился паренек лет двадцати, нежно поддерживающий под руку немощную старушку. «Божий одуванчик» еле-еле дополз до огромного черного джипа и облокотился о колесо. Юноша открыл дверь, поднял бабусю, впихнул внутрь, заботливо укрыл ей колени пледом, потом сел за баранку.

Автомобиль взревел и исчез за поворотом.

— Видала, — повернулась ко мне сплетница, — Борька-бандит с бабкой своей, Анной Витальевной. Когда его в тюрьму своло́кли, отец так орал, у соседей стекла повылетали:

— Опозорил семью, не сметь к нему с передачами бегать, пущай с голоду в камере сдохнет!

А мать не послушалась, вот мужик с ней и развелся. Так Анна Витальевна, отцова мать, свекровь, с невесткой осталась. Они с ней с сумками по зонам мотались. Накупят своему сокровищу колбасы да сушек — и вперед. Ну, думаю, выйдет бандюган, вам небо с овчинку покажется. Будете знать, дуры, как уголовника любить.

Она тяжело вздохнула и замолчала.

— Ну и что, — подбросила я дров в костер, — вышел и...

— Кто ж знал, — пробормотала «информаторша», — деньги теперь жуткие таскает. Мать одел с ног до головы, а над бабкой трясется. Она зимой шейку бедра сломала, думали, конец, помирать ей теперь парализованной. Так Борька в дорогущую клинику отвез, профессоров нанял, люди говорят, десять тысяч долларов отдал за операцию! Ходит теперь, правда, с палкой. Это он ее в поликлинику на лечебную физкультуру возит и в бассейн... Кто же предполагал, что так получится. Отец, вон, назад просился, так Борька его с лестницы спустил! А мой внук, — она махнула рукой, — одно знает: дай на сигареты, дай на пиво. Всю пенсию утянет и не показывается, пока следующую не дадут. Вот и думаю иногда: может, в тюрьме ему посидеть?

Я тяжело вздохнула. Иной возвращается с зоны, превратившись в настоящего мужчину, а другой, тихо прожив жизнь в согласии с законом, остается эгоистичным ребенком. Но некогда мне рассуждать с милой бабусей о парадоксах человеческой личности.

— Валька, это кто?

Бабка, вгрустнувшая при виде заботливого Борьки, мигом оживилась:

— Ольга-то деньгами разжилась лет пять тому назад. И решила прислугу нанять. Долго не думала и предложила место Валентине из первой квартиры. У той как раз муж умер, девка осталась лет двенадцати, кормить, поить, одеть надо. Ну Валька и пошла. Чего кочевряжиться? Она, правда, учительницей работает, географию детям в школе преподает. Говорила, что зарплата — слезы, а Ольга сто долларов посулила.

Здесь старухе пришлось признать, что все-таки она владеет не всей информацией. Какая кошка пробежала между Зверевой и Валентиной, бабка не знала, но спустя полгода Валя перестала убирать квартиру Ольги Леонидовны, а у той появилась немая домработница, тенью шнырявшая по двору.

— Где же работает Зверева?

Бабуся прищурилась.

— В больнице, врачом.

— Надо же, — удивилась я, — а говорят, докторам мало платят.

— Это смотря кому, — протянула бабуся, — если в районной поликлинике сидишь, то точно, больше коробочки мармелада не получишь. Хотя вот Петька из третьего подъезда хорошо живет. Говорят, по двести рублей за бюллетень берет. Плати ему две сотни и гуляй, не хочу! Только Ольга в особом месте сидит, при богатых. Слышала, некоторые бабы морды перетягивают?

— Она подтяжки делает?

— Во-во, ее дочь Алиска с Валькиной Надькой

дружит, так они недавно во дворе журнал разгляды- вали и смеялись, я и полюбопытствовала, чего там рисуют. А там фото даны — бабы до операции и после. Глаза, правда, черным заклеены. Уж скажу тебе, чего только не творят. Рожи гладкие делают. У одной сиськи, словно пустые мешки висели, а после операции разом грудь такая аппетитная стала. Алиска объяснила: какие-то штуки всовывают, чтоб торча- ла, как у молодой. Вот за энти операции страшенные деньги платят!

— Мама, — раздался голос с балкона, — хватит болтать, иди домой. Сколько можно во дворе язы- ком чесать? Собаке ужинать пора!

— Во, слыхала, — обозлилась бабка, — псине, вишь, жрать надо! Доченька моя о дворняге заботит- ся, а чтобы подумать, может, мать родная чайку хочет, это нет! У нас на первом месте собака!

— Мама!!!

— Иду, иду, — заворчала бабка, поднимаясь.

— Валентина в какой квартире живет?

— В первой, ты к ней сходи, все про Ольгу выло- жит, — посоветовала бабуська и ушла, таща на по- водке упирающуюся собачку.

Я осталась сидеть на скамеечке, тупо ковыряя носком влажную от недавних дождей землю. Так, ка- жется, в конце темного тоннеля наконец забрезжил тоненький лучик света. Косметические операции! Насколько знаю, данный вид медицинских услуг и впрямь великолепно оплачивается. Все процедуры подобного рода считаются чем-то вроде предмета роскоши. А за роскошь следует отдавать много звон- кой монеты или шуршащих бумажек. И потом, кас- сета, которую столь тщательно спрятала бедная По- лина. Врачи, обсуждавшие всевозможные способы консервирования плодов и ягод, оперировали лицо! И вовсе они не отрезали нос, а переделывали его. Значит, иду по горячему следу. Истина где-то рядом.

В первой квартире обнаружилась вертлявая деви- ца с выкрашенными в ярко-розовый цвет волосами. Мерно двигая челюстями, она осведомилась:

— Надо чего?

Я окинула взглядом хорошо воспитанное, интеллигентное создание и лишний раз удивилась. Ну почему сапожник всегда ходит без сапог? Отчего именно врачи подхватывают самые невероятные болячки, а самые противные дети, наглые и ленивые, получаются у профессиональных педагогов. Наверное, природа мстит им за издевательства над школьниками.

— Чего надо? — повторило небесное создание.

— Ты ведь Надюша?

— Ну?

— Позови, пожалуйста, маму.

— Нет ее.

— Когда будет, не знаешь?

Девчонка поковыряла в ухе, сосредоточенно изучила вынутую грязь и равнодушно буркнула:

— В пять придет, на работе она.

— Да? — удивилась я. — А мне говорили, Валюша учительница.

Надя уставилась на меня чрезмерно подведенными глазами:

— Верно, в школе преподает.

— Но сейчас каникулы!

— Она подрядилась на рынке шмотьем торговать, — пояснила девушка, — жрать-то охота, а на ее зарплату не разбежишься. В пять придет, чего передать-то?

— Спасибо, детка, еще раз зайду.

— Давайте, — разрешила девица и захлопнула дверь.

Я глянула на часы: без пятнадцати два. Съезжу домой, поем, отдохну чуть-чуть.

Стоило переступить порог квартиры, как стало понятно: о тихом отдыхе лучше сразу забыть. Из кухни доносился пронзительный визг. Томуся расхаживала между плитой и окном, пытаясь укачать Нику. Но девица не собиралась затыкаться. Она яростно выталкивала изо рта соску, ее крохотное личико побагровело, маленькие кулачки мелькали в воздухе.

— Тише, тише, — бормотала Томочка.

Потом она повернула бледное лицо к двери, и я заметила, что подруга осунулась, а под глазами у нее залегли темно-синие тени.

— Вилка, будешь суп?

— Чего она орет? — спросила я.

— Не знаю, — растерянно пробормотала Тома, — только секунду назад переодела.

— Может, пить просит?

Подруга взяла со стола бутылочку с кипяченой водой и сунула Нике в рот. Девочка принялась судорожно глотать, вмиг опустошила емкость и вновь зашлась в гневном вопле.

— Теперь что? — растерялась Томочка.

— По-моему, наше сокровище просто хочет есть!

— Еще целый час до кормления!

— Раньше захотела!

— Нет, все книжки велят давать смеси в твердо определенные часы.

Я поглядела на толстый том, который лежал на кухонном столе. Доктор Спок «Ребенок и уход за ним». Потом перевела взгляд на синюю от усталости Тамару...

— Знаешь, дорогая, поди ляг на пару часов, только не в спальне, а в моей комнате. Закрой все двери, чтобы ор приглушить, и поспи.

— Нет, — сопротивлялась подруга, — что еще за дурь такая — днем спать. Не больная.

— Если сейчас не ляжешь, — впихнула я ее в свою спальню, — точно заболеешь. Ложись, спи спокойно, времени у тебя до полпятого, потом разбужу.

Тамара рухнула на кровать, и не успела я прикрыть дверь, как из подушек донеслось ровное сопение... Бедная Томочка измучилась до последней степени. С ее больным сердцем категорически противопоказаны такие нагрузки.

Прижимая к груди орущую Нику, я вернулась на кухню и открыла книгу. Первая фраза впечатлила:

«Родители тоже люди». Ей-богу, очень правильно. И сейчас дам противной капризнице кефир, наплевав на четкий график кормлений.

Получив вожделенную бутылочку, Ника мигом успокоилась, быстренько истребила содержимое и сонно заморгала. Через пару минут она тихо заснула. Я положила младенца в кроватку, вытянулась на диване, стоящем рядом, и закрыла глаза.

«Дзынь, дзынь», — раздалось в коридоре.

Я пошла к двери и, забыв спросить, кто там, распахнула ее настежь. На пороге стояла девица, прижимавшая к себе скомканное одеяло:

— Привет, — сказала она мне, — это ты вчера детей перепутала?

В нос ударил сильный запах алкоголя. Я всмотрелась получше в полудетское личико, украшенное огромным синяком под левым глазом. Надо же, сразу и не узнала ее. Это она курила в детской поликлинике на лестнице, пока несчастный мальчишка заходился воплем на пеленальном столике.

— Да, уж извините, понимаю, что ужасно получилось, вы из-за меня небось перенервничали, но младенцы так похожи, а одеяльца одинаковые...

— Насрать, — ответила молодая мамаша, — ты меня впустишь или на лестнице держать станешь?

— Входите, — любезно предложила я, отпихивая Дюшку, изо всех сил вертевшую хвостом.

Девица вошла на кухню, шлепнула одеяло на стол, сверток тихо крякнул, и я поняла, что внутри лежит Костик.

— Осторожно, вы его ушибете!

— Насрать, — повторила девица, вытащила сигареты, задымила и сказала: — Предложение к тебе есть.

— Какое?

— Купи его.

— Кого? — не поняла я.

— Его, — еще раз сказала девчонка и ткнула в сторону одеяльца.

— Вашего сына?!

— Ага, недорого прошу, всего-то триста долларов, — преспокойненько ответила гостья.

Несколько секунд я сидела с открытым ртом, потом принялась произносить нечто бессвязное:

— Но как же? Своего ребенка? Не котенок ведь? Но...

— На фига он мне сдался, — фыркнула девка, — уезжаю сегодня к матери в отпуск. Не с собой же тащить! И вообще, он мне не нужен.

— Но, — заикалась я, — зачем тогда из родильного дома забрала? Могла оставить!

— Так рожала в общаге, — пояснила девица, — никуда не ездила. Думала — подохнет, а он вон какой горластый. Здоровый, ты не сомневайся. Я вчера специально к врачу пошла, чтобы справки взять. На, держи. — И она сунула мне в руки бумажку: «Звягинцев Костя. Здоров. Патологии развития нет. Доктор Лаврова».

— Хочешь, — продолжала «мамаша», — по-другому назовешь. Документов у него нет.

— Как же в поликлинике карту завели?

— Делов-то, — хмыкнула продавщица, — сказала, что у мужа живу, в общежитии, в следующий раз свидетельство принесу. Лаврова и поверила, жалостливая очень, дура!

Я не знала, как поступить.

— Бери, бери, — расхваливала «товар» девка так, словно продавала сыр или колбасу. — Зачем тебе еще мучиться, рожать, готовенький вот он, двое детей — в самый раз.

— Мне не надо.

— Ладно, — погрустнела девка, — жаль. Не знаешь, может, кто из подруг хочет?

— Нет, спасибо.

— Пошла тогда, — вздохнула малолетка.

— Сейчас принесу деньги, погоди, — раздалось с порога.

Я обернулась. У входа в кухню стояла Тамара с растрепанной со сна головой.

— Тома!!!

Не слушая меня, подруга исчезла.

— Во, ловко! — обрадовалась девка.

— Уходи немедленно, — велела я.

— Как бы не так, — парировала негодяйка, — ты не хочешь, а другая покупает.

Через пару минут Томочка вернулась, неся в руках зеленые бумажки, листок бумаги и ручку.

— Давай, — обрадовалась «продавщица».

— Пиши расписку, — железным голосом велела Тамара.

Когда девица, распространяя запах перегара, убежала, я налетела на подругу.

— Ты с ума сошла! Купить младенца!

— Если бы я этого не сделала, она просто вышвырнула бы несчастного в мусорный бачок, — вздохнула подруга, разворачивая «покупку», — ой, бедняжка, он весь грязный, а молчит. Наверное, характер хороший!

— Немедленно отнеси его в милицию!

— Конечно, — согласилась Томочка, — вот только помою, покормлю и переодену!

Схватив тщедушное тельце, она исчезла в коридоре. Я машинально глянула на бумажку:

«Расписка. Я, Звягинцева Раиса Петровна, 1982 года рождения, нахадязь в твердом уме и памяте, прадаю Поповой Тамаре Викторовне своево сына Звягинцева Константина за триста американских долларов и обещаю некогда не предъявлять притензий».

Отшвырнув отвратительно безграмотный «документ», я крикнула:

— Что мы скажем вечером Семену?

— Ничего! — ответила Томуся из ванной, — он уехал в Финляндию, дней на десять.

Я вздохнула. Журналы, принадлежащие Сене, печатаются в стране Суоми, и он частенько мотается в Хельсинки.

— Олег звонил из Львова, — продолжала подруга, — удивлялся, где ты целыми днями носишься. Сказал, задерживается на Украине. Так что мы с тобой совершенно одни и...

Не договорив, она замолчала, послышался плеск воды и слабое кряхтенье.

«Можем покупать младенцев», — докончила я ее мысль. Христианская доброта Тамары, ее постоянное желание всем помочь могут кого угодно довести до обморока.

Тихо ругаясь про себя, я побрела к шкафу. Пора ехать к учительнице Валентине.

Но не успели руки вынуть джинсы, как звонок вновь раскричался. Искренне надеясь, что это вернулась передумавшая продавать сына девица, я распахнула дверь и уткнулась взглядом в незнакомую, весьма полную женщину примерно моих лет.

Дама сразу располагала к себе. Круглое лицо с изумительно свежей кожей украшала широкая улыбка. Голубые глаза смотрели радостно, вся она излучала спокойствие и уют. Этакая домовитая мать семейства, обремененная кучей детей и мужем.

— Вы Виола, — скорей утвердительно, чем отрицательно сказала незнакомка, — Олег Михайлович вас так подробно описал, что спутать невозможно. Разрешите?

— Входите, — осторожно ответила я.

Женщина подняла с пола небольшую светло-коричневую сумку и вступила в коридор.

— Идемте на кухню, — предложила я.

Дама послушно прошла за мной, села на табуретку и сообщила:

— Меня зовут Ирина. Понимаю, что доставляю неудобства, но Олег Михайлович так приглашал, сказал, у вас есть где остановиться. Он ведь предупредил о моем приезде, да? Я ему на работу звонила.

Мы с Тамарой переглянулись. У Олега есть мерзкая привычка: отправляясь куда-либо в командировку, он мигом обрастает новыми друзьями и начинает приглашать их в гости. К счастью, большинство не воспринимает его слова всерьез и никогда не заявляется в Москву, но некоторые, вроде этой Ирины, ловят его на слове. Одно хорошо, адрес и телефон он раздает только своим коллегам, так что незваных гостей мы не боимся, они оказываются сотрудниками правоохранительных структур.

Только эта толстушка не тянет на работника МВД, небось милицейская жена.

— Так он предупредил о моем приезде?

— Конечно, Ирочка, — забормотала Тома, — очень, просто очень рады. Только мы забыли, откуда вы?

— Из Волгограда, — пояснила Ирина.

— Чудесно, — изобразила восторг Тамара, — устраивайтесь, отдыхайте. Боюсь только, что вам шумно покажется. У нас маленькие дети, мальчик и девочка, совсем крошки. Кричат много, спать не дают. Но мы вас поселим в комнату Виолы, она расположена на отшибе — через три коридора от моей спальни.

— Дети не могут помешать, дети — это счастье, — серьезно ответила Ирина.

ГЛАВА 11

С торчащими в разные стороны мыслями я кинулась к Валентине. Похоже, жизнь начинает напоминать дурной кинофильм. Купленный младенец, приехавшая неизвестно на какой срок незнакомая тетка, подброшенная на неопределенное время дочка Машки Родионовой... Бедной Тамаре придется бороться с обстоятельствами почти в одиночку. Я никак не могу оставить поиски похитителей, потому что иначе в дом № 29 в Волковом переулке начнут присылать отрезанные части тела бедной девочки Насти и всю оставшуюся жизнь я буду корить себя за смерть беспомощного ребенка-инвалида.

Валентина глянула на меня настороженно.

— Что угодно?

— Ищу домработницу, вот, посоветовали к вам обратиться.

— Кто? — не пошла на контакт учительница.

— Анна Ивановна Иванова.

— Не знаю такую.

— Конечно, не знаете, — принялась я выворачиваться, — она ближайшая подруга Ольги Леонидовны Зверевой и говорила, будто вы идеальный работник: аккуратная, вежливая и исполнительная. Нам как раз такая и нужна!

Валентина окинула меня спокойным взглядом. Наверное, у нее проблемы со щитовидной железой, потому что бывшая домработница Зверевой походила на фотографию молодой Крупской. Такие же глаза навыкате и слегка одутловатое лицо.

— Пройдемте в комнату, — вздохнула Валя.

Небольшое помещение, служащее, по-видимому, одновременно гостиной и спальней хозяйки, сверкало невероятной, просто хирургической чистотой. Если бы нам и впрямь требовалась домработница, непременно наняла бы Валентину. Занавески топорщились крахмальными складками, на паласе ни ниточки, комод отполирован до блеска, и окна сияют идеально протертыми стеклами. Но мы с Томочкой привыкли обходиться собственными силами. Раньше у нас не было денег на прислугу, а теперь просто не хотим пускать в дом чужую тетку, пусть даже отличную кухарку и сверхаккуратную работницу. Готовит у нас Томуся. Ее стряпня очень нравится Семену, Олегу, Кристе и мне. Я убираю квартиру, к слову сказать, имея современный моющий пылесос, это совсем нетрудно. Белье стирает автоматическая машина «Канди», посуду моет тоже машина, а продукты и многое другое мы теперь заказываем на дом. Есть такая служба. Называется 77. Набираешь телефонный номер, мигом отзывается оператор. Через три часа после звонка все заказанное привозит приятный молодой человек в форменной одежде, выкладывает покупки на стол, забирает деньги, отказывается от чаевых и убегает. Так что в супермаркет я теперь хожу только за чем-то необычным. Все остальное, начиная от гречки для нас и корма для животных и заканчивая стиральным порошком и туалетной бумагой, появляется в доме как бы само собой. Зачем же нам прислуга?

— Работы немного, — пела я, — так прибрать чуть-чуть, постирать, погладить. Вам ведь Ольга Леонидовна платила сто долларов, нас эта сумма...

— Зачем пришли? — неожиданно оборвала Валентина.

— Сказала же, ищу домработницу...

— Шли бы в фирму.

— Нам вас подруга Зверевой посоветовала.

Валя рассмеялась:

— У Ольги Леонидовны нет и никогда не было подруг.

— Почему? — быстро поинтересовалась я.

Валентина спокойно побуравила меня глазами, потом неожиданно сообщила:

— Если пришли узнать что-то о Зверевой, так и скажите, а то придумали чушь. Никто меня посоветовать не мог, смешно, право слово. Вы, наверное, из милиции? Можете со мной спокойно разговаривать, покойный муж участковым работал. Между прочим, давно думала, что Ольга чем-то противозаконным занимается.

— Почему?

Валя открыла было рот, но в ту же секунду по ушам ударила ревущая музыка.

— Надюша, — крикнула мать, — сделай чуть потише.

Но тяжелый рок гремел, заполняя комнату.

— Надя, — заорала мать.

— Чего? — донеслось в ответ.

— Приглуши чуток, разговаривать невозможно, голова заболит.

— У тебя вечно что-то болит, — рявкнула девочка, вырисовываясь на пороге, — целый день стонешь и мне жить не даешь. Надоело, отвяжись! Насрать мне на твою голову. Не нравится, уши заткни, а если надоедать будешь, имей в виду — из окна выброшусь тебе назло!

Валентина покраснела так, что на глазах выступили слезы.

Малолетняя нахалка нагло ухмылялась. В моей душе поднялась злоба. Твердым шагом я подошла к окну, распахнула его и велела.

— Вперед!

— Чего? — не поняла девица.

— Прыгай.

— Не хочу.

— Пообещала — давай, а мы музыку выключим и спокойно поговорим.

— Ты че, белены объелась, дура?

Я никогда никому не позволяю хамить себе, и расплата последовала мигом. Ухватив грубиянку за тонкое запястье, я дотащила ее до окна и ловко вытолкала наружу. Девчонка, не ожидавшая подобных действий от приличной с виду женщины, почти не сопротивлялась. Тело перевесилось через подоконник и исчезло.

Снизу послышался легкий вскрик. Я выглянула наружу. Хамка сидела, рыдая, на клумбе.

— Вы мне ногу сломали.

— Не ври, тут первый этаж. Впрочем, в следующий раз, когда тебя из окна вышвырнут, высовывай язык изо рта.

— Зачем? — удивилась Надя, вставая.

— Авось сломаешь свое поганое помело или исцарапаешь, — ласково ответила я, — в отличие от твоей матери я весьма ловко дерусь и не советую тебе сейчас права качать, ступай себе гулять.

— Ах ты... — завела девчонка.

— Ну-ну, говори!

— Ничего, — буркнула Надежда, — виданное ли дело, ребенка из окна вышвырнуть!

Я расхохоталась:

— Хорош ребеночек. Нет, дорогуша, коли хамишь, как пьяный мужик, значит, и поступать с тобой будут, как заслужила. Теперь отвали, дай взрослым людям поговорить.

Ворча себе что-то под нос, девица ушла.

— Спасибо, — немедленно сказала Валентина, — от чистого сердца спасибо. Девчонка совсем от рук отбилась, грубит постоянно, ты ей слово, она тебе два. А вчера с кулаками на меня накинулась. Честно говоря, перепугалась, она на самом деле сильная, вот только перед вами спасовала. Ей еще никто не вламывал как следует. Отец умер, а у меня духу не хватало ремнем учить, и потом думала, что лаской лучше. А оно вон что выросло.

— Съев два килограмма шоколадных конфет, пьют горькие таблетки от расстройства желудка. Вашей Надюше не помешает хорошая порция тумаков. Так почему вас уволила Зверева?

— Она мне велела убирать комнаты, у нее их четыре, — пояснила Валентина, — только к письменному столу приказала не подходить. Я и не пыталась, зачем, если нельзя. К тому же он всегда на ключик заперт.

Через какое-то время Ольга Леонидовна вызвала Валентину к себе в неурочный день и весьма злобно прошипела:

— Рылась в моих бумагах, дрянь!

— Нет, — принялась оправдываться Валя, — даже не притрагивалась.

— Врешь, — топала ногами хозяйка, — брешешь!

— Стол ведь заперт...

— Заткнись и убирайся, воровка!

— Что-то пропало?

— А то не знаешь, — фыркнула Ольга Леонидовна и вытолкала домработницу взашей, не заплатив ей ни копейки.

Расстроенная Валя пришла домой и стала думать, как убедить Звереву в своей непричастности к краже. Но ничего достойного так и не придумала. Часа через два зазвенел звонок, и появился мужчина.

— Представительный такой, — объяснила Валя, — интеллигентный, руки белые, ухоженные, к физической работе не привычные.

Вошедший мужчина принялся ласково уговаривать учительницу:

— Ну зачем вам чужая история болезни? А у Олечки неприятности на работе начнутся, могут уволить, верните!

— Не брала, ей-богу, — клялась Валя.

— Может, думали продать? — спросил гость.

Он вынул из кошелька сто долларов и протянул их женщине.

— Возьмите и отдайте документы.

— Так ведь стол постоянно заперт, — отбивалась бедняжка, — на нем пыль горой, сразу видно, что никто никогда его не вытирал!

Мужчина встал.

— Ладно, не хочешь по-хорошему, сделаем по-плохому!

Два дня Валентина боялась высунуться из квартиры. В среду к Наде прибежала Алиса, дочь Ольги. Девочки учились в одном классе и дружили.

Алиска с порога заорала:

— Тетя Валя, мама вам деньги прислала. Только убираться у нас больше не надо, другую наняли.

Валентина повертела в руках сто баксов. Алиса как ни в чем не бывало тарахтела:

— Маманька нашла пропажу. Сама виновата — швырнула бумаги на стол, а они свалились за батарею. Только сегодня их там обнаружили.

Валя облегченно вздохнула. Неприятно, когда тебя обвиняют в воровстве.

— Вот так мы с ней и расстались, впрочем, Ольга Леонидовна, когда меня во дворе встречает, не здоровается, — вздохнула Валя. — Получается, я вроде как виновата в чем!

— Не расстраивайтесь, говорят, она никого не приветствует.

— Да, это верно, — пробормотала хозяйка.

— В какой больнице работает Зверева?

— Клиника челюстно-лицевой хирургии, на Петровке, — пояснила Валя. — Домик такой небольшой в глубине двора стоит, за огромным зданием. Сразу и не найти, если не знаешь.

И она принялась подробно описывать дорогу. Я

взглянула на часы: полдевятого. Пожалуй, для визита в больницу поздновато, хотя, может, как раз и лучше приехать туда вечером. Из начальства в это время никого, а дежурный врач с медсестрами небось пьют чай с тортом. Профиль у клиники специфический, вряд ли там бывают экстренные операции. Небось с аппендицитом или прободной язвой желудка повезут в другое место.

— Мамочка!!! — раздался из коридора нечеловеческий крик, и наглая Надюша влетела в комнату, — мамочка, ужас какой!

Девчонку колотила крупная дрожь, и из глаз потоком лились слезы. Пухлые губы, с которых исчезла помада, тряслись. Надя разом растеряла свою позднеподростковую наглость. Сейчас это была насмерть перепуганная маленькая девочка, торопящаяся под мамино крыло.

— Что случилось? — испугалась Валя. — Детка, что с тобой?

Наденька только беззвучно открывала рот, наконец рассудок вернулся к девушке, и она пробормотала:

— Жуть страшенная. Сидим с Алиской во дворе, на скамейке, а тут сверху как упадет! Прямо гул пошел, и звук такой — шмяк. Мы сначала подумали, может, кто матрац сушил, а он с балкона и навернулся. А это, а это, а это...

— Что, что? — в один голос спросили мы с Валей.

— Ольга Леонидовна выбросилась, — наконец докончила девушка, — прямо насмерть. Алиска в обморок грохнулась, а я домой побежала. Ой, страшно как, у нее голова раскололась, что-то серое торчит!

И, схватившись рукой за рот, Надежда ринулась в туалет, оттуда понеслись квакающие звуки. Бедолагу выворачивало наизнанку.

Мы с Валей, не сговариваясь, вскочили и понеслись во двор. Около подъезда стояла гудящая толпа. Надин крик переполошил соседей, и люди выскочили кто в чем был: в халатах, пижамах и домашних тапках.

— Кошмар, кошмар, кошмар, — безостановочно твердила молодая женщина в зеленом спортивном костюме, — вызвала «Скорую», может, еще можно спасти.

Я глянула в сторону того, что осталось от Зверевой. Честно говоря, тело выглядело жутко, под остатками головы растекалась темно-бордовая лужа, и руки были выгнуты под таким углом, что сразу понятно: на асфальте лежит труп.

Я мигом вбежала в подъезд, поднялась наверх и стала звонить в квартиру Зверевой. Дверь распахнулась тут же.

— Вы врач? — спросила полная женщина с бигуди на голове.

— Нет, близкая подруга Ольги, что с Алисой?

— Я из соседней квартиры, — пояснила тетка, — мои сыновья привели Алису домой, плохо ей.

— Дверь была открыта?

— Нет.

— А как же вы попали в квартиру?

— Так у Алисы же ключи есть, да вы входите, — пригласила соседка, — меня Лена зовут.

— Очень приятно, Виола, — пробормотала я. — Как же так! Прыгнула! Почему?

Лена замахала руками.

— Несчастный случай. Сначала думала, что самоубийство, а потом в гостиную зашла... Вот, смотрите.

Она распахнула дверь в большую комнату, обставленную роскошной светло-розовой кожаной мебелью. Двустворчатое окно было открыто, возле него на табуретке стоял зеленый пластмассовый таз, наполненный мыльной водой. На красивом светло-бежевом пушистом ковре валялись домашние тапочки, красненькие, с помпонами. Тут же лежали тряпка и пачка стирального порошка «Ариэль».

— Чего ей на ночь глядя окна мыть приспичило? — недоумевала Лена. — Может, выпивши была? Хотя она не пьет. Поскользнулась на мыльном подоконнике, и привет.

— Мама! — раздался голос из глубины квартиры.

Мы с Леной пошли на зов и оказались в комнате Алисы, просторной, заставленной всякими красивыми вещами. Девушка сидела на кровати, натянув на плечи роскошный белый плед из овечьей шерсти.

— Алисонька, — ласково забормотала Лена, — ты как?

— Что с мамой? — отрывисто поинтересовалась Алиса.

Лена бросила на меня быстрый взгляд и сказала:

— Ее сейчас отвезут в больницу.

— Она жива?

— Вроде да, — пробормотала соседка, — тебе лучше лечь. Сейчас «Скорая» приедет.

— Алиса, — спросила я, — мама находилась дома одна?

— Да. Хотя точно не знаю, — прошептала девочка, — она мне вечером, около семи, дала денег на косметику; я хотела помаду купить.

Мы молча слушали слегка сбивчивую речь девушки. Ольга вручила Алисе сто долларов и сказала:

— Только не надо возле метро, в ларьках всякую дрянь брать, съезди в центр.

Алиса послушалась и отправилась в ГУМ. Средств ей хватило на значительное обновление косметички. Девушка приобрела не только губную помаду, но и тени, пудру, лак для ногтей...

Во дворе она увидела сидевшую на скамеечке Надюшу и решила похвастаться перед подругой приобретениями. Они устроились на лавочке и начали разглядывать коробочки и тюбики. У Алиски было замечательное настроение, и она постоянно теребила Надю, сидевшую с надутым лицом. В самый разгар веселья послышался жуткий звук...

Сказав последнюю фразу, Алиса залилась слезами и, раскачиваясь, словно китайский болванчик, начала мерно колотиться головой о стенку, жалобно причитая:

— Знаю, умерла, знаю, знаю, знаю...

Лена схватила девушку за плечи, я сбегала на шикарно обставленную кухню и притащила стакан с водой. Но Алиса с силой оттолкнула мою руку, жидкость выплеснулась на покрывало...

В этот момент раздался звонок в дверь. Один из сыновей Лены побежал в прихожую, и через секунду в квартиру вошел врач с железным чемоданчиком в руке. Окинув взглядом бьющуюся в истерике Алису, нервно ломающую руки Лену, двух парней с встревоженными лицами и меня с пустым стаканом в руке, доктор незамедлительно скомандовал:

— Все вышли из комнаты, осталась только одна из женщин.

Я ушла сначала в гостиную, еще раз оглядела тазик с мыльной водой, тапки, стиральный порошок, тряпки... А потом тихо удалилась.

К клинике челюстно-лицевой хирургии на Петровке я подъехала уже около половины одиннадцатого. Если бы Валентина не рассказала в подробностях дорогу, ни за что бы не нашла этот не слишком приметный домик. Он стоял на задворках, хотя считался зданием, находящимся на Петровке. Наверное, сотрудникам, имеющим машины, не слишком удобно их парковать — возле медицинского центра нет мест для стоянки автомобилей.

Двери больницы были закрыты, почти во всех окнах было темно, на одной из створок входа белела бумажка. Я кое-как разобрала не слишком крупные буквы: «Требуется санитарка, оклад восемьсот рублей, обращаться в девятый кабинет».

Постояв минуту у мирно спящей клиники, я побежала домой. Очень хорошо, что не поленилась и прибежала сюда вечером, потому что теперь знаю, под каким видом завтра проникну внутрь без всяких проблем.

Домой я вошла на цыпочках, стараясь не шуметь. В квартире стояла тишина. Дети спали. Я перевела дух, сделала шаг вперед, и моментально раздался визг Дюшки. В темноте я на нее наступила.

— Тише, тише, — захихикала я, пытаясь успокоить собаку.

Но та верещала так, словно ей не слегка отдавили

лапу, а отодрали всю конечность целиком. Услышав обиженный визг подруги, проснулись Клеопатра с Сыночком. Кошки мигом принялись отвратительно мяукать.

— Что произошло? — высунулась из кухни Кристина.

— Молчи, — велела я.

— Ты мне? — удивилась девочка.

— Нет, Дюшке. Разоралась из-за ерунды, сейчас младенцев перебудит, — сердито сказала я и вошла на кухню.

На столе возвышался торт. Большой круглый корж, украшенный взбитыми сливками и фруктами. Пахло кондитерское изделие так привлекательно, что рот моментально наполнился слюной.

— О, — сказала Томочка, — наконец-то, а мы не хотели без тебя резать. Будешь тортик?

— Где взяли такое великолепие?

— Ирина испекла, — ответила Катюша.

Я уставилась на приветливо улыбающуюся гостью.

— Сама сделала такое? С ума сойти, небось весь день стояла у плиты?

— Нет, — засмеялась гостья. — Такой быстро делается, чик-чирик и готово!

Я кусанула восхитительную выпечку и чуть не застонала от восторга. По-моему, она врет. Быстро такую вкусноту не сделать. Наверное, данные мысли отразились на моем лице, потому что Тамара рассмеялась:

— Нет, правда, очень быстро. Сама удивилась. Ирины полдня не было, и пока я детей купала, они с Кристей сварганили торт.

— Я тут совершенно ни при чем, — заявила Кристина. — Только белки миксером взбивала!

Из спальни донесся негодующий крик:

— Это Костик, — подскочила Тома.

— Ты их по голосам различаешь? — удивилась я.

— Так ведь они у них совершенно разные, — ответила подруга и убежала.

— Как здорово, — вздохнула Ирина, — сразу двое, близнецы. Вы, наверное, очень счастливы.

Я прожевала торт и пояснила:

— Они не наши.

— Как? — удивилась Ира. — Как не ваши?

— Очень просто. Девочка — дочь нашей подруги Машки Родионовой. У Маши после родов приключился мастит. Она одинокая, ни мужа, ни родителей, вот и пришлось взять к себе на постой Нику. Вернее, она не Вероника, мы ее так временно назвали, понятно? Имени у новорожденной пока нет.

— А мальчик? — тихо спросила Ирина.

— Мы его купили как раз перед вашим приездом...

— Купили?!

— Ага, за триста долларов.

Лицо Иришки сначала покраснело, потом разом сделалось белым.

— Ну понимаете, — начала я объяснять ситуацию, — вчера вышла такая штука...

Пока я рассказывала о том, как у нас оказался Костик, у Ирины попеременно менялся цвет лица. Когда из моего рта вырвались последние слова, появилась Томочка и сунула в «помойку» грязный памперс.

— Обкакался, — пояснила она и схватилась за торт, — пока весь не съем, не успокоюсь, обалдительно вкусно.

— Девочки, — дрожащим голосом спросила Иринка, — девочки, что же вы станете с мальчиком делать?

— Растить, — спокойно ответила Томочка, — в детский дом не отдадим, как-нибудь устроимся с документами.

— Девочки, — прошелестела Ира, — отдайте его мне!

— Почему? — удивилась Тома.

Гостья зарыдала, но не бурно, а тихо, слезы както сами собой потекли по ее полным щекам. Ира не вытирала их, и блестящие капли быстро-быстро скатывались по лицу и капали на светло-сиреневую блузку.

— Томочка, — бормотала Ира, — умоляю, мне вас бог послал! Это же надо, когда я уже совсем отчаялась, впору было с моста в Москва-реку прыгать! Господи, вы же ничего не знаете. Я ведь только утром из больницы, вернее, из центра охраны материнства.

— Ничего не понимаю, — протянула Тамара.

Мы с Кристей только хлопали глазами.

— Слушайте, слушайте, — лихорадочно говорила Ирина. — Я — важняк.

— Кто? — спросила Кристя. — Хижняк? Это кто же такой?

— Важняк, — повторила Ирина, — следователь по особо важным делам.

Я чуть не свалилась со стула. Чуткая пампушка с улыбчивым лицом, женщина, вдохновенно пекущая торты со взбитыми сливками, и вдруг следователь по особо важным делам! Да быть такого не может!

— Слушай, слушайте, — выплескивала на нас лавину информации Ирина.

Мы застыли за столом, целиком обратившись в слух.

ГЛАВА 12

Ирочке тридцать девять лет, и двадцать один год из них она работает в прокуратуре. Пришла восемнадцатилетней девочкой после курсов машинописи. Сначала просто печатала документы, потом окончила вечернее отделение юридического института и стала трудиться по профилю.

Службу в прокуратуре девушка выбирала по велению сердца: очень хотела бороться с преступностью, делать окружающий мир чище и красивее. Но жизнь быстро развеяла иллюзии, и к тридцати пяти годам Ирина стала тяготиться работой. Многие из ее сокурсниц давным-давно побросали следовательский хлеб и разбежались кто куда. Одна стала весьма удачливым адвокатом, другая успешно занялась бизнесом, третья подруга — Зоя — просто вышла замуж, быстренько родила одного за другим троих мальчишек и теперь, совершенно счастливая, сидела дома по уши в детских колготках.

Ирина не завидовала ни адвокатессе, ни бизнесменше. И у той, и у другой личная жизнь не сложилась, мужей не было, да и детей они не завели. Но стоило подумать о многодетной Зое, как она испытывала острый укол в сердце.

По молодым годам, когда люди ищут себе пару и вьют семейное гнездо, Ирочка целыми днями пропадала на работе, желая искоренить в Волгограде преступность. Когда в окно постучался четвертый десяток, женщина спохватилась, ей стало ясно, что ее кавалеры теперь либо разведенные мужики, либо вдовцы с детьми. Как раз против детей Ирочка ничего не имела, ей страстно хотелось ребенка. Давным-давно, в двадцать лет, она сделала аборт и последнее время часто плакала. Ну зачем тогда послушалась маму, говорившую:

— Куда тебе рожать? Мужа нет! Плодить безотцовщину?

«Нет, — думала Ирина, глядя бессонными ночами в незанавешенное окно, — надо было родить. Сейчас бы сыну или дочке исполнилось уже девятнадцать. А так и мама умерла, и мужа не нашла, и ребеночка нет...» Но судьба услышала плач одинокой женщины и послала Ирине неожиданное счастье.

Свидетелем по одному из дел проходил милый, интеллигентный Даниил Пешков. Даня преподавал историю в университете, заведовал там кафедрой, женат никогда не был... У них начался роман.

Уже сделав предложение, Даня привел Ирину к себе домой, знакомиться с мамой. Увидев Анелию Марковну, Ирочка сразу поняла, отчего он до сих пор ни разу не сходил в загс с любимой девушкой.

Мама приняла будущую невестку в гостиной, обставленной старинной мебелью из тяжелого красного дерева. Сев на краешек крайне неудобного стула, обитого темно-синим шелком, Ирина выслушала торжественную речь, суть которой была проста: любая девушка сочла бы за честь оказаться невесткой в семье Пешковых, но счастье выпало на долю Ирины, и она должна принимать все усилия к тому, чтобы Даня был счастлив.

— Я всегда помогу, — вещала Анелия Марковна, — жить вы, конечно, будете со мной. Ну зачем тебе, деточка, заниматься домашним хозяйством? Работай себе спокойно, а главное — роди мне внука или внучку, род Пешковых не должен угаснуть.

Ирина только кивала, не рискуя спорить с будущей свекровью. Честно говоря, она мечтала совсем о другой жизни, думала: Даня переедет в ее крохотную квартирку, потом у них родится ребенок, а еще лучше два, и станет она печь мужу пироги. Ира страстно хотела заниматься домашним хозяйством и мечтала бросить опостылевшую службу.

Но вышло иначе. Жить они стали в огромной нелепой квартире Пешковых. По гулким пяти комнатам ходили сквозняки, а в большой ванной новобрачная постоянно мерзла. Горячий воздух никак не хотел согревать обширную кубатуру. И к плите свекровь ее не подпускала.

Любая попытка Ирины замесить тесто оканчивалась одинаково. Попробовав изумительно вкусную выпечку, на которую Ирочка была удивительной мастерицей, Анелия Марковна хвалила и пироги, и торты, но потом вечером ей делалось плохо. Дама валилась в кровать с сердечным приступом, начиналась суматоха, приезжала «Скорая»...

Наутро свекровь, лежа в постели, вздыхала:

— Теперь могу умирать спокойно. Данечка в надежных руках, я больше никому не нужна — готовлю хуже Ирочки...

Пришлось Ирине предоставить кухню Анелии Марковне. Впрочем, мать Дани решала в доме все — менять ли занавески на новые, покупать ли ковер...

Как-то раз Ирина принесла прехорошенькую кастрюльку — красненькую, с белыми цветочками. Свекровь пришла в полный восторг и торжественно поставила новое приобретение на плиту. Но, когда Ирина на следующий день вернулась с работы, абсолютно почерневшая кастрюля валялась в помойном ведре.

— Извини меня, бога ради, — воскликнула Анелия Марковна, — наверное, совсем старая стала. Поставила супчик варить и вышла в магазин...

Больше Ирина не предпринимала никаких попыток для улучшения быта.

Даня слушался маму во всем. Иногда он обнимал Ирочку и говорил:

— Мамуля, конечно, деспот, но ты уж уступи ей, будь умней, я очень люблю тебя.

Ирина только вздыхала. Она тоже любила Даню, и Анелия Марковна в конечном итоге не делала ничего ужасного, наоборот, она ни разу не поругалась с невесткой, а, если в гости заглядывали подруги свекрови, из ее рта лились бесконечные похвалы в адрес девушки. Но почему-то, когда Анелия Марковна вечером садилась за пианино и принималась распевать романсы, у Ирины начиналась нервная дрожь.

Самым же неприятным оказалось не это. Ирочка никак не могла забеременеть. Через два года после свадьбы она пошла к гинекологу и получила вердикт: детей не будет. Так Ирине аукнулся первый и единственный, сделанный в ранней юности аборт.

Ирочка обежала всех местных светил. Пила таблетки, делала уколы и всякие малоприятные, подчас болезненные процедуры, ездила в санаторий...

Однажды она вернулась домой неожиданно рано, около трех дня. Тихо вошла в квартиру и внесла сумку с продуктами в чуланчик. Анелии Марковне стало тяжело ходить по магазинам, и теперь она вручала невестке по утрам список. Холодильник у них стоял в маленькой темной комнатке, прилегающей к кухне.

Не успела Ира достать из кошелки пакет молока, как раздался голос мужа:

— Вот Наташенька Рогова давно на меня заглядывается. Хорошая девочка, молодая, здоровая...

— Ты женат, — ответила Анелия.

— Так развестись можно, — спокойно пояснил Даня, — детей-то нет, и она мне не родит, сколько лечилась, и все зря. Что же получается, род Пешковых угаснет? Ирочка прелестная детка, но, увы, больная, а Наташка абсолютно здорова!

Анелия молчала, и у Иры тревожно сжалось сердце.

Она проскользнула в прихожую и нарочито громко хлопнула дверью;

— Ирочка, ты? — крикнула Анелия.

Минут через пятнадцать Ирина, улучив момент, спросила у мужа:

— Что это мама какая-то взволнованная, о чем вы говорили?

— О ерунде, — отмахнулся Даня, — обсуждали развод Литвиновых.

Ирочка едва сдержалась, чтобы не заплакать. До сегодняшнего дня муж никогда от нее ничего не скрывал.

Потом она стала замечать явные признаки охлаждения со стороны супруга, а Анелия Марковна, наоборот, стала сахарно-приветливой и без конца хвалила невестку. Один раз даже попросила испечь эклеры, и Ирочка перепугалась. Значит, Пешковы и впрямь задумали избавиться от нее. Женщина знала, как вернуть любовь мужа. Нужно было родить ребенка, мальчика, но это-то как раз никак и не получалось.

В октябре Ирине дали крайне запутанное дело, и она была вынуждена сидеть на работе допоздна. В один из дней она без конца звонила Дане на мобильный и спрашивала:

— Ну, как ты там без меня?

— Не волнуйся, Ариша, — спокойно отвечал муж — сижу работаю. И не трезвонь все время на сотовый.

— Так по домашнему Анелия Марковна разговаривает, — вздохнула Ирина.

Это была правда. Свекровь могла часами висеть на проводе.

— Работай спокойно, не дергайся, — ответил Даня, — мы уже поужинали с мамой, ты когда вернешься?

— Не раньше полуночи, — вздохнула Ирина.

— Не уходи с работы одна, — распорядился супруг, — поздно уже, заеду за тобой ровно в ноль часов, идет?

Но Ирина сумела освободиться в девять. Тихо радуясь, она, не позвонив Дане, решила сделать ему сюрприз. Даниил обожал сладкое, и Ирина помчалась в кафе «Ласточка», работающее круглосуточно. Там торговали восхитительными пирожными. Пробегая мимо ярко освещенного окна «Ласточки», Ирина заглянула внутрь и остановилась, словно налетев на стену. За одним из столиков сидел любимый муж в компании молодой и здоровой Наташи Роговой.

Ирина не зря работала следователем. Женщина мгновенно забежала в подъезд дома, стоящего напротив кондитерской, и набрала номер Даниного мобильного. Ей было прекрасно видно, как супруг вытащил телефончик.

— Да, — раздался такой родной голос.

— Как у тебя дела?

— Иришенька, не волнуйся, — засмеялся муж, пододвигая к Наташе блюдо с пирожными, — пишу себе спокойно, а мама по телефону треплется, не трать больше деньги зря, душенька, приеду в полночь, жди, родная.

Ирина отсоединилась, потом потыкала ледяными пальцами в кнопки:

— Алло, — пропела Анелия Марковна, — квартира Пешковых.

— Позовите Даню, — попросила Ира.

— Сейчас, ангел мой, — преспокойно ответила свекровь и положила трубку на стол.

Спустя пару минут, она ответила:

— Извини, он в туалете, сейчас перезвонит.

Ириша нажала на красную кнопку и уставилась в

щель между створками подъезда. У Дани опять затрезвонил мобильный. Супруг, понятно, перегово-
рил, потом начал нажимать кнопки. Ирочкина трубка зазвенела:

— Прости, милая, в туалете сидел, — как ни в чем
не бывало, сообщил Даниил, — слушаю тебя.

— Можешь приехать за мной пораньше?

— Конечно, когда?

— Через час.

— Отлично.

Ирина вылетела из подъезда и понеслась в проку-
ратуру. В ее голове мигом оформился план. Она решила бороться за свое счастье до конца и знала, что
скажет мужу.

К машине Ира спустилась внешне абсолютно
спокойная.

— Удалось освободиться? — улыбнулся муж.

— Даня, — строго сказала Ира, — нам надо поговорить.

— Что случилось? — испугался ученый.

— Была сегодня у врача...

— Ты заболела?!

— Наоборот, выздоровела, — ответила Ирина, —
у нас будет ребенок, надеюсь, мальчик, хотя и девочка тоже хорошо.

Даниил, чуть не врезавшись в дерево, кинулся
обнимать жену.

Утро Ирина начала с визита к Карине Разувае-
вой.

Та, доктор наук, профессор, лучший в Волгограде
акушер-гинеколог как-то вляпалась в жутко неприятную историю и чуть не стала подследственной. Но
Ирина сумела найти истинного виновника преступления, и Карина постоянно повторяла:

— Если будет нужна моя помощь, приходите,
обязательно помогу.

Ирина вошла в кабинет и попросила:

— Заприте дверь.

Около двух часов они с Кариной обсуждали план.
Разуваева бралась все оформить. В Волгограде ис-

кать отказного младенца не стали. У Карины нашлись знакомые в Москве.

— На чужой роток не накинешь платок, — объяснила гинеколог. — Еще проболтается кто, а Москва огромная.

Первые три месяца Ирина старательно изображала беременную. Демонстративно кидалась на соленое, морщилась при виде торта с кремовыми розами и громко стонала в туалете, приговаривая:

— Ой, как выворачивает, сейчас умру!

Потом она купила автозагар и нанесла его неаккуратными, толстыми мазками на лицо. Получилось удивительно натурально, самые настоящие пигментные пятна неприятного коричневого оттенка.

Ирине повезло. Вообще говоря, Карина предполагала положить женщину на сохранение, чтобы муж не заметил оставшегося без изменения живота. Но тут Дане выпал уникальный шанс. Его работы по исследованию древних русских текстов неожиданно привлекли внимание сотрудников университета в Пенсильвании, и Даниилу прислали приглашение на полугодовую стажировку в Америку. К чести Дани, он очень не хотел ехать, боялся оставить беременную женщину. Но Ирина буквально уломала супруга.

— Данечка, нам понадобятся деньги, ребеночек — дорогое удовольствие.

Когда поезд унес супруга в столицу, Ирочка, несмотря на то, что была атеисткой, перекрестилась. Обмануть Анелию намного легче, той и в голову не могло прийти ощупывать медленно растущий живот невестки.

В марте Ирочка выбила себе командировку в Москву, в Академию МВД для повышения квалификации. Ей пошли навстречу, о «беременности» женщина коллегам не сообщила. С Анелией она перезванивалась и даже скатала пару раз домой, продемонстрировать «живот».

Наконец наступил май. Все шло изумительно, все по плану. Позвонила подруга Карины из роддома. Поступила девочка-подросток четырнадцати лет, ребенок ей не нужен. Ира легла в тот же роддом. Сколько стоило Карине устроить всю эту ситуацию — женщина не знала. Разуваева не взяла с нее ни копейки. Как по заказу, на свет появился мальчик.

Ирина позвонила Анелии и разрыдалась в трубку:

— Роды прошли раньше срока, но дитя здорово, я в больнице.

Анелия Марковна принялась суетливо квохтать, спрашивая о наличии у родильницы молока.

— Не могу к тебе приехать, — причитала свекровь, — как же ты там одна!

— Ничего, ничего, — ответила Ира, — через две-три недели выпишут.

Облом случился под самый конец, чуть ли не в момент передачи мальчика. Неожиданно появилась мать малолетней родильницы и забрала внука. С Ирой чуть не случился инфаркт. Как назло, подходящих кандидатур не было. Целую неделю Ирина ждала, не захочет ли кто-нибудь избавиться от младенца. Случилось два отказа, но у обеих родильниц были девочки, а Ира поспешила сообщить свекрови о рождении мальчика.

Можно было, конечно, сказать, что ребенок умер... Но тут пришло сообщение от Дани. Узнав о рождении сына, ученый прервал командировку и собирался вылететь в Москву.

Ирочка в ужасном состоянии ушла из родильного дома.

Ее стажировка в Академии МВД закончилась в тот день, когда она легла «рожать». Ехать домой в Волгоград она не могла. По счастью, в телефонной книжке у нее был записан адрес Олега Михайловича Куприна, когда-то приглашавшего ее в гости...

— Отдайте мне Костика, — шептала Ира, — умоляю, я его выращу, воспитаю, ну зачем он вам?

Тома молчала, честно говоря, у меня тоже не было слов.

Внезапно Кристя заревела. Ирина сползла со стула на пол, встала на колени и протянула к нам руки:

— Умоляю, иначе останется только из окна прыгать!

— Не надо из окна, — быстро сказала я.

— Пожалуйста, забирай Костика, — прошептала Тамара, — наши мужчины ни о чем не знают, ни Семен, ни Олег, а мы никому не расскажем.

— Никому, — эхом отозвались мы с Кристей.

— Вот только документы нужны, — пробормотала Томуся.

— Без проблем, — отозвалась Ирина, — мне их в роддоме дадут.

— Звони свекрови, — велела я, — говори, что выписали, сообщи наш телефон и адрес, а потом соединяйся с мужем.

— Я скажу, — лихорадочно бормотала Ирина, набирая цифры, — я скажу, что Виола училась вместе со мной в Академии МВД.

Спустя пять минут она повесила трубку и растерянно пробормотала:

— Даня завтра вылетает в Москву, а Анелия Марковна тоже едет в столицу. Они договорились встретиться в Шереметьеве и думали сразу отправиться в роддом. Что мне делать?

— Ничего, — спокойно сказала я, — адрес ты им наш сообщила?

Ириша кивнула.

— Вот и чудесно, — вступила в разговор Томочка, — можешь ложиться в кровать, Костика устроим рядом...

— Можно мне его сейчас забрать? — прошептала Ира.

— Конечно, — улыбнулась Томуся, — он твой.

Иришка ринулась в спальню, но на пороге затормозила:

— Погодите, а деньги?

— Какие? — поинтересовалась я.

— Триста долларов! Ну те, за Костика!

Подруга вздохнула:

— Мы тебе его дарим, просто так.

Внезапно Ирина побледнела и беззвучно съехала на пол.

Сначала нам показалось, что женщина потеряла сознание, но потом я поняла: Ирина плачет.

Вечером, вернее ночью, я ворочалась в кровати с боку на бок. Сон не шел, в голове крутились самые разные мысли. Костику будет хорошо у Ирины, завтра днем Тома съездит в родильный дом и возьмет необходимые справки. Только бы девчонка, родившая мальчика, не заявилась к нам и не потребовала отдать ей сына. Хотя — не отдадим и точка, пусть попробует! Может, это и незаконно, но что за судьба ждет мальчика у матери-алкоголички? А в Волгограде он получит полноценную семью.

Неожиданно мысли перекинулись на другой объект.

Однако как странно. Ну зачем Ольге Леонидовне, вполне обеспеченной даме, самой мыть окна? К тому же, у нее есть домработница... Неужели наемная сила не могла протереть стекла?

Однако в смерти Зверевой есть еще много непонятного. Скажите, вы когда-нибудь сами протирали стекла? Я делала генеральную уборку принадлежавшей нам с Тамарой хрущобы два раза в год: на Пасху и к первому сентября. Естественно, тогда же мыла и окна. И как всякая хозяйка знаю несколько простых правил. Первое: никогда не следует наносить на стекла воду, в которой разведен стиральный порошок, да еще в такой концентрации. Над пластмассовым тазиком в квартире Зверевой стояла пышная шапка белых пузырьков. Подобный раствор потом не смыть никакими силами. К тому же сейчас в продаже полно средств, облегчающих нелегкий труд стеклопротирщицы: от дорогих — «Алиса» и «Мистер Мускул» — до копеечной отечественной «Хозяюшки».

Второе. Никогда нельзя заниматься этой утомительной процедурой, если солнце бьет прямо в глаза: на стекле останутся полосы. И уж совершенно противопоказано делать это вечером, при электрическом освещении: ни за что не протрешь окошечко до блеска.

И третье. Ни в коем случае не становись на подоконник босыми ногами.

Ольга Леонидовна нарушила все прописные истины, что вызвало мое искреннее недоумение. Ладно бы идея навести порядок принадлежала ее дочери Алисе. Неопытная девушка-белоручка, выросшая в доме, где чужие руки застилают кровати, подают еду и моют посуду... Откуда ей знать, как обращаться с окнами? Но Ольга Зверева? Валя говорила, будто баба разбогатела всего лишь лет пять тому назад. Неужели она дожила до сорока с лишним лет и ни разу не мыла окна? Да быть этого не может! Но главное — это почему все-таки взялась сама за тяжелую и грязную работу?

Я встала с кровати и распахнула окно. На улице моросил теплый дождик. Хотя, может, и ничего странного. Есть у нас с Томочкой хорошая подруга, отличный хирург и великолепная хозяйка Оксана. Зарабатывает она хорошо, больные записываются к ней в очередь и, естественно, благодарят после удачно проведенных операций. Оксанка вполне может отдать сто долларов тетке, которая избавит ее от мытья сортира и чистки ковров. Но наш хирург предпочитает лично носиться с пылесосом по квартире, а на все мои вопросы отвечает:

— Никто все равно не уберет так, как я. И не приготовит!

Насчет готовки, это точно! Вспомнив парочку изумительных блюд, которыми Ксюша потчует гостей, я вздохнула и тихонечко, стараясь громко не шлепать тапками, поползла на кухню. Сделаю себе пару бутербродов! Может быть, Ольга Леонидовна обожала мыть стекла и не доверяла это священнодействие прислуге?..

Сжевав хлебцы с сыром и колбасой, я села возле стола и принялась вертеть в руках сахарницу. Так, если предположить, что некто, инсценировав несчастный случай, помог бедной Зверевой совершить последний в жизни прыжок, значит... Значит, я иду по правильному следу. Не зря видеокассета с записью операции хранилась у несчастной Полины в таком странном для подобной вещи месте, как сливной бачок. Ох, делают в этой клинике нечто такое, что стоило жизни двум людям: Зверевой и Полине. И вообще, как они связаны между собой.

В этот момент сахарница выпрыгнула у меня из рук и шлепнулась на пол. Раздалось тихое «блям», керамическая плошечка распалась на несколько неаккуратных кусков. На шум прибежали Дюшка, Клеопатра и Сыночек. Любопытные киски уселись на буфете и принялись с интересом разглядывать, как я заметаю остатки симпатичненькой вещички на красный совок. Дюшка радостно трясла хвостом: столько сахара и весь на полу!

— Ну уж нет, моя дорогая, — пробормотала я, — этот сладкий взрыв пролетит мимо тебя. Собакам нельзя столько сладкого, и потом там могут находиться очень мелкие осколки...

Взрыв! Сахар, ставший из белого сероватым, ссыпался вновь на пол, но я не заметила, что опустила руку с совком вниз. Взрыв произошел в тот момент, когда Полина села в машину ярко-красного цвета, припаркованную возле гастронома на Петровке. И случился этот ужас буквально в двух шагах от челюстно-лицевой клиники. Она расположена во дворе этого магазина.

ГЛАВА 13

Ровно в девять утра я вошла в дверь больницы. Безукоризненно вежливый секьюрити почти ласково спросил:

— Ваш пропуск?

— Там на столбе объявление висит о том, что вам уборщица нужна...

— Идите по коридору до конца, последняя дверь, — улыбнулся охранник, — там Вера Андреевна сидит, с ней поговорите.

Я послушно пошла в указанном направлении и постучалась в кабинет.

— Входите, — раздался звонкий голос:

— Вера Андреевна?

— Входите, — повторила худенькая девушка по виду лет двадцати, — что у вас стряслось?

— Меня прислала Ольга Леонидовна.

Вера Андреевна вскинула брови:

— Зверева? Зачем?

— Понимаете, соседствую с ней по лестничной клетке, стою на бирже, на пособие не прожить... Вот она и подсказала, вроде тут уборщицу ищут?

— Трудовая книжка с собой?

— Говорю же, на бирже стою, если узнают, что работать пристроилась, мигом копейки государственные отнимут. Может, можно как-нибудь без оформления... А? Помогите, пожалуйста.

— Вы кто по специальности?

— Учительница.

Вера Андреевна тяжело вздохнула.

— Не думайте, очень хорошо убираю, — быстро сказала я.

И это святая правда. Еще не так давно хваталась за любую возможность заработать, мы с Томочкой до ее и моего замужества отчаянно нуждались. Приходилось мыть полы, убирать чужие квартиры и постоянно бегать с веником наперевес. Так что я мастер спорта по разряду швабр и ведер.

Начальница постучала карандашом по столу и, сердито сдвинув брови, сообщила:

— Так и быть. Никак человека не найду, зарплата невелика. Работаете сутками через трое. Мыть чисто, с хлоркой, не лениться. Увижу, что грязь по углам расталкиваете, выгоню. Платить стану в конце месяца, тут, в кабинете, с глазу на глаз, восемьсот в руки. Больные могут чаевые давать, но только за отличную уборку. И еще, клиника у нас специфическая, встречаются известные люди: актеры, писатели, журналисты. Мало кто хочет, чтобы по Москве пошел слух о подтяжке лица. От персонала требуется строжайшее соблюдение тайны. Начнете язык распускать — уволю! Понятно?

— Я не болтлива.

— Хорошо, тогда приступайте. Идите в седьмой кабинет, там Женя выдаст вам форму.

Хорошенькая толстушка Женечка заговорщицки мне подмигнула:

— Верка-то стала прямо генерал.

— Да уж, — пробормотала я, получая темно-желтую пижамку, колпачок и тапочки, — такая серьезная.

— Начальство, — хихикнула Женя, — заместитель главного врача по административно-хозяйственной части. Между прочим, из уборщиц выбилась, так-то вот. Значит, запоминай. Твой этаж второй: палаты, холл, коридор. Перевязочную и процедурную сестры сами моют, нам не доверяют. До четырех тут всегда работа, потом все шишки по домам разбегаются, только дежурные врачи остаются, вот тогда и отдыхай, никому ты с тряпкой не нужна. Ну только если кто из больных в палате набедокурит. Но они, коли судно разольют или другую грязь разведут, обязательно чаевые дают. Тут всякие кадры попадаются, бывает, доллары суют. Кстати, жрачку нашу они посылают сама знаешь куда. Так что спокойно иди в столовую, когда больные «поели», и скажи диетсестре, что я тебя прислала, она и покормит без проблем. А если Аньке понравишься, так еще и с собой даст. Усекла?

— Усекла, — ответила я и поволокла на второй этаж ведро, швабру и бутылку «Белизны».

До шестнадцати часов время пролетело в трудах праведных. Палат оказалось десять, и все одноместные, больше похожие на гостиничные номера, чем на больничные обители. Честно говоря, я впервые видела подобные условия. Все больницы, в которых приходилось до сих пор подрабатывать, поражали теснотой, ветхим бельем и омерзительным запахом. Здесь же в просторных, светлых комнатах стояли широкие, удобные деревянные кровати, пододеяльники и простыни выглядели так, словно их только что принесли из магазина, и пахло дорогой косметикой. Больные, в основном женщины, вели себя тихо. Когда я входила с ведром, они мило говорили: «Мне выйти в коридор?» или «Если полежу на кровати, не помешаю?»

Перепадали и чаевые. Одна тетка пролила на постель кофе, и когда я переменила белье, сунула мне в карман пижамки десять долларов. А мужик с почти полностью забинтованным лицом и руками попросил сбегать за сигаретами и дал двести рублей. Получив пачку «Парламента», он отмахнулся от протянутой сдачи. При таких заработках можно было от официальной получки и отказаться.

Кормили в клинике не просто прилично, а вкусно. Столовая располагалась внизу, в полуподвальном помещении, но я насчитала там всего человек пять, бродивших с тарелками возле шведского стола. Диетсестра Аня встретила меня ласково, велела не стесняться и есть от пуза. Ровно в четыре врачи и основная масса медсестер разбежались по домам. На втором этаже осталась только жутко смешливая Галочка.

— Слышь, Виолка, — крикнула она мне из сестринской, — кончай линолеум драить, дырку протрешь, иди кофейку глотни.

На круглом столе высился огромный двухкилограммовый торт, вернее то, что от него осталось.

— Дары данайцев? — спросила я, ткнув пальцем в бисквитно-кремовые руины. — Борзой щенок от кого?

— Что? — не поняла Галя.

Девушка не только не знала легенды и мифы Древней Греции, она даже не читала Гоголя. Пришлось спросить о том же, но попроще:

— Тортик от кого?

— Ролина из второй выписывалась, — захихикала Галя, — знаешь Ролину?

Я отрицательно покачала головой:

— Ну ты даешь! — удивилась девушка. — Кино,

что ли, никогда не смотришь? Ну «Последний поцелуй», «Время любви», «Осенний вальс».

Я ахнула:

— Елизавета Ролина? Так ей же небось семьдесят давно стукнуло!

Галочка засмеялась еще громче.

— Возраст наших пациентов — тайна, покрытая мраком. Может, лечащему врачу на ушко сообщают, а в истории болезни вранье сплошное. Вот Воробьева... Эту знаешь? Лидия Воробьева, в сериале снималась «Москва преступная».

Я кивнула.

Галя продолжала веселиться:

— Так вот, пять лет тут работаю, можно сказать, с основания клиники, и все эти годы Лидочка ложится сюда весной. То морду шлифует, то жир из жопы отсасывает, то в губы гель вкачивает, то сиськи подтягивает. И самое интересное, что в документах в графе «возраст» всегда стоит — тридцать лет!

— И грудь можно переделать?

Галочка, явно обрадованная присутствием малообразованного собеседника, ухватила сигареты и принялась радостно вводить меня в курс дела.

— Можно все.

Я слушала, разинув рот. До сих пор ни разу не сталкивалась с косметической хирургией. Честно говоря, мне все равно, сколько морщин на морде и какую форму имеет мой бюст. Впрочем, пару раз в году у меня случаются приступы женского тщеславия, во время которых торжественно покупаю что-нибудь вроде «Маски для лица из белой глины», обещающей дать стойкий эффект омоложения. В обычное время обхожусь отечественным кремом «Люкс». Привыкла к нему еще в советские времена и искренне считаю, что он значительно лучше широко разрекламированных импортных средств. Что же касается груди... Честно говоря, ее у меня никогда и не было. В тридцать лет я вообще пролезала между прутьями забора, торопясь на работу, да и сейчас, желая сократить путь до метро, проделываю данный трюк с такой же легкостью. Никакого повода молодиться у меня нет. Моим ученикам абсолютно все равно, как выглядит наемная репетиторша, главное — чтобы хорошо знала немецкую грамматику. Олег видит меня внутренним зрением, и я в его глазах всегда прекрасна... Ну к чему ложиться под нож? Хотя великолепно понимаю, что для человека искусства, лицо которого служит «орудием производства», внешность имеет первостатейное значение.

— Не представляешь, чего делают! — щебетала Галя.

Оказывается, физиономию возможно «перекроить». Изменить форму носа, губ, разрез глаз и овал лица. Коррекции поддается и фигура. Маленькая грудь превращается в большую, отвислая в приподнятую. Жирная задница, огромный, отъеденный на пирожных и макаронах живот делается плоским, как кошелек перед получкой.

— Словом, — заверила Галочка, — войдешь толстой, старой, морщинистой брюнеткой с карими глазами, а уйдешь стройной, молодой, нежнокожей, голубоглазой блондинкой!

— И волосы перекрашивают?! И глаза?

— Ты еще дурей, чем кажешься, — заржала Галя, — нет, конечно. Шевелюру, конечно, окрашивают, а в глаза вставляют цветные линзы. У нас на первом этаже визажисты работают и есть парикмахерская. Такого наворочают, мать родная не узнает!

Я недоверчиво покачала головой:

— Чего-то ты напридумывала. Вон в третьей палате сегодня тетку видела, прямо испугалась. Морда, как подушка, сама вся синяя, глазки-щелочки, нос лепешкой... Небось брак получился.

Галочка зашлась в таком хохоте, что чуть не свалилась со стула.

— Ой, простота! Так всегда бывает. Первые три недели — просто жуть, зато потом! Красота!

— А говоришь, уходят красивыми блондинками!

— Правильно, тут в основном люди богатые, денежные, оплачивают месяц пребывания, не хотят с фиолетовой мордой перед людьми светиться. Журналисты, знаешь, какие сволочи и паразиты! Вон, Лидию Михайловну уволили! Польстилась дурочка на подачки от «Экспресс-газеты» и пустила ихнего корреспондента с фотоаппаратом. Думала, никто не узнает. И что? Мигом вычислили и выгнали. Такое место потерять!..

— У вас зарплата большая? — прикинулась я дурой.

Галя вздохнула

— Тысяча двести, только чаевые дают хорошие, и питаться можно бесплатно. Домой отсюда таскаю.

В этот момент дверь в сестринскую отворилась, и влетел странно знакомый мужчина, быстрый и ловкий в движениях. Окинув мгновенным взглядом торт, он ласково спросил:

— Развлекаетесь?

Галочка покраснела и подскочила, как на пружине:

— Так ведь отдыхают все: кто читает, кто телик глядит, кругом порядок! Не сомневайтесь.

— Конечно, дорогушенька, — ласково проговорил мужчина, — когда вы на работе, моя душа спокойна.

Быстро повернувшись на каблуках, он выскочил за дверь.

— Кто это? — поинтересовалась я.

— Гений, — серьезно ответила Галя.

— Кто?

— Владелец клиники, профессор Чепцов Феликс Ефимович, золотые руки, — пояснила медсестра. — Не поверишь, из Парижа приезжают и в очередь пишутся.

Внезапно в голове что-то щелкнуло. Я вспомнила самое начало видеокассеты. Вот распахивается дверь, влетает мужчина и бесстрастный голос произносит: «Оперирует профессор Чепцов».

— А уж бабы его обожают, — тараторила Галочка, — прямо вязанками падают и в штабеля укладываются. Клиентки обмирают, подарки тащат... И знаешь, какая жуть: у него вчера жена с собой покончила. Правда, он с ней давно не живет, но развод не оформлял. Наши говорят: от любви к нему жизни лишилась. Роковой мужчина. И ведь не делает ничего, только глянет — мороз по коже. А руки золотые, да он...

— А у вас, что, операции на видеокассету записывают?

— Ага, — спокойно пояснила Галя, — через фонарь в потолке, там аппаратура стоит, и девчонка до недавнего времени работала, видеоинженер.

— Зачем?

— Такая запись — отличный материал для подготовки студентов. Во время операции профессор не может без конца останавливаться и объяснять, что к чему, и вообще, к операционному столу допустят только курса с четвертого. А тут так удобно, верти ленту туда-сюда, рассматривай...

— И больные не против?

Галочка хитро прищурилась:

— Это наш секрет, им никто и не рассказывает. Впрочем, некоторые сами просят для домашней коллекции, идиоты!

Я молча переваривала услышанное, вдруг нужная информация достигла мозга. Я так и подскочила на стуле, чуть не разлив чашку.

— А как звали супругу Чепцова, ну ту, что покончила с собой?

— Ольга Леонидовна Зверева, — преспокойненько ответила женщина, — она у нас работала, анестезиологом, с Феликсом Ефимовичем-то они разбежались, уж лет семь не жили, но оперировали вместе.

Мне на голову словно надели толстую зимнюю шапку, в ушах зазвенело. Галочка, не замечая ничего вокруг, токовала, словно глухарь на залитой солнцем лесной полянке:

— Конечно, Феликсу Ефимовичу удобно было считаться женатым мужчиной, тут на него прямо охота идет.

— Слышь, Галь, — прервала я ее, — а отойти на часок можно?

— Да иди себе спокойно до девяти, — отмахнулась Галина, — ежели чего, помою. А ты потом ночью мне поспать дашь, идет?

— А справлюсь? Медицинского образования нет.

— Ерунда, — потянулась Галочка, — зовут в основном форточки закрыть либо судно подать, если лежачие... Ежели чего по врачебной части, буданешь меня. Согласна?

Мы ударили по рукам, и я, переодевшись, выскользнула через служебный вход в тихий старомосковский дворик.

Возле метро нашелся вполне работающий телефонный аппарат. Я сунула в щель карточку:

— Алло, — раздался женский голос:

— Квартира Зверевой Ольги Леонидовны? — отчеканила я металлическим голосом.

— Да.

— Кто у аппарата?

— Соседка, — растерянно ответила собеседница, — с Алисой тут сижу, с Ольгой несчастье.

— Беспокоит следователь Петрова, — отрезала я, — у Зверевой работала глухонемая домработница, верно?

— Да, вроде.

— Можете уточнить у Алисы ее координаты и имя?

— Сейчас попробую, — раздался вздох в трубке.

Послышался легкий шорох, попискиванье, потом женщина проговорила:

— Записывайте, Коровина Людмила, улица Пустовалова, двенадцать, телефон...

— Погодите, какой телефон? Она же немая, — сказала я и мигом прикусила язык.

Надо же свалять такого дурака. Скорей всего Людмила живет не одна. Но собеседница спокойно пояснила:

— У нее такая система. Звоните и попадаете на

автоответчик, если он включен — Людмила дома и слышит вас, если трубка не снимается — ушла.

Я опять принялась терзать телефон. После тихого щелчка зазвучало ровное сопрано:

— Здравствуйте, работает автосекретарь. Я лишена возможности разговаривать с вами, но великолепно слышу. Передавайте информацию и обязательно перезвоните через минуту снова.

Не слишком люблю разговаривать с магнитофоном, пусть даже и современным, но делать нечего. Аккуратно подбирая слова, словно беседуя с умственно отсталым ребенком, я сказала:

— Людмила, беспокоит следователь Виола Тараканова, нам необходимо встретиться и переговорить. Пожалуйста, никуда не уходите, еду к вам.

В ухо понеслись гудки. Я послушно набрала номер еще раз и вновь услышала легкий шорох и сопрано:

— Ваше сообщение услышано. Обязательно выполню просьбу.

Надо же, какая ловкая дама. Небось заготовила несколько вариантов ответов на все случаи жизни.

ГЛАВА 14

До улицы Пустовалова я добралась вмиг. Оказалось, что магистраль идет перпендикулярно Лесной улице от метро «Белорусская» в сторону центра. Дом был большой, старый, явно нуждающийся в капитальном ремонте. Квартира, в которой проживала немая Людмила, выглядела не слишком презентабельно, но дверь открыла вполне ухоженная дама лет тридцати пяти с отлично сохранившейся фигурой и великолепными тяжелыми волосами, свободно падающими на плечи.

Я никогда не имела дела с немыми и не очень представляла, как потечет наш разговор. Впрочем, можно ли назвать беседой общение с человеком, который не произнесет ни слова?

— Добрый день, вы Людмила? Следователь Тараканова.

— Проходите, — мелодично ответила женщина.

Я радостно побежала за ней на кухню. Все сразу
стало на свои места. Очевидно, это сестра или подруга, служащая переводчицей. Небось тетка владеет
азбукой глухонемых, и нам не придется общаться
при помощи карандаша и листка бумаги.

Мы вошли в довольно простое помещение с самыми обычными кухонными шкафчиками, серень-
кими в розовый цветочек. Но там больше никого не
оказалось. Дама подошла к электрочайнику и щелк-
нула рычажком.

— А где Людмила?

— Это я.

У меня разинулся рот.

— Но все говорили, что домработница Зверевой
немая, и потом автоответчик...

— Все правильно, для клиентов я — убогий инвалид, но вам врать не хочу. Разговариваю, как нормальные люди, слышу и вижу прекрасно.

— Но к чему маскарад?

Людмила налила чай и пояснила:

— Для хорошей зарплаты.

— Немедленно объясните, — потребовала я.

— Пожалуйста, — пожала плечами хозяйка, —
все очень просто.

Перестройка застала Людмилу на третьем курсе
медицинского института. Пришлось бросить учебу и
идти работать. Родители-инвалиды, денежные на-
копления превратились разом в пыль, цены скакали,
словно обезумевшие обезьяны. Делать нечего, Люда
взяла в руки тряпку и пошла мыть полы. Потом устроилась на работу к одной эстрадной певице, некой
Соне Мрит, и вот та и подсказала случайно, как
стать на рынке дешевой рабочей силы уникальным
товаром.

— Всем ты, Милка, хороша, — пробормотала один
раз обкуренная Соня, — убираешь чисто, с мужиком

не кокетничаешь, не пьешь. Одно плохо — язык имеешь.

Люда, не обращая внимания на бред хозяйки, расстилала той постель. Однако следующая фраза Мрит заставила домработницу отложить подушку:

— Вон, Сафо своей бабе жуткие деньги платит, — гундосила Соня, пытаясь вылезти из облегающего ее, словно вторая кожа, платья, — а почему? Знаешь? Ну что эта девка такое особенное делать умеет, а? Вот и не догадаешься!

Мрит хрипло рассмеялась и плюхнулась прямо в туфлях на роскошное розовое атласное одеяло.

— Все как у всех, только она немая!

— Как это? — изумилась Мила. — И кому нужна инвалидка?

— На руки она здоровая, — пояснила Соня, — зато гарантия, что много не натреплет. Во всяком случае, с соседями во дворе сплетничать не станет. Затруднительно на бумажке писать!

Людмила мигом поняла, как поступить. От наркоманки Соньки она уволилась. Взяла в руки медицинскую энциклопедию — сказалось незаконченное высшее образование — и живо подобрала себе диагноз. Детская патология, недоразвитость голосовых связок. Крайне редкая, можно сказать, уникальная вещь. С одним на миллион приключается. Лучшая подруга Рита Костылева, работающая в поликлинике, дала нужную справку, и Люда отправилась в агентство по найму. Ей тут же предложили с десяток мест, но женщина остановилась на двух семьях, выбрав хозяйками Звереву и Виноградову. У одной Милочка убиралась в понедельник, среду и пятницу; у другой — во вторник, четверг и субботу. Людмила не случайно связалась с этими дамами. И в той, и в другой семье не было мужей, женщины жили с детьми, а Мила справедливо полагала, что хозяин не растеряется и залезет к хранящей вечное молчание девушке под юбку.

— Тяжело, наверное, за весь день не произнести ни слова, — покачала я головой.

Люда вздохнула.

— Очень. Первое время прямо невмоготу было, иногда, думала, не выдержу, брошу, но как про деньги подумаю!.. Конечно, и накладки случались.

Она засмеялась.

— Только у Виноградовой работать начала, схватилась за сковородку, а ручка отлетела. Раскаленный блинчик мне прямо на голую ногу шлепнулся. Как заору! По счастью, дома только дочка ее семилетняя была, прибегает, такая встревоженная. Что случилось, да кто кричал? А я уже блин подобрала, слезы утерла и пальцем в окно тычу. Она и успокоилась.

Да уж! Наш человек изобретателен, и в его стремлении заработать ему нет равных, ни перед чем не останавливается:

— Вы хорошо знали Ольгу Леонидовну?

— Конечно, — усмехнулась Людмила, — она меня не стеснялась совсем.

— Хозяйственная?

— Ой, горе, — отмахнулась Мила, — ничегошеньки не умела.

Они с Алисой до моего появления всякую дрянь жрали, полуфабрикаты из коробок. Ольга отродясь готовить не умела, да и некогда ей — целыми днями на работе, вечером прямо падала. Говорила, в операционной чем-то сильно пахнет, спиртом, что ли, у нее аллергия началась, а бросить службу не могла. Но, правду сказать, зарабатывала бешеные тысячи, не нуждалась. Алиску одевала как куклу, питались они великолепно, по два раза в год отдыхать ездили: Турция, Испания, Канары. Машина есть, «Жигули», цвет, правда, противный: ярко-зеленый.

— Она любила сама окна мыть?

— Кто? Ольга? Да вы чего! Ей бы и в голову не пришло. Мне как Алиса сказала, что мама выпала во двор, поскользнувшись на подоконнике, я прямо прибалдела. Что-то тут не так, вы разберитесь как следует.

— Обязательно, — пообещала я, — к ней гости часто ходили?

— Нет, наоборот, крайне редко. Ольга очень замкнутая, даже неприветливая, у нее и подруг-то по сути нет, к Алиске Надя шлялась из первого подъезда, девчонки из класса иногда заходили.

— А мужчины? Не монашкой же она жила? Красивая, молодая...

Людмила опять включила чайник.

— Ольга официально считалась замужем. Муж ее иногда заглядывал, но никаких интимностей между ними не существовало. Работали вместе, в паре. Он хирург, она наркоз дает. У нее был другой кавалер.

Мила замолчала.

— Кто?

Домработница слегка замялась, потом сказала:

— Ну теперь-то и рассказать можно. Помните, рекламу лет пять тому назад по телику крутили? «Коммерческий дом «Просторы»?

Еще бы. Время дикого зарабатывания денег, когда бешеные состояния появлялись буквально из воздуха. Фирма «Алиса», «МММ», «Русский дом «Селенга», «Хопер-инвест»... Где они все теперь? Насколько знаю, их основатели ловко ушли от ответственности и, превратив отданные им беспечными российскими Буратино деньги в доллары, живут припеваючи в разных местах и странах. Хотя, что это я ехидничаю? Сама, между прочим, отнесла в МММ кровные рублики, надеясь получить густой «навар». Естественно, на следующий день финансовая пирамида лопнула, погребя под обломками и мои медные копейки. На память о собственной глупости остались нежно-голубые бумажки, «мавродики», словно в издевку украшенные портретом пронырливого математика. Хотя, чтобы там ни говорили злые языки о Мавроди, он — гений. Сначала ухитрился убедить почти всю страну раскошелиться, а потом додумался пообещать людям вернуть награбленное при условии, что его выберут депутатом. И ведь избрали! Нет, на подобные дела способны только россияне, мои милые, незлобливые, наивные соотечественники.

«Коммерческий дом «Просторы» действовал по принципу МММ. Раз по двадцать за вечер на экранах телевизоров появлялись всевозможные рекламные ролики, главная мысль которых сводилась к простому постулату: отдайте нам сегодня свои денежки, завтра получите в десять раз больше. Первое время система работала четко. Те, кто подсуетился раньше других, на самом деле ухитрились неплохо заработать. По Москве мигом пополз слух: лучше и надежнее всего иметь дело с «Просторами», тем более что их рекламировали с голубых экранов всенародные любимцы: актеры и спортсмены. Обитатели моей хрущобы в массовом порядке кинулись в данный коммерческий дом после того, как популярный член российской хоккейной сборной снялся в рекламном ролике с таким категоричным призывом: «Веришь мне? Иди в «Просторы»!» Надеюсь, не надо пояснять, чем все закончилось? Уж не знаю, как ощущал себя тот хоккеист, когда увидел толпы плачущих людей, пытавшихся взять штурмом здание центрального офиса «Просторов» на Калиновской улице.

Однако создателю этого коммерческого дома Ярославу Рюрикову в отличие от Мавроди не повезло. Где-то через полгода его арестовали и осудили за мошенничество в особо крупных размерах. Данная статья подразумевает конфискацию имущества. Шикарный дом Рюрикова, парочка машин и куча всяких вещей отошли государству. Денег не нашли, они словно испарились. Огромные суммы, исчисляемые миллионами... Ярослав вел себя демонстративно. При аресте торжественно заявил:

— Вы от меня не услышите ни слова!

И сдержал обещание. На всех допросах он хранил молчание, в камере не общался с заключенными и на суде изображал из себя немого, упорно не раскрывая рта. Беспрерывно говорили лишь три нанятых им адвоката. Судья была обозлена до крайности, прокурор потребовал дать ему пятнадцать лет, народ ликовал. Наконец хоть кто-то ответит за воровство. Люди уже не желали возврата денег, они требовали крови Рюрикова.

Приговор оказался мягче, чем думали: семь лет в колонии общего режима. Пронырливым адвокатам удалось обломать «судейскую бригаду». Ярослава отправили на зону, через год о нем и «Коммерческом доме «Просторы» все забыли.

— Этот Ярослав и был настоящим мужем Ольги, — пояснила Людмила, — он ей и квартиру купил, и машину, и вообще все! Странно, однако...

— Что?

Людмила вытащила сигареты и, помолчав, продолжила:

— Развод Ольга со своим мужем-хирургом не оформила, и в ее паспорте стоял штамп о браке. Отчего-то такое двусмысленное положение устраивало и ее, и Рюрикова. А может, мужик понимал, что загремит в конце концов на нары, и не хотел портить биографию любимой женщине. Подробностей Люда не знала, она застала уже финал истории, пришла в дом незадолго до ареста Ярослава.

Ольга, не стесняясь «немой» прислуги, обсуждала с любовником всякие детали.

— Деньги они спрятали, — пояснила Люда. — Где-то в Подмосковье оборудовали тайник и зарыли, как я поняла из обрывочных замечаний. Даже место знаю, деревня с жутко смешным названием... «Старые собаки». Умора, нарочно не придумаешь. Но, где точно, понятия не имею.

— Почему же милиции не сказали? — возмутилась я.

Людмила осеклась, потом забормотала:

— Почему, почему, по кочану! Мало ли кто что услышит! Точно ведь не знаю, а вдруг неправда? Ольга бы мигом за дверь выставила! Весь заработок потеряла бы!

— Сейчас зачем тогда рассказываете?

— Так Ольги уж нет! Да и деньги давным-давно вырыли...

Людмила начала торопливо распахивать холодильник и вытаскивать наружу сыр, колбасу, масло. Она явно жалела о том, что в пылу разговора выдала лишнюю информацию, и теперь пыталась понравиться «следовательше».

— Странная Ольга была, — суетилась Людмила.

— Почему?

— Ну посудите сами. Жила с Ярославом, вроде любила. Она ведь в свое время от мужа к нему сбежала. Он-то не сразу богатым стал!

— Кто?

— Как — кто? Слава Рюриков. Знаете, где они познакомились?

— Нет, конечно.

— В метро!

— Послушайте, — не выдержала я, — не далее пяти минут назад вы заявили, что Зверева была нелюдимой дамой, даже не имевшей подруг. Откуда тогда подобные сведения о ее личной жизни?

Мила улыбнулась.

— Вот и видно, что вы никогда не работали в прислугах. Через какое-то время хозяева перестают воспринимать вас как человека, а меня, немую инвалидку, тем более.

До смешного доходит. Один раз слышу, Ольга у Алиски спрашивает:

— Кто-нибудь приходил?

Та в ответ:

— Нет.

Мать подошла к холодильнику, распахнула дверцу и удивилась:

— А откуда все продукты, с утра же ничего не было?

— Ты же службу 77 вызывала, — спокойно пояснила Алиса, — курьер привез в пять часов.

— Я же спрашивала, кто приходил?

— Так никто, это же просто курьер!

Людмила помешала ложечкой кофе.

— А насчет знакомства в метро... Вообще-то Ольга никогда не пила, но бутылок в баре у них целая батарея стояла. Клиенты приносили в подарок. Она даже шутила, что если бы была расположена, то точно спилась бы! Но в день, когда судили Рюрикова, явилась никакая, просто в дым, еле-еле на ногах держалась.

Мила раздела хозяйку и приняла отчаянные меры по «реанимации». Посадила в холодную воду, дала выпить пару стаканов воды с нашатырным спиртом, чтобы вызвать рвоту, потом напоила крепким сладким черным кофе и попыталась запихнуть Ольгу в койку.

Но женщина отказалась ложиться. Уселась на кухне и принялась рыдать горючими слезами. Что у трезвого на уме, то у пьяного на языке. Ольга неожиданно принялась рассказывать историю своих взаимоотношений с Чепцовым и Рюриковым.

— Ничего-то ты не понимаешь, — бубнила Зверева, — садись, слушай, немтыка.

Люда сначала попыталась избежать ненужных разговоров, но Ольга с тупым пьяным упорством твердила:

— Садись, слушай, коли велю!

Пришлось устраиваться напротив и качать головой, изображая заинтересованность. А Звереву словно прорвало. Привыкшая к сдержанности женщина неожиданно принялась вываливать на голову домработницы такие интересные детали, что Люда только диву давалась, слушая откровения вконец окосевшей хозяйки.

С Чепцовым у Ольги не вышло семейного счастья, но в профессиональном плане они сработались замечательно. Хирург и анестезиолог — чудная пара. Можно проводить вдвоем операции и ни с кем не делиться заработком. Основав клинику, Феликс Ефимович сделал жену своим заместителем. Ольге он доверял полностью, как себе. Так они и существовали: жили в разных квартирах, ведя совершенно свободный образ жизни, но считались супругами. Наверное, подобное положение вещей устраивало обоих.

Потом в метро, в вагоне поезда, следующего к «Белорусской», Ольга случайно поставила сумку возле незнакомого молодого мужчины. Находившаяся в торбе жирная и вкусная каспийская селедка протекла, и вонючая жидкость измазала белые брюки соседа. Смущенная Ольга позвала парня к себе. Ехать дальше в штанах, напоминающих по запаху порт Владивостока, случайный знакомый не мог. Это был не слишком удачливый бизнесмен Ярослав Рюриков.

Так начался их безумный, невероятный роман. Ольга влюбилась, как двенадцатилетняя девочка. Она одела, обула и откормила мужика, который до встречи со Зверевой неоднократно пытался проворачивать какие-то дела, но ему фатально не везло.

И вскоре словно сказочный дворец возник «Коммерческий дом «Просторы». Несколько лет Зверева и Рюриков жили как в раю, Людмила не застала этот период дикого богатства. Потом Ярослава арестовали, и тут Ольга повела себя более чем странно. Умиравшая от любви к мужику баба ни разу не пришла на свидание, не передавала передач и не явилась на суд. На все вопросы следователей Ольга спокойно отвечала:

— Никогда не знала, чем занимается любовник. Он не рассказывал, а я не спрашивала, не муж ведь, а так, просто мужик для постели. Говорил, что бизнесмен, вроде компьютерами торгует... Уж извините, но я в первый раз про «Просторы» слышу.

Инкриминировать Ольге было нечего, и правоохранительным органам пришлось отступить. Ей только прислали повестку в суд, вызвали в качестве свидетеля. Но женщина туда не пришла, прислав справку о болезни. На том дело и закончилось.

— Вот стерва, — негодовала Мила, — пока вместе жили — хорош, а как посадили — всему конец? Ну не по-человечески это! Так не поступают!

Какое-то время Ольга жила одна, а затем у нее появился новый хахаль.

— Кто?

— Не знаю, — покачала головой Людмила, — ни разу не столкнулись.

— Почему тогда решили, что у нее был любовник?

Мила усмехнулась:

— Так белье постельное меняю, все и понятно сразу стало: не одна спала.

В клинику я влетела слегка запыхавшись. Надо же как задержалась! Сейчас Галочка станет ругаться. Но медсестра преспокойненько читала «Космополитен». Увидав меня, она зевнула:

— Пришла? Отличненько, вот сиди тут у поста, гляди «Космо».

С этими словами толстушка подхватилась и исчезла в сестринской, откуда через пару минут раздался скрип дивана.

Я позвонила домой.

— Алло, — сказала Кристина.

— Кристя, не приду сегодня ночевать, не волнуйтесь, все в порядке. Мама Сережи Михалева попросила остаться у них, она должна ехать в больницу.

Не успев договорить ложь до конца, я уже пожалела о вырвавшихся фразах. Сейчас умненькая Кристя мигом поинтересуется: «Какой Сережа? Июнь на дворе, все дети на дачу уехали». И я попаду в неловкое положение. Но Кристя повела себя загадочно:

— Очень хорошо, — отчего-то шепотом произнесла она.

— Почему? — удивилась я.

— Завтра поймешь, — сообщила девочка и отсоединилась.

Недоумевая, я принялась проглядывать толстый журнал. В отделении стояла сонная тишина, прерываемая только скрипом дивана из сестринской. Небольшое ложе явно не было рассчитано на вес Галины.

Неожиданно я почувствовала дикий, прямо зверский голод. Желудок заурчал, есть хотелось невероятно. Очень тихо я прошла в сестринскую и порылась в небольшом шкафчике. На столе, правда, по-прежнему возвышались руины торта, но хотелось чего-нибудь нормального, а не бисквита, сдобренного кремом.

Наконец в руки попался пакетик — «лапша быстрорастворимая». Повертев в руках изделие трудолюбивых китайцев, я нашла инструкцию и углубилась в чтение. «Нельзя есть, если вакуум портится. Жиреть по китайскому и европейскому вкусу». Но безграмотность переводчика еще полбеды. Больше всего мне не понравилась другая информация. В углу хрустящего пакетика красовалось изображение верблюда, а строчки, набранные мелкими черненькими буковками, сообщали: «Компания по экспорту и импорту местных продуктов и побочных продуктов животноводства». Хорошо еще, если данная лапша местный продукт, а если побочный? От верблюда известно, что побочное бывает. Говорят, очень ценная в пустыне вещь, там на такое высушенное дерьмо высокий спрос. Без него нельзя ни костер развести, ни дом построить. Но обнаружить его в лапше как-то не очень хотелось.

Я задумчиво вертела перед глазами заманчивую лапшу. Товары из Китая, как правило, отвратительного качества, зато недорогие, хотя иногда инструкции к ним звучат загадочно.

Мне попалась один раз упаковка, на которой значилось: «Ароматная стелька». Уже само название товара звучало двусмысленно, но следующая фраза была еще великолепней: «Нога, корень здоровья». А Тамара как-то купила у метро пакетик с чаем, который, если верить глазам, произвела «Всекитайская угольная промышленность»...

Нет уж, лучше просто выпью какао, вон из той банки с длинноухим кроликом...

Ночь прошла абсолютно спокойно, никто ни разу меня не позвал, люди мирно спали. Впрочем, в этой клинике, наверное, всегда так. Ведь лежат тут фактически здоровые люди. Только в шесть утра появился угрюмый мужик в синем комбинезоне и направился в операционную. Я решила проявить бдительность.

— Эй, вы куда?

— Из «Медтехники», — буркнул парень, лицо которого скрывал длинный козырек бейсболки, — у вас наркозный аппарат сломался. Сама-то кто? Тут сегодня Галя дежурит.

— Она спит, а я уборщица.

— Она завсегда спит, — вздохнул техник и исчез.

Минут через десять он вышел и, насвистывая, двинулся к выходу.

— Работает? — спросила я.

— Как часы, — ответил мастер и пропал.

Около восьми утра началась суета. Забегала дневная смена: медсестры со шприцами и ампулами, пошли обходом врачи, потом часть клиентов нехотя потянулась на завтрак, остальные самообслуживались в палатах. По коридору проплыл изумительный запах свежесваренного кофе... Затем провезли каталку, где лежала накрытая простынями довольно полная женщина.

— Куда ее? — поинтересовалась я у Гали.

— На операцию, — ответила та и недовольно прибавила: — Вечно Тамарка опаздывает, а я жди лишний час после ночного дежурства!

Я только вздохнула. Ну разве можно беспробудный сон называть дежурством?

Взяв ведро и швабру, пошла в самый конец коридора, чтобы начать оттуда трудовую вахту. В противоположной стороне вспыхивала красным светом надпись: «Не входить. Идет операция». Недовольная Галя продолжала ругать соню Тамарку, я опустила тряпки в ведро, и... раздалось оглушительное «бум»!

Стеклянные двери, ведущие в операционный блок, тихо осыпали стекла на пол. Медики мигом кинулись в сторону взрыва. Из приоткрывшихся створок валил черный дым. Словно посланец ада, в нем возник молодой мужчина, отчего-то по пояс голый,

весь в крови и саже. На ногах у него болтались ка-
кие-то рваные тряпки — остатки одежды доктора.
Окровавленные руки парень держал перед собой.
Секунду он покачался на пороге, потом пробормотал:

— Идите скорей, там ужас, — и упал на пол.

Поднялась суматоха. Чтобы не мешаться под ногами, я забилась за диван в самый дальний угол и
молча наблюдала за происходящим из своего укрытия.

Приехали пожарные, милиция, «Скорая помощь»
из ожогового центра института Склифосовского. В
воздухе стоял жуткий запах, и повсюду носились
черные, жирные хлопья. Перепуганные клиенты заперлись в палатах. Люди из высшего общества, по
крайней мере большинство из них, никогда не станут, разинув рот, любоваться последствиями несчастного случая, как простонародье.

Примерно через час рыдающая Галочка рухнула
возле меня на диван. Ее плечи мелко-мелко тряслись, тщательно нанесенный утром макияж разма-
зался, волосы стояли дыбом, а на голубом халате тут
и там виднелись черные пятна.

— Ужас, ужас, — твердила она.

— Что случилось?

— Баллон взорвался с кислородом! Жуть, жуть!
Феликса Ефимовича на месте убило. Зинке, медсе-
стре, руку оторвало. Владимира Михайловича, анес-
тезиолога, контузило да еще обгорел, а у ассистента
Дмитрия Николаевича ожоги...

— А больная...

— Жива, — всхлипнула Галя, — легче всех отде-
лалась, может, потому, что лежала? Ой, какой кошмар! Слышала, конечно, что в других больницах такое случается... Но чтобы у нас? Черная полоса началась с погибшей девки. Затем, пожалуйста, Ольга
Леонидовна, потом Феликс Ефимович... Все, клинике конец, больше сюда никто не поедет! Ой, горе,
ужас!

— Что за девка погибшая, о которой ты вспоми-
наешь? — поинтересовалась я.

Галя шумно высморкалась и пояснила:

— Видеоинженер у нас работала, если только ее труд можно назвать работой. Пленки в камеру вставляла, операции записывала. В час дня домой уходила, скажи, разве это тяжело?

— И что с ней случилось?

— В машине подорвалась.

— Как ее звали? — тихо спросила я, заранее зная ответ.

— Полина Леонова, — ответила Галя и вновь разрыдалась.

ГЛАВА 15

Домой я влетела в крайней степени возбуждения. Впрочем, Тамара, открывшая дверь, тоже пребывала в истерическом состоянии.

Увидев меня, она нервно хихикнула и пригласила:

— Проходи в гостиную.

Я влетела в комнату и увидела парадно накрытый стол, в центре его огромный торт с фруктами и горы булочек. При виде еды желудок противно заворочался. Нет, выпечки совершенно не хочется, но не просить же при гостях тарелочку геркулесовой каши. Тем более когда у нас в комнате такая дама!

Незнакомая пожилая женщина выглядела словно оживший персонаж картины из моего детского учебника истории «Барыня в гостях у крепостных». Высокая, худощавая, она сидела, совершенно не сгибая спины. Ее каштановые волосы были самым аккуратнейшим образом уложены в старомодную прическу с легким начесом. Очевидно, избрав лет тридцать тому назад этот имидж, она осталась ему верна. Лицо казалось абсолютно ненакрашенным и радовало глаз нежной гладкой кожей, розовыми губами и легким персиковым румянцем. Но я одно время работала в доме моделей и хорошо знала, сколько стоит косметика, дающая такой естественный эффект. Под стать лицу оказалась и одежда. Элитный светло-бежевый костюм и изумительная шелковая блуза оттенка «мокрый песок». Руки без малейших признаков старческих пигментных пятен демонстрировали безупречный маникюр. Ловко подпиленные ногти покрывал слой лака интеллигентного колера «кофе с молоком». И пахло от мадам соответственно: простенько и со вкусом — духами, которыми она скорей всего пользуется всю жизнь, — «Шанель № 5», старая добрая классика, творение бессмертной Коко.

И только взгляд — жесткий, цепкий, слегка злой — портил впечатление. Но воспитана гостья была идеально. При виде меня ее губы расплылись в самой приветливой улыбке, обнажив блестящие, великолепно сделанные коронки, а хорошо поставленный голос произнес:

— Спасибо вам, дорогая Виола, за то, что пригрели Ирину. Это только в России могут выписать женщину с новорожденным ребенком на улицу. Варварство!

— Ну здесь, мамуля, ты не права, — пробасил сидевший в кресле высокий полный мужчина, — в Америке тоже не станут в клинике держать, выставят за дверь. Там, знаешь, как «Скорая помощь» действует? Примчится, воя сиреной, на место происшествия и сразу вопрос задаст. Угадайте какой?

— Ваше самочувствие? — предположила Кристина.

Говоривший рассмеялся:

— Вот и не попала. «Назовите номер вашего страхового полиса!» Между прочим, состоит из двенадцати цифр. Так бедные американцы знают его назубок, без сознания и то пробормочут. У них дети еще и имени своего не выучили, а номер полиса мгновенно сообщают:

— Это ужасно, — простонала дама.

— Знакомься, Вилка, — сказала Ирина напряженным голосом, — Анелия Марковна, мама Дани, — и, обернувшись к мужу, добавила: — А это сам Даня.

— Очень приятно, — пробормотала я и села у стола.

«Надеюсь, что булочки не слишком сладкие. Ну, почему мои не подали к столу сыр?» — подумала я про себя.

— Еще чаю, Анелия Марковна? — любезно предложила Томуся.

— О, душечка, спасибо, — ответила та, — обычно не позволяю себе две чашки на ночь, в нем содержится танин, крайне вредная вещь для сосудов, а нам, старушкам, следует заботиться о здоровье.

— Вы совершенно не похожи на старуху, — выпалила Кристя, — бабушки такие все сморщенные, согнутые, беззубые...

— Спасибо, детка, — усмехнулась Анелия Марковна, — стараюсь держать марку. Могу даже поделиться кое-какими секретами. Замечательно, например, действует маска из огурцов...

Разговор плавно перетек на новинки косметики. Потом Анелия стала интересоваться, где в Москве лучше приобретать питательный крем...

Я тихо жевала третью булочку, сдобренную корицей. Нормального ужина не дождаться, так хоть набью живот тестом.

Примерно через час стало ясно: в присутствии милейшей Анелии никому нельзя и слова вставить. Нет, дама вела себя совершенно безукоризненно, но стоило кому-либо открыть рот, как она моментально вопрошала:

— Простите, нельзя отворить форточку? Очень душно.

Или:

— Очень прошу, закройте окно, свежо стало.

И еще она, безусловно, была великолепной рассказчицей.

— Мой муж, — щебетала дама, — отец Данилы, гениальный ученый. Он сумел расшифровать критские надписи. Вы слышали, конечно, о них?

— Нет, — шепнула Кристя, — я нет.

— Боже, невероятно, — закатила глаза Анелия, — и о чем только составители школьных учебников думают. Слушайте.

Род Пешковых, по словам дамы, очень древний. Корни теряются где-то в десятом веке. На протяжении многих десятилетий в семье существовала традиция. Старший сын становился военным, младший шел в священники. Делалось это для того, чтобы не дробить состояние, не раздавать его в несколько рук. Так что сын-первенец получал от семьи все. Следующим не слишком везло. Девочкам давали приданое и выдавали замуж за приличных людей, продолжателями рода Пешковых их не считали. Оно и верно, выйдя замуж, девушки получали иную фамилию и уходили в другую семью. Но вот парадокс. Именно младшие сыновья, вынужденные вести монашеский образ жизни, и прославили род Пешковых. Один сделал перевод Библии, другой стал гениальным иконописцем, третий — великим предсказателем, а Андрей Пешков принял мученическую смерть от варваров и был канонизирован православной церковью.

Начало XX века Пешковы встречали большой зажиточной семьей. Потом случился октябрьский переворот. Сотни дворянских семей разметало по всему свету, некоторые фамилии исчезли с лица земли, но не Пешковы. Наверное, дед Даниила обладал звериным чутьем, потому что мигом принял советскую власть и уехал из Москвы жить в городе на Волге, там ему просто не мешали. Иван Пешков был переводчиком древних текстов и физически обитал в XX веке, а мысленно находился в Древней Греции. Никакие политические страсти его не волновали, а в быту он был поразительно неприхотлив. Мог часами работать в нетопленом помещении при свете керосиновой лампы или свечки. Качество еды его не волновало, впрочем, наличие пищи тоже. Главное, чтобы не кончались бумага и чернила.

Большевики таких блаженных не трогали. Ленин даже велел выдавать кое-каким ненормальным ученым продуктовые пайки. Иван Пешков имел широкую известность в среде переводчиков, а ссориться с мировой общественностью не хотели даже коммунисты.

Так Пешковы и выжили, сохранив все семейные традиции. И хотя огромного состояния уже не существовало — доходный дом и усадьба были конфискованы, — члены семьи трепетно сберегали традиции. Младшие сыновья становились священнослужителями, старшие же теперь не шли в военные. Они занимались наукой. Михаил, младший сын Ивана, имел приход в Новгородской области. Старший, Степан, стал, как и его отец, переводчиком. Знал в совершенстве семь живых языков, плюс латынь и древнегреческий. Именно Степан, женившийся на Анелии, снискал мировую славу. В начале 60-х годов он доложил на международном конгрессе, что таинственные письмена, обнаруженные археологами еще в девятнадцатом веке на острове Крит, расшифрованы.

Мир историков загудел. Степана принялись наперебой приглашать в разные страны. Они объехали с Анелией в 60-е годы почти весь земной шар. Их принимали президент Французской республики и английская королева. Причем происходили эти триумфальные поездки во времена, когда даже экскурсионные группы, отправляющиеся в Болгарию, сопровождал сотрудник КГБ, а советские граждане, желавшие поехать в Венгрию, должны были проходить перед выездом комиссию райкома партии, члены которой, старые партийцы, морально устойчивые товарищи, задавали коварные вопросы типа:

— Назовите столицы всех союзных республик.

Либо:

— Что такое Конституция?

Пешковы ездили самостоятельно. И теперь, на закате жизни, Анелии Марковне, не проработавшей ни дня, было что вспомнить.

— Когда мы со Степочкой прибыли в Париж, — вылетали из ее рта круглые фразы, — то шел дождь, и шофер раскрыл огромный зонт. А встречал нас сам...

Речь лилась и лилась. На присутствующих она действовала гипнотически. Нас словно погрузили в глубокий транс. Все слушатели сидели с вытаращенными глазами и слегка покачивались в такт мерным речам. Я заметила, что Даня с отсутствующим видом глядит в одну точку, Ирина борется со сном, а Томочка изо всех сил пытается изобразить внимание.

Внезапно раздался низкий звук. Дюшка, до этого спокойно сидевшая у стола, вдруг подняла морду вверх и завыла.

— Что это с ней? — осеклась Анелия.

Я хотела было сказать правду: «Собаку укачало», но лицемерно произнесла совсем другую фразу:

— Она просит булочку.

— А, — протянула гостья и сообщила, — теперь вы понимаете, сколь сильна традициями семья Пешковых, никто из ее членов их не рушил. Старший сын — ученый, младший — священник.

— Ну да? — удивилась Тома. — А вы? У вас же один Даня?

— Кто сказал? — изумилась Анелия. — У Даниила есть брат Сергей. Вернее, его звали так раньше, сейчас он — отец Иоанн, у него приход в Сибири. Вот и Ирочка должна обязательно родить двух мальчиков. У Пешкова не может быть бесплодной жены.

Даня преспокойненько налил себе чаю. Я не нашлась, что сказать. Впрочем, Ира тоже молчала, за весь вечер они с мужем сказали от силы пару слов. Томуся, пытаясь загладить неловкость, принялась усиленно потчевать гостей.

В этот момент раздался звонок. Я машинально глянула на часы — десять вечера. Кристя побежала открывать. Через секунду она вернулась и поманила меня пальцем.

Я вышла в коридор в ахнула. Возле вешалки, слегка покачиваясь, стояла малолетняя мамаша Костика. Звягинцева Раиса Петровна, 1982 года рождения. Возле ее ног валялась отвратительно грязная сумка, некогда нежно-голубого, а теперь серо-буромалинового цвета.

— Чего тебе надо? — весьма грубо поинтересовалась я.

Небесное создание громко икнуло. По коридору

поплыл омерзительный запах. Коктейль «Александр III».

Только не подумайте, что это соединение французского коньяка с шампанским! Отнюдь нет, «Коктейль Александр III» — это смесь одеколонов «Саша» и «Тройной», а название «продукту» придумал писатель Венедикт Ерофеев.

— Чего явилась?

— Дык на поезд билетов нет, — пробормотала юная алкоголичка, — мне спать негде.

— У нас не гостиница!

— Одну ночку только, — бубнила девица, — вот туточки, на коврике, завтра, честное благородное, уйду, ей-богу.

Но долгая жизнь среди алкоголиков научила меня не верить ни единому слову, произнесенному в пьяном угаре.

— Убирайся.

— На улицу гонишь, — зашмурыгала девчонка носом, — родственницу в подъезд вышвыриваешь!

— В каком мы, интересно, родстве, а?

— Мать я твоему ребенку, — прогундосила пьянчуга и, быстрым жестом отпихнув Кристю, ввалилась в гостиную.

Мы кинулись за ней. Увидав нахалку, плохо держащуюся на ногах, Тамара побледнела, а Ирина, инстинктивно почувствовав опасность, прижала к себе Костика.

— Здравствуйте, — вежливо сказала Анелия Марковна, явно обрадованная появлением на горизонте нового, «необстрелянного» слушателя.

— Костик, — засюсюкала Рая, протягивая руку к младенцу. — Золотце мое, кровиночка.

— Как это? — удивилась Анелия, — чего она говорит?

— Не видите, пьяная, — быстро ответила Томуся. — Вилка, уведи ее!

Я потянула Райку за руку. Не тут-то было, девчонка упиралась изо всех сил и орала:

— Сыночка отняли, купили ироды у матери родной...

— Что она говорит? — поинтересовалась дама.

Я лихорадочно думала, что сказать, с тревогой наблюдая, как лицо Иришки начинает заливать синева. Тамара первая сообразила, как поступить. Моя подруга человек исключительной, можно сказать, патологической честности. Врать она не умеет, у нее просто не получается говорить неправду. Поэтому представьте мое изумление, когда Томуся закатила глаза и принялась вдохновенно вещать:

— Ах, дорогая Анелия Марковна, в семье не без урода. Раиса — родная дочь Виолы. Бедная моя сестра родила девочку очень рано, без мужа. Любила, конечно, безоглядно, все разрешала... И вот результат — дочь начала пить в четырнадцать лет! Как напьется, буянит, глупости несет, прямо уши вянут, правда, Кристя?

Кристина кивнула и добавила:

— А еще дерется, вещи из дома тырит, вот ее и отселили на другую квартиру.

— Естественно, — пела Томочка, — нигде не учится и не работает, сидит у матери на шее.

— Как деньги кончаются, — подхватила Кристя, — сразу назад и давай у Вилки клянчить...

— А та дает, — докончила Тамара, — мать всетаки, жалостливая... Уж извините, никак не предполагали, что сегодня явится. Эй, Раиса, хочешь пятьсот рублей?

— Ясное дело, кто ж откажется, — промямлила пьянчуга.

— Иди уж с матерью, — вздохнула Тома, — она сейчас даст, не позорь нас перед гостями!

— Она мне не мать, — качалась Рая.

Я подхватила ее под локоть.

— Двигай, дочурка, в спальню, кошелек там.

Кристина ухватила алкоголичку за другую руку, и вместе мы вытащили упирающееся убожище в прихожую.

— Какой ужас, — сказала нам вслед Анелия Марковна, — вот уж несчастье, так несчастье. Впрочем, в Лондоне мы как-то раз...

Поняв, что начался следующий виток охотничьих историй, я вцепилась Раисе в плечи:

— А ну, говори, где живет твоя мать? Куда ехать собралась?

— Так в Качалинске, — почти трезво ответила девчонка, — в полночь с Казанского вокзала, только билетов все равно нету!

— Кристя, бери ее сумку, — велела я.

На проспекте я принялась ловить машину. Ехать в метро с пьяной бабой не хотелось. Чтобы она не орала, пришлось купить в ларьке банку джина с тоником и сунуть ее в грязные лапы Раи. Та принялась высасывать горькую жидкость и временно утихомирилась.

Поезд до Качалинска уже стоял на третьем пути, когда мы подволокли Раису. В одиннадцатом вагоне нам отказали, в десятом тоже, в девятом молодая бойкая девица в синем форменном костюме задумчиво произнесла:

— Напарница заболела, аппендицит приключился, по скорой отправили. Могу вашу красавицу в служебном купе на верхней полке провезти.

— Лучше под полкой, в отделении для чемоданов, — зло прошипела я.

Проводница радостно засмеялась:

— Достала небось вас. Только за дешево не возьмусь.

— Сколько?

— Сто долларов.

Тяжело вздохнув, я полезла за кошельком. Мне, чтобы заработать такую сумму, надо дать десять уроков, но оставлять Раису в Москве нельзя. Так и будет каждый день приходить. Небось через неделю Ирина, Даня и Анелия Марковна уедут, тогда и подумаем, как поступить с Райкой.

— Еще водки купите, — потребовала девушка.

— Зачем?

— Проснется, буянить начнет, я ей бутылку и суну.

Мы сгоняли в буфет и купили две самые дешевые поллитровки.

Когда поезд, моргнув красными фонарями на последнем вагоне, исчез вдали, мы с Кристиной устало побрели в метро. Сев в почти пустой вагон Кольцевой линии, я, брезгливо оглядывая спавшего напротив бомжа, запоздало возмутилась:

— Ну вы и хороши с Тамарой! Сделали из меня мать алкоголички!

Кристя открыла сонные глаза и пробормотала:

— А чего, такое бывает сплошь и рядом. По-моему, здорово вышло, естественно.

ГЛАВА 16

Наверное, чем ближе старость, тем хуже делается нервная система. Раньше лишь только голова касалась подушки, как глаза закрывались, и я проваливалась в темную яму, из которой выныривала в семь утра бодрая и свежая, словно трехлетний ребенок. Теперь же ворочаюсь с боку на бок и снится всякая чушь, а вставать по звонку будильника нет никакой мочи...

Вот и сегодня весь дом погрузился в тишину. Уставшая за день Томочка рухнула в кровать, положив рядом мирно посапывающую Нику. Даня, Ирина и Костик заперлись в моей спальне, и оттуда не доносилось ни звука. Кристина погасила ночник и не стала есть в кровати мороженое. Анелия Марковна, нанеся на лицо и шею толстый слой дорогого питательного крема, мгновенно задремала. Дюшка, Клеопатра и Сыночек дрыхли на диване. Иногда выросший до неприличных размеров котенок вздрагивал и начинал перебирать лапами. Наверное, ему снилось, что миска с едой убегает прочь, потому что ничего, кроме жратвы, Сыночка не волнует.

И только я маялась бессонницей у открытого окна, вдыхая влажный после дождя воздух. В голове толпились мысли. Значит, иду по верному следу. Нити ведут в клинику Чепцова. Так, начнем рассуждать спокойно. Сначала Леонова зачем-то прячет кассету в сливном бачке. Потом очень долго собирается с духом, чтобы пойти на Петровку к моему мужу. Кстати говоря, кто тот таинственный Леон, который посоветовал ей обратиться к Олегу, я так и не узнала, ну да это и не обязательно. Несчастная Полина садится в машину, в милые ярко-красные «Жигули» и... взлетает на воздух. Тем временем неизвестные люди, не знающие о смерти девушки, похищают не способную ходить Настеньку и требуют сначала кассету, потом выкуп... Я вздрогнула, вспомнив про отрубленный мизинец, и захлопнула окно.

Затем последовала череда смертей. Совершенно таинственным образом из окна вываливается Ольга Леонидовна Зверева. Интересно, за что она платила жуткие тысячи долларов в агентстве «М. и К°»? Какое такое заветное желание было у дамы? Чего она не могла купить за свои, судя по всему, немаленькие деньги? Здоровье? Любовь? И вообще, я разговаривала с ней минут пятнадцать, не больше, но мне стало понятно: Ольга не из наивных простушек и никак уж не похожа на лохушку, которую легко обвести вокруг пальца. Что же заставило ее обратиться в «М. и К°»? Но и это в конце концов тоже неважно, потому что на следующий день в клинике прогремел взрыв и погиб муж Ольги Леонидовны Феликс Ефимович Чепцов, светило в области косметической хирургии...

И пусть теперь мне отрубят голову, если все эти смерти не связаны между собой. В то же время ведь могла же быть какая-то неисправность в автомобиле Полины... Ну возила женщина с собой в салоне канистру бензина... Закурила, бац, и взорвалась! Ольга Леонидовна тоже могла решить разок в жизни помыть самостоятельно окошко... Поскользнулась бедная неумеха и рухнула вниз. А в операционной оказался неисправный баллон с кислородом... Случается изредка такое...

Я вновь распахнула окно. Прямо смешно, ей-богу! Зачем кому-то понадобилось убрать ряд сотрудников клиники, принимавших участие в хирургических операциях. Полина вела съемку, Феликс Ефимович орудовал скальпелем, а Ольга Леонидовна давала наркоз... Ну о чем это свидетельствует?

Я закрыла окошко и нырнула под теплое одеяло. Да только об одном: кто-то из прооперированных клиентов убирает свидетелей.

Утро началось с жуткого звука. Кто-то выл на высокой ноте в ванной, жалобно и протяжно. Вот бедняга! Это Дюшка, очевидно, опять залезла под ванну и теперь не может никак выбраться наружу. Один раз, чтобы достать идиотскую собаку, нам пришлось разбить кафель.

Нацепив халат, я побежала по коридору, распахнула дверь в ванную комнату и увидела Даню в трусах с намыленным лицом.

— Простите, но собака...

Даниил отложил бритву.

— Что-то случилось?

— Дюшка воет, — начала я и осеклась, из коридора появилась собака с мордой, до ушей перемазанной в геркулесе.

Хитро глянув на меня, она исчезла в Томочкиной спальне. У нашей Дюшки имеется милая привычка вытирать грязную рожу о пледы и накидки.

— Но кто здесь сейчас так ужасно выл? — невольно вырвалось у меня.

— Здесь никого больше не было, — спокойно пояснил Даниил.

Я вышла в коридор и потрясла головой. Мой папенька, находясь в пьяном угаре, вопил иногда, что к нему приходит большая жаба, отчего-то красного цвета, и жалуется на жизнь. Откровенно говоря, всегда считала, что он врет, ну, не могут быть галлюцинации такими реальными и отчетливыми! Но ведь только что слышала мерзкий, ноющий, тонкий звук!

В этот миг из комнаты для гостей послышалось нечто странное. Бух, бух, бух... Пол задрожал под ногами. Чувствуя, что начинаю потихоньку сходить с ума, я осторожно приоткрыла дверь и в узкую щель увидела чудную картину: Анелия Марковна с бигуди на голове и темно-синим лицом прыгает возле дивана. Я перепугалась не на шутку и влетела внутрь.

— Что с вами?

Дама не ответила. Ее лицо цвета качественных синих чернил фирмы «Пеликан» сохраняло невозмутимое выражение. Бух, бух, бух... Она продолжала прыгать на месте.

Из ванны опять понесся вой: «А-а-а-а...»

На плохо слушающихся ногах я добрела до санузла и рывком распахнула дверь.

— О-о-о-о, — орал Даня, умываясь, — о-о-о-о.

— Вам плохо?

Мужик поднял мокрое лицо:

— Нет, наоборот, очень хорошо!

— Но почему вы тогда воете?

Даниил схватил мое полотенце, вытерся и сообщил:

— Я пою, очень люблю петь, когда моюсь!

Обдав меня запахом мужского дезодоранта, он вышел в коридор. Я постояла секунду в обалдении, потом зашвырнула в бачок использованное полотенце. Одно из моих немногих отрицательных качеств — это редкостная брезгливость.

Дверь в ванную отворилась, вошла Анелия Марковна. Теперь ее лицо приобрело темно-фиолетовый оттенок и больше всего напоминало гнилой баклажан.

— Как вы себя чувствуете? — пробормотала я.

Анелия сделала брезгливый жест рукой, ясно показывавший: она хочет остаться возле умывальника одна.

— Почему вы молчите? — окончательно перепугавшись, спросила я.

Господи, может, с ней приключился инсульт, и от этого морда дамы посинела, а язык отнялся?

Но гостья довольно бесцеремонно вытолкнула меня в коридор. Обидевшись, я пошла на кухню.

Судя по решительному толчку, дама вполне здорова, надеюсь, она просто набила вчера на языке кровавую мозоль от безудержной болтовни и сегодня избавит нас от очередной порции воспоминаний. Интересно, отчего у нее физиономия такого милого колера?

— Виолочка, душенька, — раздалось из ванны.

Я всунула внутрь голову. Анелия с розовенькими, свежими щечками стояла возле умывальника.

— Ангел мой, — прощебетала дама, — никак не могла разговаривать: нанесла на кожу «Бархат красоты».

— Что???

— Маску, разглаживающую морщины, — пояснила Анелия, — она стягивает кожу, и, если произнести хоть слово, целебный слой лопнет и весь эффект улетучится. Понятно?

— Ага, — кивнула я, — а зачем прыгали у дивана?

Дама подняла вверх указательный палец с безукоризненным миндалевидным ногтем:

— Назовите самого страшного врага женщины!

Я призадумалась:

— Маньяк-насильник!

Анелия серьезно ответила:

— Нет, целлюлит. Единственное спасение от мерзких отложений жира в области бедер — прыжки. Каждое утро сто раз и каждый вечер столько же. Можно забыть все, но не прыжки! Иначе целлюлит одержит полную и окончательную победу и придется...

«Жить с целлюлитными ногами», — подумала я.

— Ложиться на операционный стол, — докончила фразу Анелия, — поверьте, это ужасно. Потом целый месяц будешь в синяках ходить!

Ага, значит, несмотря на регулярное сотрясение пола, дама все-таки делала процедуру по отсасыванию «излишков» организма.

— Виолочка, — попросила гостья, — дайте мне полотенце.

— Вот, пожалуйста, специально повесила, розовенькое, с цветочками.

Анелия Марковна поджала губы:

— Но оно одно!

— А сколько надо?

— Шесть.

— Сколько?!

Гостья вздохнула и принялась терпеливо объяснять.

— Как минимум, шесть. Ну посчитайте сами. Для головы, ног, тела, лица и, простите, интимное, так сказать, ну понимаете...

Я обалдело кивнула.

— Ну не могу же я, как бомжиха, вытираться одной тряпкой, — пела Анелия, — вот когда мы прилетели в Вашингтон... Куда вы, душечка?

— За полотенцами! — крикнула я, выскакивая в коридор.

Спаси меня господь от воспоминаний о ее поездках за границу.

Около полудня я вошла в клинику Чепцова. Второй этаж практически опустел. Только три человека, прооперированные, очевидно, совсем недавно, сидели в палатах, словно пойманные птички. На посту несла вахту прехорошенькая голубоглазая девчонка в огромном накрахмаленном колпаке. Увидев меня, она поинтересовалась:

— Вам кого?

— Работаю тут санитаркой...

— И чего? — мигом изменила тон девица.

— Да вчера мыла полы и потеряла кольцо, довольно дорогое, от матери осталось, золотое.

— Ой, жалость какая, — всплеснула руками девчонка, — ступай вниз и предупреди бабу Клаву, она тут сегодня моет. Ежели нашла, непременно отдаст. Баба Клава верующая, чужого отродясь не возьмет.

— Уже нашлось, — вздохнула я, — мне Галя звонила, она ночь дежурила и в туалете нашла. Я его на рукомойник положила.

— Ты в другой раз на работу дорогие вещи не надевай, — посоветовала девица, — а от меня чего хочешь?

— Галя сказала, что дома будет после дежурства, адрес дала, а я бумажку потеряла с телефоном и всеми координатами... Вот приехала спросить, может, знаете, где она живет?

— Великолепно знаю, — улыбнулась медсестра и ткнула пальцем в сторону окна — тут.

— Где?

— Вон, видите, дом большой стоит, серый?

Я кивнула.

— Последний подъезд, третий этаж, квартира слева от лестницы, — пояснила девчонка, — мы к ней иногда ходим чай пить.

Я понеслась в указанном направлении. Широкая лестница, снабженная старинными черными перилами, привела к большой, даже огромной деревянной двери, выкрашенной темно-коричневой краской. Стена возле нее щетинилась звонками. Галочка жила в коммуналке. Одна беда, я не знала ее фамилию, а каждую пупочку украшала табличка с надписями: «Фроловы», «Королева», «Павлов», «Оглы-бейэмин».

Решив, что на даму с Востока пухленькая хохотушка не слишком смахивает, а Павлов — это явно мужчина, я поколебалась между «Фроловыми» и «Королевой», а затем нажала на звоночек возле последней бумажки.

За дверью раздалось бодрое топанье, и появилась Галочка в розовом махровом халатике и с бутербродом в руке. При виде меня лицо ее выразило крайнюю степень изумления.

— Ты? Чего надо?

— Поговорить, — весьма бесцеремонно ответила я и, не дожидаясь приглашения, протиснулась в квартиру.

Перед глазами предстал огромный коридор, конец которого терялся вдали. Впечатляла и ширина помещения — метров пять, не меньше.

— Ничего себе, — вырвалось у меня, — тут можно на танке ездить!

Галочка вздохнула:

— Ты на мою площадь взгляни!

С этими словами она толкнула первую дверь, и я оказалась в крошечной прихожей, откуда вели в разные стороны три арки.

— Вот, — гордо объясняла хозяйка, — это гостиная, там спальня, а здесь кухня, ванная и туалет.

— Что-то не пойму, — пробормотала я, — вроде коммуналка...

Галя рассмеялась.

— Хитрый домик. У нас действительно коммунальная квартира.

— Но у тебя все удобства личного пользования.

Медсестра, крайне довольная произведенным впечатлением, пояснила:

— Здесь до революции был роскошный отель для богатых клиентов. Из коридора гости попадали в комнаты, вернее залы, в каждом метров по пятьдесят, а рядом ванна и туалет. Большевики, ясное дело, хозяев прогнали, а из гостиницы сделали квартиры. Тут в каждом помещении до войны по две-три семьи жили, перегораживали зал простынями на веревках. Потом по одному хозяину в комнатах осталось, и уж тогда стали ремонт делать. Мои родители были скромными людьми, вот и устроили себе две комнаты и кухню. Здорово, да?

— Ловко, — ответила я и села в кресло, — дело у меня к тебе.

— Какое?

— Говорила вчера, будто в клинике с основания работаешь?

— Я не просто там с самого начала, — приосанилась Галя, — я и здание под больницу нашла!

— Да ну?

— Точно. Феликс Ефимович около шести лет тому назад надумал лечебницу создавать, а до этого он в другом месте работал. Ну и предложил кое-кому из коллег вместе с ним уйти. Ольге Леонидовне, естественно, мне и хирургу Дмитрию Александровичу...

Нашли и помещение в районе станции метро

«Коломенская», но оно не подошло. Потом было еще несколько вариантов, однако Феликса Ефимовича они совершенно не устраивали. Вот тогда Галочка и вспомнила про симпатичное трехэтажное здание, которое было видно из ее окон.

— Там раньше районное общество трезвости сидело, — хихикала медсестра, — помнишь, были при Горбачеве такие организации? С пьянством он боролся. А потом контора лопнула, сотрудников разогнали. Домишко этот так укромненько себе стоял, что про него все и забыли.

— Дорогое удовольствие подобный дом в самом центре Москвы купить, — вздохнула я, — откуда у Чепцова столько денег?

— А он его не приобретал, — пояснила Галочка, — в аренду взял на 99 лет с фиксированной заранее оплатой. По нынешним временам выходит, что вообще копейки заплатил.

— Ловко, однако!

Галя махнула рукой:

— Взятку дал чиновнику из мэрии, а жена этого начальника потом бесплатно в клинике морду подтягивала и фигуру шлифовала. Между прочим, Ольга Леонидовна все устроила, ушлая она была очень, пронырливая и оборотистая. Феликс Ефимович — ребенок по сравнению с ней. Зверева всем заправляла. У профессора руки золотые были, такое с лицом сделать мог! Но в финансовых вопросах ничего не смыслил. Одно название, что хозяин. Нет, на самом деле Ольга всем заправляла...

— Галя, — строго сказала я, — в клинике вели учет клиентов?

— Естественно, — ответила медсестра и поперхнулась.

Пару секунд мы смотрели друг на друга, не мигая. Потом девушка протянула:

— Сразу поняла, что вы не уборщица!

— Что, так плохо полы помыла?

— Нет, только видно... Небось из налоговой инспекции, да?

— Галина, слушайте внимательно, — велела я. — Феликса Ефимовича, Ольгу Леонидовну и Полину Леонову убил один и тот же человек. Мы подозреваем, что он из бывших клиентов. Можете достать список больных за этот год?

— Конечно, — немедленно ответила Галя, — и за пять лет.

— За пять не надо, только за этот.

— Погодьте тут, — велела женщина и принялась суетливо, совершенно не стесняясь меня, натягивать платье.

Когда она уже стояла на пороге, я окликнула ее. Галочка повернулась:

— Что?

— Никому не рассказывайте о моей просьбе.

— Да уж не дура, — фыркнула медсестра, — понимаю небось.

Потекли минуты. От скуки я поискала глазами книги или какие-нибудь журналы. Но хозяйка, очевидно, была не в ладах с печатным словом, ничего похожего на роман в комнатах не нашлось. Зато возле видеомагнитофона громоздились горы кассет. «Операция Ы», «Кавказская пленница», «Особенности национальной охоты»... Очевидно, хозяйка обожала российские комедии.

Наконец раздался стук, и влетела Галя. В руках она сжимала листки бумаги.

— Вот тут все, — затарахтела она, — имя, отчество, фамилия, домашний телефон, с чем поступил, когда выписался...

В метро я села на скамеечку и принялась изучать полученную информацию. Ну и ничего себе! Оперировали тут шесть дней в неделю, даже все субботы были рабочие. Феликс Ефимович оставил себе для отдыха лишь воскресенье. Причем иногда они проводили по две операции в сутки, а в апреле пару раз и три. Словом, сотрудники клиники трудились в поте лица. Небось отлично зарабатывали.

Всего с января по четвертое мая они откорректировали 182 человека.

Я в задумчивости принялась грызть ручку. Значит, так, сначала выбросим всех старух, тех, кому за семьдесят. Впрочем, бабули бывают злобны, мстительны и обидчивы, но что-то мне подсказывает: это преступление задумал не пожилой человек.

Старательно расставив галочки на полях, я огляделы результат — ровно сотня. Замечательно. Теперь вычеркиваем широко известные фамилии, вроде телеведущей Скворцовой, киноактера Мамонтова...

Список уменьшился сразу на сорок фамилий. Великолепно.

Я углубилась в более детальное изучение бумаг. Из шестидесяти оставшихся пятнадцать подростки, не достигшие восемнадцатилетнего возраста. Их тоже долой.

Но сорок пять — это все равно много. Может, мой муж и остался бы доволен подобным результатом, но у него под рукой куча сотрудников, которые могут проверить интересующих их людей. Я же одна, а время поджимает.

Покусав ручку, я решилась и одним махом вычеркнула всех дам. На пленке, которую прятала в бачке Полина, был мужчина. В самом начале, когда медсестры только принялись привязывать оперируемого к столу, тело было обнажено, простынкой его накрыли после...

— Значит, бабы мне совершенно ни к чему!

Итог вдохновлял — девять человек. В полном восторге я вцепилась зубами в шариковую ручку «Бик». Раздался хруст, и рот наполнился кусочками пластмассы, а по языку разлился неприятный «химический» вкус.

Следующие пять минут я старательно выковыривала изо рта остатки ручки. Потом, вооружившись карандашом для глаз, начала внимательно читать диагнозы, хотя, наверное, у косметологов это называется по-другому.

Щукин — ремопластика, Ковалев — ремопластика...

Что бы это означало? Я почесала карандашом лоб. Насморк по-научному называется красивым загадочным словом «ринит». Значит, Щукин, Ковалев, а вместе с ними Потапов, Рябов, Лебедев и Гамов делали коррекцию носа. Может, они у них были картошкой или торчали посередине лица как руль. И вообще говорят, будто наш орган обоняния растет в течение всей жизни, и еще неизвестно, что там из него получится...

Только человек, превращающий шнобель в аккуратный носик, мне не нужен. Хотя... Может, он желал скрыть изменение части лица, узнал про кассету... Снова почесав карандашом лоб, я уставилась на три оставшиеся фамилии: Федотов Николай Евгеньевич, Бобров Руслан Михайлович и Савельев Юрий Константинович...

Так, кто из вас, ребята, автор постановки? Кто прячет больную Настеньку? Ну погоди, негодяй...

Внезапно сзади раздался голос:

— Гражданочка, предъявите документы.

Я удивленно обернулась. Около скамейки стоял худенький милиционер со страшно серьезным выражением на пухлогубом детском личике. Лет грозному стражу от силы восемнадцать, выглядел он совсем мальчиком.

— Предъявите документы, — сурово сдвинул он брови.

— Зачем?

— Надо, — категорично отрезал паренек.

— А если паспорта с собой нет?

— Тогда пройдемте для выяснения личности, — не дрогнул ребенок в форме.

Я со вздохом вытащила бордовую книжечку. Мальчишка повертел странички.

— Адресок прописки назовите.

— Интересное дело, — окончательно возмутилась я, — может, еще и номер паспорта следует наизусть выучить? Тебе фотографии мало? Между прочим, отлично там вышла, хотя обычно выхожу похожей на чучело!

— Зато сейчас сильно на индейца смахиваете. Просто Чингачгук на тропе войны, — неожиданно засмеялся милиционер.

Я вытащила из сумочки пудреницу и уставилась в зеркало. Сильное, должно быть, произвожу впечатление... То-то люди, идущие по платформе, бросали на меня косые взгляды!

Весь лоб и щеки перемазаны черным, а губы и подбородок темно-синим. Я раскрыла рот. Так, язык смахивает на перезревший баклажан. Понятно теперь, отчего такой гадостный привкус во рту. Это паста из шариковой ручки, которую я сгрызла в ажиотаже.

— Почему сидите на скамейке?

— Отдыхаю.

— Дома отдыхать положено.

Я глубоко вздохнула. Ну как объяснить милому бдительному ребенку, что как раз в родных пенатах никто не даст мне спокойно раскинуть мозгами. И потом там небось Анелия Марковна, Даня, воющие, словно мартовские коты, младенцы и Ирина, остервенело пекущая пироги на кухне.

— Вот что, молодой человек, — строго ответила я, — паспорт проверил? Прописка московская, сижу себе спокойно, никому не мешаю, совершенно трезвая. И вообще, почему ты ко мне подошел, а вон ту жуткую бомжиху на соседней скамейке оставил без внимания?

Милиционер спокойно пояснил:

— Так я знаю ее. Она тут каждый день спит, тихая женщина. А про вас дежурная по станции сообщила: «Иди, — говорит, — Витюша, проверь. Тетка там страшная, бормочет что-то, сидит давно. Может, из психушки сбежала!»

— Я совершенно нормальная! Между прочим, мой муж работает в милиции, на Петровке, майор Куприн Олег Михайлович, можешь проверить.

— Да нет, — отмахнулся милиционер, — сидите себе, коли хотите, только, по мне, лучше дома на диване перед теликом, а не на платформе в метро...

Помахивая дубинкой, он пошел по перрону, внимательно глядя по сторонам. Милый мальчик, бдительный и аккуратный, небось любимый сын у мамы...

ГЛАВА 17

Я вышла на улицу, купила в ближайшем киоске бутылку минеральной воды, упаковку бумажных платков и старательно протерла лицо. Потом принялась звонить. Сначала Федотову, следом Боброву, но ни там, ни там никто не брал трубку. Зато у Савельева отозвался дребезжащий старческий голос:

— Алле! Алле!

— Позовите, пожалуйста, Юрия Константиновича.

— Так на работе Юрка, — пояснила бабушка.

Стараясь говорить как можно более убедительно, я заявила:

— Вас беспокоят из магазина «М-видео». Юрий Константинович просил предупредить его, когда в продажу поступит телевизор «Филипс суперстар».

— Ничего не знаю, — бормотала женщина, — он меня никогда в известность о планах не ставит.

— Как нам быть? — притворно вздохнула я. — Прибыл только один аппарат по старой цене. Завтра уже другую поставят. Мне бы знать, возьмет он телевизор или нет? А то желающих полно!

— На работу позвоните, — наконец сообразила бабка.

Тихо ликуя, я прогундосила:

— Так телефон только домашний.

— Пишите, — распорядилась старуха.

Радуясь, что так ловко добилась своего, я быстренько потыкала пальцем в кнопки и услышал бодрое:

— Фирма «Стройвест», здравствуйте.

— Позовите, пожалуйста, Юрия Константиновича.

— Не вешайте трубку, — вежливо ответил почти детский голос, — сейчас переключу.

Раздалась заунывная мелодия, потом приятный баритон:

— Слушаю.

— Юрий Константинович?

— Да.

— Вы никуда не уйдете?

— До семи на месте, а что?

— Хочу подъехать.

— Приезжайте и спасибо за обращение в «Строй-вест».

Записав адрес, я рванулась в метро.

У компании «Стройвест», судя по всему, отлично шли дела. В помещении был только что сделан качественный ремонт, а в кабинете, где находилось место Савельева, стояло два роскошных офисных стола с компьютерами. За одним элегантно одетая девушка, возившаяся с клавиатурой, подняла голову:

— Кого-то ищете?

— Юрия Константиновича.

— Он вышел за сигаретами, — пояснила служащая. — Я не могу ничем помочь?

— Нет, нет, спасибо.

— Тогда садитесь и подождите.

Я устроилась на высоком крутящемся стуле и увидела под стеклом на столе Савельева довольно большую фотографию. Юноша с приятным, даже красивым лицом обнимает девушку, похожую на ангела.

— Надо же, — вздохнула я, — какая пара, любо-дорого посмотреть.

Девушка оторвалась от монитора.

— Где?

Я ткнула пальцем в стол:

— Это Савельев такой красавец? Что же он в вашей конторе делает? С подобной внешностью следует идти в кино или модельный бизнес.

— Увидели бы вы его три месяца тому назад, так вздрогнули бы, — ухмыльнулась девица.

— Почему?

— У Юры было огромное родимое пятно на лице, — пояснила девчонка, — страх божий. Его начальство даже к клиентам не допускало. А в апреле взял отпуск, возвращается... Все прямо на пол попадали. Ален Делон, да и только. И даму сердца себе нашел, манекенщицу, словом...

В этот миг дверь распахнулась, и влетел парень. Живьем он выглядел еще симпатичнее, чем на фото.

— Вы ко мне?

— Юрий Константинович?

— Можно просто Юра, — отмахнулся юноша. — Ну и что у вас? Дом строим? Дачу?

Я окинула его внимательным взглядом. Крохотный, едва заметный, ниточный шрамик тянулся от левого уха вниз.

— У меня вопрос не по строительству.

— Да? — удивился Юра. — Весь внимание.

— Мы можем поговорить с глазу на глаз?

Девушка, сосредоточенно щелкавшая «мышкой», встала и со вздохом произнесла:

— Пойду кофе попью.

Я подождала, пока она закроет дверь, и сказала:

— Меня прислал профессор Чепцов.

— Кто?

— Хирург-косметолог.

— Ах, Феликс Ефимович, — обрадовался парень, — как он поживает?

«Спасибо, хорошо, вчера умер», — чуть было не ляпнула я, но вовремя прикусила язык и ответила:

— Пока нормально. Понимаете, у меня проблема.

— Какая?

— У сына на лице огромное родимое пятно, советуют делать операцию, а я боюсь, вдруг хуже станет. Вот Феликс Ефимович и посоветовал с вами потолковать.

Секунду Юра смотрел на меня в упор, потом зачем-то начал рыться в ящике. Я приуныла. Сейчас он возмутится, вспомнит про соблюдение врачебной тайны и, между прочим, будет прав. Доктора не имеют никакого права рассказывать одним больным о проблемах других...

Но Юра достал какое-то фото и протянул мне:

— Смотрите.

Я бросила взгляд на снимок и невольно вздрогнула. На меня смотрело изуродованное отвратительным бордово-синим пятном лицо.

— Знаете, — вздохнул Юра, — с детства не фотографировался, а мама дома зеркал не держала. У нее только в пудренице одно крохотное было. Хотела меня от травм душевных уберечь. Только куда там! Люди такие злые. На улице чуть ли пальцем в меня не тыкали, в школе дразнили. Девушек у меня не было. Ну какая пойдет с таким уродом? И на работу брать не хотели. У меня диплом МИСИ с отличием, английский, немецкий свободно, компьютер...

Но кадровики, едва взглянув на Юру, сразу находили убедительную причину для отказа. Кое-как парень пристроился в «Стройвест», но к клиентам его не допускали. Однако в начале марта сразу пятеро служащих слегли с гриппом, и Юре пришлось заниматься с клиенткой, решившей строить дом.

Почти неделю он делал всякие расчеты, подсказывая Юлии Валентиновне, между прочим, известной эстрадной певице, как лучше оборудовать ванную и кухню, какой паркет долговечнее, растолковал разницу между оцинкованной и черепичной крышей. Словом, расстарался, как для себя.

Юлия Валентиновна, дама неопределенного возраста, из тех, что при правильном освещении сходят за восемнадцатилетнюю, никакого неудовольствия от того, что ее обслуживает урод, не выказала. Была мила, часто шутила, а когда Юра передал все нужные бумаги в отдел, который начал непосредственно заниматься строительством, поблагодарила Савельева и вручила ему конверт. Внутри лежали триста долларов и визитная карточка Чепцова.

— Извините за бестактность, — вздохнула Юлия Валентиновна, — но обязательно сходите к Феликсу Ефимовичу на консультацию. Он бог, способный сделать с лицом абсолютно все.

Юра поколебался неделю и отправился в клинику. Профессор обнадежил: можно попробовать. Но названная цена поразила Юру. Таких денег у него не было. Феликс Ефимович понял настроение парня и развел руками:

— Увы, мы коммерческое предприятие.

Юра вышел на улицу, сел в скверике на скамейку и неожиданно зарыдал. Даже в детстве, когда злые сверстники дразнили мальчишку, он не плакал. А тут просто зашелся в истерике, сморкался в платок, пытался остановить слезы, но не мог. И тут ему на плечо опустилась большая, какая-то уютно-теплая рука.

— Поднимайся в мой кабинет, — велел Чепцов.

— Он сделал мне операцию совершенно бесплатно, — объяснил Юра, — ни копейки не взял. Сказал только, что пригласит студентов, будет учить их на моем лице. Но мне было все равно...

Феликс Ефимович велел Юре сфотографироваться накануне вмешательства.

— Оставишь на память, — улыбнулся профессор.

— Он еще слегка поправил нос и форму рта, — говорил Юра, — Феликс Ефимович просто гений, он изменил мою судьбу, сделал за несколько часов из урода красавца. Я благодарен ему по гроб жизни. После операции был готов в клинике языком сортиры мыть! Эх, вам не понять, что это такое, когда снимают бинты и видишь нормальную кожу! А сыну скажите, пусть не сомневается, у Чепцова не бывает накладок, ему руки золотые достались и ангельская душа!

Я покинула «Стройвест» со спокойной совестью. Если кто и задумал убить Феликса Ефимовича, то только не Юра.

Пошатавшись бесцельно по центру, я съела от тоски два пломбира в вафельных стаканчиках, выпила пакетик сока и потаращилась на разнообразные товары в попадавшихся по дороге магазинах. Время от времени терпеливо набирала номера Федотова и Боброва, и каждый раз в ухе раздавались равномерные гудки. Часов в семь приуныла окончательно. На дворе стоит дождливый июнь. Большинство москвичей съехали на дачи или подались на море... Может, и нужные мне мужики плещутся где-нибудь в Средиземном море? С чего я взяла, что заказчик будет ждать исполнения своих приказов? Нанял убийцу с похитителями и отвалил!

— Да, — резко прогремело в ухе, — говорите, слушаю...

От неожиданности я забыла, чей номер набрала, Боброва или Федотова.

— Николай Евгеньевич?

— Здесь такой не проживает.

— Ой, простите, позовите Руслана Михайловича.

— Слушаю.

— Мне ваш телефон дал профессор Чепцов Феликс Ефимович, хирург, в клинике которого вам делали операцию.

— О, Феликс, — воскликнул Руслан Михайлович, — какой ужас, такая страшная смерть!

— Можно мне к вам подъехать?

— Зачем?

— Ну, понимаете, несколькими днями раньше погибла его жена, Ольга Леонидовна Зверева, она работала вместе с...

— Конечно, знаю, — перебил мужчина, — наркоз давала, милейшая дама!

— Осталась девочка — подросток, Алиса. И мы вот тут завели подписной лист, словом, кто сколько сможет, бывшие клиенты, сотрудники... Жаль ребенка, осталась совсем без средств.

— Естественно, приезжайте, — пригласил Бобров, — жду, адрес знаете?

Трясущимися от возбуждения руками я записала необходимые координаты и сказала:

— Если часа через полтора?

— Отлично, — подтвердил собеседник, — никуда уходить не собираюсь.

Не теряя времени, я влетела в книжный магазин и в отделе писчебумажных товаров купила бланк «Ведомость зарплаты». Получив линованный листочек бумаги, мигом забежала на почту и быстренько оформила «подписной лист». Сначала написала несколько пришедших на ум фамилий, потом проставила напротив них цифры: 800, 900, 1000, накарябала закорючки, долженствовавшие изображать подписи... Дело за малым, нужна печать!

Выйдя на улицу, я огляделась по сторонам и увидела магазин «Медтехника». Черт возьми, это то, что надо!

Внутри небольшого помещения мирно читала газетку девчонка лет двадцати. Увидев меня, она крайне оживилась:

— Какой профиль интересует? Гинекология, стоматология?

Я оглядела стеклянные витрины, где громоздились непонятные и от этого устрашающие аппараты, призванные помочь врачу в нелегком деле борьбы с болезнями.

— Нет, косметическая хирургия.

Девчонка отложила «Космополитен», выдвинула ящик из-под прилавка, и я увидела штемпельную подушечку и круглую печать. Конечно, в каждом месте, где торгуют электроприборами, мебелью, да вообще любыми товарами, обязательно есть штемпель. Как же без него оформить гарантийный талон?

Продавщица вытащила довольно пухлый каталог и сообщила:

— Сейчас для косметических хирургов только молотки для ремопластики, но, если желаете, закажите необходимое вам по каталогу.

Я оперлась на прилавок и принялась с умным видом перелистывать глянцевые страницы.

Не знаю, как у вас, а у меня душа каждый раз уходит в пятки, когда, войдя в кабинет к доктору, вижу разложенные в изумительном порядке всяческие железки, которые скорей всего начнут засовывать в мой организм. С одной стороны, вроде и понимаешь, что доктор не желает сделать больно пациенту, наоборот, хочет облегчить страдание. Но с другой... Уж слишком такой набор напоминает картину «Допрос в подвалах инквизиции».

Каталог, предназначенный для «лицевых» хирургов, выглядел отвратительно. Какие-то штуки, больше всего похожие на ложки-щипцы, которыми хозяйки вытаскивают из кипятка яйца, совочки, разнообразные пилы, молотки... Ей-богу, такое ощущение, что просматриваешь товары для лесорубов... Затем пошли совершенно непонятные аппараты...

Я тяжело вздохнула.

— Подобрали что-нибудь? — спросила девушка.

— К сожалению, не вижу нужной вещи...

— А что хотите?

— Феррокапамонитор.

— Что? — захлопала глазами продавщица.

Я вдохновенно повторила:

— Ферромономонитор.

— Вроде только что по-другому назвали, — ошарашенно пробормотала девчонка.

Да уж, следовало придумать что-нибудь попроще, а то сама запомнить не могу.

— Нет, нет, все правильно, — принялась я выкручиваться, — просто и так, и так называют. Феррокапомонитор. Стоит десять тысяч долларов, могу заплатить прямо сейчас, наличными, если, конечно, эта штука у вас имеется.

— Пойду спрошу у начальника, — наконец произнесла долгожданную фразу девица.

С этими словами она поднялась и исчезла в глубине лавки. Я мгновенно схватила печать и шлепнула ею два раза по «подписному листу». Вышло замечательно

Не успела я закрыть сумочку, как девица вернулась.

Вместе с ней пришел мужчина лет сорока.

— Извините, — сказал он, — мы о таком даже не слышали. Для чего этот монитор служит?

— Он нужен для контроля за некоторыми манипуляциями во время лицевых операций.

Начальник развел руками.

— Увы!

— Да уж, — выпалила я, находясь на пороге, — далеко нам еще до Европы. Обязательно закажите монокапомитор, полезнейшая вещица!

Руслан Михайлович выглядел так, что я испугалась, когда гора мышц высотой под два метра отворила мне дверь. Издали хозяин походил на туго набитый мешок, увенчанный по недоразумению странно маленькой головой с встопорщенным ежиком коротко стриженных волос.

— Проходите, — басом велел он и толкнул плечом дверь в комнату.

Я двинулась внутрь и ахнула. Три стены квадратного помещения занимали витрины со стеклянными дверцами, все полки которых были забиты кубками, медалями и хрустальными вазами...

— Да, — удовлетворенно пробасил Руслан Михайлович, — борец. Вот, всех победил, все, что можно, завоевал и ушел из большого спорта с гордо поднятой головой.

— Ну и выставка, — восхищалась я, — никогда ничего подобного не видела. Ух ты!

Руслан Михайлович, тронутый моей детской непосредственностью, начал вытаскивать кубки и делиться воспоминаниями. Улучив момент, я, как бы между прочим, поинтересовалась:

— А к Феликсу Ефимовичу зачем ложились?

Борец потер затылок:

— Так ведь, когда борешься, о морде не думаешь, а на арене всякое случается... Уши мне поломали, нос, да и по челюсти один раз так вмазали, что прикус изменился. И так-то я не красавец был, а уж стал... Ну прямо Тарзан из джунглей, народ на улицах шарахался. Фигура у меня солидная, рожа зверская, небось думали, бандит бандитом. Вообще-то и с такой физиомордией можно жить, только я жениться собрался... Вот и пошел к Феликсу Ефимовичу. Он в свое время Наденьке Михайловой, спортивной гимнастке, когда та с бревна упала, сделал сложнейшую операцию. Так не поверите, она еще красивей стала. Ну, где ваш лист? Сколько там люди дают?

Он повертел в руках бумажку.

— Ага, значит, около тысячи. Ну и я столько же, чтоб потом не говорили, что Бобров пожадничал... Да и девчонку жаль...

Он подошел к секретеру и зашуршал бумажками.

— У вас к Феликсу Ефимовичу никаких претензий не было? — на всякий случай, поинтересовалась я.

Борец спокойно ответил:

— Так какие ж претензии? Сделал все ловко, условия у них в клинике хорошие, медсестрички приветливые, врачи классные... И больно особо не было, может, неприятно чуть. Только в спорте хуже случается, я терпеть привык. И недорого, вполне подъемно. Нет, хорошее место, я туда еще парочку ребят отправил. Да, жалко Феликса Ефимовича. В «Московском комсомольце» писали, баллон с кислородом вроде бы там взорвался?

— Я кивнула.

— Ежели чего, — продолжал Руслан Михайлович, — звоните, помогу завсегда девчонке. Теперь в Спорткомитете работаю, у нас лагеря есть, можно на каникулы пристроить.

И он протянул белый конверт.

— Тут ровно тысяча.

Мне показалось неудобным пересчитывать при нем деньги, и я просто убрала конверт в сумочку.

— Простите, можно от вас позвонить?

— Без проблем, — согласился Бобров.

Я набрала номер и услышала тихий голосок, почти писк.

— Алло.

— Позовите Николая Евгеньевича.

— Слушаю.

— Вас беспокоят из клиники Чепцова.

— Прекрасно, — оживился мужик.

— Почему? — удивилась я.

— Сам собирался звонить, чтобы узнать, что теперь со мной будет! — произнес загадочно Федотов.

— Можно к вам приехать?

— Валяйте.

Я записала адрес, простилась со спортсменом, дошла до метро и села в поезд, следующий до «Красносельской». Ноги гудели, и поясница начала ныть. Устала я страшно, да к тому же захотела есть. За весь день в желудке побывало только мороженое и сок...

Хорошо бы перекусить. Я раскрыла сумочку, где-то в глубинах валяются карамельки, запихнула одну под язык, чтобы обмануть голод. Руки нащупали конверт. Вот незадача, обманным образом получила от приветливого Руслана Михайловича тысячу рублей, нехорошо получилось. Ладно, завтра же отвезу деньги Алисе.

Я машинально приоткрыла конверт и уставилась на его содержимое. Ну ничего себе! По своей глубокой наивности я не написала в «ведомости» после цифр слово «рублей», не восемьсот рублей, а просто восемьсот. Руслан Михайлович же оперировал в своей жизни иными суммами, чем я. Ему и в голову не пришло, что «подписанты» давали «деревянные» денежки. В конверте зеленело десять стодолларовых бумажек.

ГЛАВА 18

Дверь квартиры Федотова поразила меня странным дизайном. Дверная ручка находилась слишком низко, а замочная скважина еще ниже. Наверное, тут проживает самостоятельно приходящий из школы маленький ребенок, для удобства которого предусмотрели все. Хотя это крайне неразумно: ребятенок вырастет, а дверь придется переделывать.

— Кто там? — донесся тоненький голосок.

Я обратила внимание, что панорамный глазок также расположен не на совсем обычном уровне, и ласково ответила:

— Деточка, позови папу, скажи: тетя из больницы пришла.

Дверь распахнулась, и мой взор уперся в щуплого подростка, едва ли достигшего двенадцати. Но в отличие от большинства детей, находящихся в славном подростковом периоде, этот был одет в аккуратно отглаженные брюки и светлую рубашечку «поло». Голова мальчика радовала глаз хорошей стрижкой, к тому же от него исходил аромат парфюма «Шевиньон». На мой взгляд, слишком дорогого одеколона для школьника. Не так давно кто-то подарил Олегу на день рождения этот одеколон, и я сразу узнала изумительный запах.

— Папа дома? — повторила я.

— Вам кого? — пискнул мальчонка.

— У тебя несколько пап?

— Мой отец скончался десять лет тому назад, — довольно резко ответил школьник.

— Ой, прости, пожалуйста, — испугалась я, — ей-богу, не хотела сказать ничего плохого! Будь другом, позови Николая Евгеньевича, скажи, из клиники Чепцова пришли.

— Это я, — преспокойненько заявил ребенок.

— Как это «я»?

— Федотов Николай Евгеньевич перед вами.

В крайнем замешательстве я поступила совершенно по-идиотски. Ткнула в лилипута пальцем и захихикала.

— Вы? Быть того не может.

— Отчего же? — спокойно ответил Федотов. — Некоторые люди рождаются такого роста, маленькие.

В ту же секунду мне стало стыдно.

— Простите, бога ради!

— Ничего, — улыбнулся Николай Евгеньевич, — честно говоря, реакция у всех одинаковая. Один раз стюардесса не хотела в самолет пускать: «Мальчик, ты куда без мамы?»

И он расхохотался. Я невольно улыбнулась, надо же, какой милый и, кажется, без всяких комплексов. Редкий случай, потому что, как правило, люди, имеющие физический недостаток, часто оказываются злыми и неприветливыми.

— Так что не мучайтесь, — хихикал хозяин, — мне даже лучше, когда за ребенка принимают.

Вымолвив эту фразу, он побежал по коридору, я за ним. Мы влетели на кухню, которая выглядела как домик Барби: низенькие стулья, невысокий стол, кухонные шкафчики, фактически стоявшие на разделочном столе, и мойка. Диссонанс в обстановку вносили плита и холодильник, казавшиеся возле «кукольной» мебели огромными, неуклюжими монстрами. Рядом с рефрижератором виднелась скамеечка. Похвальная предусмотрительность: без подставки он небось не достанет до морозильника.

— Почему вам лучше, когда за ребенка принимают?

Николай включил чайник.

— В цирке работаю, акробатом. А теперь представьте. Выходит на арену десятилетний паренек и начинает удивительные штуки выделывать! Знаете, тело, как и мозг, развивается не сразу. То, что я в свои двадцать пять могу, малышу просто не по силам, физически. Только шпрехшталмейстер...

— Кто?

— Шпрехшталмейстер, — пояснил Николай, — ну так в цирке называют человека, ответственного за представление, так вот, он никогда не говорит: «Лилипут Федотов Николай». Нет, только: «Акробат Федотов Николай». Ну и цирк, конечно, в восторге. Мне из-за этого и пришлось к Феликсу Ефимовичу ложиться.

— Почему?

Николай вздохнул:

— Морщины пошли, подбородок немного обвис, еще бы годик, и под мальчишку не скосить... Вот и пришлось подтягиваться. Ну, так что вы мне скажете про следующую операцию? Как этот вопрос решится, если Феликс Ефимович скончался?

Я слегка растерялась. Федотов моментально заметил мою неуверенность и нахмурился:

— Что-то не пойму? Вроде сказали, что из клиники, а сами расспрашиваете, зачем лежал у Чепцова... Вы кто такая вообще?

— Извините, — заторопилась я, вытаскивая «подписной лист», — деньги собираем. Не хотите поучаствовать?

— Это безобразие, — обозлился Федотов, — форменная наглость! У Чепцова что — не хватило средств на собственные похороны?!

— Нет, мы хотим вручить сумму его осиротевшей дочери, и...

— Отвратительно, — пыхтел Николай Евгеньевич, — сначала ваш профессор погибает и оставляет меня с наполовину сделанной внешностью...

— Но, по-моему, вы изумительно выглядите, — попробовала я охладить пыл лилипута.

— Между прочим, — злился хозяин, — мне предстоит еще одна операция!

— Какая?

— Не вашего ума дела! И кто ее теперь делать станет? В Москве брался только Чепцов! Как он посмел умереть, не доделав мое тело?

От изумления я разинула рот. Он что, всерьез или прикалывается?

— Кстати, — несся дальше акробат, — я оплатил вперед все услуги. Так сам Феликс Ефимович велел. Сказал, что деньги вперед полностью, а операция в два этапа. Сначала лицо, потом, через три месяца, остальное. А теперь выясняется, что он подорвался! Жуткая безответственность! Сначала нужно было меня до ума довести, а потом на воздух взлетать!

Я глядела на него во все глаза. Такой экземпляр встречаю впервые, а еще пять минут назад казался таким милым.

— Уходите, — топал ногами карлик, — убирайтесь, попрошайка! Сейчас милицию вызову! Я-то думал, вы мне деньги за несделанную операцию вернуть хотите... А тут с меня еще хотят получить! Вон!

Я вылетела на улицу и понеслась без оглядки, задыхаясь от негодования. Часы показывали ровно полдевятого, когда поезд метро помчал меня прочь от злобного эгоиста. Сказать, что была разочарована, все равно что не сказать ничего. Значит, неправильно вычислила больных. Трое проверенных совершенно не желали смерти Чепцова. Правда, мотивы у них были разные. Ну надо же, столько времени зря потратила!..

Слезы подступили к глазам. Чувствовала я себя отвратительно не только морально, но и физически.

Ноги гудели, как телеграфные столбы, поясницу ломило, голова болела, и к горлу подступала тошнота. Желудок противно сжимался от голода.

— Станция «Маяковская», — проговорил бесстрастный голос.

Я подскочила и бросилась к двери. Здесь, на площади, носящей имя поэта-самоубийцы, есть восхитительное кафе «Делифранс» с отвратительно высокими ценами. Но там подают невероятной вкусноты кофе капуччино, воздушные булочки, и к услугам клиентов бесплатный телефон. Нет, сегодня определенно следует наградить себя.

Усевшись у окна, я отхлебнула ароматный кофе, откусила кусочек от творожного торта и, ощущая, как на языке тает нежный крем, принялась звонить домой:

— Да, — ответила Кристина.

— Как у вас дела?

— Секундочку, Ленка, сейчас пройду в мою комнату и посмотрю.

— Ты чего, Крися, с дуба упала? Это я, Вилка!

— Ленусь, — словно не слыша, тарахтела девочка, — а тебе какой словарь: орфографический или фразеологический?

— С ума сошла, Крися?!!

— Незачем так орать, — ответила девочка, — великолепно поняла, что это ты!

— Чего придуряешься тогда?

— Так хотела уйти к себе.

— Почему?

— О, боже, Вилка, — простонала Кристя, — тебе хорошо, целый день носишься неизвестно где, дома не показываешься! А я тут с этими припадочными! Жуть. Младенцы орут на два голоса, Ирина всю кухню квашениями заставила. После завтрака пекла пиццу, потом пирожки с мясом, следом сделала ромовую бабу, теперь какой-то крем заваривает. Меня сейчас стошнит! Не могу столько сладкого видеть. Анелия Марковна весь день просидела у Томы. Тому сю уже шатает! Даня, правда, тихий, забился в угол, что-то постоянно пишет... Зовешь его — не откликается. Клеопатра написала в прихожей, а Сыночек в ванной...

— В ванной — это ерунда, — прервала я Кристина стоны, — душем легко смыть!

— Так в бачок с грязным бельем! — воскликнула девочка, — представь, какая вонища! Весь день машину стиральную гоняла! Знаешь, сколько там всего оказалось!

Я вздохнула. Домашнее хозяйство никогда не относилось к числу моих хобби. «Канди»-автомат запускаю, когда в шкафу заканчиваются все пододеяльники, простыни и полотенца. Хотя с приездом милейшей Анели Марковны, любящей использовать по шесть махровых полотенец зараз, стирать придется, наверное, ежедневно.

— Да, — ныла Кристя, — тебе-то хорошо, убежала — и все.

— А ты тоже дома не сиди!

— Томочку жалко, — вздохнула девочка, — Анелия ее до смерти уболтает. А так хоть иногда на меня отвлекается! Ты когда вернешься?

Я быстренько раскинула мозгами. Судя по Кристиному рассказу, наш семейный уют бьет ключом, причем в основном по головам домочадцев... Нет уж, чем позже, тем лучше.

— Часов в одиннадцать.

— Только слишком не задерживайся, потому что звонил Олег и страшно злился, что не застал!

Я доела торт, допила кофе, бесцельно поглазела в окно и позвонила по домашнему номеру покойной Ольги Леонидовны.

— Да, — ответил грустный голос.

— Алиса?

— Слушаю.

— Тебя беспокоит одна из коллег мамы.

— Да, — прошелестела девушка.

— Сейчас приеду.

— Зачем?

— Мы собрали для тебя небольшую сумму.

— Не надо, деньги есть.

— Ну, детка, хотели, как лучше.

— Спасибо.

— Значит, еду?!

— Ладно.

Я вошла в метро и закрыла глаза. Подремлю, пока поезд несется сквозь мрак.

Дверь в квартиру Зверевой оказалась приоткрытой. Я вошла в прихожую и уже открыла было рот, чтобы позвать девушку, как услышала гневный, даже злобный голос Алисы:

— Только не думайте, что после смерти родителей не осталось никого, кто не владел бы военной тайной. Великолепно знаю и про операцию, и про деньги!

Воцарилась тишина. Я стояла, боясь не только шевелиться, но и дышать. Внезапно вновь раздался тонкий, нервный голос:

— Хорошо, сейчас приеду, но уже очень поздно. Извольте прислать за мной к метро машину!!! Обеспечьте транспорт туда и назад.

Снова тишина. Затем Алиса продолжила:

— Полмиллиона долларов, и я готова забыть все. И нечего торговаться. Не на базаре. Хорошо, через сорок минут стою у метро, на площади, возле вагончика «Русские блины», поняли?

Услышав шаги, я одним прыжком вылетела на лестничную клетку и, сдерживая дыхание, как парашютист перед затяжным прыжком, нажала на звонок.

Раздался звук, похожий на кваканье беременной лягушки. На пороге появилась Алиса. Судя по всему, девица совершенно пришла в себя от потрясения. Сегодня на ней красовались огненно-красная блузка и черные брюки. Сочетание цветов, которое навевает мысли о похоронных лимузинах. Не слишком уместный наряд, учитывая случившееся.

— Надо же, — пробормотала девушка, — пришла недавно, а дверь забыла закрыть. Вам чего?

— Я из клиники Чепцова, — сказала я и протянула конверт, — возьми, это тебе.

Алиса глянула внутрь:

— Спасибо, только, ей-богу, не надо, средства есть.

— Денег много не бывает, бери.

Девушка положила конверт на столик и выжидательно уставилась на меня. Я подождала секунду, думая, что она из вежливости сейчас пригласит меня на чай, но девчонка явно ждала, когда незваная гостья уберется.

— До свиданья, Алиса.

— Спокойной ночи, — прозвучал ответ.

Я дошла до метро и встала позади палатки «Крошка-картошка», несмотря на поздний час, бодро торгующей вкусным блюдом. Из укрытия площадь была видна как на ладони. Минуты текли, я выглядывала из-за угла вагончика.

Внезапно дверь торговой точки распахнулась, и показалась толстая баба с красным потным лицом. На ее голове косо сидел желтый берет с зеленой надписью: «Эх, картошка, объеденье».

— Ты чего тут высматриваешь? — заорала продавщица. — А ну вали отсюда, пока милицию не позвала.

Но мне было совершенно не с руки покидать укрытие.

— Тише, пожалуйста, тише. Ну чем я вам помешала?

— Катись давай!

— Не могу.

— Почему? — удивилась баба.

— Понимаете, мой муж назначил на этой площади свидание своей любовнице, вот хочу посмотреть на нее.

Бабища с подозрением посмотрела на меня и почесала в затылке.

— А, понятно тогда... Залазь в ларек.

Я поднялась внутрь вагончика и чуть не скончалась от жары. Внутри не слишком большого пространства вовсю работала красная железная печка, где пеклась вкусная картошечка.

— Все мужики козлы, — заявила продавщица, — ну и где он?

— Пока нету, — ответила я, глядя в большое окно, — не подъехал еще.

Не успела проговорить эту фразу, как на площадь выбежала Алиса, стройная, в огненной блузке и узеньких черных брючках. В ту же секунду на проспекте затормозила роскошная бордовая иномарка. Из нее высунулась рука и помахала. Алиса кинулась к машине, я вылетела из ларька и уставилась на номер автомобиля.

Тупорылая, какая-то агрессивная с виду иномарка не двигалась. Потом Алиса вышла из машины и быстро пошла в сторону дома.

Сегодня был чудесный день, может быть, излишне жаркий. Но вечером наступило восхитительное время. На темнеющем небе ни облачка, и москвичи, привлеченные ласковой погодой, выползли на улицу. На площади клубился народ, в основном молодежь, ребята возраста Алиски. Парни и девушки весело переговариваясь, пили пиво, ели мороженое, блины и сосиски. Палатки торговали вовсю. Я побежала за Алисой. Сейчас схвачу девчонку и устрою ей допрос с пристрастием.

Вдруг Алиса странно покачнулась, повернулась и глянула прямо на меня. Я увидела огромные, широко раскрытые глаза и рот. Потом девушка сделала еще один шаг вперед, подняла руки и рухнула на асфальт. Толпа отшатнулась. Я кинулась к упавшей:

— Алиса, что с тобой?

Девушка молчала. Я схватила ее за плечи и потрясла.

— Алиса!

Нет ответа, и дыхания тоже нет. Похоже, что бедняжка скончалась на месте. Но отчего? Я встала с колен и спросила у зевак:

— Телефон есть у кого? Звоните в «Скорую».

— Держи ее! — раздался голос.

Распихивая людей, ко мне рвалась баба в берете.

— Держи! Это она стреляла! — орала «картошечница». — Говорила, любовницу мужа выглядывает, убийца!

Люди загудели. Я мгновенно перескочила через новенький заборчик и бросилась на другую сторону проспекта, но никто не бежал за мной, и в метро я вошла совершенно спокойно. Потянулась к сумочке, чтобы вытащить проездной билет, и ахнула. Ладони были липкими от крови несчастной Алисы.

Домой я вошла в полуобмороке и тут же налетела на Анелию Марковну, весело тарахтевшую в трубку:

— О, милейший Олег Михайлович, мне кажется, я с вами всю жизнь знакома! А вот и ваша жена явилась. Боже, душенька, в каком вы виде! Ноги грязные, руки, похоже, в крови, лицо черное...

Она сунула мне трубку.

— Алло, — голосом, не предвещающим ничего хорошего, сказал муж, — ну и где ты шляешься, душа моя? Чем занята весь день?

Я собрала всю силу воли в кулак и беззаботно прочирикала:

— В парикмахерскую ходила, в очереди просидела.

Анелия Марковна, не собиравшаяся оставлять меня наедине с трубкой, разинула рот. В глазах дамы вспыхнул огонь нездорового любопытства. Наплевав на все правила приличия, я весьма бесцеремонно отпихнула излишне любопытную даму и закрылась в гостиной.

— С десяти утра до полуночи просидела в цирюльне? — спокойно спросил муж. — Что же ты делала с головой? Пересадку волос?..

Я старательно рассмеялась, лихорадочно соображая, как поступить. Врать Олегу в лицо не смогу. Он всегда так глядит на меня, подняв левую бровь, что язык костенеет, и щеки заливает краска. Но по телефону можно попытаться обвести супруга вокруг пальца.

— Ну нет, конечно, — глупо прихихикивая, начала я, — просто дома такой трам-тарарам! Тома взяла дочку заболевшей Машки Родионовой...

Выслушав новости, муженек вздохнул:

— Все ясно, стоило нам с Сенькой умотать в командировку, как вы моментально вляпались в очередную историю: младенцы, гости...

— Ну Ирине ты сам адресок дал!..

Встречали вы когда-нибудь мужчину, который готов признать свои ошибки? Вот и Олег не обратил ни малейшего внимания на мою последнюю фразу и сказал:

— Оперативная разведка донесла, будто ты нанялась уборщицей в клинику профессора Чепцова и носишься там, размахивая ведром и тряпкой. У нас что, с деньгами совсем плохо? Или какая иная причина была работенку искать?

На секунду я потеряла дар речи. Потом, стараясь, чтобы голос звучал абсолютно естественно, воскликнула:

— Я?! Кто тебе сказал подобную глупость?

— Нашлись люди.

— Не верь, врут.

— «Не верь глазам своим, в них все обман», — процитировал Олег, — значит, говоришь, неправда?

— Клянусь! — выпалила я.

— Чем? Чем клянешься?

Я призадумалась. Вообще говоря, совершенно не суеверна и преспокойненько продолжаю свой путь, если на дороге попадается черная кошка, никогда не складываю в карманах фиги при виде священнослужителя и не пугаюсь, если обалделая птичка влетает в комнату... Но клятва! Есть в этом нечто такое...

— Ну, дорогая, — поторопил муж, — чем клянешься? Здоровьем? Чьим? Своим, моим, Томочкиным?

Вот ведь змей, безошибочно назвал то, что никогда не стану упоминать в подобной ситуации...

Взгляд упал на полки. Собачки!

Год тому назад одна из знакомых подарила мне на день рождения фарфоровую фигурку спаниеля. По злополучному совпадению Крися накануне, не удержавшись от соблазна, приобрела в подземном переходе у метро поразительный китч: керамическую скульптурную группу: мальчик держит на руках штук шесть беленьких щенят. А еще через два дня Томочка приволокла очаровательную беленькую болонку, сшитую из меха. Мы выставили «свору» на книжных полках в гостиной, не зная, какого джина выпускаем из бутылки.

Среди друзей мигом разнесся слух, что мы с Томочкой собираем собачек. И началось! Все, кому не лень, тащили нам всевозможных такс, пуделей и далматинцев. Через полгода их стало просто некуда девать. Пришлось заказать специальный шкафчик и повесить его в гостиной. Его полки забиты под завязку — керамические, фарфоровые, пластмассовые, стеклянные, бронзовые фигурки... Самое неприятное, что даже за стеклянными дверцами коллекция пылится и ее приходится регулярно мыть.

— Собачками, — выпалила я, — клянусь любимыми фигурками, вот пусть шкафчик обвалится и все разобьется, коли вру!

— Ну-ну, — хмыкнул Олег, — имей в виду, если узнаю, что бегаешь в косметическую лечебницу, то приму меры. И вообще, изволь сидеть дома до моего приезда, слышишь?

Я растерянно кивнула.

— Слышишь или нет? — повысил голос муж.

— Да.

— Приказываю не покидать квартиру, запрещаю выходить на улицу, — каменным голосом чеканил Олег. — Поняла? Обнаружу, что не послушалась, худо будет!

И он отсоединился. Я уставилась на противно пищащую трубку. Видали! Настоящий сатрап! Приказываю, запрещаю, велю... Да кто он такой, чтобы со мной в подобном тоне разговаривать? Можно подумать, что живем в дикой стране Востока, где женщина, закутанная в паранджу, семенит позади своего супруга и боится поднять на повелителя взор. Интересное дело, мне никто не имеет права ничего запретить! А если кто и захочет нацепить на Виолу Тараканову «поводок», мигом получит достойный отпор!

Кипя от негодования, я пошла к двери. Да назло Олегу не останусь завтра дома! И что он, интересно, сделает? Пришлет группу захвата? ОМОН с автоматами? Парней из «Альфы» в свинцовых ботинках? Смешно, ей-богу.

Излишне разгорячившись, я хлопнула дверью гостиной и мгновенно услышала сначала тупой удар, потом громкий звон.

Распахнув дверь, я оглядела комнату. Шкафчик, где целый год мирно жила постоянно пополнявшаяся коллекция собачек, валялся на полу. Стеклянные дверцы раскололись, впрочем, и от фигурок милых животных мало что осталось. Тут и там на ковре валялись отбитые лапки, хвосты и головы. Уцелели лишь изделия из пластмассы, меха и бронзы, но их не так много, штук десять.

— Ой, — завопила прибежавшая на шум Крися, — какая жалость! Собачки!

Внезапно по моим щекам потекли слезы.

— Виолочка, не расстраивайся, — кинулась ко мне Томочка, — купим новых, еще лучше будут.

— Да, — мигом подхватила Анелия Марковна, — завтра же с Даником побегаем по магазинам и принесем парочку.

— Видела в ларьке очаровательного керамического мопсика, — оживилась Ирина.

— Не надо, — пробормотала я, — честно говоря, плачу от радости: так обрыдло мыть их все время. Больше никаких собачек! Только не пойму, отчего шкафчик рухнул?

— А вот видите, — показал Даня, — крепление обломилось, причем сразу с двух сторон. Редкий случай, обе петельки выпали.

Томочка оглядела меня и ахнула:

— Боже, Вилка, какая ты грязная! Что стряслось?

— Ничего, — пробормотала я, отступая в ванную, — сущая ерунда, мелочи.

Закрыв дверь на засов, я принялась усиленно мыться. Но, как несчастной леди Макбет, мне все время казалось, что на ладонях проступают следы крови. Изведя почти всю бутылочку геля, я рухнула в кровать и, засыпая, успела подумать: «Нет, все же хорошо, что не поклялась своим здоровьем, иначе бы точно ногу сломала».

ГЛАВА 19

Утро началось в семь часов. Сначала на два голоса залились Костик и Машка, потом раздалось буханье. Анелия Марковна совершала положенные сто прыжков. Следом из ванной понесся рвущий душу вой — Даня приступил к водным процедурам. Захлопали двери комнат.

— Пошли гулять, — заорала Крися.

Дюшка, оглашая прихожую радостным лаем, понеслась на выход. Я поглубже зарылась в подушку. Интересно, а как в других семьях? Так же орут? Или только у нас такой сумасшедший дом.

Откуда-то потянуло гарью.

— Ирина, блинчик почернел, — возвестила Томочка.

— Бегу, бегу, — раздалось в ответ.

Я вяло закрыла глаза. Ни за что не встану, даже шевелиться не хочется, спать, спать...

— Эй, Вилка, — раздалось над ухом, — ты не заболела?

От неожиданности я резко села:

— Что случилось?

— Ничего, — проговорила Томуся, — просто уже одиннадцать, а ты не просыпаешься...

И то верно, как правило, вскакиваю рано. Но сегодня что-то заспалась.

— Где все? — поинтересовалась я, добравшись до чашки с кофе.

— Анелия отправилась в институт красоты, — хихикнула подруга, — вчера увидела рекламу по телевизору. Какая-то чудо-маска. Нанес, денек походил, смыл — десять лет долой. Хочет купить. Иришка и Даня пошли гулять с Костиком в парк!

— Значит, мы одни! — обрадовалась я и тут же услышала звонок в дверь.

На пороге возник потный, одышливый милиционер.

— Гражданочка, предъявите документы!

— Это что же такое делается в Москве! — возмущенно заорала я. — Между прочим, нахожусь дома, и вы никакого права не имеете врываться в квартиру без санкции прокурора! Конституция гарантирует неприкосновенность жилища!

— Тише, тише, — замахал руками мент, — я, Колпаков Геннадий Петрович, участковый ваш. Дело тут, значит, такое, деликатное.

— Какое?

— Данная эта гражданочка, — заявил Колпаков, тыча пальцем куда-то за дверь, — сообщила, что вы украли у нее новорожденного сына.

— Да, — раздался хриплый голос, и в коридор вступила взлохмаченная Раиса, — вот эта б... сперла Костика, а меня силком в поезд впихнула!

— Не выражайтесь, — поморщился Геннадий Петрович и повернулся ко мне, — так как?

Я рассмеялась.

— Данная дама, Звягинцева Райка Петровна, 1982 года рождения, хроническая алкоголичка. У нее скорей всего белая горячка. Нет тут никаких младенцев.

— Врешь, сука, — взвизгнула Рая и ткнула пальцем в Нику, мирно спящую у Томочки на руках, — вот он!

Мгновенным движением неожиданная гостья выхватила Нику и прижала к груди.

— Костенька, кровиночка, сынуля, вот он, сразу узнала!

Ника вдохнула водочно-пивной аромат, исходивший от Раисы, и залилась нервным плачем.

Я спросила у участкового:

— Разницу между мальчиком и девочкой знаете?

— Вроде, — хмыкнул тот.

— Велите этой пьянчуге раздеть ребенка.

— Костенька, солнышко, — сюсюкала пьяница, высвобождая Нику.

— Да, — присвистнул Колпаков, — не похоже на мальчика.

— Вот документы, — протянула Тома справку из родильного дома, — метрику еще не успели оформить.

Участковый принялся изучать бумажку.

— Вы у гражданки Звягинцевой документики на мальчика спросите, — подначила я, — ей небось тоже в роддоме такую справочку дали.

— В общаге рожала, — буркнула Раиса и заорала: — Куда Костика дели, падлы?

— Вот видите, — удовлетворенно заявила я, выхватывая у скандалистки Нику, — врет она все, больная на голову, что, в общем, неудивительно. Небось с двенадцати лет пьет! Ну какие дети в ее возрасте, да еще без мужа?

— Верни ребенка, сука, — визжала Рая.

— Совсем с ума сошла, — вздохнула я, — еще скажи, что мы его у тебя купили!

— Точно, — мигом отозвалась не слишком умная Раиса, — за триста баксов. Продешевила, мне сказали, что тетка одна тысячу готова дать! И адрес есть. А ну, отдавай младенца! Сволочь!

Я глянула на участкового. Тот сердито проговорил:

— Звягинцева, фильтруй базар. А вы, гражданочки, извините, сразу не разобрался. Пошли, Звягинцева.

— Отдай Костю, — завизжала девка, — верни, мне тысячу дают, отдай, сука, дрянь, падла платная...

Она рванулась в глубь квартиры. Крися ухватила озверевшую бабу за одну руку, я — за другую. Разбушевавшаяся Раиса Петровна плюнула Кристине в лицо. Девочка вскрикнула и отпустила хулиганку. Геннадий Петрович попытался осуществить задержание, но проворная девица схватила стоявшую в углу «ленивку» и со всей дури, железной частью, которая держит тряпку, опустила ее на голову инспектора. Полилась кровь, бедный мужик закатил глаза и рухнул на пол. Словно смерч, Райка понеслась по комнатам, Тома и Кристя за ней. Я же, не растерявшись, быстренько заперла дверь и позвонила в милицию.

Услышав о нападении на участкового, правоохранительные органы сработали моментально. Не прошло и пяти минут, как в квартиру с автоматами наперевес влетели пять мужиков, распространявших крепкий запах пота и сигарет. Сзади, высунув язык, неслась служебно-розыскная собака, весьма тучная коротконогая овчарка.

При виде пса кошки мигом взлетели на вешалку и зашипели, словно разбуженные змеи. Из кухни доносились мат, визг Раисы, звон, крики Криси и перекрывающий весь этот шум нервный плач Ники. Геннадий Петрович сидел у вешалки и стонал, прикладывая руку к голове. Я понеслась на шум.

Бравые милиционеры загнали озверелую бабу в угол между буфетом и холодильником. Уже не знаю, так ли ловко они берут настоящих преступников, но Раису сразу скрутить не сумели. Потерявшая всякий разум девка швыряла в ментов чашки, рюмки, тарелки — словом, все, что нашлось на полках. Едва ее схватили за руки, как Райка подняла ногу и так долбанула одного из парней в причинное место, что тот, согнувшись пополам, вышел из игры. Другого она просто укусила, и мужчина тут же отпустил ее.

Видя, что ряды защитников редеют, я схватила банку с черным молотым перцем и швырнула в самую гущу дерущихся. Раиса взвыла и принялась тереть глаза. Отчаянно чихая и кашляя, менты прижали бабу к полу, вывернули ей назад руки и застегнули «браслеты».

— А ну, бля, лежать, — заорал, врываясь на кухню, Геннадий Петрович с табельным оружием в руке, — ща стрелять буду!

— Хорош, Генка, — проговорил один из ментов и чихнул.

— Здорово она тебя обработала, — присвистнул другой, — лет на пять потянет...

— Суки, — завыла Рая, — волки позорные, легавки долбаные...

— Пой, птичка, пой, — ухмыльнулся первый.

Я окинула взглядом участкового и ахнула. Все лицо Колпакова покрывали глубокие, кровоточащие царапины, голубая форменная рубашка была порвана, и под ней тоже виднелись раны.

— Боже? Что случилось?

— Ничего, — буркнул Геннадий Петрович и начал промокать кухонным полотенцем кровавые потоки.

— Но Раиса же только один раз вас палкой стукнула, — недоумевала я.

— Кошки придурочные с вешалки свалились, — пояснил участковый, — сначала одна, следом другая. А Дик наш, служебно-розыскной, гавкнул. Уж чего ему в голову взбрело! Не знаю, завсегда тихо сидит, выученный. Ну кошки и изодрали меня в секунду, падлы.

Я постаралась сдержать смех.

— Будем оформлять задержание, — категорично заявил старший, обвел глазами царящий разгром и посоветовал, — на ущерб подайте, чтоб у ней потом из зарплаты вычли. Ишь, сколько посуды хорошей переколотила, дрянь.

Он с чувством чихнул.

— С перцем это вы того, зря.

— Хотела, как лучше, помочь думала...

— Ага, — пробормотал мужик, — помогли, спасибо.

— Ее теперь посадят? — с надеждой спросила я.

— Ну на пятнадцать суток точно, — пообещали менты.

— А нам больше и не надо, — выпалила я и тут же прикусила язык.

Но милиционеры, по счастью, не обратили внимания на странную фразу, потому что из прихожей донесся собачий вой. Псы издавали невероятные звуки. Удивленная, я выглянула в коридор и увидела нашу Дюшку возле служебно-розыскного Дика. Вы не поверите, чем они занимались!

— Да уж! — пробормотал участковый, оглядывая картину, — не растерялся наш Дик!

— Чего стоите, — обозлилась я, — растащите их, может, еще не поздно.

— Не, — протянул Геннадий Петрович, — с меня кошек хватит!

В полном негодовании я влетела на кухню и заорала:

— Немедленно примите меры!

— Что еще плохого случилось? — спросил старший, писавший какие-то бумаги.

— Как бы это правильно выразиться... Ваш Дик женился на нашей Дюшке, прямо сейчас...

Менты грохнули так, что я испугалась. Сейчас, не дай бог, еще и светильник свалится, но он устоял.

Один из парней выскочил в коридор. Я в изнеможении села на стул и оглядела пейзаж.

Пол покрывает толстый слой осколков — все, что осталось от посуды, украшавшей буфет. Перепуганные Томочка с Никой и Кристя тихонько стоят на лоджии, наблюдая через стекло за происходящим. Без устали матерящаяся Раиса валяется со скованными руками у холодильника. Я не думала, что ненормативная лексика столь могуча. Вот уж минут десять Райка изрыгает разнообразные словосочетания и еще ни разу не повторилась. Даже мой папенька-алкоголик держался, как правило, несколько секунд и начинал ходить по кругу. Эта же просто талантлива, такое зашибет, что и в голову не придет.

Окровавленный Геннадий Петрович извозил уже одно кухонное полотенце, между прочим, совсем новое, и схватился за следующее. В воздухе витает сильный аромат перца, и все, включая кошек, отчаянно чихают. А из прихожей доносится счастливое повизгивание предающихся плотским утехам собак.

— Не переживайте, — сказал старший, — видите, как здорово. Подумаешь, посуду переколотили, зато щеночки будут, все прибыль!

От негодования я не нашлась, что возразить.

Примерно через полчаса милиционеры стали прощаться. Раису стащили в машину раньше. Довольный Дик лизнул мне руку.

— К теще ласкаешься, — заржал участковый, — правильно действуешь.

— Скажите, Геннадий Петрович, ведь по номеру машины можно отыскать владельца, ну того, кто на ней ездит? — поинтересовалась я.

— Того, кто ездит, не всегда.

— Почему?

— Иногда машина зарегистрирована, допустим, на мать, а катается сын, управляет по доверенности.

— Но владельца найти просто?

— Элементарно.

— Пожалуйста, узнайте прямо сейчас, кому принадлежит «Вольво» темно-бордового цвета Н680 ЕЖ.

— Зачем? — насторожился мент.

— Да этот автомобиль вчера обдал меня грязью из лужи! Весь белый костюм пропал! Хочу счет из химчистки представить. Знаете, сколько заплатила! Кошмар!

— Ну, вообще-то... — завел участковый.

Я ухватила его за рукав.

— Вообще-то это вы привели сюда Раису, поверили алкогольным бредням. Ну и каков результат? Посуда погибла, все перепуганы насмерть, да еще Дюшка! Хорошо получилось?

Колпаков тяжело вздохнул:

— Поехали.

— Куда?

— В отделение.

— Но вам к врачу надо.

— Ерунда.

— Погодите, — пробормотала я, — вот, держите рубашечку. Синяя, милицейская, похоже, размерчик подходящий.

— Откуда такая? — удивился Геннадий.

— Муж на Петровке служит, майор Куприн Олег Михайлович.

Колпаков присвистнул:

— Начальство, значит. Чего же его не попросили про машину узнать?

— В командировку укатил.

— Ну пошли, — велел Геннадий.

В отделении он ненадолго оставил меня в комнате одну и вернулся умытый, одетый в рубашку Олега, с заклеенным пластырем лицом.

— Живот-то у вашего супружника побольше моего будет, — констатировал участковый и взялся за телефон.

Через несколько минут я держала в руках бумажку: «Венедиктов Андрей Савельевич, Новопесчаная улица...»

С трудом сдерживая сердцебиение, я попросила:

— А узнать про него поподробнее через справку, ну, где работает, например...

— Это еще зачем?

— Хочу посмотреть, кем трудится, а то, может, еще и за моральный ущерб взыскать... Я из-за него вчера на работу не пошла, а платят мне сдельно... Хоть чашки новые куплю, а то нам из консервных банок пить придется!

Очевидно, Геннадий все же чувствовал за собой какую-то вину, потому что вздохнул и вновь взялся за трубку.

Андрей Савельевич оказался хозяином весьма преуспевающей фирмы, торгующей компьютерами. Ему принадлежали сервисный центр и пять магазинов, один из которых расположился не где-нибудь, а в самом центре, на Новом Арбате. Следовательно, мужик богат или, по крайней мере, хорошо обеспечен.

В глубокой задумчивости я побрела домой и принялась прибирать на кухне. Очевидно, что ближайший свободный день придется посвятить походам по магазинам, торгующим посудой. Раиска переколотила почти весь запас стекла и фарфора в доме.

Руки привычно орудовали веником и мокрой губкой. В голове вертелись, складываясь в интересный узор, мысли.

Глупенькая Алиса невесть откуда узнала некую тайну, за неразглашение которой потребовала у мужчины ни больше, ни меньше, а полмиллиона долларов. Негодяй согласился, приехал на встречу и...

пристрелил малолетнюю шантажистку. И какое-то внутреннее чутье подсказывает, что именно человек, сидевший за рулем бордовой иномарки, является организатором всей кровавой пьесы. Именно он, сам или руками наемного киллера, убрал Полину Леонову, Ольгу Звереву и профессора Чепцова. Почему? Что за тайну столь усердно прячет этот субъект? Из-за чего он безжалостно укокошил столько взрослых людей и молоденьких девушек? Что побудило мерзавца украсть Настю, несчастную девочку, передвигающуюся в инвалидном кресле?

Нет ответа. Но я обязана как можно быстрей найти его, потому что осталось всего два дня до отведенного подлецом часа «икс». И если не сумею разобраться в запутанном деле, Насте придется плохо.

Я швырнула осколки в помойное ведро и увидела мерно помахивающую хвостом Дюшку.

— Ты, моя дорогая, оказывается, развратная особа! Приличная девушка, если на нее нападает насильник, хотя бы пытается сопротивляться. Сгинь с глаз, куртизанка!

Но Дюша, не чувствовавшая за собой никакой вины, решила, что у хозяйки сегодня плохое настроение, и убежала в гостиную.

ГЛАВА 20

Не имей сто рублей, а имей сто друзей. Эта пословица полностью относится к нам с Томочкой. Долгие годы мы были бедными, почти нищими. Жили по сути на медные копейки. Благополучие пришло недавно вместе с нашими мужьями. Но вот друзей у нас всегда было много. И если случалась трудная жизненная ситуация, мы просто брали три пухлые телефонные книжки и обязательно находили того, кто помогал быстро и бескорыстно. Впрочем, мы тоже старались быть полезными своим друзьям, и, наверное, поэтому отношения, которые связывают меня и Томочку с Машкой Родионовой, Юркой и Лялькой Петровыми, Оксаной Гиод и Денисом, скорее похожи на родственные. У нас с Томочкой нет ни сестер, ни братьев, рожденных от наших родителей. Кроме меня, в семье детей не случилось, а у дяди Вити и тети Ани была одна Тамара. Но мы приобрели близких друзей в течение жизни, и, поверьте, не всегда общая кровь служит залогом хороших отношений. Чаще-то случается как раз наоборот. Братья и сестры грызутся между собой, родители выбирают среди детей любимчиков... В нашем подъезде живут Лена и Анна Корольковы, близнецы, похожие друг на друга до противности. Обитают в разных квартирах и не разговаривают друг с другом. Я не знаю, что должно произойти, чтобы мы поссорились с Машей Трубиной, Ольгой Тельковской и Никитой Варламовым. Таких ситуаций просто нельзя представить.

И вот как раз Никита-то Варламов и нужен мне в данном случае.

Я быстренько набрала номер.

— Кит?

— Привет, Вилка, — бодро отозвался приятель, — что случилось? У Сени компьютер сломался? Или ты сама решила наконец освоить машину?

— Пока нет. Скажи, слышал про такого человека: Венедиктов Андрей Савельевич?

— А как же, акула нашего компьютерного бизнеса, солидный торговец, да еще и сам во всем разбирается, что, согласись, редкость.

— Можешь про него рассказать?

— А что тебя интересует?

— Все! — радостно выкрикнула я. — Абсолютно все!

— Ну, — забормотал Никита, — Андрей из технарей. Закончил, кажется, МВТУ или физтех, что-то, одним словом, солидное. Работал сначала в военной организации, потом, не знаю, чего делал, пропал на несколько лет. Вынырнул на свет в 95-м или 94-м и начал компьютерами торговать. Удачно пошло, даже в дефолт устоял. Вроде бы холостой сейчас.

— А лет Венедиктову сколько?

Кит причмокнул:

— Черт его знает, около сорока или чуть больше, точно не скажу!

— Слушай, Никитка, мне надо во что бы то ни стало познакомиться с Венедиктовым, но только так, чтобы он думал, что я — это не я.

— А попроще объяснить нельзя?

Я вздохнула:

— Ему домработница не требуется? Или прачка? Словом, нужно проникнуть к нему в квартиру под благовидным предлогом. Очень, очень надо. Поверь, речь идет о жизни и смерти.

— Раз так серьезно, — протянул Никита, — тогда не занимай телефон, ща перезвоню.

Я села около аппарата и принялась ждать.

В прихожей послышался стук, потом голос Анелии Марковны:

— Боже, что тут было? Какой кошмар! Где посуда? Кристина, Тома, куда все подевались?

— Не волнуйтесь, Анелия Марковна, — отозвалась девочка, — это Вилка чашки с рюмками переколотила.

— Виола? Зачем?

Кристя хихикнула:

— Очень ревнивая! Заподозрила, что Олег ей изменяет, и ну хрусталь об пол шваркать! Мы с Томой пробовали остановить, да куда там. Пока весь не переколотила, не успокоилась. Жуть, до чего ревнивая, просто африканка эфиопская!

От негодования я даже поперхнулась. Нет, что за гадость! Сначала делают из меня мать алкоголички, потом невменяемую истеричку! Сейчас выйду и надеру Криське уши. Но не успела я выскочить из комнаты, как затрезвонил телефон.

— Слышь, Виленция, — загудел Никитка, — ловко все устраивается. Ты сегодня свободна?

— Да.

— Тогда слушай. Объект прибудет сегодня в два часа дня на прием, который дает компания «Регионтрейд» в честь десятилетия пребывания на российском рынке. Дело за малым. Прорвешься на фуршет, прикинешься журналисткой, возьмешь у мужика интервью и...

— Что «и»?

— Он жуткий бабник, — хихикнул Кит, — просто неуправляемый ловелас. Шесть раз был женат, и все супруги от него удрали, несмотря на мешок с баксами, который стоял у них в спальне! Так что действуй просто: юбочку покороче, кофточку в облипку, макияжик поярче... Ну чего я тебя учу? Сама догадаешься! Одним словом, выставляй коленки и верти попой. Тут же клюнет и домой позовет!

От негодования я чуть не затопала ногами:

— Ты на что меня толкаешь? С ума сошел? Другого способа нет? Между прочим, являюсь мужней женой...

— Кто же тебе предлагает Олежику изменять? — фыркнул Никитка. — Прокрутишь кавалеру динамо. Съездишь домой, построишь глазки и... адью!

— Ага, так он меня и отпустил, если я к нему в гости приду! Сам говоришь, неуправляемый бабник!

— Ведь не насильник же, — возразил Кит, — ты, Вилка, плохо в мужской психологии разбираешься! Настоящему Дон Жуану не в кайф над бабой измываться, ему надо, чтобы жертва сама дозрела и упала...

— Да? — недоверчиво спросила я и вздохнула.

Если чего и не умею делать, так это строить глазки и соблазнять мужчину. И вообще, как-то глупо себя ощущаю, если лицо противоположного пола начинает отвешивать мне комплименты. Правда, справедливости ради надо признать, что подобная ситуация возникает не так уж и часто.

— Да, купи на всякий случай клофелин, — продолжал инструктировать Никитка.

— А это зачем? На давление не жалуюсь.

Приятель заржал:

— Да не для себя, дурында! Предположим, ситуация так сложилась, что все, приперли тебя в угол, тогда мило щебечешь: «Дорогой, давай выпьем шампанского», и засовываешь ему в бокал таблетки, двух вполне хватит.

— И чего будет?

— Заснет как убитый! Старое, не раз испытанное средство. Им проститутки пользуются, когда хотят обокрасть клиента. Да не бойся, плевое дело. Зато, пока кавалер дрыхнет, ты всю квартиру изучишь.

— Как попасть на эту тусовку сегодня?

— Ага, — заржал Никита, — так и знал, что согласишься! Давай к полвторого подъезжай на Тверскую, в редакцию журнала «Земля». Найдешь Колю Реутова, скажешь, что от меня, он и даст тебе приглашение.

— Спасибо, Кит, только...

— Чего еще? — недовольно спросил приятель.

— Не рассказывай никому, а? Ладно?

— Ну, — завел Никитка, — попробую, хотя, если честно признаться, как выпью, так и болтаю невесть что!

— Тогда небось и Ленке своей рассказал о свиданках с актрисочкой, тощенькой такой, с челочкой, кажется, Елизавета...

— Евдокия, — машинально поправил Кит и тут же спохватился: — Погоди, а ты откуда знаешь?

— Тоже мне секрет! Вы на дачу к Теньковским ездили! Вам Ольга ключи давала! Вообще говоря, — вздохнула я, — меня совершенно не касается, как и с кем ты проводишь время. Просто интересно стало, если можешь спьяну разболтать мой секрет, может, и свой супруге откроешь?

Никита тяжело вздохнул:

— Ну пошутил, буду нем, как могила!

— Зачем же так мрачно, — хихикнула я, — вполне достаточно просто вести себя по-собачьи. Будешь сидеть тихо и просто помахивать хвостом!

— Пока, дорогая, — обозлился Никита, — звони, ежели чего, не стесняйся!

— Обязательно, — пообещала я.

Времени было в обрез. Сначала безуспешно порылась в своем шкафу и пришла к неутешительному выводу: в моих вещах соблазнить кого-либо невозможно. Несколько пар джинсов, одна юбка, честно говоря, не слишком люблю данный вид одежды, кофточек штуки три, футболки. Да, негусто. Придется идти к Кристине...

Господь наделил меня небольшим ростом и изящной фигуркой. В свои тридцать пять лет вешу чуть больше сорока килограммов и со спины схожу за подростка...

— Слышь, Крися, — всунула я голову в комнату к девочке, — будь другом, дай твою черненькую мини-юбочку стрейч, ну ту, где цветочки на подоле.

Кристина отложила книгу и удивленно взглянула на меня:

— Зачем?

— Ну, понимаешь, пригласили сниматься в кино на роль дамы, готовой на все, и велели явиться на пробы в соответствующем виде.

— Ой, здорово, — взвизгнула Крися, — а наши знают?

— Тише ты, — пискнула я, — они не в курсе, не ори. Весь сюрприз испортишь!

— Молчу, — зашептала Кристина и рванулась к шкафу, — сейчас оденем тебя так, что мать родная не узнает!

Надо сказать, что Крися добилась поставленной цели. Через пятнадцать минут я с ужасом оглядывала себя в зеркале.

Узенькая юбчонка с каймой из желто-бело-красных цветочков заканчивалась примерно там же, где и начиналась. Сидела она на мне так туго, что я боялась широко шагнуть. Оранжевая кофточка облепила мою верхнюю часть, словно вторая кожа. Довольно широкий и глубокий вырез открывал тонкую шею, на которую Кристя повесила мне тоненькую золотую цепочку. Ни один человек в здравом уме не покажется в подобном прикиде на улице, но «костюмерша» была в восторге.

— Ну здорово. Тебе, Вилка, всегда так ходить надо, выглядишь на двадцать лет моложе!

Вот это точно. Больше всего смахиваю на безумную нимфоманку. Наверное, женщины-вамп одеваются по-другому, но у меня-то под рукой только гардероб Кристины!

— Кофточка плохо сидит, — вздохнула Крися, — на груди.

— По-моему, отлично.

— Не-а, — протянула девочка, — вот, возьми это. Засунь-ка себе в лифчик.

— Что это? — спросила я, разглядывая непонятные полукруглые куски поролона.

— А, — махнула рукой Крися, — у нас все девчонки так в классе делают, пихай, не сомневайся!

Я покорно послушалась. Бюст резко увеличился и выдвинулся вперед.

— О, — подняла вверх указательный палец девочка, — самое оно, Памела Андерсон отдыхает!

— А не слишком?

— В самый раз. Теперь туфли, вот эти, на каблуке.

— Зачем? Ноги заболят.

— Слушай, Вилка, — тяжело вздохнула Крися, — во-первых, мини-юбку никто не носит с тапками, а во-вторых, где ты видела проститутку в балетках. Только каблук!

— Передо мной не стоит задача быть похожей на проститутку! Просто дама, готовая на все!

— Это одно и то же, — возразила Крися, — не спорь и давай сюда руки, ногти будем красить!

Затем настал черед лица и волос. В качестве завершающего штриха Кристина взяла пузырек «Кензо», подаренный ей Семеном на 8 Марта, и щедро опрыскала свою «модель».

До метро я еле доковыляла, проклиная все на свете.

Лодыжки заломило, и шла я как на цыпочках. В вагоне было полно свободных мест. Я обрадованно плюхнулась на диванчик. Юбка моментально оказалась у пупка. Затравленно улыбаясь, я изо всех сил пыталась спустить ее пониже, но не тут-то было. Узкая полоска растягивающейся ткани вела себя так, как ей хотелось. Пришлось встать и прислониться спиной к двери. Мужская половина пассажиров с большим интересом уставилась на мои ноги, кое-кто, отложив газеты и книги, весьма заинтересованно пялился и на выпирающий бюст. Около меня стояли девчонки в таких же коротких юбчонках и на километровых каблуках. Я вздохнула. Раньше, когда видела девушек, не садящихся на свободные места, всегда недоумевала, ну неужели им не тяжело находиться на ногах? Теперь понимаю, в чем дело.

Получив в редакции картонный прямоугольник с золотыми буквами, я вновь спустилась в подземку и на этот раз оказалась в жутко набитом вагоне. Уже выходя на перрон, почувствовала довольно сильный щипок и вскрикнула. Окружающие с интересом поглядели в мою сторону, несколько мужиков ухмыльнулись.

Полная разноречивых чувств, я вступила на эскалатор. С одной стороны, необходимое впечатление произведено, с другой же... Никогда до этого меня в метро не щипали.

Но на фуршете мой вид не вызвал удивления. По залу бродило штук двадцать девиц, одетых примерно таким же образом. Потолкавшись среди людей с тарелками, я подошла к довольно молодому парню с приветливым, даже добрым лицом и проворковала:

— Салют, мы незнакомы, вообще я тут впервые, а ты?

Мужчина улыбнулся:

— Кое-кого знаю.

— Понимаешь, работаю в журнале «Земля», начальство велело взять интервью у Венедиктова Андрея Савельевича. Можешь показать его?

Парень окинул оценивающим взглядом стрейч-кофточку.

— С удовольствием.

— Ну, и где он?

— Перед тобой.

— Ах, простите, — защебетала я, закатывая глаза и отставляя в сторону отчаянно ноющую ногу, — как здорово вышло. Может, угостите лимонадом? Обожаю газированные напитки...

— Тогда лучше шампанское, — галантно предложил Андрей Савельевич.

— Ах, — взвизгнула я, — чудо, прелестно, восторг, несите!

Венедиктов пошел к длинному столу.

Я пошевелила лопатками, чтобы отклеить прилипшую к спине кофточку. Кто бы мог подумать, что кокетство — такое мучительное занятие.

Венедиктов вернулся с тарелкой, где рядом с бутербродами с икрой и севрюгой стояли два бокала с пузырящимся желтым напитком.

— Прошу, — протянул он добытое.

Мы выпили и завели разговор. Я старалась, как могла: заглядывала в глаза собеседнику, усиленно хохотала, услышав намек на шутку, трогала Венедиктова за локоть и время от времени задевала мужика поролоновым бюстом. Минут через двадцать я окончательно приуныла. Андрей Савельевич был мил, но и только. Не зная, как поступить, я на некоторое время замолчала, и тут Венедиктов неожиданно сказал:

— Дорогая Люсенька, здесь так трудно разговаривать, шум и вообще... Давай поедем ко мне и побеседуем спокойно, без суеты...

Вовремя вспомнив, что назвалась чужим именем, я радостно заверещала:

— Отлично, чудно, обожаю ходить в гости! А у тебя дома есть шампанское? Пью только шипучку!

— Конечно, дорогая, — успокоил Андрей, — все к услугам дамы.

Мы вышли на улицу. Кавалер щелкнул брелком. Синий, вернее ярко-голубой, перламутровый автомобиль, похожий на гигантскую каплю, коротко гуднул и мигнул фарами.

— А я видела тебя за рулем темно-бордовой машины.

— Где? — удивился Венедиктов, распахивая передо мной дверцу.

— Так, дай вспомнить... Да, конечно, заходила в салон, торгующий компьютерами на Новом Арбате, а тут подъезжает машина, продавцы забегали, говорят, хозяин прибыл!

— Ясно, — ответил Андрей и, бросив на меня быстрый взгляд, сказал: — В гараже еще одна есть — «Вольво».

— Тупорылая такая?

— Точно.

«Капля» быстро покатила по улицам. Спустя минут десять мы поднялись в квартиру, и хозяин мило улыбнулся:

— Располагайся в гостиной.

Я прошла в комнату и села на диван. Так, квартиру обязательно нужно обыскать. Вдруг Настя где-то тут. Андрей тем временем быстро, привычно и ловко готовил плацдарм для интимных удовольствий.

Сначала закрыл жалюзи и зажег небольшой напольный торшер, принес из холодильника запотевшую бутылку с укутанным фольгой горлышком, поставил на низенький столик блюдо с орешками и фисташками. Рядом водрузил тарелку, наполненную фруктами. Потом сел около меня и взял за руки:

— Тебе холодно? — заботливо спросил он. — Ладони ледяные.

— Нет, нет, все замечательно, — пролепетала я, невольно ежась под его упорным взглядом. — Может, выпьем?

— Всенепременно, — заявил хозяин, ловко вскрыл бутылку и наполнил бокалы.

Белая шапка пены быстро рванулась вверх.

— Требуйте долива пива после отстоя пены, — засмеялся Андрей, — когда-то такое объявление висело на палатках, торгующих «Жигулевским» в розлив. Только ты слишком молодая и не знаешь те времена.

Я глупо захихикала. Однако здорово загримировалась, если даже такой опытный ловелас не разобрал что к чему. Между прочим, великолепно помню эти желтенькие будочки, вокруг которых вечно клубились мужики с опухшими лицами. Моя мачеха иногда совала мне, шестилетней, бидон и велела:

— Давай, Вилка, притарань папеньке пивка, а то продрыхнется и драться полезет. Шевелись, видать, привезли — вон, соседи уже стоят.

Я брала эмалированный сосуд и послушно спускалась вниз. Ларек был хорошо виден из окон нашей хрущобы, и тетя Рая всегда знала, когда следует бежать за опохмелкой.

Вроде не так уж далеки от сегодняшнего дня те семидесятые, в которых проходило мое детство, но люди тогда были кардинально другими. Стоило мне подойти к «хвосту», как мужики прекращали материться. Если кто забывался и посылал приятеля по матери, его одергивали:

— Замолчь: не вишь — девка стоит!

Заправляла в точке тетя Клава. Мне она казалась безумно толстой. Отсчитывая сдачу красными, опухшими пальцами, баба иногда добавляла десять копеек, «от себя», приговаривая:

— Эх, беда-беда! Сходи, Вилка, на угол и купи себе плодово-ягодное. От твоего папаши дождешься мороженого!.. Вот ханурик, прости господи!

Я сгребала в карман мокрые легкие монетки и, чувствуя, как холодный, тяжелый бидон бьет меня по ногам, шла на проспект, где покупала картонный стаканчик, прикрытый круглой белой бумажкой. В нем торчала деревянная палочка, о которую запросто можно было занозить язык. Подцепив серо-розовую, кисло-сладкую массу, я жмурилась от восторга. Мороженое было восхитительное. Я и сейчас иногда покупаю такое.

А что касается долива пива... Как-то раз один из парней, получив кружку, затеял свару:

— Клавка, — вопил он, — а ну, добавляй. Ишь, напузырила!

Клава высунула в окошко голову с крупной «химией» и заорала:

— Эй, там, в «хвосте», мужики, гляньте на этого хмыря, он хочет, чтоб вам пивка не досталось!

Больше о доливе никто речь не заводил.

— Дорогая, ты загрустила? — спросил Андрей.

— Нет, — хихикнула я, — просто расслабилась.

— Это чудесно, — пробормотал кавалер и обнял меня за плечи.

Его правая рука как бы невзначай принялась пролезать под кофточку. Откуда-то из угла доносилась тихая музыка. Да уж, все продумано. Как только теперь услать его из комнаты?

— Милый, — прокричала я, — как насчет минералки?

— Секундочку, — успокоил Андрей, — принесу.

Он быстро встал и вышел. Я мигом выудила из лифчика две таблетки клофелина и бросила в его бокал. Раздалось бодрое шипение, белые кругляшки весело запрыгали вверх-вниз. Только бы они успели раствориться до возвращения «любовника».

Но все сошло благополучно, и, когда хозяин с бутылкой «Святого источника» вошел в комнату, шампанское в бокале выглядело почти нормально.

Андрей открутил пробку, раздалось шипение, вода рванулась наружу и пролилась мне на юбку. Старательно изображая кретинку, я вскочила и завизжала.

— Не беда, — захлопотал Андрей, — сейчас высохнет, хочешь, сними, в ванной есть халат.

— Обязательно сниму, — жеманилась я, — только сначала выпьем. Ну, до дна.

— С удовольствием!

Мы чокнулись. Андрей в три глотка осушил фужер.

— Ну а ты, милая? Пей.

Пришлось влить в себя шампанское.

— Потанцуем? — предложил кавалер.

Обрадовавшись, что он не сразу захотел швырнуть меня на диван, я вскочила на ноги. Интересно, через сколько времени подействует лекарство?

Андрей крепко прижал меня к себе и принялся тихо поворачивать из стороны в сторону. Выглядел мужчина бодро и засыпать совершенно не собирался.

Внезапно холодная волна пронеслась от затылка к ступням, колени задрожали, в глазах заскакали «птички».

— Тебе нехорошо, дорогая? — участливо улыбнулся Андрей.

— Пожалуйста, можно соды, голова закружилась, — пробормотала я, чувствуя, что язык превратился в огромный, почти неподъемный камень.

— Давай, — неожиданно грубо произнес Венедиктов и без всяких церемоний пихнул меня в спину, — двигай!

Я хотела было возмутиться, но кожаный диван, такой роскошный, уютный и удобный, внезапно подпрыгнул и довольно больно стукнулся о мое лицо. А потом хозяин выключил торшер.

ГЛАВА 21

Сегодня я никак не могла проснуться. Наверное, над Москвой опять носится очередной циклон, и стрелка барометра в обмороке обвалилась вниз. Глаза не хотели открываться, правда, уши воспринимали какие-то звуки.

— Эй, Виола, ты как? — донеслось из плотной темноты.

«Хорошо», — попробовала ответить я, но изо рта вылетело лишь маловразумительное мычание.

— Давай, давай, ну-ка, погляди на меня.

Я кое-как разлепила веки и тут же застонала. Яркий свет резал глаза словно нож.

— Ну же, — повторил малознакомый голос, — садись. И сколько, интересно, клофелина ты в шампанское напихала?

Я сфокусировала взгляд на расплывающейся фигуре, прищурилась... Из серого тумана выплыло гадко ухмыляющееся лицо Андрея Венедиктова.

— Хорошо ли тебе, девица? — ерничал он. — Хорошо ли, красная?

— Ты???

— Я.

— А как попал ко мне домой?

Андрей захохотал.

— Однако. Это ты у меня дома валяешься голая на диване. Пришлось раздеть, уж прости, боялся, что помнешь свой наряд. Кстати, выяснилась удивительная вещь. Твой роскошный бюст оказался фальшивым, как, впрочем, и имя...

— Откуда знаешь, как меня зовут? — ошарашенно поинтересовалась я.

— Дорогая, когда называешься Люсей, не следует

оставлять в сумке паспорт на имя Виолы Таракановой! Между прочим, на редкость милое сочетание:
Виола и Тараканова, прелесть, восторг, восхищение!

— Ты лазил в мою сумку! Отвратительно, ни один
интеллигентный человек не позволит себе шарить в
чужих вещах!

— О! — воскликнул Андрей. — Однако! Кто бы
говорил о воспитанности! А ну, давай, быстро вы-
кладывай, кто тебя, сучка, нанял, чтобы украсть
контракт? Впрочем, я и так знаю, небось Петр Леванда... Ну, правильно? Отвечай!

— Не знаю никакого Лаванды, — простонала я,
чувствуя, как содержимое желудка стремительно,
словно на лифте, несется вверх.

— Не идиотничай, — тряхнул меня за плечи кавалер, — Петька Леванда заплатил тебе, говнюшке,
чтобы пришла и сперла у меня контракт с «Ай-би-
кью»? Скажешь — нет?!

— Конечно, нет, — очнулась я окончательно,
села на диване и обнаружила, что на мне действительно нет абсолютно никакой одежды, просто ни
тряпочки.

Обозлившись донельзя, я прошипела:

— Надеюсь, не воспользовался беспомощностью
дамы для удовлетворения своих физиологических
потребностей!

Андрей хмыкнул, закурил сигарету и, нагло вы-
пустив дым прямо мне в лицо, сообщил:

— Дорогуша, я слишком брезглив, чтобы трахать
тетку, подрабатывающую экономическим шпиона-
жем!

Прикрывшись диванной подушкой, я, кое-как
сдерживая тошноту, выкрикнула:

— Да на фиг мне не нужны секреты бизнеса!

— Тогда быстро объясняй, в чем дело!

— Машина Н680ЕЖ, «Вольво», твоя?

— Точно.

Не в силах больше сдерживаться, я схватила его
за плечо и заорала:

— Сидеть смирно или расставить ноги, руки за
голову, говорить только правду! Я из милиции! А ну,

отвечай, сволочь, куда дел Настю Леонову? Говори немедленно, сейчас группу захвата вызову. Дай телефон!

Внезапно Андрей просто покатился со смеху. По его щекам побежали слезы, а из груди вырвались стоны.

— Ой, сейчас скончаюсь! Дай телефон! Она хочет вызвать сюда подразделение «Беркут», мамочка, умереть, не встать!

Удивленная его реакцией, я спросила:

— Ну и чего смешного?

Андрей утер слезы и серьезно ответил:

— Дорогая, ты уникальная дама. Честно говоря, не встречал таких на пути. Но, ей-богу, первый раз слышу про Настю Леонову... Хотя, должен признаться, пару раз за это лето не успел как следует узнать паспортные данные своих подруг. Постель, понимаешь ли, не повод для знакомства. Она блондинка? Брюнетка?

— Она десятилетняя девочка!

Венедиктов замахал руками:

— Педофилией не страдаю. У кого хочешь спроси, имею дело только с совершеннолетними.

— Ты ее похитил, чтобы получить кассету...

— Милая, — ухмыльнулся Андрей, — ты что, впрямь из милиции?

— Ну не совсем, служу частным детективом.

Венедиктов опять заржал, потом бросил мне плед и вышел.

— Давай, рассказывай!

Завернувшись в колючий шерстяной прямоугольник, я неожиданно рассказала незнакомому мужику все.

Слушатель он был прекрасный, ни разу не прервал и не потребовал повторить. Когда я наконец замолчала, Андрей сказал:

— Подожди секундочку.

Потом схватил телефон, быстро потыкал пальцем в кнопки и спросил:

— Нюша, ты? Привет, Додик беспокоит. Уточни мне срочно, есть ли на Петровке майор Куприн Олег

Михайлович. Каково его семейное положение и если имеется жена, ее характеристики. Ждем-с.

Следующие десять минут висело молчание. Потом раздался звонок. Андрей забубнил.

— Ага, ага, ага... Ну-ка, — велел он мне, — подними подбородок.

Я послушно задрала лицо. В далеком детстве упала на железную машинку, и шрам остался на всю жизнь.

— Спасибо, Нюша, — проговорил Андрей и швырнул трубку в кресло.

— Кто это дал такую исчерпывающую информацию? — удивленно поинтересовалась я.

Андрей вынул пачку сигарет и спросил:

— Разрешишь?

Отметив, что он опять превратился в воспитанного мужчину и больше не собирается пускать мне дым в лицо, я кивнула и повторила:

— Так кто столь хорошо осведомлен о моих отметинах?

Венедиктов ухмыльнулся:

— Мало ли какие у нас, честных бизнесменов, связи в милиции. Лучше скажи, ты абсолютно уверена, что видела именно мой автомобиль?

— Да, номер запомнила правильно. Такая темно-бордовая тачка, тупорылая, агрессивного дизайна...

— Ага, — присвистнул Андрей, — давно подозревал неладное, только было как-то недосуг схватить подлеца за руку, но теперь он, кажется, доигрался.

— Кто?

— Одевайся, — велел хозяин и швырнул мне две крохотные тряпочки: черненькую и оранжевую.

Я вздохнула:

— Слушай, а у тебя нет каких-нибудь старых джинсов. Не могу больше в этом прикиде, прямо измучалась.

— Зачем тогда надевала?

— Тебя соблазнить. Думала, Настю тут прячешь. Подсыплю клофелин в бокал, ты и заснешь. Не знала только, как попасть к тебе домой. Добрые люди подсказали, что ты самозабвенный бабник, ну и решила...

Андрей вновь залился счастливым смехом. Я мрачно ждала, когда завершится приступ безудержного веселья. Отхохотавшись, хозяин сообщил:

— Иди по коридору, последняя дверь налево ведет в комнату моей дочери, сдается, у вас один размер.

— Ты живешь с дочкой?

— Нет, но она часто приезжает.

Широкий гардероб ломился от шикарных вещей. Я вытащила самые простые джинсы, футболку и парусиновые тапки.

— Знаешь, — хмыкнул Андрей, — в таком виде ты мне нравишься намного больше.

— И как только догадался, что я не та, за кого себя выдаю?

Бизнесмен снова затрясся в конвульсиях:

— Бог мой, с детских лет столько не смеялся. Ну, начнем с того, что принял тебя за одну из проституток, которые, несмотря на фейс-контроль, проскальзывают на фуршеты и тусовки. Уж больно нагло ты, красотка, вешалась мне на шею. А я, да будет тебе известно, предпочитаю не иметь дел со жрицами любви.

— СПИДа боишься?

— Ну сифилис и генитальный герпес тоже не подарок, и потом, кругом слишком много женщин, обделенных мужской лаской. Правда, уже через пять минут понял, что беседую не с ночной бабочкой.

— Почему?

— Возраст. Цветы панели, как правило, не доживают до двадцати пяти: умирают либо от наркотиков, либо от болезней, а то и просто сходят с дистанции, перестав пользоваться спросом. Значит, думаю, девушку кто-то нанял и велел попасть ко мне домой. К тому же ты заявила, будто видела меня за рулем машины возле магазина. Милая, я никогда не проверяю сам торговые точки, на царское это дело. Для подобных действий нанят управляющий, а «Вольво» не пользуюсь уже четыре месяца. Ну дальше просто. Когда послала меня за минералкой, просто вышел в коридор и проследил за тобой... А потом поменял бокалы. Тебе понравилось шампанское с клофелином?

— Мерзавец! Я могла отравиться!

— Ой, скончаться можно, чья бы корова мычала, пошли!

— Куда?

— В гараж.

— Зачем?

— Двигай, двигай, по дороге объясню.

Мы вышли в большой, красиво обустроенный двор, и я поежилась. Смеркалось, и вечерняя сырость расползалась в воздухе.

— «Вольво» стоит в подземном гараже, — начал объяснять Андрей, — вон, видишь съезд?

Я кивнула. Венедиктов сел на лавочку и закурил.

— Сейчас все тебе объясню и пойду морду бить.

Я превратилась в слух.

Как всякий преуспевающий бизнесмен, Андрей много внимания уделяет имиджу. Вообще говоря, мужику глубоко плевать, как он выглядит, но партнеры зорко подмечают все, вот и приходится менять зажигалки, портсигары, часы и машины. Иначе подумают, будто Венедиктов «пошатнулся». Поэтому Андрей Савельевич и подчинялся законам стаи.

«Вольво» он запихнул в гараж где-то в марте, купил новехонький «БМВ» и разъезжал на нем, а старый автомобиль решил продать, да все недосуг было заняться тачкой.

Как-то раз, недели две назад, Андрей, устав от долгой работы, приехал домой один, вышел на балкон, сел в кресло-качалку и принялся бездумно курить, разглядывая двор. Вдруг из-за угла показался его «Вольво». Удивленный хозяин наблюдал, как принадлежавший ему автомобиль въехал в гараж.

В полном недоумении Венедиктов оделся, пошел на подземную стоянку и спросил сторожа — старика Василия:

— Что за дела? Кто это раскатывает на моей тачке?

— Упаси бог, Андрей Савельевич, — замахал руками мужик, — быть того не может. Весь день на месте и ночь тоже!

Сторожа и впрямь дежурили сутками, и выехать из ворот без их ведома было просто невозможно. Железные створки открывались только с пульта охраны.

— Сам видел с балкона, — настаивал Венедиктов.

— Ошиблись, — улыбнулся Василий, — с Горячевым перепутали. Вон вольвешничек стоит, только заехал!

Андрей посмотрел направо и увидел автомобиль, очень похожий на свой, только не бордового, а темно-вишневого цвета. Извинившись, он протянул сторожу десять долларов и ушел. Уже дома Венедиктов пожалел, что не потрогал капот своей машины.

Происшествие забылось. Но не далее как сегодня утром Андрей столкнулся с Костей Слепцовым, который довольно обиженно протянул:

— Ну ты и загордился!

— Почему? — удивился компьютерщик.

— Вчера увидал тебя на проспекте, стоял у газетного ларька. Машу, кричу, а ты в тачку сел, даже головы не повернул...

— Это я был?

Костя пожал плечами.

— «Вольво» твой, и мужик похож: стройный, темноволосый, в фирменном костюме. Ты, Андрюша, если считаешь, что выше всех взлетел, не слишком гордись, вниз шлепнуться всегда можно!

Оставив обиженно бубнящего приятеля, Венедиктов, кипя от негодования, отправился на работу, твердо решив вечером открутить наглому Василию голову. О том, что некоторые работники гаражей подрабатывают немалую толику к зарплате, давая напрокат автомобили, хозяева которых уехали в длительные командировки, он слышал. И то, что какой-то негодяй раскатывает на его «Вольво», взбесило Венедиктова.

Мы подошли к железным дверям. Андрей нажал на кнопку.

— Кто? — раздалось изнутри.

— Дед Пихто, — рявкнул бизнесмен, — отворяй, Василий, Венедиктов пришел.

Лязгнул замок. Мы спустились вниз и оказались перед ярко освещенным окном. Андрей постучал в стекло.

— Открывай!

Распахнулась дверца. Довольно крепкий мужик, по виду лет шестидесяти, кряжистый и массивный, старательно улыбался нам навстречу.

— Здрасьте, Андрей Савельевич. Что стряслось?

— У меня ничего, — процедил Венедиктов, — а у тебя большие неприятности!

— Что такое? — откровенно перепугался старик.

— Отвечай, падла, кому мой «Вольво» давал?

— Да вы че, Андрей Савельевич, как можно! Опять с балкона видели? Перепутали небось.

— Сейчас я тебе мозги перепутаю, — пообещал компьютерщик и начал засучивать рукава.

Василий схватился за телефон.

— Ща милицию вызову, явились, угрожаете, ерунду всякую выдумываете...

— Милиция уже здесь, — спокойно сказала я. — Майор Тараканова с Петровки. Вот что, Василий, лучше рассказать правду.

Мужик затравленно забегал взглядом по нашим лицам.

— Нечего с ним разговаривать, — взвился Андрей, — по сусалам надавать, и дело с концом.

— Погодите, гражданин Венедиктов, — остановила его я, — не горячитесь. А вы, Василий, слушайте внимательно. Завтра, прямо с утра, Андрей Савельевич пожалуется кому надо, и вы гарантированно лишитесь места, даже если ни в чем не виноваты. Знаете, как говорят: то ли он украл, то ли у него украли, но была там неприятная история! Служба у вас хорошая, работа не слишком пыльная, обидно терять. Но если чистосердечно раскаетесь и назовете фамилию «клиента», а потом пообещаете никогда ничем подобным в дальнейшем не заниматься, замнем не слишком приятную историю, похороним ее между нами!

Секунду Василий смотрел в пол, потом рухнул на стул и обнял голову руками:

— Ну было!

— Ах ты, дрянь, — не удержался Венедиктов.

Я ткнула его в бок.

— Заткнись.

Бизнесмен неожиданно послушался.

Василий застонал:

— Все бедность проклятущая! Вам хорошо, из воздуха деньги делаете, бабок девать некуда, а у меня пенсия копеечная, жена-инвалид, а дочка без мужа в подоле принесла внучка. Знаете, сколько по нынешним временам коляска, кроватка да памперсы стоят?

— Ты меня не жалоби, урод, — рявкнул бизнесмен, — дело говори, не тяни мочалку...

Сторож поднял лицо и принялся каяться. Не так давно, а именно две недели назад, пришел к нему мужик. Хорошо одетый, приятной наружности. По внешнему виду человек обеспеченный: фирменный костюм, модная рубашка, дорогая обувь...

— Слышь, мил человек, — толкнулся он к Василию, — дело к тебе есть, будь другом.

И он выложил перед мужиком стодолларовую бумажку.

— Говори, — велел сторож, пряча приятную зеленую ассигнацию.

Гость поведал свою историю. У него есть дама сердца, молодая и красивая, а дома сидит жена, старая и толстая. Словом, как в анекдоте: меняю одну супругу пятидесяти лет на двух по двадцать пять... Только вот беда, у законной жены много денег, и разводиться с ней неохота... Отсюда и любовница. Понятная всем ситуация, в которой нет ничего особенного, так живет добрая половина россиян. Но хитрая супруга что-то заподозрила и навесила на машину мужа «маячок», желая знать о передвижениях благоверного.

— Небось есть у тебя тут кабриолетик никому не нужный...

Василий, естественно, знал о том, каким образом его коллеги зарабатывают на хлеб с сыром, и не слишком удивился. Перед глазами сразу встала любимая дочь, без конца стирающая и наглаживающая пеленки, потому что на памперсы денег в семье не хватало...

— Есть один, «Вольво», — пробормотал сторож, — хозяин на другой катается. Только ничего криминального, да?

— Я похож на братка? — рассмеялся клиент. — Показывай тачку, да не дрожи, часто она мне не понадобится.

— Он и впрямь брал ее всего несколько раз, — вздыхал Василий, — назад возвращал аккуратно и даже за мойку платил. Велел качественно чистить, да я и сам знаю, что к чему. Салон пылесосил, пепельницы вытряхивал...

— И как не побоялись, что настоящий хозяин увидит по спидометру, сколько машина без него накатала, — удивилась я.

— Так скрутить можно, — бесхитростно пояснил Василий, — элементарно, бац, и нет километража.

— Фокусник чертов, — хмыкнул Андрей, — говори, как зовут «любовничка»!

— Иван Иванович, — сообщил сторож.

Я тяжело вздохнула. Это было бы смешно, если бы не оказалось так печально.

— Машину уже вымыл?

Василий покачал головой:

— Радикулит схватил, ну, прямо, не разогнуться, завтра хотел почистить.

— Пошли, — велела я, — где «Вольво»?

Следующий час мы обыскивали автомобиль. Установить удалось мало. Мерзавец курил тоненькие вонючие коричневые сигарки... Собственно говоря, делала все я сама: вытряхнула коврики, осмотрела пространство под креслами, прощупала складки на сиденьях, засунула руку между спинками, перерыла «бардачок». Последним обыскивали багажник. Около домкрата валялся скомканный, испачканный грязью носовой платок.

— Твой? — спросила я у Андрея.

— Нет, — помотал головой компьютерщик, — у

меня все сделаны на заказ, только белые с моно-
граммой, подобным говном не пользуюсь!

Я хмыкнула и осторожно развернула кусок тон-
кого батиста. Похоже, что «Иван Иванович» обтер
испачканные ладони и машинально швырнул изма-
занный платок в багажник. Наверное, привык так
поступать. Под платком обнаружился смятый листок
бумаги. Я развернула его. Талон! Вернее, телеграф-
ная квитанция!

Неразборчивым почерком на желтоватой бумажке стояло: «Принято от Сироткина, сумма 17.35,
город Москва, на поздравительном бланке». Пригля-
девшись повнимательней, я сумела разобрать и
штамп: «Центральный телеграф».

ГЛАВА 22

К зданию, стоящему в ста метрах от Кремля, Андрей подвез меня в момент. Влетев в зал, я бросилась к
окошку и забормотала, просовывая квитанцию:

— Девушка, поглядите, можно узнать, кто отправлял эту телеграмму?

— Не положено, — ледяным голосом ответила
девица с каменным выражением на лице.

Все мои просьбы и уговоры разбились о стену
равнодушия. Не помогла даже душещипательная история о неверном муже, общающемся со своей лю-
бовницей при помощи телеграфа. Даже наоборот,
девчонка подняла тонюсеньские бровки и процедила
сквозь зубы:

— Гадко это — не давать жизни мужу. Если не
хочет с тобой спать, разведись, не мешай другой около него счастье строить.

Я только вздохнула. Подобные рассказы следует
вешать на уши дамам за сорок, а эта девица небось
сама живет у кого-то в полюбовницах, ишь как обозлилась.

— Ну что? — поинтересовался Андрей, сидевший
в центре зала у большого стола.

— Полный облом!

— Дай сюда, — решительно сказал бизнесмен,

выдергивая из моих пальцев бумажку. — Вон та как раз подойдет!

Широким шагом он двинулся к окошку, где восседала девица с чрезмерно «намакияженным» лицом, оперся на прилавок, и потекли минуты ожидания.

Время позднее, и на телеграфе было совсем мало посетителей. Девица, возле которой стоял Андрей, время от времени глупо и довольно громко хихикала. Служащая с каменным лицом, та самая, что не захотела мне помочь, хмурилась, другие девушки с интересом поглядывали на ловеласа. Наконец Андрей выпрямился и вернулся ко мне с довольным лицом.

— Ну?

— Очаровашка, симпомпончик дала свой телефончик!

— Слушай, — обозлилась я, — кадриться потом будешь. Что с телеграммой?

— Отлично, — усмехнулся Андрей, — телеграммку отправил некто Сироткин Яков Петрович.

— Там должен быть его домашний адрес, — подпрыгивала я от возбуждения, — иначе телеграмму не примут!

— Ага, — хмыкнул бизнесмен, — есть адресочек. Центральный телеграф, Сироткину, до востребования.

Я приуныла.

— Зато координаты дамы указаны точно, — как ни в чем не бывало продолжал Венедиктов.

— Какой дамы? — не поняла я.

— Милая, — сочувственно сказал Андрей, — ты уверена, что правильно выбрала профессию? Той женщины, которую дражайший Яков Петрович поздравлял с днем рождения: «Дорогая Люсенька, желаю здоровья, счастья, успехов. Яша». Надо же, она почти твоя тезка.

— Почему?

— Ну ты же у нас Людмила-Виола, — заржал компьютерщик.

Я тяжело вздохнула:

— Зачем нам координаты этой тетки?

— Душенька, — захрюкал Венедиктов, — это

клофелин так повлиял на твой рассудок или у тебя всегда с головой беда? Пошли.

Мы сели в машину.

— Слушай, — вдруг закричала я, — позвони этой своей тетке из милиции, пусть узнает телефончик Люси! Сироткин указал ее полное имя и отчество?

— А как же, аккуратным образом. Ковалева Людмила Сергеевна, Савеловская улица, 17.

— Звони!

Андрей вытащил трубку.

— Думал, ты никогда не сообразишь, как поступить. Я, правда, хотел нечто другое у нее спросить. Нюшенька, ангел, опять я, не в службу, а в дружбу, узнай, котеночек... Что-то есть хочется, — пробормотал он, закончив разговор, — ты как насчет «Макдоналдса»?

— Давай, — согласилась я, — а эта Нюша кто?

— Нюшенька, — ухмыльнулся Андрей. — У меня в каждом учреждении необъятной Москвы по бабе сидит, а то по две! Рады услышать завсегда.

Не успели мы развернуть чизбургеры, как раздалась мелодичная трель.

— Нюшик, ты гений, — с жаром воскликнул Андрей, — к сожалению, завтра уезжаю на недельку, но потом обязательно сходим в «Золотой дракон»... Целую, знаешь куда.

— Дай скорей трубку, — потребовала я.

Венедиктов сунул мне «Сименс». Я начала судорожно набирать цифры.

— Алло, — раздался сонный голос, — кто там?

— Позовите Людмилу Сергеевну.

— Слушаю.

— С днем рождения вас!

— Кто это?

— С Центрального телеграфа, оператор номер восемнадцать.

— Кто? — воскликнула женщина, — Ленка, кончай прикалываться, узнала тебя, чего ночью звонишь?

— Ну, во-первых, только десять, — ответила я, — а во-вторых, Люська, сделай милость, дай телефон Якова.

— Кого?

— Яши Сироткина.

Людмила, очевидно, не просто так легла спать в детское время. Скорей всего, дама приняла малую толику весьма распространенного среди россиян снотворного — особой сорокаградусной настойки, а попросту водки.

Язык женщины слегка заплетался, и мозги работали с замедлением.

— Яков? — наконец сообразила дама. — Да зачем он тебе?

— Обещал помочь кое в чем... Дал мне координаты, а я посеяла.

— Сейчас, — прохрипела тетка — и воцарилась тишина.

Через пять минут Андрей поинтересовался:

— Может, вас отключили? Давай отсоединяйся и набери еще раз.

Я послушалась, но теперь в ухо летели сигналы «занято». Прошло, наверное, минут десять, когда я опять услышала сонное:

— Алло:

— Нас разъединили.

— Кто это?

— Я. Ну, Ленка же. Давай телефон Яши.

— Ты совсем с ума сошла?

— Почему?

— Потому что перезвонила тебе секунду назад, а ты меня как пошлешь: «Не нужно ничего!» А теперь снова трезвонишь!

— Ну извини, дай, пожалуйста.

— Пошла на фиг, — рявкнула Людмила и отсоединилась.

Я растерянно глянула на Андрея.

— Чего теперь делать?

— Ой, давай сюда, у тебя и впрямь с головой беда. Зачем тебе эта Люся была нужна? Цирк, — со вздохом ответил мужик и затарахтел в трубку: — Нюшенька, извини, ангел, затрахал тебя. Ха-ха-ха, очень приятно такое слышать, но ведь не по телефону же!

Последний раз сегодня прошу. Адресок прописки Сироткина Якова Петровича глянь.

— Ты — Дуся!

Мы опять уставились на телефон. Андрей постучал пальцем по циферблату.

— Эх, жаль не успею.

— Что?

— В Питер через два часа уезжаю, не сумею поганцу пятак начистить.

— А когда вернешься?

— Через три дня, — ответил компьютерщик, — ну чего она не звонит?

И тут телефон ожил.

— Кисонька, — зачирикал Андрей, — умница, пишу, лапонька.

Через пару секунд я держала в руках бумажку, на которой четкими буквами, без всяких кренделей и завитушек, стояло: улица Слободская, дом 18, квартира 9.

— Вот что, — распорядился Андрей, высаживая меня у дома, — дай телефончик.

— Зачем? Между прочим, я мужняя жена!

— Ну и что, — хихикнул Венедиктов, — поговорочку знаешь: хороший левак укрепляет брак? Ну не кокетничай, голубка. Сама понимаешь, если понадобишься, отыщу в пять минут.

— Не надо звонить, — испугалась я, — у меня муж жутко ревнивый, а дома еще свекровь, отвратительно злая особа. Уж извини, расстанемся друзьями.

— Не хочешь, как хочешь, — пожал плечами Андрей, — на тогда.

И он сунул мне в руку визитную карточку:

— Сама звони, если что, а ежели передумаешь и решишь драгоценному муженьку рога наставить, всегда к твоим услугам. Я уже к тебе присмотрелся, хорошенькой кажешься, хотя дамы твоей весовой категории и не в моем вкусе. Кстати, никто на меня как на любовника еще не жаловался.

— Ладно, — ответила я, — буду обязательно иметь в виду. Прощай, Казанова, давай отъезжай, а то на поезд опоздаешь!

— До свидания, сыщик Лестрейд, — хихикнул Андрей и унесся прочь.

Пылая негодованием, я побежала домой. Сыщик Лестрейд, глуповатый простофиля, придуманный сэром Артуром Конан Дойлем, чтобы подчеркнуть ум Шерлока Холмса. Бедный, не слишком удачливый мужик, постоянно затаптывающий место происшествия, не видящий улики и не умеющий делать правильные выводы! Нашел, с кем меня сравнивать!

Очевидно, в порыве вполне справедливой злости я слишком сильно стукнула входной дверью, потому что в коридор мигом выглянула Крися.

— Пришла? Чего это на тебе одето? Где мои юбка с кофтой и туфли?

О черт, совсем забыла. Одежонка осталась валяться на диване в квартире Венедиктова.

— Извини, Крися, верну через неделю.

Девочка тяжело вздохнула и исчезла. На кухне возле огромного блюда, заваленного плюшками с корицей, мирно восседала Анелия Марковна. В руках дама держала газету «Здоровье». Не поворачивая головы, она произнесла:

— Томуся, ты только послушай. Во Франции придумали удивительный, возвращающий молодость чай. Стоит...

— Это я, Анелия Марковна.

— О, Виолочка, — обрадовалась гостья, — наконец-то. Что-то вас целыми днями нет! Где это вы только бегаете?

— На работе, — решила не уточнять я.

— Ну надо же, — всплеснула руками Анелия, — а Кристенька говорила, у вас сейчас нет учеников!

— Появились, даже несколько.

— А-а-а, наверное, в бассейне?

— Где? — оторопела я.

— Или в бане, — спокойно продолжила дама.

— Почему?

— Ну там раздеваться надо.

— Что-то не пойму, куда вы клоните.

— Деточка, — крайне деликатно прошуршала Анелия, — у тебя футболочка надета наизнанку. Вряд ли ты так из дома ушла, а вот одевалась второпях, потом небось в темноте. Оно и понятно, устала от учеников, домой спешила. Только где же это преподавателю перед тем, как начать урок, раздеваться приходится? Должно быть, в бассейне или бане, а может, ты у нудистов бываешь?

Я включила чайник и уставилась на Иришкину свекровь. Анелия Марковна смотрела на меня спокойными глазами, и на ее лице играла самая приветливая улыбка.

— Если намекаете на то, что изменяю мужу...

— Что ты, что ты, — замахала руками Анелия, — и в мыслях не держала. Но футболочка-то надета, правда, шовчиками наружу!

— Понимаете, была...

— Ой, деточка, — замахала руками Анелия, — поверь моему жизненному опыту: мужа следует дурить с умом и уж, понятное дело, никогда не выскакивать на улицу, не оглядев себя со всех сторон. Хотя, судя по рассказам Кристи, твой Олег, хоть и следователь, но ужасный лопух! Вроде моего Даника, тот тоже ничего вокруг не замечает! Единственно, что меня сейчас волнует, так это мать ребенка.

— Какая? — похолодев, поинтересовалась я.

Анелия вздохнула:

— Ну эта, малолетняя мамаша Костика. Алкоголичка ведь, как бы на мальчике не сказалось!

Выдав последнюю фразу, дама как ни в чем не бывало встала и вышла. Посидев пару минут с раскрытым ртом, я рванулась за ней в комнату для гостей.

— Вы знаете?!

Анелия, накладывавшая перед зеркалом на лицо какую-то густую бледно-желтую массу, обернулась.

— Смотри, изумительный крем, на основе масла облепихи. Кожа потом просто шелковая. Хочешь попробовать?

Я отмахнулась.

— Как вы догадались?

Дама тяжело вздохнула:

— Долгий разговор.

— Рассказали Даниилу?

— Нет, конечно, упаси бог!

— Почему? — оторопела я. — Вы хотите воспитывать чужого ребенка? Но... Ничего не понимаю!

Анелия тщательно закрутила фарфоровую баночку, потом достала крохотную пластмассовую лопаточку, интенсивно похлопала себя по щекам и подбородку, взяла салфетку и приложила к лицу:

— Современные женщины, — сообщила она, — напрочь забыли старое золотое правило: крему нужно дать впитаться, а потом лицо необходимо промокнуть и снять излишки, иначе кожа не дышит. Обязательно так делай.

— Анелия Марковна!!!

— Незачем кричать, — преспокойненько заявила дама, — сейчас сообщу кое-какие семейные тайны, но не просто так... За этим последуют просьбы...

— Говорите!

Дама вздохнула, вытащила коробку конфет и поинтересовалась:

— Деточка, хочешь шоколадку? Честно говоря, я отвратительная лакомка...

— Ну Анелия Марковна!!!

— Зови меня просто Анеличка, — милостиво разрешила собеседница.

Как опытная рассказчица, она выдержала паузу до конца. Медленно порылась в конфетах, аккуратно развернула золотую фольгу, с наслаждением откусила... Я чуть не умерла от любопытства. Наконец Иришкина свекровь решила, что собеседница достигла нужной стадии и кондиции, и завела рассказ.

Степан Пешков, чьей женой Аеличка стала в двадцать лет, был воспитан строгим отцом в патриархальном духе.

— Не поверишь, Виолонька, — улыбалась дама, — у них дома к родителям обращались на «вы» и по имени и отчеству.

Мать Степана во всем подчинялась властному мужу. Анелия даже голоса свекрови не слышала, та скользила по квартире, как тень, опустив глаза вниз. Внешне сыновья пошли в мать: высокие, темноволосые, широкоплечие, отцовского в них ничего не было. Разве только Степе достался от папеньки ум исследователя и талант к овладению иностранными языками.

После свадьбы старик Пешков вызвал к себе в кабинет молодую невестку и сделал ей внушение.

— Род Пешковых древний, — бубнил дед, поднимая кверху указательный палец, и ни разу фамилия не прервалась, наследование идет по прямой линии. Никаких там двоюродных или троюродных, полуродных племянников... Вон, Оболенские да Тверские совсем распылились. Бог знает от кого настругали по куче детей, теперь и разобраться не могут, все у них князья. Цирк, да и только! Кровь-то разбавленная, не чистая!

Анелия слегка испуганно внимала старику. Дело происходило на заре шестидесятых годов. Девушка была активной комсомолкой, веселой хохотушкой... Уже слетал в космос Гагарин, СССР вовсю осваивал атомную энергетику, и телевизоры стояли почти в каждом доме, начиналась эпоха технического прогресса, экспедиций к далеким планетам...

Мракобесие какое-то! Дикий старик, хоть и великий ученый. Кровь, чистота рода, гербы и портреты предков... Да еще в спальне у свекрови теплилась возле икон негасимая лампада, перед которой женщина, стоя на коленях, часами замаливала грехи. Ну какие, скажите на милость, могли быть прегрешения у тетки, выходившей из дома раз в неделю, чтобы добыть продукты...

Девять девушек из десяти на месте Анелии взбунтовались бы, увели бы молодого мужа на съемную квартиру или вовсе развелись, испугавшись придурковатых родственников. Но господь создал Анелию однолюбкой. Чувство, которое она испытывала к мужу, передать словами было просто невозможно, и Анетта, как звала ее свекровь, попыталась жить по правилам, заведенным в доме. Ей было тяжело, но чего не сделаешь ради любимого!

Дед поставил перед невесткой стратегическую задачу: родить двоих детей... Анелия очень старалась, но, увы, ничего не получалось. Три года женщина не могла забеременеть. Старик мрачнел и практически перестал общаться с женой сына.

Потом заболела свекровь — слегла в кровать и больше не вставала. Естественно, заботы, связанные с уходом за матерью Степана, легли на плечи Анелии. Полгода девушка выносила судно, кормила свекровь с ложечки, мыла ее и читала ей книги. Свекровь принимала заботу молча, никогда не говорила ни спасибо, ни каких-либо ласковых слов.

В ночь на пятнадцатое августа в спальне Анелии и Степана раздался звонок. Как только жена заболела, свекор велел провести из ее комнаты сигнал, чтобы больная могла позвать в случае необходимости невестку.

Анелочка накинула халат и побежала на зов.

— Сядь, — велела свекровь, показывая на одеяло, — и слушай.

Удивленная невестка подчинилась.

— Если не родишь, дед разведет тебя со Степаном, — шептала больная, — им дети, сыновья, важнее нас!

— Знаю, — кивнула Анелия, — только никак не могу забеременеть... А врачи говорят, что здорова! И, в чем дело, не знаю.

— У Степана бесплодие, — пробормотала свекровь, — в детстве свинкой болел, вот и результат! Не будет у него сыновей.

Анелия оторопела:

— Да ну? Надо деду сказать.

— Не надо, — шелестела женщина, — не поверит, мозги у него перевернутые. Велит Степке на другой жениться. Ты хочешь его потерять?

— Нет, конечно! — с жаром воскликнула невестка.

— Тогда быстро рожай.

— Но как?

Свекровь неожиданно звонко засмеялась:

— Я для этого съездила в санаторий. Причем два раза.

— Как, — ахнула Анелия, — Степан и его брат не...

Свекровь кивнула:

— На самом деле род Пешковых уже прервался,

говорить о чистоте крови не приходится. Мужа я любила, как и ты, без памяти, вот и решилась. У Ивана моего болячка мудреная, назвать не могу, длинно очень. Это когда все в порядке, а семя жидкое, к деторождению неспособное. Видно, господь решил Пешковых за гордыню наказать, уж больно своими родовыми традициями кичатся!

Она хрипло закашлялась:

— Скажи спасибо, что отца моего мужа не застала, вот уж был индюк надутый. Все зудел: «Кровь Пешковых чистая, без примесей». Вот он-то моего Ивана так и воспитал, а уж тот Степке гордыню внушил. Женщин-то они не любят, а без нас им никуда: рожать-то кто станет? Но господь все видит и покарал сначала Ивана, а потом Степку. Так что я грешница великая, против воли создателя пошла. Он замыслил Пешковых извести, а я, вишь, из-за любви бога не послушалась. Вот и отмаливала потом всю жизнь, да еще тебя сейчас научила. Впрочем, тут каждый решает сам. Только знай, не родишь в этот год, выкинут вон, другую бабу приведут. А теперь ступай, умирать мне пора!

— Ты проживешь еще долго, — неожиданно кинулась на шею свекрови Анелия.

— Нет, к утру скончаюсь, — произнесла больная, — ступай себе, мне провожатые на тот свет не нужны.

Растерянная Анелия вернулась в спальню. Утром, едва стрелка будильника добежала до восьми, женщина бросилась в комнату свекрови. Мать Степана лежала на спине со спокойным, счастливым лицом, на губах играла легкая улыбка, словно женщина радовалась своей смерти.

Сыновей Анелия родила одного за другим, словно выстрелила. Счастливый дед начал воспитывать внуков в своем духе; как Анелия ни пыталась внушить мальчикам обратное, у нее ничего не вышло. Даниил получился таким же «сдвинутым», как отец и дедушка. Старик Пешков, дожив почти до ста лет, скончался, когда внуку стукнуло двадцать пять. Ирины он не увидел.

— Должно быть, бог действительно решил извести Пешковых, — грустно улыбалась Анелия. — Станешь тут верующей и начнешь доверять всяким колдунам да гадалкам. Ну посуди, Виолочка, сама.

Словно злой рок преследовал эту семью. Сыновья находили себе удивительных, самоотверженных жен, влюбленных в них до безумия. Что старуха Пешкова, что Анелия, да и Ирина была такой же. Ни одна из них не представляла себе жизни без мужа, и они были готовы на все, чтобы сохранить семью. Но мужчины неизменно оказывались бесплодными. И дело было не в наследственности, поскольку они давно уже не были одной крови. Но с ними неизменно случалась какая-нибудь беда: Степа подцепил свинку, а его «сын» Даня заработал осложнение после гриппа...

— Я очень жалела Ирину, — вздохнула Анелия. — Привыкла к ней. И потом, пойми, детка, у Даника все равно дети не получатся, хоть сто раз женись, так что я не была заинтересована в его разводе. Бог весть, кого он мог в дом привести. Какую-нибудь девчонку с бетонного завода, которая могла обмануть сына... А у нас семья интеллигентная, с традициями. И потом, люблю сама заниматься хозяйством, с новой невесткой опять же могли возникнуть проблемы...

— Но Ирина говорила, что вы поощряли роман Даниила с какой-то особой!

Анелия вздохнула:

— Мой сын был воспитан Степаном и дедом. Даня решил, что он обязательно должен иметь детей. Мне эта ситуация с девочкой Наташей крайне не нравилась. Но что я могла поделать? Ира-то не беременела. Честно говоря, совсем уж собралась подсказать ей, как поступить, а тут, бац, она и сама додумалась! Жаль только, что у мальчика мать пьянчужка!

— Извините, — пролепетала я, — другой не нашлось. Эта-то случайно попалась.

— Ничего, деточка, — отозвалась Анелия и достала еще одну банку с кремом, — надеюсь, что правильное воспитание скорректирует неблагополуч-

ную генетику. Кстати, куда ты задевала наглую алкоголичку?

— В милиции сидит, пятнадцать суток получила,
это она тут посуду переколотила.

— Ага, — удовлетворенно кивнула Анелия, — так
и думала.

— Вы Даниилу не расскажете?

— Конечно, нет, — ответила гостья, — я не болтлива, умею хранить чужие тайны. А ты переодень быстренько футболочку и будь в другой раз аккуратней.

— Я не изменяю мужу!!!

— Конечно, конечно, — закивала гостья, — просто
решила в гостях переодеться. Что ж, так бывает! Кстати, душечка, надеюсь на твое молчание.

— Я тоже не болтлива.

— Чудесно, — пропела Анелия, — и помни, как
ты относишься ко мне, так и я отнесусь к тебе.

— Не поняла!

— Если вдруг захочешь рассказать кому-нибудь о
Костике, тоже не удержусь и вспомню про футболку, — мило улыбаясь, констатировала Анелия.

— Вы меня шантажируете?!

— Упаси бог, детка, просто предупреждаю, — заявила дама и продолжила: — Обязательно попробуй
этот крем, просто чудо.

ГЛАВА 23

Ночь я провела без сна, пытаясь сообразить, как
лучше поступить. Безусловно, милый господин Сироткин и есть тот самый человек, который задумал и,
похоже, лично осуществил весь план. И как мне теперь действовать? Не думаю, что он пустит меня к
себе в квартиру, хотя... можно попытаться. Завтра в
районе полудня... Мужик, должно быть, ходит на работу, а дома сидит мама, или теща, или неработаю-
щая жена... Да, но тогда он не станет держать там
Настю... А вдруг у него есть дача? Я про него вообще
ничегошеньки не знаю...

До семи утра я подскакивала на постели, словно
шампиньон на раскаленной сковородке. Раз пять бе-

гала на кухню, ела бананы, пила воду, потом опрокинула в себя стопку коньяка, хватила валокординчика... Но сон не шел, и в голову лезла какая-то идиотская чепуха, ничего дельного придумать не удавалось.

Наконец где-то около семи утра приняла решение. Поеду на эту Слободскую улицу и побеседую с соседями. К Сироткину пока не пойду...

Сказано — сделано. Я слезла с кровати и, притопав на кухню, принялась рыться в кухонных шкафчиках.

— Ищешь чего? — спросила отчаянно зевающая Ирина, разводившая в бутылочке молочную смесь.

— У нас тут где-то стояла коробочка с абсолютно новым миксером, — растерянно пробормотала я, удивленно разглядывая изумительный порядок, царивший теперь на наших вечно захламленных полках. — Подарили на день рождения целых два, а мне сегодня в гости идти, хотела прихватить... Слушай, Иришка, а что случилось с нашим шкафчиком? Такой аккуратный, ничего здесь теперь найти не могу!

— Я порядок навела, — преспокойненько заявила Ирина, — у вас жуткий бардак был, отвратительный и гадкий. Все вперемешку. Ну-ка, скажи мне, не задумываясь, где хранилась соль?

— В коридоре, в хозяйственном шкафу. Там стоит железная банка с надписью «Сахар», в ней соль.

— Вот-вот, — хмыкнула Ирина, — а еще рядом в емкости «Рис» был насыпан геркулес, а в коробке, обозначенной как «Гречка», отчего-то обнаружились пуговицы. Кстати, молотый черный перец никто не держит возле ванильного сахара...

Я горестно вздохнула:

— Хочешь сказать, что...

— Именно, — хмыкнула Ирина, — потратила несколько дней и разгребла весь этот ужас. Теперь везде порядок, иди сюда!

Я покорно вышла в коридор. Ирина распахнула створки шкафа, и мой взор уперся в безукоризненно чистые полки, застеленные клеенкой в бело-красную клетку.

Банки стояли по росту, словно солдаты на плацу.

— Теперь все как у людей, — тарахтела Ирина, — мука в «Муке», рис в «Рисе», пшено в «Пшене»... Полный ажур! И больше не путай. Где взяла, туда на место и поставь. Через неделю привыкнешь и поймешь, как это удобно.

Я мрачно вздохнула. «Все как у людей!» Да у людей как раз в шкафчиках царит беспорядок. Это какой же надо быть занудой, чтобы так ранжировать емкости для круп и специй? И потом — мы с Томочкой всю жизнь держим соль в «Сахаре» и теперь будем путаться!

— Нравится? — гордо поинтересовалась Иринка.

— Очень, прямо до зубовного скрежета, — пробормотала я.

— Отлично. И в постельном белье тоже разобралась...

Ирина принялась распахивать шкафы и демонстрировать до отвратительности аккуратные полочки, где стройными стопками лежали пододеяльники, простыни, наволочки... Представьте, все они были выглажены...

— Мы вообще-то не гладим постельное белье, — пробурчала я.

— Да? — вскинула вверх брови Ирина. — Неряхи! Кстати, и в ванной...

Я удрученно молчала. У нас с Томусей есть хорошая подруга Лиза Волкова. Замуж она вышла поздно, в тридцать лет с лишним, причем по невероятной любви. Все знакомые только посмеивались, когда Лизавета заводила песню с постоянно повторяющимся припевом: «Павел — необыкновенно умен, добр и хорош собой. Павлуша — лучший из мужчин».

И вдруг год тому назад все с изумлением узнали об их разводе. Однажды Лиза прибежала к нам и, рыдая, объяснила, что случилось.

— Девочки, — шмурыгала она носом, — просто ужас!

— Он тебе изменил? — осторожно поинтересовалась Тома.

— Нет.

— Пил втихую? — поинтересовалась я.

— Что ты! — возмутилась Лизка. — Павлик — идеальный муж!

— Тогда в чем дело? — хором спросили мы.

— Аккуратный слишком!

— Так это хорошо, — с недоумением вымолвила Тамара.

— Нет! — выкрикнула Лиза. — Слушайте!

Мы разинули рты. То, что рассказывала Лиза, походило на пересказ глупой кинокомедии. Павел маниакально ставил чашки в сушке ручками только в одну сторону. Если Лизавета, не слишком утруждая себя, запихивала кружки на решетку как попало, Павлуша моментально размещал их в прежнем строю. Стоит ли говорить, что в шкафах у них царил идеальный порядок, а тумбочки в спальне у кровати напоминали ящик заключенного, ежесекундно готового к шмону. Продукты в холодильнике ей следовало размещать по раз и навсегда определенному плану. Йогурты — слева, кефир, масло и молоко — спр..ва. Если какой-нибудь из пластиковых стаканчиков фирмы «Данон» случайно перекочевывал на другую полку, Павлик мгновенно возвращал «беглеца» в «стойло». Стиральный порошок, мыло, шампунь — все имело свое место, и Лизе потихоньку стало казаться, что она сходит с ума. Окончательно добили ее полотенца.

Приняв ванну, мокрую махровую простынку полагалось сложить в четыре раза — именно в четыре — и повесить на специальную никелированную вешалку. Причем нижний край простынки нужно было выровнять параллельно полу... Впрочем, так же требовалось поступать и после мытья рук. Павлик не делал жене никаких замечаний, он просто молча входил после нее в ванную комнату и принимался перевешивать полотенчики, которые Лизавете ни разу не удалось пристроить как положено.

Лизино терпение лопнуло, и она подала на развод. Павел оказался интеллигентным до конца. Никаких свар он не заводил, а просто пристроился на работу в Германии и уехал из России, оставив Лизавету хозяйничать в квартире. Та радостно жила, как хотела, не обращая особого внимания на порядок.

— Чего же ты сейчас ревешь? — удивилась я.

— А ты представь себе, — взвизгнула Лиза, — прихожу сегодня домой, иду в ванную, а там, а там...

— Что? Что?

— Полотенца по линеечке выровнены, мыло лежит точно в центре мыльницы, и все мои кремы по росту расставлены, — причитала Лизка, — значит, Пашка вернулся. Нет, домой не пойду, останусь у вас, вот тут на коврике. Не могу жить в идеальном порядке!..

— Скажи мне спасибо, — сказала Ирина, — и, пожалуйста, вешайте полотенца аккуратно, вот так, как сейчас!

Я посмотрела на идеально развешанные полотенца и вздрогнула. Нет, это ужасно!

На Слободскую улицу я приехала к одиннадцати утра. Она находилась в самом центре и тянулась от Таганской площади вниз. Самая настоящая старомосковская улочка, тихая и какая-то провинциальная, заставленная невысокими домами. Есть в нашей столице подобные заповедные местечки. Возле станции метро «Таганская» шумела веселая летняя толпа, вовсю торговали палаточники, лотошники и несколько супермаркетов. Но стоило свернуть за угол большого серого дома и пройти метров сто, как перед глазами возникала совсем другая картина.

Между могучими деревьями были натянуты веревки, на которых сохло белье. Возле ободранных цельнометаллических качелей стоял большой деревянный стол, вокруг которого сидели несколько мужиков; чуть поодаль на скамеечке устроились две старушки с вязаньем, а из окон кирпичной пятиэтажки долетал хриплый басок: «Человек в телогрейке...»

Я подошла к бабулям и поинтересовалась:

— Это Слободская, восемнадцать?

— Она самая, — вздохнула бабуся с ярко-красным носком на четырех спицах, — ищешь кого?

— Квартира девять в каком подъезде?

— Кто у нас там проживает? — спросила вторая бабка, тоже с носком, но серым.

— Сироткин Яков.

Старухи разом вздохнули, но промолчали. Судя по их мгновенно поджатым губам, я поняла, что они знают о нужном мне человеке много «хорошего», и спросила:

— Можно присяду, а то ноги болят.

— Нонче молодые совсем гнилые, — резюмировал «красный носок».

— Да уж, — вздохнул «серый». — Мы работали по двенадцать часов, у станков стояли — и ничего. Пылища летит, шум, грохот... Так еще после смены на танцы бежали. А нонешние, тьфу! Сядут у телевизора, как кули, — и конец!

— Работа у меня тяжелая, — вздохнула я.

— И чем занимаешься? — полюбопытствовала первая бабулька.

— Раньше уважаемым человеком была — учительницей, а теперь — вот, — потрясла я коробкой с миксером.

— Торгуешь, что ли? — спросила вторая старушка.

— Не, призы раздаю.

— Призы?

— Ну да, — словоохотливо принялась я разъяснять, — на биржу попала, год пособие платили, потом перестали, ну и куда податься? Пришлось в фирму, торгующую бытовой техникой, пристраиваться. Они всяческие акции устраивают: то в магазинах образцы бесплатно раздают, то две покупки вместо одной вручают, а теперь вон чего придумали: компьютер по Москве двадцать адресов наугад выбирает, и людям этим приз положен. Бегаю, раздаю... Вы радио УКМ-80 слушаете?

— Нет, — ответили хором растерянные бабки.

— Жаль, — пригорюнилась я, — там все время про победителей вещают.

— А приз-то какой? — взволнованно спросила вторая бабуся. — Хорошее чего или так — ерунда?

— Сегодня миксер, — ответила я, показывая коробку, — с насадками, видите тут на картинке: метелочки и взбивалочки, еще ножик... Он может и мясорубкой работать, вернее мясорезкой, сырое мясо не возьмет, зато отварное за милую душу...

— Да, — завистливо протянул «красный носок», — повезло Клавке, дорого стоит игрушечка, ей такую ни за что не купить...

— Это у ей единственное везение за всю жизнь, Зина, — ехидно отозвалась вторая бабка, — пусть уж порадуется. Ежели мне такая вертелка понадобится, внучок сразу две припрет, а тебе дочка купит. Нам нет нужды призов дожидаться.

— Правда твоя, Варька, — отозвалась Зина, — а Клавка — бедолага...

— При чем тут какая-то Клава? — вклинилась я в их разговор. — Миксер положен Сироткину Якову Петровичу.

— Петровичу, — хмыкнула Зина, — кто же его когда по отчеству величал? Яшка — и все, рылом на Петровича не вышел, уголовник!

— Почему уголовник?

— А хрен его знает, такой уродился, — довольно злобно отозвалась Варвара, — еще когда в мальчишках бегал, всякие гадости делал.

— То чернилами белье во дворе обольет, — перебила ее Зина, — то бачок мусорный подожжет, а уж как подрос...

— Житья не стало, — докончила Варвара, — прямо на лавочке посидеть было страшно. Какие-то парни вечно к нему бегали, морды уголовные. Устроятся тут с гитарой и давай голосить до полуночи. А у нас двор рабочий, людям будильники на смену в шесть утра трезвонят, им выспаться нужно...

— Так сказали бы ему!

Зина глубоко вздохнула:

— Николай из 82-й сказал, так какие-то подстерегли его у гаражей и так ему нафитиляли...

— У нас, прям, праздник был, когда его посадили, — добавила Варя, — как выпустят, так он к матери, дня два пьет, а потом за старое.

— Ну, пил он чуть-чуть, — пояснила Зина, — напраслины не надо. Так, пивка немного, не то что наши.

— Зато воровал! — взвилась Варя. — Мой сын хоть и пьет, но нитки чужой не возьмет.

— Это верно!

— Слава богу, помер, — неожиданно сказанула Варя.

— Кто? — удивилась я.

— Как кто? Яшка Сироткин, — уточнила Зина.

— Когда?

— Ну, — протянули старухи, — дай бог памяти, лет пять или шесть прошло. Клавка с зоны бумажку получила... Да ты ступай к ней. А чего, ей миксер нельзя отдать?

Я глянула в хитрые старушечьи глаза и разом разбила соседские мечты:

— Компьютер выбирает не человека, а квартиру. Клавдия обязательно получит приз.

— Ну ступай тогда в первый подъезд, — вздохнула Зина, — на третий этаж.

— Она дома?

— А куда ей деваться? — засмеялись старухи.

Я вошла в темный подъезд и со вздохом принялась подниматься по грязным ступенькам. Вся моя жизнь до замужества прошла в подобном доме и в таком же дворе. Только наших лучших сплетниц, целый день проводивших на лавочках, звали баба Катя и баба Нюра. Впрочем, был у нас и свой уголовник — Ванька Репин. Его мать старалась быстренько прошмыгнуть к подъезду под косыми взглядами соседей...

Я нажала на звонок, и темно-коричневая простая дверь распахнулась без всяких вопросов. На пороге стояла маленькая сгорбленная женщина, совсем древняя по виду. Из глубин квартиры пахнуло геркулесовой кашей.

— Вам кого?

— Клавдию Сироткину.

— Я это, — настороженно ответила бабуська, отступая в глубь крохотной темноватой прихожей. —

Из поликлиники? А где Ольга Константиновна? Заболела? Да вы проходите.

Клавдия вошла в комнату, я за ней. Когда-то, впрочем, еще совсем недавно, мы с Томочкой жили именно в такой «двушке». Две крохотные комнатенки и кухонька размером с собачью миску. Интересно, кто проектирует для людей помещения подобной кубатуры? Вообще, мне кажется, что в жизни должна царить справедливость. Кто придумал подобные квартиренки, где человеку, имеющему семью, совершенно невозможно остаться в одиночестве, тот пусть всю свою жизнь и живет в них без права переезда! Даже мы с Томой, две худенькие женщины, порой сталкивались в пятиметровом «пищеблоке». На таком количестве квадратных сантиметров лучше всего жить одинокому человеку. Впрочем, даже не обремененной домочадцами личности трудно дышать в комнате, высота потолка которой два пятьдесят...

Клавдия села на диван и вздохнула:

— Давление, похоже, поднялось...

— Простите, но я не из поликлиники...

— Да? — удивилась старушка. — Откуда же тогда?

Вынув из сумки миксер, я старательно исполнила «песню» о фирме, компьютере и призе. Хозяйка недоверчиво поглядела на коробку.

— Платить сколько?

— Ничего, это подарок.

— Совсем, совсем ничего?

— Абсолютно! Только вот бумажку заполню.

— Давайте угощу вас чаем, — засуетилась Клавдия.

На кухоньке она плеснула на самое донышко чашек светло-желтую жидкость, щедро долила кипяток, вытащила из шкафчика вазочку с сушками и поинтересовалась:

— Паспорт нести?

— Сделайте одолжение, пожалуйста, только не ваш, а Сироткина Якова Петровича. Это муж, наверное, да?

Бабка помрачнела:

— Сын.

— Отлично, — бодро прочирикала я, — сейчас оформим.

— А на меня можно? — медленно проговорила Клавдия.

Я замялась:

— Ну, вообще-то компьютер выбрал его. Да какая разница, сын все равно миксер вам отдаст, мужчине такой прибор без надобности...

Внезапно Клавдия тихо заплакала. Я быстро добавила:

— Вам вручу, не переживайте. Вот, держите, ну, пожалуйста, успокойтесь. Вот он, ваш, глядите...

Бабушка вытерла глаза посудным полотенцем и неожиданно спокойно пояснила:

— Я не из-за подарка плачу...

— А в чем дело тогда?

Клавдия печально вздохнула и неожиданно спросила:

— У тебя дети есть?

— Нет пока.

— Не поймешь меня, — покачала головой хозяйка, — хотя посоветую — нет деток и не рожай, не надо!

— Почему? Дети — это счастье!

— О-хо-хо, — протянула Клава, — не верь людям, никакой радости в них нет. Ну, может, только первый год, когда еще в коляске лежит... Хотя у меня и этого не было, одни неприятности да горе, а теперь вообще одна осталась...

— А сын где?

— Умер Яшка, да и слава богу!

— Как это, разве вам его не жаль?

— Вся жалелка выплакалась, — вздохнула хозяйка, — знаешь, так по каплям и закончилась. Одно горе от него было...

— Неужели ничего светлого припомнить не можете?

Клавдия отрицательно покачала головой:

— Маленьким учился плохо, хулиганил, в ПТУ попал, а в 19 лет загремел по статье первый раз. Машину они угнали с приятелями, ну и пошло-поехало... Только выйдет, оглянуться не успеешь, опять сидит. Я уж в милицию ходила, просила: «Вы мне его не возвращайте, не надо». А они в ответ: «Никак не получится, по месту прописки должен жить». Правда, он не злой и не пьет совсем. Так, пивком балуется, да и меня любил... Иногда прижмется и говорит: «Ничего, мамуля, неудачный я у тебя получился, зато скоро денег заработаю, одену с ног до головы и золотом обвешаю...»

Она помолчала, потом добавила:

— Обвесил, как же! Шесть лет тому назад вышел, взял все мои сбережения и отнес в «Просторы», помните, контора такая была? Кладешь к ним рубль, получаешь сто.

Я кивнула:

— Сама в «МММ» зарплату оттащила.

— Ну и чего хорошего вышло? Прямо слово, ничего, дрянь получилась, — подвела итог Клавдия, — контора лопнула, а Яшка вскорости исчез, ушел из дома, ну а уж затем и бумажка пришла.

— Какая?

Клавдия поднялась и ушла в комнату, потом вернулась, держа в руках желтоватый листок: «Учреждение УУ 1167/98 извещает о смерти Сироткина Якова Петровича...»

— И что, вы его хоронить ездили?

— Нет, — покачала головой Клава, — сначала-то позвонили. Сам начальник. Приятный человек такой, уважительный. Извини, сказал, мать, деревом придавило. Случай такой вышел, сами его и закопали. Да я и рада была: ехать-то, ой как далеко, в Коми... Денег нет... А уж потом и бумажка пришла. Так что теперь одна живу, нуждаюсь, хотя, знаешь, все-таки повезло мне разок. Небось господь увидал мои муки и сжалился, послал удачу.

— Ну видите, как здорово, — обрадовалась я, — миксер вам пригодится.

— Да я не про машинку, — отмахнулась баба Клава, — без надобности мне вертелка: пироги не пеку, яйца не взбиваю...

— В чем же повезло тогда?

Клавдия вдохнула:

— Вообще-то говорить никому не велено... Но

ведь тебя-то я больше не увижу... Деньги мне шлют, каждый месяц, по две тысячи, вот как свезло!

— Кто же такой добрый?

— Да мужик этот, хозяин из «Просторов», от него и адвокатка приходила, беленькая такая, кучерявенькая...

— Ярослав Рюриков шлет вам деньги? — обомлела я. — Быть того не может!

— Гляди, — сказала старушка и протянула мне небольшую картонную коробочку из-под мармелада. — Вот!

Я стала перебирать квиточки. Почтовые переводы! Каждый ровно на две тысячи. Всего тридцать шесть квиточков. Адрес отправителя: Москва, Марьинский вал, дом шестнадцать, квартира семь, Загораева Валентина Марковна.

— Говорите, от «Просторов» получаете, а тут какая-то Валентина...

— Адвокатка это Ярослава Рюрикова, хозяина, — спокойно пояснила Клавдия, — она сначала, в первый раз, сама деньги привезла...

— Не понимаю...

— Слушай сюда, — распорядилась старушка.

ГЛАВА 24

Три года тому назад где-то около девяти вечера в дверь к Клавдии Васильевне позвонили. Чтобы сэкономить электричество, старушка стала ложиться рано. Вечером телевизор показывает всякие ужасы, смотреть их ни к чему. Поэтому, когда раздалась веселая трель, баба Клава уже засыпала. Недоумевая, кому она могла понадобиться, бабуся распахнула дверь и увидела на пороге плотно сбитую даму со светлыми кудельками на голове.

— Вы Сироткина? — спросила гостья.

— Да, — кивнула хозяйка, — а чего случилось?

Тетка, назвавшись Валентиной, прошла в гостиную, открыла простую сумочку из кожзаменителя и выложила на стол двадцать сторублевых бумажек.

— Это что такое? — удивилась баба Клава, уставившись на розовые ассигнации.

— Берите, деньги ваши.

Но умная Клавдия Васильевна, которую жизнь научила, что бесплатный кусочек сыра лежит, как правило, в мышеловке, спокойно ответила:

— И за какую такую работу мне зарплата положена? Или пенсию повысили наконец?

Валентина усмехнулась:

— Нет. Скажите, вы отдавали деньги в «Просторы»?

— Ну, — кивнула Клавдия, — случилось такое, только все «сгорело».

Валентина спокойно села и рассказала совершенно невероятную историю. Баба Клава просто отказывалась верить услышанному.

— Я являюсь адвокатом Ярослава Рюрикова, — пояснила дама. — Ярослав Андреевич — человек верующий, очень тонкий и интеллигентный.

— Хорош верующий, однако, — фыркнула баба Клава, — спер наши денежки и в бега подался.

— Деньги лежали в банке, — спокойно разъясняла Загораева, — они пропали не из-за действий Рюрикова, а из-за нечестности банкиров. Ярослав Андреевич получил срок, можно сказать, за чужие преступления. Он ни в чем не виноват.

— Мне-то с этого чего? — обозлилась баба Клава. — Последнее пропало, ведь не лишнее ему снесли, единственную копейку!

Валентина кивнула:

— Понимаю. Ярослав Андреевич невероятно мучился из-за того, что простые люди пострадали, вот и решил теперь вам все возместить, да еще с процентами! Каждый месяц станете получать по две тысячи рублей.

— И как долго? — настороженно поинтересовалась баба Клава, боясь выдать радость. — Сколько времени?

В нашем народе сильно развито желание получить что-либо на халяву, то есть даром. Может, менталитет у российского человека такой. Мечта о бесплатной каше и молочной реке с кисельными берегами всегда была присуща нашему мужику. Вспомните хотя бы сказки: Емеля, поймавший щуку и живший потом без всяких забот и хлопот; Иван-дурак, женившийся на царской дочке и получивший разом все — от титула до богатства...

Клавдия Васильевна не была исключением. И потом, всю жизнь она считала рубли, а к старости пришлось перебирать копейки.

— До смерти, — совершенно спокойно ответила адвокат, — до самой кончины. Не волнуйтесь, никаких задержек или перебоев с поступлением денег не случится, есть только одно маленькое условие.

— Какое? — буркнула Клавдия Васильевна.

— Очень простое, — улыбнулась гостья, — нетрудное. Ярослав Андреевич не может сейчас вернуть долги всем. Он выбрал самых бедных, обездоленных, тех, кому следует помочь в первую очередь... Поэтому очень прошу: никому ни слова. Если крупные кредиторы вроде эстрадного певца Беладина узнают, то конец вашим деньгам, все себе отсудят, ясно? Хотите иметь ежемесячно две тысячи, никому ни гугу!

— Поняла, поняла, — радостно закивала Клавдия Васильевна, — молчу, как рыба об лед.

Сироткина сдержала обещание и ни одной душе не сообщила о неожиданном подарке.

— У нас во дворе одни змеюки подколодные, — растолковывала мне бабуля, — никто не порадуется, только завистничать начнут. Почтальонша, правда, полюбопытствовала, принеся очередное извещение:

— Откуда ты, баба Клава, деньги такие огромные имеешь?

Но Клавдия Васильевна не растерялась и в момент соврала:

— Квартиру по завещанию хорошим людям отписала. Одна ведь живу, после моей смерти «двушка» государству отойдет. Не хочу чиновникам подарок такой делать, вот и договорилась с очень дальними родственниками. Я им хоромы, а они меня до смерти содержат, поят, кормят и все такое...

Письмоносица мигом разнесла новость по дому,

двор погудел неделю и умолк. Баба Клава даже была довольна, что так вышло. Теперь можно было спокойно ходить из магазина, не пряча продукты...

— Ну а мне-то зачем рассказали? — не удержалась я.

Клавдия Васильевна растерянно захлопала глазами. Ясное дело, ей просто захотелось похвастаться.

— Вдруг возьму да растреплю по округе? — не успокаивалась я.

— А и пожалуйста, — сообразила баба Клава, — болтай, сколько хочешь, главное, чтоб не у нас во дворе... Только ты ведь сейчас уйдешь — и все!

Я глубоко вздохнула:

— Это верно. Больше не встретимся.

Дойдя до метро, я завернула в огромный книжный магазин, вытащила с полки большой «Атлас Москвы» и отыскала нужную улицу. Ничего себе, она оказалась в Марьино, ближайшая станция подземки «Братиславская». Небось на дорогу часа два потрачу, не меньше!

Сев в поезд, я сначала раскрыла очередной роман Поляковой, но потом отложила томик. Интересная, однако, история приключилась с бабой Клавой. С чего бы это Ярославу Рюрикову, отбывающему срок где-то на зоне, заботиться о совершенно посторонней старухе? Вот уж диво дивное, не верю я в подобный альтруизм человека, преспокойненько обобравшего тысячи людей. Между прочим, деньги тогда так и не нашли...

Я закрыла глаза и, покачиваясь вместе с несущимся вагоном, принялась размышлять. Насколько помню, в ситуации с «Просторами» было много непонятного. Пирамида обвалилась, но ее создатель, пресловутый господин Рюриков, никуда не прятался, просто перестал выплачивать людям деньги и... преспокойненько сидел дома, ждал ареста. Ну почему он, обладая огромными средствами, не убежал в какую-нибудь безвизовую страну типа Кипра? В конце концов, имея под рукой миллионы, запросто можно было купить паспорт на чужое имя, не так уж это и сложно. Нет, ничего не предпринял, словно хотел, чтобы его арестовали. Чувствовал свою вину перед людьми и решил искупить ее, работая на лесоповале? Ну это какая-то достоевщина. И что связывает господина Рюрикова с Яковом Сироткиным? Ох, сдается мне, разгадка всех тайн кроется где-то рядом!

Выйдя на «Братиславской» на свежий воздух, я спросила у тетки, торгующей вафельными трубочками:

— Марьинский вал где?

— А вон туда, — словоохотливо пояснила баба, закутанная, несмотря на жару, в теплую кофту и платок, — между недостроенными домами ступай, через пустырь, сразу и упрешься...

Я побрела в указанном направлении. Район радовал глаз. Тут и там вздымались красивые высокоэтажные башни с разноцветными панелями, зеленели лужайки, шелестели листвой деревья... К тому же повсюду виднелись вывески: «Супермаркет», «Химчистка», «Хозтовары»...

Инфраструктура была тщательно продумана, и, судя по остановкам, с автобусами тоже полный порядок: не то пять, не то шесть маршрутов... Жить бы здесь да радоваться. Кстати, небось небо в этих домах новой серии и кухни большие, и комнаты хорошие. Но москвичи очень не хотят селиться в этом прекрасно оборудованном районе. Более того, злоязыкие столичные обитатели прозвали Марьино «какашкиными двориками». Дело в том, что еще не так давно тут не было ни прекрасных домов, ни лужаек, ни магазинов... Долгие годы в этих местах находились отстойные бассейны столичной канализации. Потом, когда они полностью заполнились, канализационные отходы начали «складировать» в другом месте. А на бывшем пустыре стал подниматься новый район — Марьино.

Но, если не знать, на каком «фундаменте» стоят домики... Хотя что в этом такого ужасного? В конце концов все это было когда-то съедено...

Внезапно я буквально наткнулась на шестнадцатый дом. Высокая блочная башня со сплошь застекленными лоджиями была здесь единственным заселенным домом. Справа и слева тянулись кварталы недостроенных домов.

В подъезде не было домофона, зато сидела лифтерша, довольно молодая женщина.

— Вы к кому? — строго спросила она.

— В седьмую квартиру, к Загораевой.

— Она на работе, — сурово ответила консьержка.

— Спасибо, подожду на лестнице.

— Это невозможно, — ответила лифтерша с каменным лицом, — вот, читайте.

И она ткнула пальцем в большое объявление, висевшее между лифтами: «Уважаемые дамы и господа. В связи с ухудшением криминогенной обстановки в городе Москве, а также учитывая возможность террористического взрыва, совет жильцов постановляет: а) после 23 часов запирать входные двери; б) запретить посторонним лицам находиться внутри здания; в) обязать всех жильцов в обязательном порядке сообщить свои рабочие адреса и телефоны».

— Да, — пробормотала я, — однако у вас тут и муха не пролетит, не то что лица кавказской национальности.

— Спасение утопающих — дело рук самих утопающих, — неожиданно подобрела неприступная консьержка.

— И что, все это вот так четко и соблюдаете?

— Конечно, а еще ночью два раза обход делаем. Никому неохота на воздух взлететь. Если бы все москвичи были такими бдительными, как мы, — вздохнула лифтерша, — жить стало бы безопаснее.

— И рабочие адреса всех жильцов записаны?

— Конечно.

— А телефон Загораевой не посмотрите.

— Зачем? — вновь проявила бдительность дама.

— Да вот привезла ей посылочку из Киева, поезд у меня отходит через пару часов...

— Я не возьму, — моментально отреагировала консьержка.

— И не надо, просто подскажите, где Валентина работает. Может, не так далеко отсюда...

Несколько секунд лифтерша колебалась, потом,

пробормотав: «Ну, думаю, в этом секрета нет», открыла толстую книгу и сообщила:

— Улица Красные Поля, дом сорок четыре.

— Далеко отсюда?

— Да нет. Видите, вон та длинная магистраль, что ведет к факелу?

— Куда?

— Да к факелу, — спокойно повторила тетка, — у нас там нефтеперерабатывающий завод.

Я подняла глаза вверх и увидела за большим, чисто вымытым окном железную вышку, отдаленно напоминающую буровую установку. Над ней, словно платок на ветру, метался язык пламени. Зрелище было впечатляющее, напоминавшее кадр из фантастического фильма.

— Дойдете до факела, — спокойно поясняла лифтерша, — и свернете налево, это и будут Красные Поля.

— Как ее место работы хоть называется?

— Она не указала, написано просто — учреждение.

Тяжело вздыхая, я пошла к гигантскому факелу. Дома закончились. Справа и слева расстилался пустырь, потом, откуда ни возьмись, появилось шоссе с бешено несущимися по нему машинами. Я шла и шла, проклиная все на свете: себя, Якова Сироткина, бабу Клаву, Ярослава Рюрикова, «Коммерческий дом «Просторы»... Огнедышащая конструкция вместо того, чтобы приближаться, почему-то отдалялась... Потом в ушах возник тревожный гул, и я внезапно оказалась почти у самой вышки.

Налево шла дорога, вернее дорожка, изрытая ямами. На сером бетонном заборе болталась перевернутая полуободранная вывеска «Красные Поля». Обрадовавшись, я полезла в грязь. Вокруг не было видно ни одной живой души. Минут пять я брела по колдобинам и уперлась в железные ворота. На них значилось: «КПП». Я подумала, постояла, потом начала колотить ворота ногой... Полная тишина. Подергав створку, я обнаружила, что она не заперта. На жутко захламленной территории прямо посередине

двора стояла раскладушка, на которой преспокойненько валялся солдатик в камуфляжной форме.

— Вам чего? — вяло спросил он.

— Загораеву позовите.

— А нету.

— Она ушла?

— Не-а.

— Как же так? Если не ушла, должна быть тут.

— Кто сказал? — равнодушно пробубнил мальчишка.

— Она сама.

— Не-а.

— Что — не-а?

— Нету.

— Куда же подевалась Валентина? — обозлилась я.

— Хрен ее знает, — завел парнишка, потом подумал и добавил: — Да нет здесь никаких баб, казарма
тут наша.

Мне захотелось взять раскладушку за бок и перевернуть ее вместе с солдатиком. С трудом подавив
это желание, я постаралась как можно более вежливо поинтересоваться:

— Это учреждение?

— Не-а, колония дальше.

— Колония? — изумилась я. — Какая?

Мальчишка со вкусом зевнул, потянулся, сел и,
яростно почесываясь, ответил:

— Как — какая? Исправительно-трудовая.

— Мне нужно учреждение, — растерянно сказала я.

— Так она так называется — учреждение, — начал лениво пояснять паренек.

— Как туда пройти?

— Вверх, — начал солдатик, и тут раздался телефонный звонок.

Крайне медленно, с жуткой неохотой, еле-еле
передвигая ногами, мальчишка побрел к одноэтаж-
ному кирпичному домику. Я за ним, с трудом сдер-
живаясь, чтобы не пнуть парня под зад. В маленькой,
вернее крохотной, комнатенке работал телевизор.
Около мерцающего экрана восседал с сигаретой в
зубах еще один солдатик.

— Мог бы и снять трубку-то, — недовольно пробурчал мальчишка, входя внутрь.

— Ты дежурный, тебе и брать, — спокойно возразил телезритель, — у меня выходной.

— КПП слушает, — со вздохом ответил мальчишка.

Я перевела взгляд на экран телевизора. Шла передача «Мир криминала». Сначала бойкая девушка рассказывала о пожаре, потом камера показала железные ворота, и бесстрастный голос за кадром произнес:

— В гараже возле дома на Новопесчаной улице произошло убийство.

Камера отъехала в сторону, картинка сменилась, на экране возникло странно знакомое, изуродованное мужское лицо.

— Сегодня утром, около семи часов, — абсолютно спокойно вещал корреспондент, — один из автовладельцев спустился в подземный гараж и обнаружил на полу, неподалеку от въезда, тело сторожа, шестидесятидвухлетнего Василия Козлова...

Я почувствовала, что земля уходит из-под ног. Как же это? Только вчера разговаривала с мужиком! Тем временем комментарий к ситуации начал давать довольно бойкий молодой человек, чье лицо на экране было «прикрыто» черным квадратом.

— Пока рано говорить об окончательных выводах, — равнодушно тарахтел он, — но предварительные таковы: ночью в гараж въехал один из автолюбителей, очевидно пьяный, не справился с управлением и задавил сторожа. Испугавшись содеянного, преступник бежал. Ведется следствие.

— Значит, вы полностью исключаете иную версию? — спросил корреспондент.

«Черный квадрат» помолчал секунду, потом ответил:

— Ну за каким шутом убивать старика? Денег у него никаких, в кошельке девять рублей нашли. Машины не тронули... Нет, должно быть, случайно вышло.

Я тяжело вздохнула. Эх, парень, ничего-то ты не знаешь! Это Яков Сироткин, сообразив, что Василий может стать свидетелем, поспешил избавиться от несчастного. Только почему? Зачем он всех убивает? И каким образом оказался в живых, если с зоны прислали матери похоронное извещение?

Мальчишка-дежурный тем временем закончил разговор и занудил:

— Исправительная колония дальше, идите вверх по пригорку.

Я послушно подчинилась и полезла через горы мусора и кучи отбросов. Узенькая тропиночка, петляя и извиваясь, привела меня на небольшую площадку. Справа громоздилась автосвалка, в которой самозабвенно рылись несколько человек, слева вздымались скособоченные и полуразвалившиеся ступеньки, посередине торчали железные ворота, выкрашенные в черный цвет. Поднявшись по ступенькам, я обнаружила дверь и окно, забранное решеткой. Вход украшала табличка: «Учреждение УУ 2672/9». Нашелся и звонок, но бойкая трель никого не взволновала. В окошко были видны письменный стол, телефон и решетка, дежурный отсутствовал. Следующие полчаса я била в дверь и ворота ногами, давила на пупочку звонка, но внутри словно все вымерли.

— Эй, мужики, — заорала я, — тут один вход?

Автолюбители оторвались от каких-то железок и ответили:

— Один.

— Почему нет никого?

— Хрен их знает, ори громче!

Приободренная этим указанием, я завопила что есть мочи:

— Откройте!!!

Вдруг раздалось лязганье, и из-за двери высунулся тощий мужичонка в камуфляже:

— Чего тебе?

— Загораева здесь работает?

— Валька?

— Она.

— Тут.

— Можно пройти?

— Пройти нельзя.

— А как с ней поговорить?

— Ща вызову.

Дверь захлопнулась, и потекли минуты. Наконец вновь раздался отвратительный железный скрежет, и появилась женщина примерно сорока лет, невысокого роста, коренастая, с крашеными пережженными волосами. Лицо у нее было полное, маловыразительное, с мелкими глазами, носом-картошкой и нечетким ртом, но доброе, а по вискам бежали лучики морщинок. Такие получаются у людей, любящих повеселиться от души. Окинув меня оценивающим взглядом, тетка сказала:

— Это вы на место Кожуховой, на время ее декрета?

На всякий случай я кивнула.

— Пошли, — велела Валентина.

Мы миновали несколько железных дверей, пересекли отвратительно захламленный дворик, пробрались между какими-то непонятными конструкциями, добрались до невысокого здания из красного кирпича и вошли внутрь...

Валентина распахнула первую дверь и велела:

— Садитесь и давайте документы.

Я аккуратно устроилась на колченогом стуле и оглядела крохотное помещение.

— Ну, — поторопила Загораева, — документы давайте.

— Что?

— Трудовая книжка, диплом.

— Интересно, как...

Валентина вздернула брови:

— В чем дело?

— Интересно, — повторила я, — очень интересно, как получилось, что адвокат Ярослава Рюрикова оказалась на службе в исправительно-трудовой колонии?

Загораева вспыхнула так, что на глазах у нее показались слезы.

— О чем вы, не пойму?

— Да ладно тебе, — отмахнулась я, — мне Клавдия Васильевна Сироткина все рассказала. Ты, Валентина, посылаешь ей каждый месяц по две тысячи рублей, а почему?

— Значит, вы не бухгалтер? — догадалась Валентина.

Я нагло ухмыльнулась:

— Конечно, нет.

— Безобразие, — возмутилась Загораева, — сейчас вызову охрану...

— Отлично!

— Почему? — оторопела женщина.

— Потому что сама не уйду, пока не узнаю, зачем ты прикидывалась адвокатом Рюрикова. Ну-ка, говори быстро, кто тебе велел отсылать ей деньги? Не хочешь отвечать? Тогда прямо сейчас пойду к твоему начальству.

— Кто вы? — тихо спросила Загораева.

Я сначала хотела было заявить, что я частный детектив, но потом отчего-то передумала и сказала:

— Дочка Клавдии Васильевны, младшая. Меня долго в Москве не было, жила с мужем на погранзаставе. Приехала, а мать какую-то чушь несет... Деньги, Рюриков... Имейте в виду, дорогая, если надеетесь получить квартирку, то абсолютно зря! Знаем, знаем таких благодетелей — сначала запудрят мозги, копейки дадут, а потом бумажку подписать подсунут — и все, прощай жилплощадь!

— У меня есть квартира, — вяло сопротивлялась Валентина.

— Ага, у Муньки в заду, на «какашкиных двориках», — хмыкнула я, — а у моей матери Таганка, самый центр, лакомый кусочек. Зачем адвокатом прикидывалась, зачем врала? Нет, сейчас же иду к твоему начальнику, ишь ведь придумала старухе голову дурить!

— Погоди, — устало сказала Валентина, — никто никого обмануть не хочет. Ей действительно Рюриков деньги шлет.

— Врешь!

— Хочешь, он тебе сам подтвердит?

— Кто? — изумилась я.

— Ярослав!

— Где же я его увижу?

— Он тут сидит, в колонии — на поселении.

— Врешь!

Валентина усмехнулась:

— Ты какие-нибудь другие слова знаешь? Или на твоей погранзаставе только этот глагол известен. Заладила: врешь, врешь.

— А ты не ври!

— Да правду говорю, здесь Рюриков, в воскресение увидеть сможешь, а насчет бабки... В общем, слушай...

ГЛАВА 25

Валентина работает в колонии, или, как ее называют официально, в учреждении, почти десять лет. Сидит в бухгалтерии. Платят тут хоть и мало, зато регулярно, и дают льготы: бесплатный проезд в городском транспорте и скидки по оплате коммунальных услуг. Семьи у женщины нет, пыталась несколько раз устроить личную жизнь, да попусту, кавалеры попадались никудышные, сильно пьющие... Так и жила бобылкой.

В колонии, где Валя сводит дебет с кредитом, серьезных преступников нет, здесь только те, кто скоро окончательно выйдет на свободу. Собственно говоря, это не исправительно-трудовое заведение, а поселение. Пять дней в неделю заключенные работают за колючей проволокой и живут в бараке, а на субботу и воскресенье их, как правило, отпускают домой, впрочем, кое-кто ухитряется побывать в родных стенах и во время рабочей недели. Находятся тут одни москвичи...

Три года тому назад сюда из Коломны перевели Ярослава Рюрикова, малоразговорчивого, даже угрюмого мужика с худым, каким-то изможденным лицом. Валентина не общалась с заключенными, ее дело — бухгалтерия. Но однажды накануне сдачи годового отчета ей пришлось придти на работу в субботу. Колония была пуста, только на лавочке сидел

Рюриков. Валечка прошла мимо него и увидела, как мужик глубоко вдохнул дым от ее сигареты.

— Хочешь закурить? — спросила женщина.

Ярослав настороженно кивнул. Негласные правила зоны предписывают: ни у кого ничего не просить и ни у кого ничего не брать...

Валентина протянула початую пачку «Золотой Явы», Рюриков аккуратно вытащил одну сигаретку.

— Бери все, — разрешила женщина.

Отчего-то ей стало жаль мужика. К остальным заключенным наведывались гости, да и в воскресенье они возвращались с сумками, набитыми продуктами. Ярослав же безвылазно находился в колонии, хотя тоже был москвичом. К нему никто никогда не приходил, и жил мужик на казенном довольствии, попросту голодал.

— Спасибо, — буркнул Рюриков и спрятал «Яву» в карман старой, донельзя грязной рубашки.

— Чего же не постираешь одежду? — не выдержала Валя.

— Она чистая, — спокойно пояснил Ярослав, — просто заносилась и вид всякий потеряла.

Валентина пошла на рабочее место, но худой, какой-то изможденный мужик стоял у нее перед глазами, и цифры не хотели складываться.

На следующее утро, сама не понимая, что делает, Валя купила у метро простенькую рубашку в серо-синюю клетку и дала ее Рюрикову.

— Носи, а ту выброси.

— Не надо, — отрезал мужчина.

— Бери, бери, от чистого сердца, — настаивала бухгалтерша.

— Что я, альфонс какой, — пробурчал Ярослав, — у бабы вещи брать, небось у самой зарплата — кот наплакал, лучше детям шоколадку купи, а рубашку мужу снеси.

Валентина вздохнула:

— Одинокой живу, сама себе хозяйка... Возьми, не обижай. А если совсем даром не хочешь, то почини мне за рубашку кресло. В субботу придешь?

В колонии существовала небольшая мебельная мастерская, и Валентина знала, что Ярослав работает там столяром.

— Хорошо, — неожиданно согласился Рюриков.

В субботу он и впрямь явился к Вале. Жила женщина в бараке, на первом этаже, в крохотной комнатушке.

— Да, — вздохнул Ярослав, — чего линолеум не поменяешь? Весь сопрел уж!

— Без толку его стелить, — отмахнулась бухгалтерша, — сыро очень, за полгода сгнивает, домик-то наш на болоте стоит.

Рюриков покачал головой и взялся за инструменты. Руки у него были приделаны куда следует, кресло вмиг приобрело товарный вид. Валя угостила мастера обедом. Ярослав съел тарелку куриного супа и одобрил:

— Здорово готовишь, прямо ресторан! Больше починить нечего?

— У буфета дверцы расшатались...

Так начался их роман. Через полгода Ярик, как звала его Валя, стал чувствовать себя хозяином в маленькой комнатенке. Да он и вел себя по-хозяйски: переклеил обои, побелил потолок.

Двадцать первого января, в день рождения Вали, Ярослав сказал ей:

— Поехали.

— Куда?

— Не спрашивай, пошли.

Валечка покорно взяла любовника под руку. Они сели на автобус, добрались до «Братиславской», дошли до новенького дома, поднялись в квартиру.

— Что это? — несказанно удивилась Валя, увидав, как любовник своим ключом открывает дверь.

— Входи, — предложил Ярослав.

Они прошли на просторную кухню, где стояли только две табуретки.

— Садись, — приказал мужик и без всякой паузы добавил: — Это наша квартира.

— Чья? — недоумевала женщина.

— Твоя и моя, — спокойно пояснил мужчина, — погоди минутку.

Он пошел в комнату и вернулся, держа в руках небольшой букет:

— Уж извини, не приучен слова всякие говорить, в общем, выходи за меня замуж!

Валентина чуть не свалилась с табуретки. Потом они долго сидели на пустой кухне, и Рюриков говорил без остановки, в основном о том, как хорошо они станут жить.

Расписалась пара без всякого шума. Валя понимала, что у мужа имеются деньги. Во-первых, квартира, хоть и в Марьино, но двухкомнатная, новая... Во-вторых, они приобрели мебель. Правда, не шикарную, но вполне хорошую спальню, гостиную и кухню.

— Что же ты себе продукты не покупал и одежду? — поинтересовалась один раз Валя.

— Долг мне отдали недавно, — пояснил Ярик, — вот только что...

Потом, спустя какое-то время, он попросил:

— Слышь, Валюша, съезди к одной старушке да расскажи ей такую историю...

Валентина невероятно удивилась и принялась расспрашивать мужа:

— Кто эта, Клавдия Васильевна? Кем тебе приходится?

Супруг тяжело вздохнул, но пояснил:

— На зоне, в Коломне, парень со мной сидел, Яков Сироткин. Он все материнские деньги ко мне в «Просторы» вложил, ну и сгорели сбережения...

Валентина слушала крайне внимательно. В целях безопасности заключенного — в тюрьме и на зоне могли оказаться люди, пострадавшие в результате обвала финансовой пирамиды, — в личном деле Рюрикова не стояло никаких подробностей, документ пересекала темно-зеленая полоса, и сотрудники исправительных заведений вопросов не задавали. Но Валентине Ярослав открыл правду, добавив в конце:

— Деньги все пропали, теперь я, считай, что

нищий... Парень мне жизнь спас, — продолжал муж, — скорешились мы с ним, вдвоем на зоне легче. Уж очень он убивался, что мать без денег осталась... Я ему так правды и не открыл, боялся, что друга потеряю. Все собирался, собирался, да не успел. Умер Яша, аппендицит приключился, а в колонии, сама знаешь, медицина неторопливая, перитонит начался, и все, перекинулся Сироткин. Теперь вот долг мне вернули, большой, отвези бабке две тысячи.

Валентина съездила на Таганку, а потом, по просьбе супруга, стала посылать Клавдии Васильевне каждый месяц дотацию.

— Ярик очень добрый человек, — поясняла бухгалтерша, — его совесть мучает, что стольких людей обездолил. Мы с ним, правда, никогда на эту тему не беседуем, но, знаю, переживает страшно, поэтому и матери вашей деньги шлет.

— Какой матери?

— Клавдии Васильевне Сироткиной, — удивленно ответила Валентина.

Я мигом прикусила язык. О черт! Совсем забыла, что прикинулась старухиной дочерью.

— Скажите, а Рюриков еще сидит?

Валя кивнула.

— И выходит только по субботам и воскресеньям?

— Да.

— До этой колонии в Коломне находился?

— Точно.

— И с Сироткиным Яковом, покойным, там познакомился? — Я растерянно глянула в окно на кучу ржавого металлолома. — Ладно, извини тогда. Думала, дуришь бабку.

— Ничего, ничего, — обрадованно воскликнула бухгалтерша, — понимаю, подозрительно выглядит, но все исключительно из-за доброты Ярика... Ты, сделай милость, никому не рассказывай, а то налетят, денег у мужа, ей-богу, нет, живем очень скромно.

Я окинула взглядом ее плотно сбитую фигуру, облаченную в простую майку и дешевую юбку. Да, одевается дама на Черкизовском рынке, и в ушах у нее покачиваются дешевые серебряные «висюльки»... Но в версию полного отсутствия средств как-то не верится. Ведь появилась же откуда-то, словно по мановению волшебной палочки, квартира, потом мебель...

— Но меня, честно говоря, совершенно не волнует размер кубышки Рюрикова...

— Как хоть тебя зовут? — внезапно поинтересовалась Валентина.

— Виола Тараканова.

— Передам мужу, что сестра Сироткина приходила.

— Ладно, — согласилась я.

На улице неожиданно похолодало, и из серых, нависших над городом туч посыпался мелкий противный дождик. Но мне было жарко, и я побежала к метро, не замечая луж.

Домой влетела с гудящей головой и бросила взгляд на часы. Ровно три. Что ж, время пока есть. Сейчас быстренько проглочу чашечку чая и начну действовать.

В идеально убранной кухне на столе обнаружилось вишневое варенье. Я облизала ложечку, включила чайник и уставилась на крохотную красную кастрюльку. Интересно, что там вкусного? В последние дни Иришка, самозабвенно убивающаяся возле плиты, готовит самые разнообразные кушанья, одно лучше другого. Так что там под крышечкой?

В нос ударил неприятный запах. Внутри пузырилась серая жидкость. Фу, какая гадость, явно прокисло. Мигом вылив содержимое в унитаз, я принялась терзать телефон. Сережка Рощин — вот кто мне нужен. Бывший одноклассник работает теперь на телевидении и знает массу полезных вещей.

— Алло, — ответил тонкий голосок, то ли мужской, то ли женский.

— Позовите Рощина.

— Его нет, что передать?

— Ничего, спасибо.

— Кто говорит? — настаивал голос.

— Виола Тараканова.

— Вилка, — тут же пробасил Сережка, — страшно рад.

— Это ты сейчас пищал в трубку?

Одноклассник рассмеялся:

— Всенародная слава, понимаешь. Целый день народ трезвонит, вот и приходится прикидываться.

— Автоответчик поставь.

— Сломался.

— Почини.

— Ты звонишь, чтобы дать мне этот совет?

— Нет, конечно. Это правда, что у тебя в милиции полно знакомых?

— Абсолютная, — заверил Рощин.

— Тогда сделай милость, узнай для меня одну маленькую информацию.

— Какую?

— Где сидел Сироткин Яков Петрович?

— Милая, вопросами отсидки милиция не занимается.

— Да ну? — изумилась я. — А кто?

— Странно слышать подобный вопрос от дамы, чей муж служит на Петровке, — хихикнул Сергей.

— Твоя Ленка тоже небось в ваших закулисных телевизионных делах профан... А в чьем ведении зоны?

— Есть такое Главное управление исполнения наказаний, на Бронной улице. Ступай туда.

— Так мне там и ответили!

— Зайдешь в приемную, найдешь Веронику Николаевну, она все объяснит, я ей сейчас позвоню.

— А потом мне, да?

— Зачем? Езжай смело, только имей в виду, они в шесть закроются.

— Паспорт брать?

— Ничего не надо.

Мигом проглотив чай, я открыла холодильник. Что бы запихать в себя быстренько? Ага, вот сыр...

— Кусочничаешь, — раздалось за спиной.

Я чуть не выронила чашку. Ирина, улыбаясь, подошла к плите:

— Съела бы по-нормальному обед. Суп, второе, от бутербродов одна толщина.

— Ничего, не боюсь поправиться, времени нет.

— И где ты целыми днями носишься?

— Да так, — уклончиво ответила я, — на работе, уроки нашла.

— Летом? Однако странно, — пробормотала Ира, открывая кухонные шкафчики, — просто очень странно.

— Ничего особенного, кое-кому из детей дали задание на лето...

— Да я не про твою работу. Другое странно...

— Что?

— Развела дрожжи в маленькой кастрюльке, поставила на плиту и ушла, а сейчас смотрю — пусто, а кастрюлька вот она, стоит в шкафчике...

— Извини, — сконфуженно пробормотала я, — думала, молоко прокисло, и вылила.

Ирина вздохнула и вытащила из холодильника пакет молока «Милая Мила». Я побежала в прихожую и налетела на Крисю, снимающую ботинки.

— Вилка, — заорала девочка, — смотри, какие одеяльца младенцам купила, голубенькие! У метро тетка торгует дешево, ей ими зарплату на фабрике выдали. Классные, правда?

— Отличные, — сказала я, — только девочке полагается розовое.

— Да? — пригорюнилась Крися.

— Ничего, ничего, это ерунда, — сказала, высунувшаяся из кухни Иришка, — я сама Костику купила красненькую шапочку. Ну какая разница?

Сережка оказался абсолютно прав. Вход в ГУИН был открыт, у порога не было никакой охраны. Надо же, ежедневно имеют дело с преступниками и совершенно не боятся... По узкому коридору я дошла до двери с надписью «Приемная» и обнаружила внутри приятную даму с мелодичным тихим голосом.

— Вы от Рощина? — поинтересовалась она. — В чем проблема?

— Нельзя узнать, на какой зоне отбывал срок Сироткин Яков Петрович?

— Зачем вам такая информация?

— Я его двоюродная сестра, вот ищу брата. Вроде освободился, а к матери не вернулся...

— Сейчас попробуем, — улыбнулась дама.

Минут десять она звонила по разным телефонам, потом заявила:

— Ваш родственник отбывал срок в городе Боброве, это в Коми, освободился в 1994 году и отправился по месту прописки, в Москву.

— А потом?

— Что — потом? — удивилась Вероника Николаевна.

— Потом вновь сел?

— Нет, — покачала головой женщина, — далее никаких сведений не имеется, значит, больше в поле зрения правоохранительных органов не попадал.

— Он жив?

Вероника Николаевна развела руками.

— Вот на такой вопрос не отвечу, может, и умер потом, но это уже не в компетенции ГУИН.

— Но он был жив, когда освобождался?

Вероника Николаевна улыбнулась:

— Естественно.

— Если заключенный умрет, вам сюда сообщат?

— Если смерть произошла в момент отбытия наказания, то обязательно.

— Значит, Сироткин вышел здоровым?

Очевидно, у Вероники Николаевны была железная выдержка, я бы давным-давно выгнала наглую посетительницу, тупо повторявшую один и тот же вопрос. Но начальница приемной терпеливо ответила:

— Насчет здоровья никакой информации дать не могу, но жив был абсолютно точно, даже получил материальную помощь.

— Куда же он делся?

Вероника Николаевна развела руками.

— Разве бывшие заключенные не обязаны вернуться по месту прописки и потом отмечаться в милиции?

Секунду высокопоставленная сотрудница ГУИН, не мигая, смотрела мне в лицо, потом сухо сказала:

— Человек, отбывший наказание, искупил свою вину, он восстанавливается в гражданских правах, получает паспорт и волен жить так, как хочет, и где пожелает. Главное — это больше не нарушать закон. Многие, вернее подавляющее большинство, естественно, возвращаются к своим семьям, но кое-кто предпочитает начать новую жизнь с нуля. Очевидно, ваш брат из таких. Увы, ничем помочь не могу. Других сведений у нас нет.

Я вышла на улицу, добрела до «Макдоналдса», купила биг-мак и стала разворачивать хрусткую бумагу. Интересная, однако, складывается картина. По сведениям из милиции, господин Сироткин прописан по Слободской улице, в квартире, где прошли его детство и юность. Клавдия Васильевна имеет на руках бумажку о смерти сына... А в ГУИНе преспокойненько сообщают, что он живым освободился аж в 1994 году. При этом Рюриков врет своей жене, будто встретился с Сироткиным в Коломне, где парень и скончался, скорбя о своей матушке. Но у меня-то другие сведения. Милейший Яков Петрович отбывал наказание в Коми, в городке Бобров... Ну и что делать? Где искать этот живой труп? Времени-то совсем не осталось...

Внезапно у женщины, сидевшей за соседним столиком, зазвонил телефон.

— Да, — отозвалась та, — ой, спасибо, что напомнил, тут рядом телеграф, пойду, отправлю ему поздравление на художественном бланке.

Услыхав эти слова, я так и подскочила. Телеграмма!

Боже, какая я дура! Ведь совсем недавно сидела в «Макдоналдсе» вместе со страстным любителем женщин Андреем Венедиктовым. Мы звонили тогда тетке, похоже пьяной, которой Сироткин отправил телеграмму. Венедиктов записал ее телефон, адрес, имя и отчество на салфетке... А я сунула этот клочок бумаги в сумку... Господи, сделай так, чтобы он не потерялся.

Я быстро вытряхнула на столик содержимое баульчика и принялась трясущимися руками перебирать ...носовой платок, расческа, ключи, пара карамелек, невесть откуда взявшийся пятиграммовый пакетик с сахарным песком, шариковая ручка, помятый блокнотик, еще один платочек, на этот раз бумажный... Нет, о радость, это салфетка...

Я развернула скрученный комок и с облегчением увидела несколько цифр и пару строчек, написанных крупным, четким почерком.

ГЛАВА 26

Телефон-автомат нашелся на углу. Я запихнула карточку в железное нутро и принялась считать гудки: раз, два, три. На десятом подумала: «Небось на работе», но тут в ухе раздалось недовольное, сонное:

— Алло...

— Ковалева Людмила Сергеевна?

— Надо чего? — весьма невежливо буркнула женщина. — Ну, слушаю!

— Вас беспокоят с Центрального телеграфа...

— Кого?

— Вас беспокоят с Центрального телеграфа...

— Кому?

— Вас беспокоят с Центрального телеграфа! — заорала я.

— Зачем?

— Знаете Якова Сироткина?

— Где?

И тут только до меня дошло, что милейшая дама пьяна в дым.

— Яшка, — неожиданно протянула Людмила, — ты, что ли? Хрена звонить? Отвали, урод!

В трубке противно запищали гудки. Я тяжело

вздохнула, делать нечего, придется ехать к Ковалевой. Надеюсь, она одна.

Надежды оправдались, Людмила Сергеевна открыла дверь и, чтобы не упасть, ухватилась за косяк.

— Блин, ты кто такая?

— Оператор с телеграфа.

— Оператор, — протянула Людмила, потом икнула и спросила: — Значит, снимать приехала?.. Ну и где твоя камера, блин?

— В машине, блин, — ответила я и, отодвинув даму плечом, бесцеремонно вошла в богато убранную квартиру.

— Эй, эй, куда? — забормотала заплетающимся языком хозяйка.

— У тебя есть марганцовка?

— Ну...

— Где?

— В ванной, — вновь икнула хозяйка, потом нетвердой рукой ухватила бутылку коньяка и попыталась скрутить пробку.

Я выхватила «Мартель» и вылила содержимое в раковину.

Долгая жизнь среди нищих алкоголиков научила меня нескольким крайне простым, но эффективным приемам. Не успела Людмила опомниться, как перед ее носом оказался стакан со светло-розовой жидкостью.

— Это чего, блин?

— Пей, блин.

— Не хочу.

— Давай, давай, коктейль «Крепкий марганец»!

— Коктейль — это клево, — захихикала Людоедка, — уважаю, блин.

Двумя глотками она осушила емкость и прислушалась к своим ощущениям, потом пробормотала:

— Слабоват, не забирает.

— Еще один глотай, — приказала я, — сейчас кайф прилетит.

Алкоголичка послушно опрокинула следующую порцию марганцовки, потом проблеяла:

— Блевать тянет.

— Прошу, — отступила я в сторону, — давай бегом к фаянсовому другу.

— Куда? — прошептала Людочка.

— В сортир.

Хозяйка метнулась к двери санузла, я услышала жуткие булькающие звуки и пошла наливать ванную. Минут через десять побледневшая, но слегка посвежевшая женщина выпала из уборной в коридор.

— Иди сюда, — поманила я ее пальцем.

Очевидно, алкоголь вовсю бродил в ее венах, потому что дама покорилась, не выказывая никакого удивления. Я ввела ее в ванную и сунула в воду.

— Холодно, — взвизгнула пьянчужка и попыталась встать.

— Сидеть, — велела я, — сейчас хорошо станет, на, выпей...

Наверное, спирт начал постепенно покидать организм, потому что Людмила почти нормально сказала:

— Что это? Воняет больно.

— Ничего, ничего, новая настойка.

— Какая?

— Нашатыровка в марганцовке.

— Чего?

— Пей!

Людмила Сергеевна опрокинула стакан и затряслась крупной дрожью:

— Ой, щас стошнит!

— Валяй.

— Пусти.

— Куда?

— В туалет.

— Давай сюда, — приказала я, подсовывая ей под нос тазик, — действуй, не стесняйся!

Хозяйка послушалась, потом попила ледяной воды из ванны и, продолжая трястись, поинтересовалась:

— Это когда же я опохмельщика вызвала? Не помню...

— Ты вообще чего-нибудь помнишь?

— Отцепись, — гавкнуло небесное создание, окончательно придя в себя, — дай полотенце. Что это у вас за методы такие? Раньше приезжали, всегда капельницы ставили, с улыбочкой, а теперь... Давай полотенце, живо!

— Не визжи, — сказала я и швырнула ей розовую банную простыню, — вылезай и иди ко мне.

Когда милейшая Людочка, вытирая голову, вошла в красиво обставленную кухню, на столе стояла чашка крепчайшего черного кофе с четырьмя кусками сахара.

— Пей!

Людмила машинально глотнула и поморщилась:

— Фу, сладко, просто сусло, я такое не пью.

— Конечно, ты привыкла принимать горькое, но сейчас послушайся и выпей. Ей-богу, лучше станет!

Людмила Сергеевна моргнула красными глазами и снова залпом опустошила емкость. Потом она рухнула на стул, обхватила голову руками и зарыдала:

— Ой горе, горе, горе!

— Что у тебя случилось? — спокойно поинтересовалась я. — Любимая канарейка умерла?

— Жизнь моя — сплошной ужас и катастрофа, — развешивала сопли дама, — одна сплошная катастрофа, одна катастрофа...

— Ты Якова Сироткина знаешь?

Ковалева перестала стонать.

— Яшку? Конечно. Сволочь он.

— У тебя есть его телефон?

— Где-то был, — пробормотала Людмила, потянулась к записной книжке и спросила: — Погоди, погоди, а тебе он зачем?

— Да вот, — пробормотала я, — он тебе телеграмму отправлял с Центрального телеграфа, дал пятьсот рублей, а сдачу не взял!

— Так ты не опохмелщик? — протянула Люда и захохотала. — Во, юмор, а я-то, думаю, как это вызвала — и не помню!

Я деликатно промолчала. По-моему, в том состоянии, в котором она только что находилась, можно много наворочать, а потом и не вспомнить.

— Это ты из-за пятисот рублей так стараешься? — взвизгнула Людмила. — Ну дела! Возьми себе и забудь, цирк, да и только. И как ты только мой адрес узнала!

— Адрес в телеграмме указан.

— Умереть, не встать, — веселилась Ковалева, — первый раз такую дуру вижу! Слушай, давай выпьем за знакомство, а?

— Обязательно, — пообещала я, — только дай мне телефон Сироткина, а еще лучше адрес...

Людмила порылась в книжке, потом проговорила:

— А нету!

— Как это? — удивилась я.

— Вишь, чего случилось, — потрясла растрепанным блокнотом Люда, — страничка на С потерялась, я ее посеяла, ума не приложу где!

— Дай сюда, — велела я и выхватила у нее из рук пухлую книжечку.

Страничка, где должны быть записаны сведения о людях, чьи фамилии начинаются на букву С, действительно отсутствовала.

— А не помнишь наизусть телефон Якова?

— Нет, конечно, — хмыкнула Людмила, — он мне человек посторонний.

— Да? — удивилась я. — Как же так? Говоришь, плохо знакомы, а в день рождения он тебе телеграммы шлет...

Ковалева расхохоталась.

— Знаешь, кем работаю?

— Нет.

— Санитарным врачом на Бутовском рынке. Меня, знаешь, сколько народу с именинами поздравляет? Все дружить хотят, потому как я после начальника второй человек, могу весь товар завернуть, а могу и глаза закрыть, поняла?

— Конечно, — кивнула я, — только при чем тут Сироткин?

— Как это? — удивилась Людмила. — Он у нас бакалеей торгует, пять вагонов имеет, крутой бизнесмен. Мука, сахар, крупа, соль, подсолнечное масло... Ему со мной дружить надо, вот и старается, уважает!

Она хрипло рассмеялась.

— Где этот твой Бутовский рынок? — безнадежно спросила я.

— А тут, прямо за углом, — ответила Людмила, — аккурат возле метро. Эй, ты куда, а выпить?

— Извини, — крикнула я, выскакивая за дверь, — аллергия у меня на спиртное, даже нюхать не могу!

Рынок раскинулся в двух шагах от станции подземки. Железные вагончики со всякой всячиной стояли тесными рядами, по проходам толкались покупатели, у каждого второго в руках тележка на колесиках, набитая под завязку коробками, банками и пачками. Отыскав точку, торгующую мукой, я спросила у бойкой хохотушки:

— Слышь, девушка, твоего хозяина Яков Сироткин зовут?

— Не-а, — протянула гарная дивчина, зевая, — Мамед.

Не теряя надежды, я принялась бродить по оптовке, заглядывая в каждый магазинчик, где торговали бакалеей. Таких оказалось пятнадцать штук.

Из них десять принадлежало Мамеду, а пять Ибрагиму...

В полном отчаянии я поинтересовалась у тощего паренька, тосковавшего в насквозь пропитанном запахом корицы павильончике:

— Ну как же так, мне ваш санитарный врач Люда Ковалева сказала, что пять торговых точек с бакалейным товаром имеет Яков Сироткин, а тут повсюду Мамед и Ибрагим!

Продавец оторвался от газеты «Мегаполис» и словоохотливо пояснил:

— Может, и, правда, какой-то Сироткин торговлю держит, а наш Ибрагим у него арендует... Тут в хозяевах не разберешься без пол-литра. Мне, честно говоря, без разницы, чей вагон. Дают каждый вечер семьдесят рублей — и покедова. Мамед, Шмамед, Бамед, мне один леший, лишь бы платил исправно.

— А где можно найти Ибрагима?

— Вон шашлычная у входа...

Я пошла на запах жарящегося мяса. В маленьком трактирчике царил абсолютно восточный дух. Среди посетителей ни одной женщины, только черноволосые мужчины со смуглой кожей сидели за шаткими столиками. Слышался стук игральных костей, несколько человек коротали время за нардами, а откуда-то из-под потолка доносилась арабская музыка. «Я хабиби, — пел высокий то ли женский, то ли мужской голос, — я хабиби».

Когда я вошла в «чайхану», присутствующие даже не повернулись. Только продавец, тоненький юноша с маслеными глазками, заулыбался и спросил:

— Что кушать станем: шашлык-машлык? Пить хочешь? Чай, кофе?

— Скажите, Ибрагим тут?

— Какой-такой Ибрагим? Вон у окна Ибрагим, и возле кухни Ибрагим, и чай пьет тоже Ибрагим... Кто нужен, фамилия знаешь?

— Тот, кто торгует бакалеей...

— Чем? — не понял парень.

— Ну, сахар, мука, крупа.

— А, — протянул буфетчик и гортанно выкрикнул несколько фраз.

Высокий гибкий мужчина, похожий на голодную пантеру, встал из-за маленького столика в самом углу.

— Я Ибрагим, что хочешь, красавица?

В темной бороде сверкали белые, прямо «сахарные» зубы.

— Это вы торгуете мукой? — спросила я, подходя к мужику.

— Точно, — ухмыльнулся собеседник, — дрожжами, специями, макаронами... Купить желаешь, оптом? Давай, хорошо уступлю, выгодно получишь...

— Спасибо, — как можно более ласково улыбнулась я, — мне нужен телефон Сироткина, у вас он, наверное, есть.

Ибрагим уставился на меня густо-черными, слишком честными глазами:

— Путаешь, любезная, какой-такой Сироткин, зачем он мне? Знать не знаю, слышать не слышал...

— Ну как же, — не собиралась сдаваться я, — вы у него торговые точки арендуете, у Якова Петровича.

— Ах, Яков Петрович, — настороженно протянул Ибрагим и ощупал меня похожими на сливы глазами, — ах, Яков Петрович...

— Знаете его? — обрадовалась я.

Ибрагим помолчал, поковырял в ухе, потом кивнул.

— Дайте телефон, пожалуйста.

— Ну, дорогая, — развел руками хитрый торгаш, — тут на рынке аппарат лишь у директора есть, мне туда звонить никто не станет, номера не знаю. Но ты сходи, видишь, домик маленький. Дирекция. Они тебе свой телефон и подскажут.

— Вы не поняли, мне необходимы координаты Сироткина.

— Какого Сироткина?

— Якова Петровича, — терпеливо ответила я.

— Ах, Якова Петровича...

— Да!

— Якова Петровича?

— Да!!!

— Откуда же он у меня? — возразил Избрагим. — Я у него в гостях не бываю!

— Но вы на него работаете?

Мужчина возмутился:

— Ибрагим ни на кого не работает! Я с ним вместе бизнес веду.

— Хорошо, — пробормотала я, — пускай вместе, но как-то же вы с ним связываетесь?

— Телефон не знаю, — врал торговец, — вот что, красавица, оставь свой, я ему передам. Захочет Яков Петрович, сам позвонит.

— Как же передавать будешь? — решила я поймать лживого Ибрагима.

Тот вытащил из кармана пластмассовую коробочку.

— Пейджер видишь? Яков Петрович спросит, где встречаемся...

— И когда он тебе позвонит?

— Не знаю, дорогая, давай телефон...

Но мне не очень хотелось оставлять свои координаты.

— Скажи, когда он приедет? — спросила я уже без всякой надежды на успех.

— Куда? — прищурился Ибрагим.

— На рынок.

— Зачем?

— Ну не знаю. Товар привезти, деньги получить, продавцов проверить...

Собеседник расхохотался, вновь обнажив безупречные зубы.

— Яков Петрович большой хозяин, он такими вещами не занимается...

— Кто же деньги ему передает?

Ибрагим покусал губы:

— Извини, дорогая, работать надо, бизнес, понимаешь. Хочешь, давай телефон, не хочешь, прощай.

Я повернулась и пошла к двери, но через секунду остановилась. Ибрагим стоял у столика в глубине кафе. Сидевший там мужчина, явно русский, а не кавказец, внимательно, словно запоминая, смотрел на меня.

Я выпала из насквозь пропахшей табаком шашлычной и привалилась к грязной стене. Как поступить, что делать?

Постояв несколько минут, побрела к маленькому домику с вывеской «Дирекция». Он был заперт. Торговавшая у двери бабка вздохнула:

— Нету никого.

— Не знаете, когда придут?

— Сегодня никого уже не будет, — словоохотливо завела бабуля, — Игорь Иванович куда-то подался; Люська, врачиха санитарная, вообще не появлялась, небось опять пьяная валяется... А остальные все, как начальство умелось, тут же удрали. Слышь, дочка, купи у меня маску, одна упаковка осталась, домой охота!

— Что? — не поняла я.

— Маску, — разъяснила бабулька, — для лица, отличная вещь, нашего, российского производства, не Франция какая-нибудь. Все без обману, из экологически чистого сырья. Не сомневайся, на фирме беру, сама пользуюсь, морда гладкая делается, десять лет долой. Да ты погляди, погляди...

И она принялась всовывать мне в руку темно-зеленый тюбик с надписью: «Красный жемчуг».

— Недорого совсем, — пела старушка, — тридцать рублей сто миллилитров, целая прорва. Во, глянь, в ларьке польская косметика лежит, между нами говоря, жуткая дрянь, а уж стоит! Крохотная баночка на сто рублей тянет. А там сплошная химия, здесь же одни травы.

Поняв, что бабка вцепилась в меня, как терьер в крысу, я протянула ей три десятки. Ей-богу, мое спокойствие тянет на эту сумму.

— Вот хорошо, — обрадовалась старушка, — нака способ употребления. Бери, бери бумажку-то. Потом придешь и еще купишь.

ГЛАВА 27

Домой я вернулась в отвратительном настроении. Такая сокрушительная неудача постигла меня впервые.

Домашние мирно сидели на кухне и вкушали чай с ароматным пирогом.

— Вилочка, — обрадовалась Иришка, — ну-ка, давай скорей садись. Тебе с чем — с клубникой или вишней?

Я поглядела на стол, где стоял один пирог.

— А этот какой?

— Это ассорти, — гордо заявила Ирина, — тут тебе и вишня, и черника, и клубника.

— Надо же! — изумилась я.

— Да уж, — горделиво ответила Иришка, — подобную штуку не везде и в ресторане сделают. Даник его обожает, правда, милый?

Даниил молча кивнул и положил себе на блюдце очередную порцию.

— Замечательно вкусно, — облизнулась Кристя.

— Потрясающе, — подтвердила Томочка, — оторваться невозможно.

Анелия Марковна, которая не переваривала, когда в ее присутствии хвалили кого-нибудь другого, сначала поджала губы, а потом сказала:

— Вот когда мы со Степаном были в 71-м году в Лондоне...

Понимая, что сейчас на вас выльется ушат воспоминаний, я быстро прервала даму:

— Бога ради, Анеличка, извините, что перебиваю, но, боюсь, забуду. Купила для вас небольшую вещицу...

— Какую? — по-детски оживилась Ирочкина свекровь.

— Маску для лица, говорят, потрясающий эффект дает!

Она повертела в руках тюбик:

— Пленочная, стягивающая косметика. «Нанесите на чисто вымытое лицо, шею и область декольте. Держите десять минут. Во время проведения процедуры не следует разговаривать и гримасничать». Великолепно, прямо сейчас и попробуем!

Ловким движением она скрутила колпачок и понюхала содержимое зеленого тюбика.

— Пахнет вполне приятно! Пойду в ванную.

— А почему упаковка зеленая? — поинтересовалась Кристя, когда Анелия вышла.

Я пожала плечами.

— Наверное, чтобы люди поверили в естественное происхождение сырья, — пояснила Томочка, — трава-то зеленая! Тебе, Иришка, как кажется?

Ирина засмеялась:

— Вот мне-то как раз без разницы — зеленый или красный.

— Почему? — изумилась Кристя.

— Я дальтоник.

— Кто?

— Ну такой человек, который не различает цвета.

— Красный и зеленый? — продолжала удивляться Кристина. — Ну, коричневый или оранжевый с красным перепутать, это еще понятно, но зеленый!

— Обычное дело, — пояснила Иришка, — между прочим, дальтонизм среди женщин — редкое явление, данным недугом страдают в основном мужчины. Честно говоря, мне просто повезло.

— В чем? — спросила я.

Иришка улыбнулась:

— Работаю в прокуратуре, проходила, естественно, медицинскую комиссию и, честно говоря, боялась, что окулист начнет проверять цветовое зрение. Но врач увидел, что вижу прекрасно, ну и больше ничем интересоваться не стал, а то могли негодной признать.

— Как же ты улицу переходишь? — воскликнула Крися.

— Ну это просто, — ответила Ирина, — светофоры ведь все одинаковые, знаю, в каком месте расположен разрешающий сигнал.

— А губная помада? — не успокаивалась девочка.

— Тут проблема, — вздохнула женщина, — пришлось отказаться от косметики, но Даня считает, что мне лучше без макияжа, правда, милый?

Даниил вновь молча кивнул и налил себе чай.

— Чего только не бывает, — вздыхала Кристя, — у нас в классе у одной девочки шесть пальцев на ногах...

— Ну, мой дальтонизм никому не заметен, — засмеялась Иришка, — собственно говоря, неприятностей от него никаких, хронический насморк намного хуже!

Не успела она докончить фразу, как на кухню

вошла быстрым шагом Анелия Марковна. Лицо дамы покрывала темно-зеленая кашица, отчего-то щеки, шея, лоб и подбородок блестели, словно лакированные. Если не знать, что физиономия гостьи намазана питательной маской, можно было подумать, что она высечена из цельного куска малахита или яшмы.

Кристя хихикнула, я пнула ее под столом и спросила:

— Аеличка, что-то случилось?

Гостья принялась показывать руками на лицо.

— Выглядит прекрасно! — быстро сказала я.

Анелия еще сильней зажестикулировала.

— Не понимаю, — протянула я.

Любительница омолаживающих процедур схватила шариковую ручку, бумажную салфетку и, накорябав пару слов, сунула мне записку под нос. Я уставилась на неровные строчки: «Она не смывается».

— Кто?

«Маска», — последовал ответ.

— Не может быть!

Анелия закивала.

— Пойдемте в ванную, — решительно предложила Томочка.

Все переместились в санузел. Томуся пустила теплую воду и обратилась к Анелии:

— Ну, давайте, попробуем еще раз.

Анелия принялась энергично тереть лицо. Минут через пять она повернулась к нам. Зеленая, лакированная поверхность даже не треснула.

— Возьмите гель для умывания, — предложила я, протягивая бутылочку «Джонсон и Джонсон».

Анелия Марковна покорно взяла беленький флакон, выдавила на ладонь приятно пахнущую жидкость... Результат снова был нулевой.

— Может, скрабом попробовать? — растерянно предложила Тамара.

В ход пошел отшелушивающий крем. Сначала для лица, потом для тела, следом для ног... Но маска не хотела смываться.

Следующие полчаса мы усиленно пытались отковырять темно-зеленую массу. Испробовали все: гели, скрабы, туалетное и хозяйственное мыло...

— Почему вы молчите? — спросила я.

Иришкина свекровь опять схватила бумагу... «У меня не раскрывается рот. Эта дрянь на лице не позволяет говорить».

— Теркой не надо, — еле-еле сдерживая смех, сказала Иришка, — пемзой можно.

Томочка протянула Анелии кусочек пемзы. Дама принялась возить им по щекам.

— Пойду растворитель для лака принесу, — пробормотала Ира и вышла.

Я двинулась за ней.

— Может, в «Скорую помощь» позвонить?

Ирина повернула ко мне смеющееся лицо:

— Какая потрясающая вещь эта маска, Анелия уже целый час молчит. Жаль только, что во второй раз не согласится намазаться.

Я хмыкнула и позвонила в «Скорую».

— Двадцать седьмая слушает, что случилось?

— У нас женщина не может смыть с лица маску.

— Что? — удивилась диспетчер.

— Дама не может убрать с лица маску.

— Какую?

— Косметическую.

— Между прочим, — довольно сердито ответила тетка, — можно и ответить за хулиганство! Вроде взрослый человек, а туда же, безобразие...

— Мне не поверили, — растерянно сказала я, глядя на пищащую трубку.

— Да уж, — хмыкнула Ирина, — в такое верится с трудом. Дай сюда.

Она выхватила у меня из рук телефон, быстро набрала номер и произнесла:

— Запишите вызов, женщине плохо с сердцем.

— Но у Анелии ничего не болит, — возразила я, когда Ирина повесила трубку.

— Иначе не приедут, — отмахнулась Иришка.

Врачи прибыли минут через пятнадцать.

— Где больная? — сурово поинтересовалась полная тетка в коротком голубом халате.

Я вывела Анелию.

— Что это такое? — оторопела врачиха, а молоденький медбрат тоненько захихикал.

Томочка быстро принялась объяснять ситуацию. Докторица хмурилась все больше и больше. Не успела Тома замолчать, как врач сурово произнесла:

— Толя, пошли в машину, а вы, гражданочки, завтра обратитесь в институт красоты. Может, там помогут!

— Но как же, — начала я, — она не может говорить!

— Ну и что? — отрезала доктор, — это не представляет угрозы для жизни.

— Но...

— Пошли, пошли!

Медики двинулись к выходу.

— Что же нам делать? — воскликнула моя подруга. — Ей же, наверное, больно!

Медбрат притормозил и посоветовал:

— Службу спасения вызывайте, они вроде умеют с такими штуками справляться.

— Иди, Толя, — окрысилась врачиха, — это нас не касается!

Они ушли, грохнув со всей дури дверью о косяк.

Глаза Анелии наполнились слезами.

— Сейчас, сейчас, — засуетилась я, — дельная мысль этому Толе в голову пришла. И как только сами не сообразили! Вызываем спасателей!

Вскоре в кухню вошли трое мужчин в синих ярких куртках.

— И что мы тут имеем? — спросил один.

Анелия подняла зеленое лицо.

— Любопытная картина, — пробормотал второй.

— Дайте-ка поглядеть, чем она намазалась? — поинтересовался третий.

Я быстро протянула ему тюбик.

— Ага, — забормотал мужик, — питательная маска, произведена объединением «Московский завод по изготовлению лаков, красок и клея». Однако, кто бы мог предположить, что данное предприятие выпускает косметику.

— Дай глянуть, Володя, — велел первый.

— Держи, Костик.

Константин выдавил на руку массу цвета больной лягушки, понюхал и заявил:

— Пахнет не противно.

— Делать чего будем? — спросил Федя. — Слышь, Вовка, может развести буру с крупной солью?

— Мы уже терли скрабом, — сказала я.

— Еще пемзой, — добавила Томочка.

— Понятно, — протянул Федор, — и где же купили данную чудную вещь?

— На Бутовском рынке, — робко ответила я, — у бабушки, за тридцать рублей. Она говорила, что отличная штука, из экологически чистого сырья.

— Да уж, — хмыкнул Володя, — вот вчера одна на «оптушке» приобрела коньячок, выпила и на тот свет отправилась.

— Обычное дело, — подхватил Федор.

— Ребята, — сказал Костя, — гляньте сюда.

Мужики повернулись в его сторону. Константин продемонстрировал им перемазанную руку.

— Пальцы не разлепляются!

— Да ну? — удивились в голос спасатели и уставилась на товарища.

— Однако, — пришел в себя Федор, — еще раз подскажите, где купили?

— На Бутовской «оптушке», — покорно повторила я, — а зачем вам?

— Да дерматин все время от входной двери отклеивается, — задумчиво пробормотал спасатель, — может, этой маской приклеить, а? Как думаешь, Вовка?

— Заканчивай чушь пороть, — раздраженно ответил старший, — лучше сгоняй в машину да притащи «М-20».

— Что это такое? — спросила Тамара, когда на кухне возникла довольно большая бутыль в оплетке.

— Растворитель, — сухо ответил Владимир, — универсальный, отличная вещь, все берет!

Но замечательный «М-20» подкачал. Пальцы Константина остались склеенными.

— Может, «Асом» попробовать? — робко предложила Кристя.

Владимир покачал головой:

— Никогда с таким не сталкивались.

— Пальцы жжет, прямо огнем горят, — сообщил Костя, — отвратительное ощущение.

— У вас лицо щиплет? — в ужасе спросила я у Анелии.

Та энергично закивала.

— Что делать? — растерянно спросил Федор.

— Эй, ребят, гляньте, она отдирается! — радостно выкрикнул Костя.

Мы уставились во все глаза на его руку. Спасатель подцепил за край темно-зеленую «перчатку» и старательно отковыривал ее от ладони. Медленно, словно нехотя, краска покидала длань. Там, где ее удалось содрать, показалась красная, нет, бордовая кожа. Наконец пальцы полностью освободились. Константин продемонстрировал нам конечность цвета перезрелой свеклы и сообщил:

— Такое чувство, словно из кипятка вытащил.

— Отлично, — подытожил Владимир, — раз невозможно смыть, начнем отдирать. Садитесь, дама, и не шевелитесь. Уж извините, скорей всего будет больно.

Анелия покорно устроилась на табуретке и задрала голову.

— Вот что, ребята, — приказал Володя, — давайте одновременно с трех сторон быстро дернем.

— Может, лучше постепенно, тихо, — попробовала вмешаться Тома.

— Не, Вовка прав, — пробасил Федор, — а то получится, как у мужика с кошкой...

— С какой кошкой? — удивилась Кристя.

— Ну, решил один хозяин своей киске хвост отрубить, — словоохотливо пояснил парень, — да пожалел животину. Вместо того чтобы сразу отчекрыжить, начал по кусочкам отрезать. Сегодня пять сантиметров, завтра еще два...

— Вот идиот, — воскликнула Кристя, — зачем он вообще животному хвост купировал?

Федя развел руками:

— Сие мне не ведомо.

— Федька, — грозно сказал Владимир, — кончай болтать. Ну, давай, я за подбородок, вы за щеки. Кто-нибудь один пусть держит женщину за плечи, а другой — за ноги.

— Зачем? — поинтересовалась Ирина.

— Чтоб не дергалась!

Я ухватила Анелию за лодыжки, Ирина за плечи, Даня и Томочка взяли несчастную за руки, Кристя поддерживала за голову.

— На счет «три», — скомандовал Володя, — ну, раз, два, взяли, дернули!

Раздался дикий крик, и пред нашим взором предстало синевато-красное лицо бедняги. Дрожащими руками Анелия принялась ощупывать лоб и щеки.

— А где ее брови? — спросила Кристя.

— Тут, — ответил Константин и потряс зеленой маской, сильно смахивающей на ту, которую натягивал на себя злодей Фантомас. — Депиляция случилась!

— Что? — не поняла Кристя.

— Потом объясню, — буркнула я.

Спасатели помыли руки, прихватили «М-20» и двинулись было на выход. Но тут до сих пор молчавший Даниил неожиданно сказал:

— У нас еще проблема.

— Какая? — притормозил Федор.

Даниил ткнул пальцем в сторону. Я проследила взглядом за его рукой и увидела Дюшку, устроившуюся на табуретке:

— Ну и что? Она любит забираться повыше.

— Собака сидит на тюбике с маской, — пояснил мужчина, — вон, видишь, из-под задницы зеленое виднеется.

— Дюша, — строго сказала Катюша, — иди сюда.

Но всегда радостно бегущая на зов собачка только заскулила.

— Дюшоночек, — засюсюкала Иришка, — кушать хочешь? Иди ко мне, мясо, каша...

Но даже эти волшебные слова, так же как глагол «гулять», не возымели никакого действия.

— Все ясно, — резюмировал Владимир, — прилипла!

— Делать-то, делать-то чего? — суетилась Кристя.

— Отдирать, — со вздохом сообщил Константин.

— Слушай сюда, — велел Владимир, — я беру собаку под передние лапы. Федька держит табуретку за ножки. По команде дернем в разные стороны, лады?

— Ага, — согласился Федор, — давай.

Они приняли исходное положение и рванули собаку от табуретки. Пронесся обиженный вой, потом вопль Володи:

— Кусается!

— Кто? Дюшка? — возмутилась Кристя. — Не может быть! Она не умеет!

— Очень даже умеет, — проговорил Владимир и сунул нам под нос ладонь с каплями крови. — Вот зараза.

— Давай еще раз, — предложил Федор.

Володя подошел к Дюшке, но та подняла верхнюю губу, обнажила довольно крупные клыки и весьма определенно произнесла:

— Р-р-р...

— Лучше сама подержу собаку, — быстро сказала я.

— Хорошо, — недоуменно согласился Владимир, — а мы дернем...

«Отдиратели» приняли исходную позу. Я прижала к груди нервно трясущуюся Дюшу, мужчины ухватились за табуретку, потом последовал резкий рывок...

В наследство от злоупотреблявших горячительным предков мне достались тощие, совершенно цыплячьи косточки, вешу я сейчас чуть больше сорока килограммов, а джинсы четырнадцатилетней

Кристины, весьма стройной девочки, велики мне на целый размер. Сами понимаете, что ожидать физической силы от женщины, не обладающей никакой мышечной массой, просто невозможно. Естественно, здоровенные мужики, рванув изо всех сил на себя табуретку, добились замечательного эффекта. Я не сумела устоять на ногах и, не отпуская Дюшку, врезалась прямо в спасателей. Парни пошатнулись и упали. Я и Дюшка, намертво приклеенная к табуретке, рухнули на них сверху.

— О господи, — закричала Томочка и кинулась меня поднимать.

Кое-как я встала на ноги, Константин почесал спину и вздохнул:

— Однако стукнулся.

— ... — сказал Володя.

— В чем дело? — поинтересовалась Ирина.

— Прилип, — ответил парень.

— И я тоже, — прошептала Томуся.

Я оглядела табуретку, на которой восседала рыдающая от ужаса Дюшка. Владимир держался за мебель правой рукой, Тамара — левой. В целом ситуация очень походила на ту, что случилась с героями немецкой сказки «Золотой гусь», в которой все, кто хотел вырвать одно из золотых перьев, прилипали к гусю или друг к другу.

— Как такое вышло? — недоумевала Ирина.

— Эта дрянь зеленая, — пояснил Володя, — из-под собачьего зада вытекла и по табуретке сползла, мы прямо в нее вляпались.

Внезапно Федор захохотал:

— Ой, не могу.

— Заткнись, — мрачно буркнул начальник, — немедленно прекрати ржать и начинай меня отковыривать!

Примерно через полчаса операция вступила в завершающую фазу. Володю и Тому удалось отодрать от табуретки с минимальными потерями. Оставалось вызволить из плена Дюшу. Чтобы окончательно перепуганная собачка не начала опять кусаться, мы замотали ей морду бинтом. Потом Володя ухватил пленницу под лапы, Федор обнял начальника за талию, Костя взялся за ножки табуретки...

— Погоди-ка, — велел Владимир и попросил Даниила помочь Константину.

Даня тоже уцепился за ножку...

— Раз, два, три! — прокричал начальник.

Послышался жалобный, какой-то придушенный вой, бедная Дюшка с завязанной пастью не могла заорать во весь голос. Потом раздался треск, и «композиция» развалилась на две части. Володя, Федор и Дюшка свалились у окна, Костя, Даниил и табуретка шлепнулись возле плиты...

— Слава богу! — в голос закричали Томочка и Ирина.

— Смотрите на табуретку! — завопила Крися.

Все поглядели в указанном направлении. На сиденье лежала серо-белая меховая накидка. Через секунду я поняла, что это шерсть несчастной Дюшки, а хозяйка выдранной шерсти сверкает голой розовой попой.

— Да, — констатировала Тома, — отличная вещь эта маска для лица!

— Классная штука, — согласился Федор, — если не жалко, отдайте мне остатки, дерматин приклеить.

— Забирай, бога ради, — простонала я, — унеси ее с наших глаз долой.

ГЛАВА 28

На следующий день, ровно в восемь утра, я поднялась в квартиру Полины и Насти, села на диван и принялась ждать звонка похитителя. Минуты складывались в часы, время текло томительно. Девять, десять, одиннадцать...

Сегодняшней бессонной ночью я придумала очередной план. Сейчас похититель позвонит, а я тут же ему сообщу, что деньги при мне. Что будет после, честно говоря, я представляла не слишком ясно... Что лучше? Потихоньку проследить за негодяем или поднять дикий шум? Приняв решение бороться с трудностями по мере их появления, я смотрела на трубку, как охотник за драгоценностями на алмаз «Орлов», но ни одного звука не раздавалось из куска черной пластмассы. Полдень, час, два, три... В шесть поняла: звонка не будет... Полная нехороших предчувствий, я пошла на кухню, поставила чайник, нашла в шкафчике банку кофе, немного сахара и упаковку сухариков. Именно коробка с аппетитными хлебцами и вызвала наибольшее изумление. На голубой крышке стояло: «Дата изготовления: 9 июня». Я уставилась на аккуратненькие черные буковки. Очень интересно: значит, кто-то заходил в квартиру несколько дней тому назад, во всяком случае, не позднее вторника, потому что сегодня четверг, одиннадцатое число... Но Полина четко сказала: «В квартире сидит моя сестра-инвалид, мы живем совершенно одни!» Кто же заявился сюда в отсутствие хозяев, да еще принес сухарики? Чувствуя себя подозрительным медвежонком из сказки «Маша и три медведя», я пошла в ванную комнату и уставилась на скомканное полотенце, валяющееся на стиральной машине. Отлично помню, что в прошлый мой приход в санузле царил идеальный порядок. Руки машинально пощупали махровое полотенце, оно оказалось чуть влажным... Может, воры? Странные, однако, пошли домушники. Приходят, едят с увлечением сухарики, принимают душ. Но если не грабители, то кто?

В этот момент раздался звонок в дверь. Я вздрогнула и, на цыпочках подкравшись к входу, глянула в глазок. На площадке стояла полная дама, облаченная в яркий цветастый халат. Ее лицо выражало мрачную решимость. Она безостановочно жала на кнопочку, звонок трезвонил, как сигнал тревоги.

— Немедленно открывайте, — крикнула тетка, — не то сейчас милицию вызову, а от двери не отойду, чтобы сбежать не надумали!

И она решительно потрясла перед глазком трубкой радиотелефона.

Я распахнула дверь:

— Что вам угодно?

Женщина удивленно спросила:

— А вы, собственно говоря, кто такая?

Придав лицу самое сладкое выражение, я улыбнулась и, скромно опустив глаза, ответила:

— Виола Тараканова.

— Очень приятно, — растерянно ответила дама, — Анна Петровна.

Потом она спохватилась и снова грозно поинтересовалась:

— Что вы делаете в квартире Полины?

Я вновь расцвела в улыбке:

— Полина уехала в командировку, сказала — на месяц. Свою сестру, Настю, инвалида, она поместила в наш санаторий. Но погода, видите сами, все время меняется, то жара, то дождь, а у Насти практически не оказалось с собой теплых вещей, вот она и дала мне ключи с просьбой привезти свитер и брюки. Работаю там медсестрой...

И я потрясла перед лицом бдительной Анны Петровны связкой, на которой болтались брелок в виде мишки и два ключика.

Лицо женщины отмякло.

— Понимаете, — начала она оправдываться, — слышу, кто-то ходит над головой. У меня комнаты под Полиниными расположены.

— Что же в этом странного? — спросила я.

Анна Петровна вздохнула:

— Вообще-то ничего, но две недели было совершенно тихо, честно говоря, подумала, что девочки поехали отдыхать, Поля два раза в год возила Настю в Мацесту. Но обычно, уезжая, они оставляли мне ключи. Я их с детства знаю, с матерью дружила...

Но на этот раз Полина и Настя предпочли исчезнуть, не поставив в известность Анну Петровну. Соседка слегка удивилась, поскольку отношения у них всегда были близкие... Но потом подумала, что Поля просто на нее обиделась. Примерно за неделю до исчезновения Леоновых Анна Петровна встретила на улице Полину, еле передвигающую ноги от усталости.

— Деточка, — воскликнула женщина, — ты ужасно выглядишь, краше в гроб кладут!

— День тяжелый выдался, — вздохнула Полина, — забегалась.

— Не жалеешь себя, — вздохнула Анна Петровна, — надо и отдыхать иногда, всех денег не заработаешь.

— Хочу Настю в Израиль отправить, на Мертвое море, — пояснила Поля, — говорят, что тамошние грязи чудеса творят.

И тут Анна Петровна допустила страшную бестактность. Вздохнув, она ляпнула:

— Жаль, конечно, Настю, но нельзя же всю жизнь из-за своей ошибки убиваться. Если разобраться, ты не очень-то и виновата! Анастасии вряд ли можно помочь, а тебе следует о себе подумать да мужа поискать, годы-то уходят. Может, лучше было бы пристроить Настену в больницу? Маловероятно, что найдется мужчина, готовый жениться на тебе с таким «довеском».

Поля ничего не ответила, только сверкнула глазами и исчезла в подъезде. Анне Петровне тут же стало не по себе. Ну зачем она сказанула такое? Полина уже давно не появлялась у соседки, хотя раньше частенько забегала просто так, на огонек. Вот Анна Петровна и решила сегодня проявить бдительность.

— Услышала шаги над головой, — откровенничала дама, — и, честно говоря, решила: Полечка приехала. Вот и пошла вроде как бдительность проявить. Думала, что Поля увидит, как я о ней забочусь, и перестанет злиться. Мне эта ссора страшно на нервы действует. Я девочек за своих считаю, не идти же к ним с извинениями. Вот и хотела использовать момент... Значит, Настя в санатории, а Полинушка в командировке!

— Почему Полина должна перестать убиваться? — тихо спросила я. — В чем она провинилась перед Настей?

Анна Петровна тяжело вздохнула:

— Такая трагедия, просто ужасно! Все из-за детской глупости. Кстати, вы торопитесь? А то мы могли бы выпить у меня чаю. Знаете, после смерти мужа живу совершенно одна!

— С превеликим удовольствием, — мигом отозвалась я и, тщательно заперев дверь, спустилась вместе со сгорающей от желания поболтать женщиной этажом ниже.

На кухне, обставленной в стиле «деревенская изба», мне преподнесли чашечку попахивающего веником чая, малосъедобный польский кекс, по вкусу больше напоминающий не хлебобулочное изделие, а кусок ваты, пропитанной вишневым джемом, и пряники.

— Мы так дружили с Розочкой, матерью Поли и Насти, — вздыхала Анна Петровна, — милейшая женщина была. Жаль, скончалась рано, да еще от такой ерунды. Пошла зубы лечить, а врач занес инфекцию, инструменты оказались непростерилизованными. Началось заражение крови, за неделю сгорела... Остались две девочки и муж. Где уж Аркадию было за ними углядеть, — тарахтела Анна Петровна. — Сначала в круглосуточном садике сидели, а когда в школу пошли, то первые два года Поля была на продленке, затем стала нянькой для младшей сестры.

— Простите, — ошарашенно поинтересовалась я, — но у них вроде большая разница в возрасте.

— Всего три года, — спокойно ответила Анна Петровна.

Из моей груди невольно вырвался вскрик.

— Сколько же лет Насте?

— Двадцать два.

— Сколько?!

— Что вас так удивило?

— Нет, ничего, просто она выглядит совершенным ребенком, — принялась я оправдываться, — думала, ей от силы шестнадцать.

На самом-то деле я считала, что Насте девять, но не говорить же эту глупость Анне Петровне.

— Разве у вас историю болезни или, как ее, санаторную карту не заводят?

— Но это же для врачей, — быстренько нашлась я, — а Настя выглядит ребенком.

— Это только издали, — сухо ответила Анна Петровна, — пока рта не раскроет. Косточки тоненькие, личико крысиное, да еще волосищами занавесится и выглядывает из-под челки. Глаза огромные, чистая Мальвина, но...

Внезапно женщина прервалась и преувеличенно громко принялась нахваливать пряники, горкой лежащие в вазе.

— Замечательные, попробуйте, просто великолепные, у нас рядом хлебозавод, там пекут. Горяченькие беру, ароматные.

— Вы не любите Настю? — спокойно спросила я, откусывая от ничем не примечательного пряника. — Почему?

Анна Петровна тяжело вздохнула:

— Ваша правда. Что, это так заметно?

Я улыбнулась:

— Немного. Только почему она вам не нравится? Такая милая, любезная, да еще несчастная, парализованная. Она всегда в коляске ездила?

— Нет, — ответила женщина, — неприятность в семь лет приключилась, из-за Поли...

— Да ну? Как же такое вышло?

Анна Петровна опять горестно вздохнула:

— Слушайте.

Как я вам уже говорила, когда Настя отправилась в первый класс, старшая сестра перешла в третий, и отец заявил:

— Ты большая, изволь следить за маленькой.

Полина приводила Настю в школу, помогала переодеться, после уроков вела домой, разогревала обед, усаживала сестренку за уроки...

Настя панически боялась собак. Никто не мог понять причины этого страха. Но появление самой крохотной болонки, пусть даже на поводке и с хозяйкой, вызывало у Настасьи истерический припадок со слезами.

Однажды к Поле пришли подруги. Девочки принялись самозабвенно одевать кукол, но Настя, которую по малолетству не принимали в игру, все время ныла и лезла к старшим. Полине это надоело, и она сказала:

— Сейчас мы от нее избавимся.

— Как? — удивились одноклассницы.

— Просто, — усмехнулась старшая сестра, — ты, Ленка, распахни дверь, кликни Настьку, а когда она появится, скажи, будто пришла с громадной собакой. Моя дурочка жутко псов боится.

— Не поверит, — протянула она.

— Еще как поверит, — успокоила Поля.

Потом она открыла шкаф, вытащила из его недр каракулевую шубу, оставшуюся от матери, нацепила на себя, встала на четвереньки и зарычала:

— Р-р-р, похоже?

— Здорово, — захихикали одноклассницы, усмотревшие в забаве всего лишь веселую шутку.

Поля притаилась у входа, Лена позвала Настю и сообщила невозмутимым тоном:

— Будешь приставать, собаку спущу.

— И где ты ее возьмешь? — хитро прищурилась Настя.

— А вот она, — заорали третьеклассницы хором, — волкодав-водолаз!

— Гав, гав, гав, — залаяла басом Поля и выскочила из укрытия.

Младшая сестра секунду глядела на старшую остановившимся взглядом, потом, не издав ни звука, рухнула на пол. Шутницы перепугались и принялись пригоршнями лить на трусиху холодную воду. Тут вернулся с работы Аркадий, отругал «няньку», вызвал врача. Настю привели в чувство, но... Но ноги отчего-то перестали слушаться девочку. Целый год Арка-

дий таскал дочку по разным специалистам. Но свети-
ла только качали головами. Истерический пара-
лич — вещь известная, но малоизученная. Как бороться с подобной болячкой — не слишком понятно.
Прописывали массаж, ванны, электрические процедуры... Толку никакого. Настенька сидела в инвалидном кресле.

— Мне было больше жаль Полину, — вздыхала
Анна Петровна, — бедняжка так убивалась, даже пы-
талась с собой покончить, хотела вены перерезать...
Но отец увидел и выдрал ремнем.

У Насти словно замедлилось физическое разви-
тие. Шло время, но мелкие черты ее правильного ли-
чика будто законсервировались, тоненькие руки напоминали вязальные спицы, а бездействующие ноги
походили на переваренные макароны. При этом у
больной резко ухудшился характер. Справедливости
ради надо отметить, что Настя и раньше была не
сахар. Она могла устроить по любому поводу истери-
ку и кинуться на Полину с кулаками. Но теперь дело
приняло совсем иной оборот.

— Она просто издевалась над старшей сестрой, —
поясняла Анна Петровна, — постоянно говорила ей:
«Это из-за тебя сижу в инвалидном кресле, это ты
сделала меня безногой».

Аркадий тоже без конца упрекал старшую дочь.
Поля ужасно казнилась, что стала причиной недуга
сестры. Всю свою жизнь она посвятила Насте. Гуля-
ла с ней, читала той вслух, уступала во всем, терпела
капризы. Настя могла швырнуть в сестру кружку с
горячим чаем, если напиток был, по ее мнению, не
так заварен, или запустить в Полину тарелкой с об-
жигающим куриным бульоном, если считала, что он
недосолен. А уж вопли, истерики, упреки и слезы
вообще не прекращались. Немного привела больную
в чувство смерть Аркадия. Наверное, девушка просто
испугалась, что старшая сестра сдаст ее в дом для ин-
валидов. Настя присмирела и первые месяцы после
кончины отца вела себя тише воды, ниже травы... Но

потом поняла, что Полина вовсе не собирается от нее избавляться, и снова принялась скандалить.

— Она так вела себя, — качала головой Анна Петровна, — гадко, отвратительно. Требовала деликатесов, роскошной одежды... Ну зачем ей были нужны вещи из бутиков, скажите на милость? Она могла в полночь погнать Полю в дежурный супермаркет за шоколадными конфетами. А та безропотно кидалась выполнять все ее просьбы. Мне порой казалось, что в характере Полины есть мазохистские черты, что ей нравилось, когда ее унижали... Бедняга без конца искала работу, постоянно металась в поисках заработка, потом пристроилась агентом в жуткую контору «М. и К°», даже рассказывать не стану, чем фирма занимается. Ее сотрудники попросту дурят людей по-черному, но там хорошо платили... А теперь вот в санаторий Настю свезла, небось тоже дорогое удовольствие.

— Да уж, недешево, — подтвердила я и спросила: — У Полины много подруг?

— Откуда? — всплеснула руками женщина. — Она целыми днями носилась, разыскивая места, где можно подработать, где уж тут друзей заводить. Нет, очень обособленно жили.

— И кавалеров не случалось?

Анна Петровна покачала головой:

— Нет, мне очень жаль Полину, она хорошая, милая девочка, которая всю жизнь расплачивается за детскую глупость. Ей-богу, это несправедливо! Наверное, у Анастасии был какой-то неполадок в организме! Ну как можно настолько испугаться, чтобы обезножеть? Ох, думается, у нее расположенность имелась; небось и без Поли бы в инвалида превратилась. Вот так. А у вас как она себя ведет?

— Нормально, — пожала я плечами, — как все, ест, спит, читает!

— Хитрая очень, — пробормотала соседка, — просто пройдоха. Вот вернется Поля, и снова Анастасия выдрючиваться начнет...

— Скажите, а вы никогда не слышали такую фамилию Сироткин?

— Нет, — удивленно ответила женщина, — а кто это?

— Да так, — отмахнулась я, — профессор один, невропатолог, думала посоветовать Полине с ним связаться!

ГЛАВА 29

Домой я вернулась страшно подавленная и, отказавшись от ужина, легла в гостиной на диван, отвернувшись лицом к стене. В квартире стоял неумолчный плач. Младенцы отчего-то раскапризничались и вопили на два голоса. Я навалила на голову подушку и попыталась собрать воедино расползающиеся мысли.

Господи, что же делать? Даже если Настя и правда такая капризная и противная девица, как утверждает соседка Анна Петровна, это еще не повод, чтобы погибнуть мучительной смертью от рук безжалостного бандита. И почему он не позвонил? Что произошло? Может, я перепутала день и час «икс» назначен на завтра?

— Вилка, — сказала Томочка, входя в гостиную, — ты чего, плохо себя чувствуешь?

— Голова болит, — вяло пробормотала я.

— Честно говоря, не удивительно, — вздохнула подруга, — что происходит? Где ты целыми днями носишься? Похудела, на шпротину стала похожа... Ну-ка, поведай, в чем дело!

Я села на диване и почувствовала, как глаза наполняются слезами. У Томочки больное сердце и необычайно жалостливая душа. Ну как рассказать ей правду? Да у подруги мигом случится пароксизм мерцательной аритмии. Нет, сейчас следует позвонить Юрке и выложить приятелю-милиционеру все! Ну почему мой муж ухитряется отправиться в командировку именно в тот момент, когда его присутствие мне просто необходимо...

— Ты плачешь? — изумилась Тамара.

Есть чему удивляться: последний раз я рыдала на ее глазах лет этак в восемь, да и то от злобы. Противный Витька Ломов отнял у меня шапку и зашвырнул в мужском туалете на карниз. Пришлось ждать, пока основная масса учащихся отправится домой, а потом прыгать возле окна со шваброй в руках, чувствуя, как по щекам ползут горячие капли. Томуся тогда так испугалась и расстроилась, что я зареклась в дальнейшем хныкать у нее на глазах.

— Деточка, — раздался из коридора голос Анелии, — деточка.

Я со вздохом попыталась изобразить на лице улыбку. Дама вихрем ворвалась в гостиную, принеся с собой струю свежего воздуха.

— Виолочка, радость моя, спасибо!

— За что?

— За маску!!!

— Дорогая Анелочка, — завела я, — понимаю, что страшно виновата перед вами, но, честное слово, не хотела, ей-богу, думала...

— Кисонька, — перебила меня дама, — немедленно объясни, где брала эту чудо-вещь? Даник завтра поедет и возьмет сто штук. Раздам всем подругам!

— Вы издеваетесь?

— Ни в коем случае, — воскликнула Анелия, — ну-ка глянь на меня внимательно, иди сюда, к настольной лампе.

Иришкина свекровь ухватила меня цепкой рукой, стащила с дивана, подволокла к письменному столу и направила себе на лицо яркий луч света.

— Ну?

Я открыла рот. Щеки, лоб, подбородок женщины покрывала нежно-розовая кожа, просто майский персик. Мелкие «гусиные лапки», еще не так давно украшавшие виски, испарились без следа. Анелии можно было смело дать не больше сорока.

— Ох, и ни фига себе, — вырвалось у меня.

— Это чудо-маска, — с чувством заявила гостья, — конечно, отдирать больно и неудобно, но зато, смотри, какой эффект! Уж не знаю, сколько времени он продлится... Быстро рассказывай, где купила!

Я принялась описывать дорогу к Бутовскому рынку... В этот момент зазвонил телефон. Томочка схватила трубку.

— Да, минуточку... Держи, Вилка, это тебя.

— Виола Тараканова? — донеслось до слуха. — Вас беспокоит Яков Сироткин.

— Кто? — чуть не выронила я телефон. — Кто?

— Яков Петрович Сироткин, — преспокойно заявил приятный, даже интеллигентный, мягкий мужской голос, — мне сказали, что вы меня разыскивали? Слушаю внимательно.

Ибрагим! Значит, хитрый торгаш сообщил хозяину о моем приходе... Откуда, интересно, он взял мой телефон? Хотя, если подумать, это никакой не секрет, я имею постоянную московскую прописку... Сначала уточнил адрес, а потом уж получил и номерок! Сама сколько раз проделывала подобные операции...

— Слушаю, — повторил Сироткин, — весь внимание...

— Подождите, — пробормотала я, — сейчас, только найду тихий уголок. У нас будет длинный разговор.

— Хорошо, — согласился Яков Петрович.

Томочка и Анелия Марковна глядели на меня во все глаза...

У нас большая квартира, соединенная из двух, и казалось бы, что при таких условиях легко найти укромное местечко, чтобы посекретничать. Но нет! Если чего в нашей семье и нельзя иметь, так это полного уединения, разве только в сортире!

Сев на унитаз, я тихо сказала:

— Деньги у меня, куда их нести.

— Деньги? — переспросил Сироткин.

— Ну да, сто тысяч долларов, которые вы хотите за жизнь Насти Леоновой, — сердито ответила я, —

только не надо изображать, будто ничего не слышали об этой девушке. Абсолютно бесполезно. Я вас вычислила и знаю все: про клинику, Полину, ну, ту девушку, что снимает операции на пленку... Так что прикидываться совершенно бесполезно. Знаю все!

В трубке послышался тяжелый вздох:

— Хорошо, я умею признавать поражение, честно говоря, удивлен вашим умом и сообразительностью. Пока что вы единственная, кто сумел разгадать ребус до конца. Итак, что хотите?

— Вы отдаете мне Настю сегодня же, я вам вручаю сумку с деньгами — и разбежимся в разные стороны.

— Ладно, — мигом согласился негодяй. — Где назначим встречу? Выбор места за вами...

— В одиннадцать вечера привезите Настю к метро «Речной вокзал». Там, возле супермаркета и увидимся.

— Но в это время еще многолюдно!

— Именно. Или вы думали, что поеду на «стрелку» в лес после полуночи? Нашел дуру! Если в одиннадцать не будешь стоять у магазина с несчастной инвалидкой, тут же поеду в милицию... Вот они обрадуются! Кстати, сторож Василий из подземного гаража, где вы брали «Вольво» господина Венедиктова, тоже на вашей совести...

— Как я вас узнаю? — буркнул мерзавец.

— На мне будет ярко-желтая куртка с голубой надписью: «Fa», зеленые брюки и красные туфли, в руках — большая сумка цвета сочной морковки, а на голове оранжевая бандана.

— Однако, — не удержался пакостник, — яркий наряд.

— Имеете что-либо против?

— Нет, — выпалил Сироткин и отсоединился.

В полном ажиотаже я рванулась к секретеру, схватила стодолларовую бумажку и бросилась в сорок седьмую квартиру (этажом ниже нашей). Подпрыгивая от нетерпения, я жала на звонок. Наконец дверь открылась и на площадку высунулся Роман Водопьянов.

— Чего тебе, Вилка?

— Ромка, — завопила я, — вроде говорил, что у тебя дома цветной ксерокс стоит?

— Ну, — зевнул сосед, — имеется машинка, надо чего?

— Вот, — протянула я ему купюру, сделай мне ровно сто тысяч баксов!

Рома попятился.

— Не-а, за такое и по шеям надавать могут, и потом, мои «грины» даже издали за настоящие не сойдут...

— А и не надо, — улыбнулась я, — ставим спектакль с детьми — про Морозко.

— Ну и чего? — недоумевал сосед.

— Ты сказочку-то читал?

— В детстве вроде было...

— Помнишь, когда трудолюбивая Машенька покидала дом Морозко, она переступила через порог, и на нее упали золотые монеты? Так мы решили засыпать ее долларами, очень современно...

— А-а-а, — протянул Рома, — давай стольник, завтра сделаю.

— Мне сегодня надо, за час успеешь?

— Что за спешка? — изумился Водопьянов.

— У нас генеральная репетиция ночью, а утром, в десять, премьера.

— Нет бы заранее позаботиться, — ворчал Рома, включая ксерокс, — все в последнюю минуту делаете...

Я молитвенно сложила руки:

— Ну, миленький!

— Ладно, ладно, — вздохнул Роман, — видишь, уже выплевывает твои баксы.

— Спасибо.

— Это должок тебе отдаю, — хрюкнул парень.

— Какой? — удивилась я.

— Забыла? Кто в мае инструкцию к этому ксероксу с немецкого переводил?

Я засмеялась:

— Ерунда. Вот что, пока печатает, побегу одеваться.

— Валяй, — разрешил Водопьянов.

Я мигом вернулась в нашу квартиру, нацепила узкие черные брючки, водолазку того же цвета и замшевые тапки. Совершенно не собиралась разряжаться, как заболевший павлин, да и, честно говоря, нет у меня ярко-желтой курточки, зеленых брюк и красных туфель, да и бандану не ношу. Но лишняя предосторожность не помешает: такому человеку, как Сироткин, нельзя доверять. Приеду на «Речной вокзал» и понаблюдаю за обстановкой, а милейший Яков Петрович пусть ищет разряженную в немыслимый наряд даму. Вот увижу, что вокруг ничего подозрительного, и выйду из укрытия. «Деньги», сделанные Ромой, я тщательно уложила в небольшую сумочку с элегантным лаковым верхом. Это только кажется, что сто тысяч долларов невероятная сумма. На самом деле она занимает не так уж и много места. Интересно, сколько миллионов помещается в кейсе, таком кожаном продолговатом чемоданчике, который любят демонстрировать в кино. Главный герой откидывает крышку, а кейс аккуратнейшим образом забит тугими пачками, заклеенными бумажной лентой... Я вышла во двор и поежилась. Все-таки идиотское лето в этом году, с погодой приключился климакс: то холодно, то жарко. Утром хлещет дождь, и москвичи натягивают куртки, днем выходит солнце, и одуревшие от жары столичные жители вытирают потные лица, но стоит им вылезти из кофт, как на них вновь обрушивается ливень...

— Виолочка, — раздался низкий голос.

Я повернула голову. В глубине двора стояла весьма обшарпанная машина «Жигули». Беднягу давным-давно не красили, и на крыльях и капоте проступили пятна ржавчины. Около открытой двери, той самой, через которую в автомобиль садится водитель, стояла высокая худощавая женщина с каким-то лошадиным лицом: крупный нос, большой рот, выступающий вперед подбородок. Само лицо было нездорового желтого цвета. Словом, совсем не красавица.

— Виола, — повторила дама хрипловатым меццо, — ты куда, дорогуша, садись, подвезу! В какую сторону собралась? Если в сторону Ленинградского шоссе, это мне по пути.

Я слегка замялась. Совершенно не узнаю тётку, а она ведет себя со мной, как добрая подружка.

— Виолочка, — удивилась тетка, — ты чего, не узнала меня? Я же Оля, из первого подъезда. Вот уж не думала, что так изменилась. Во вторник из больницы вышла, и, пожалуйста, уже никто и не здоровается, обидно даже. Конечно, болезнь не красит, но чтобы так! Что, так плохо выгляжу?

Я подошла поближе к раздолбанной машине. Автомобиль этот знаю, он стоит тут, возле соседнего подъезда, но, убей бог, не помню, кто на нем катается, вроде какая-то дама.

Оля горестно вздохнула:

— Да уж, изменилась я до невероятности, вчера Томочка со мной не поздоровалась...

Отчего-то упоминание имени Тамары полностью меня успокоило.

— Конечно, Олечка, — фальшиво-бодро воскликнула я, — естественно, я тебя узнала, с чего это тебе пришло в голову, что ты изменилась? Просто жевала ириску, и зубы не сразу разлепила... Выглядишь прекрасно, похорошела, похудела, никто не скажет, что ты только что из больницы вышла. А за предложение подвезти большое спасибо. Как раз к «Речному вокзалу» направляюсь.

— Садись, — повеселела соседка, — в миг домчу...

Она явно приободрилась, услыхав комплименты.

Я подошла к машине, села на переднее сиденье и посмотрела на Олю. Вблизи она выглядела совершенно ужасно. Лицо слишком сильно намазано тональным кремом, над верхней губой чернела полоска, наверное, у нее проблемы с гормонами, отсюда и повышенная волосатость. И я ее совершенно не помню!

— Смотри, — хихикнула соседка, вытаскивая из сумочки какой-то странный предмет, похожий на ярко-розовый пистолет. Этакое оружие для Барби.

— Что это? — удивилась я.

— Потрясная штука, — продолжала веселиться Ольга.

Не успела она закрыть рот, как кто-то накинул на машину брезент, и наступила кромешная темнота, а потом пропали и все звуки.

ГЛАВА 30

Я бежала по темному лесу, плохо понимая, как оказалась в дебрях Амазонки. По лицу били свисающие с деревьев лианы, кричали экзотические птицы, а от неожиданно возникшего на пути болота начали подниматься ядовитые, отвратительно пахнущие испарения. Внезапно темная вода рванулась вверх и облепила мое лицо. Я взвизгнула и принялась махать руками, пытаясь отодрать от носа смердящую массу...

— Просыпается, — донесся далекий, странно знакомый голос:

— Эй, Вилка, очнись, ты меня слышишь?

— Очень хорошо, — хотела было сказать я, но каменно-тяжелый язык даже не пошевелился.

— Вилка, — настаивал мужчина, — ну же...

По лицу пробежалась холодная жидкость.

— Не надо, — проблеяла я.

— Уже лучше, — одобрил собеседник и ухватил меня за плечи, — давай, давай...

Из серого мрака возникло лицо Олега, и я поняла, что глаза открылись. Комната покачивалась вверх-вниз... Около мужа стояла Томочка, сжимавшая в руках дурно пахнущую ватку.

— Мы на корабле? — прошептала я.

— На корабле? — поднял вверх брови супруг. — Отчего тебе такое в голову пришло?

— Стенки шатаются.

— Сейчас остановятся, — каменным голосом процедил Олег и велел: — А ну, отвечай немедленно, что это?

Скосив глаза в сторону, я увидела сумку, набитую стодолларовыми бумажками, и, едва не скончавшись от приступа тошноты, промямлила:

— Деньги, то есть не банкноты, вернее, не настоящие...

— Где взяла?

— На цветном ксероксе отпечатала.

— Подделка казначейских билетов во всем мире строго карается, — отчеканил муженек, — понимаешь, что тебе светит хороший срок, а?

Я попыталась, еле ворочая тяжелым языком, объяснить суть дела.

— Хотела отдать их одному человеку...

— Зачем?

— Ну розыгрыш...

— Шутка-малютка, — протянул Олег и поинтересовался: — А ну, колись быстро, зачем в клинику Чепцова уборщицей пристроилась? Отвечай, живо!

— Еще шланг с песком возьми, — обозлилась я, плохо понимая, как поступить.

Собственно говоря, давно собиралась рассказать супругу правду, но как только человек начинает беседовать со мной хамским образом, у меня моментально пропадает желание с ним откровенничать.

— Я никогда не заходила в клинику Чепцова, даже не слышала про такую!

— Врешь!

— Как ты смеешь так со мной разговаривать!

— Запросто. А как еще поступать с вруньей?

— Никогда не вру!!!

— Ой, не смеши.

— Ну, во всяком случае, делаю это не слишком часто!

— Сейчас как раз и настал подобный случай, —

хмыкнул муженек, — ты, моя честная, не только бегала по коридорам со шваброй, но еще получила от одного из больных, мужчины с забинтованным лицом, 200 рублей для покупки сигарет «Парламент», а когда принесла пачку, он велел сдачу оставить себе. Неужели столь большой объем чаевых не удивил?

— Нет, мне там одна тетка дала десять долларов, но откуда ты знаешь про мужика? — удивилась я. — Мы там были с ним вдвоем, больше никого...

— И тебя не насторожил его голос?

— Голос как голос, — пожала я плечами, — обычный, как у всех. Ну что в нем было особенного?

— Ничего, — со вздохом ответил Олег, — просто это был мой голос!

— Твой голос? — изумилась я. — А как он оказался у того мужика?

Муж внимательно поглядела на меня:

— Одолжил.

— Одолжил! Такого не бывает!

— Конечно, не бывает, — хмыкнул супружник, — ну, теперь поняла?

— Что?

— Кто дал тебе деньги.

— Кто?

— Я!

— Ты?!!

— Ага.

— Погоди, погоди, — забормотала я, — а Львов, командировка, ты-то как оказался у Чепцова, а? Значит, тоже врал мне.

— Я находился на работе, — пояснил Олег, — а ты жутко мешала нам. Отвратительное поведение... Имей в виду, я знаю все!

Я натянула себе на плечи клетчатый шерстяной плед и безнадежно пробормотала:

— Господи, так устала, просто до смерти! Который час?

— Ну и сидела бы дома, — не дрогнул Олег, —

кто велел день-деньской по улицам мотаться... Восемь утра сейчас, вы, дама, продрыхли кучу времени.

Услышав его каменный тон, я разрыдалась, шумно всхлипывая.

— Вилочка, — засуетилась Томуся, — милая, дорогая, любимая, перестань.

Потом она повернулась к Олегу:

— А ты тоже хорош, довел бедняжку до слез. На, Вилочка, на...

Около меня возникли три фигурки собачек.

— Смотри, — показала Томочка, — заведем новую полочку.

— Зачем новую? — удивился муж. — Старая-то чем плоха?

— А она со стены сорвалась, — пояснила подруга.

Внезапно Олег расхохотался:

— Бог шельму метит, не следовало давать ложные клятвы.

Я утерлась краем пледа и сообщила:

— Сам дурак. Хотела спасти Настю, бедную инвалидку, представляешь, мне прислали отрубленный мизинец, а Полина...

— Так ты решила спасти Анастасию Леонову? — присвистнул Олег и сел около меня.

Я кивнула.

— Она жива-здорова, — ответил супруг. — Вот что, дорогуша, можешь идти?

— Пожалуй, да.

— Тогда собирайся.

— Куда?

— Ко мне на работу.

— Ты меня арестуешь?

— Не пори чушь, просто предстоит длинный разговор, и провести его лучше в официальном месте. И потом, ты, наверное, хочешь познакомиться с Анастасией?

— Очень!

— Собирайся.

— Я поеду с вами, — заявила Тамара.

— А ребенок? — спросил Олег.

— Ирина приглядит за двумя, — отмахнулась Тома.

Через час мы сидели в кабинете Олега, и я рассказала абсолютно искренне все свои приключения. Тамара только хлопала глазами и изредка ойкала. Муж хранил мрачное молчание, ни разу не прервал меня, и лишь когда фонтан иссяк, поинтересовался:

— Ну, можешь назвать автора пьесы?

Я тяжело вздохнула:

— Нет.

— А ведь подобралась близко к разгадке, — хихикнул муженек.

— Сам не знаешь ничего!

— Кто? Я? — возмутился супруг. — Между прочим, размотал все до конца.

— Можно подумать!

— Слушай, — обозлился Олег, — сейчас поймешь, как было дело!

Я тихонько вздохнула. Если бы стала просить, ни за что бы не рассказал, но стоит усомниться в его профессиональных качествах, и муж моментально желает доказать свою прозорливость. Сейчас он все выложит, и я наконец узнаю истину.

— Так, слушайте, — повторил Олег.

В отличие от «МММ», «Селенги» и «Хопер-инвеста», «Коммерческий дом «Просторы» лопнул не сам. Его владелец Ярослав Рюриков лично «обвалил» пирамиду, поняв, что она скоро рухнет. А то, что необременительный способ получать денежки вот-вот накроется медным тазом, Ярослав сообразил мгновенно и подготовился к этому моменту. Большую часть средств он просто зарыл в брошенной деревне со смешным названием «Старые собаки». Малую толику долларов, чтобы инсценировать отток капитала за рубеж, на самом деле рассовал по разным счетам...

— Но почему он не сбежал, отчего дал себя посадить? — спросила я.

— А ты подумай, — вопросом на вопрос ответил Олег, — поразмысли над одной интересной деталькой... Ну отчего милейший Ярослав во время следствия не произнес ни слова? По какой такой причине изображал немого? И отчего без памяти любящая мужика Ольга Зверева отказалась прийти к нему на свидание, не носила передачи и не явилась на суд? Странное поведение для дамы, обожавшей любовника, не правда ли... И откуда профессор Чепцов, милейший, талантливейший человек, взял деньги на создание своей клиники? Кто дал их ему и за какие услуги?

— Поняла!!! — заорала я, подскакивая на стуле. — Поняла! Сироткин не Сироткин, а Рюриков...

— Умница, — похвалил муж, — дошло наконец!

— Мне, мне объясните, — нервничала Томочка, — какой Сироткин, ничего не понимаю!

— Яков Петрович, — вздохнула я.

— Скорей всего весь план придумала Ольга Леонидовна Зверева, — сообщил Олег.

Феликс Ефимович Чепцов давно мечтал о собственной больнице, и Ярослав Рюриков, любовник Ольги, дал ему весьма крупную сумму для осуществления мечты, поставив некоторые условия. Профессор изменит ему в нужный момент внешность, вернее, «обменяет» ее. Сделает Рюрикова похожим на Якова Сироткина, а Якова Сироткина — на Рюрикова.

— Зачем? — изумилась Тамара.

— Яков Сироткин — уголовник со стажем, — пояснил Олег, — ему сидеть не впервой.

После последней отсидки мужик решил не возвращаться к матери, а бомжевал у метро, где его и увидела Зверева. Ольга Леонидовна подивилась небольшому сходству грязного бродяги с ее любовником и спокойно прошла мимо. Но уже на следующий день зазвала мужика к себе, велела вымыться, дала одежду... В голове ее оформился план. Феликс Ефимович филигранно провел операцию. В ней, кроме Ольги, было задействовано еще два человека, которым профессор доверял безоговорочно. Единственное, о чем все забыли, так это о девушке-видеооператоре, молоденькой Полине, которая записывала операции на пленку. Она и запечатлела процесс превращения Рюрикова в Сироткина.

Переделанный «Ярослав» преспокойненько сидел дома и ждал ареста.

— Зачем? — вновь изумилась подруга.

— О господи, — вздохнул Олег, — ну не хотел настоящий Ярослав находиться в бегах и вздрагивать при виде любого милиционера. А так суд состоялся, срок дали, про Рюрикова все забыли, Якову выдали вполне хорошую сумму, на которую тот собирался жить после отсидки. А Ярослав, получив фамилию Сироткин, занялся торговлей продуктами и весьма преуспел в данном бизнесе, вновь стал обеспеченным человеком, не таким, естественно, как во время аферы с «Просторами», но вполне и вполне денежным. Он ничего не опасается. У закона к отсидевшему уголовнику, твердо вставшему на путь исправления, нет никаких претензий. И потом, возьми современных коммерсантов и поройся в их недалеком прошлом... Да у девяти из десятка за плечами криминальные дела...

Со стороны настоящего Сироткина тоже все спокойно. Чтобы мать Якова, Клавдия Васильевна, не поднимала шума и не искала сына, ей сначала позвонили от лица начальника колонии, а потом отправили извещение о смерти.

— И где они его взяли? — спросила я.

Олег нахмурился:

— Деньги могут все, а в Главном управлении исполнения наказаний тоже имеются жадные людишки. Купили они бланк с печатью — и все дела.

Потекли годы. Один торговал продуктами, другой мотал срок. Но бывший владелец «Просторов» не бросил своего «двойника», поговорил, с кем надо, и Лжерюрикова перевели в Москву, на поселение. Впрочем, претензий к нему у лагерной администрации не было. В колонии мужик встретил Валентину Загораеву, женился, купил квартиру и обрел свое маленькое счастье. Валя оказалась тем человеком, ради которого Лжерюриков был готов вести нормальный образ жизни, он даже подал прошение об условно-досрочном освобождении. Решил пойти столяром на мебельную фабрику, родить сына, словом, жить нормально, преступать закон он больше не желал. Кстати, Лжерюриков совсем не злой мужик, он искренне любит свою мать и при первой же возможности начинает посылать ей деньги, придумав сказочку о совестливом хозяине «Просторов».

— Интересно, — протянула я, — а как же вышло, что Яков остался по-прежнему прописан у бабы Клавы?

Олег хмыкнул:

— То ли еще бывает! Клавдия Васильевна никакого свидетельства о смерти сына не получала. Она женщина простая, малограмотная и твердо была уверена, что бумажка, присланная из колонии, заменяет все документы. В загс она не ходила, в паспортный стол тем более... Вот и остался Яков, по документам, прописанным у матери. Кстати, Сироткин, ставший Рюриковым, просто купил себе квартиру, а прописываться в ней не стал. Теперь такое возможно, это в советские времена требовалось оформить документы в две недели, а сейчас... И потом в паспорте у него была уже московская прописка, так что Яков ничем не рисковал. Тысячи москвичей имеют прописку в одном месте, а живут совсем в другом, и никого сей факт не угнетает!

Так бы и поросла данная история быльем, если бы не произошел страшно неприятный случай.

Настоящий Рюриков, став Сироткиным, продолжает изредка встречаться с Ольгой Зверевой. Страстных отношений уже нет, но дружеские остались. Как-то раз они у него дома посмотрели боевик. Когда замелькали титры, мужчина потянулся и сказал:

— Ну и глупость показывают!

— Почему? — спросила Ольга.

— Как, интересно, они узнали, что медсестра перепутала инструменты?

— Ты не понял? — хмыкнула Зверева. — Видео-пленку посмотрели. Кстати, у нас тоже снимают...

Рюриков на секунду онемел:

— И меня запечатлели?

Ольга растерялась:

— Наверное, не знаю!

— Запись, если она есть, надо найти и уничто-жить, — велел Ольге любовник.

На следующий день Зверева обратилась к Полине и попросила найти кассету. Но, очевидно, сильно нервничая, совершила ошибку:

— Поля, — сказала Ольга, — мне очень нужна эта запись, найдешь ее, получишь пятьсот долларов.

Полина, постоянно нуждающаяся в деньгах, ми-гом насторожилась. Врачи и раньше приходили к ней с подобными просьбами, но называли не фами-лию больного, а сообщали:

— Полюшка, отыщи коррекцию ушей.

Или:

— Мне нужна картинка с губами.

Полинка рылась в видеотеке и подбирала пять-шесть нужных кассет. И уж, конечно, никто не пред-лагал ей таких астрономических сумм. Максималь-но, что давали врачи, — шоколадку. А тут — пятьсот баксов!

Поля моментально нашла кассету и... унесла ее домой.

Когда Ольга на следующий день спросила: «Ну как? Отыскала?»

Полечка преспокойненько ответила:

— Да, но хочу сказать, что знаю все и вам придет-ся заплатить за пленку десять тысяч баксов.

Зверева забормотала:

— Знаешь? Что? Откуда?

— Так пленку поглядела и поняла, — заявила Полина.

На самом деле она ничегошеньки не знает, а про-сто шантажирует Ольгу. Зверева едва скрывает ужас и от растерянности делает еще большую глупость.

— Хорошо, — ляпает она, — спрошу у него про деньги.

«Яков», узнав в чем дело, приходит в крайнее негодование.

Вся отлично задуманная комбинация может лопнуть из-за какой-то идиотской кассеты. Проще всего дать Полине десять тысяч долларов, но где гарантия, что девушка прекратит их шантажировать? Шантажисты редко успокаиваются... И тогда «Сироткин» принимает решение: «Полину следует убрать». Он находит киллера, готового выполнить заказ. Но Полю словно бог бережет. Сначала девушку хотят задавить, инсценировав дорожно-транспортное происшествие. Но она каким-то чудом уворачивается, потом в нее стреляют, но таинственным образом рука снайпера вздрагивает, и пуля попадает через стекло не в Полину, а в буфет с посудой...

Девушка понимает, что ее жизни угрожает опасность, и начинает нервничать, а когда мимо ее головы пролетает кирпич и разбивается, упав у ног, она решает действовать. Проведя бессонную ночь, Поля понимает, какую глупость затеяла с кассетой. Девушка решает идти в милицию и рассказать честно обо всем. В конце концов она не сделала ничего дурного... Ну хотела заработать, так ведь раскаялась в содеянном поступке. Но идти к первому попавшемуся милиционеру не хочется, и Поля вспоминает, что на седьмом этаже в их доме живет Леонид Сергеевич Клячин, с дочерью которого она вместе училась. Клячин вроде сотрудничает с правоохранительными органами. Полина спускается к соседу, тот давно на пенсии, но дает ей дельный совет.

— Обратись на Петровку, к Олегу Михайловичу Куприну, — сказал Полине мужик, — обязательно поможет, кстати, он тоже живет в нашем доме, честный, принципиальный товарищ.

Поля записывает нужные координаты...

— От Леона, — заорала я, — она так сократила имя Леонид!

Не обращая внимания на мой вопль, Олег продолжил:

— Едет на Петровку, но сразу войти в здание не может, ее одолевают сомнения. Как поступить? Довериться неизвестному Куприну? Что делать? Она даже плачет от растерянности и бессилья. Тут уместно вспомнить, что клиника челюстно-лицевой хирургии находится недалеко от Петровки, 38.

Сотрудники косметической лечебницы оставляют машины на улице, во двор они не могут въехать. И пока Полина мучается сомнениями, «Яков», обозленный тем, что наемные киллеры так и не сумели расправиться с девушкой, лично устанавливает взрывчатку!

— Странно, однако, — влезла я. — Отчего человек со средствами, ранее прибегавший к услугам киллера, решил сам заняться устранением девушки? И откуда он умеет обращаться со взрывчаткой?

— Не перебивай меня, — разозлился Олег. — Киллер уже подвел «Якова», и тот решил, что самому надежней. Кстати, он в свое время служил в Афганистане, отсюда и необходимые навыки. Поля, скорей всего решившая не ходить в милицию, садится в «Жигули»... Раздается взрыв.

ГЛАВА 31

— Ужас, — воскликнула Тамара.

— Но зачем они украли Настю, — недоумевала я. — И потом, какая странность, звонили домой и требовали выкуп, зная, что Полина мертва? Ничего не понимаю.

— Не понимаешь, потому что не там ищешь, — бросил загадочную фразу Олег, — давай пока разберемся с другими событиями.

Убив Полину, Рюриков не получает кассету. Ему следовало пойти сразу на квартиру к девушке и произвести там обыск. Бывший хозяин «Просторов» так и поступает, но... лишь через два дня после смерти Поли. Тем временем кассету уже нашла Вилка и отдала ее незнакомой бабе, похожей на цыганку. И здесь Рюрикову приходит в голову простая мысль: «Ольга врет. Она давным-давно спрятала пленку. Значит, бывшая любовница опасна, от нее следует избавиться». Он звонит Зверевой и предлагает встретиться у нее дома. Ольга Леонидовна не усматривает в этом желании ничего особенного. Связь ее с Ярославом давно перешла в спокойные отношения, но иногда они по старой памяти укладываются в кровать. Рюриков, кстати, регулярно дает Ольге деньги. Правда, доллары из кубышки он берет аккуратно, стараясь много не тратить, не хочет привлекать к себе внимания...

Ольга сует дочери сто долларов на косметику, и Алиса с радостью убегает из дома. Приходит Рюриков, и где-то через час Зверева выпадает из окна, прямо к ногам возвратившейся с покупками Алисы. Ярослав тщательно инсценировал несчастный случай: поставил таз, табуретку, открыл окно...

— Ага, — подскочила я, — сразу поняла, что это убийство!

— Да ну? — спросил Олег. — Почему?

— Во-первых, она сама никогда не стала бы мыть окна, потом — ни одна женщина не начнет делать это вечером, при электрическом освещении, да еще водой, в которую высыпали пачку «Ариеля», к тому же еще босиком...

— Ну примерно такие же соображения были и у нашего эксперта, — хмыкнул муж, — и потом обнаружился еще ряд мелких деталей, говоривших о том, что это не был несчастный случай.

Но Рюриков уверен, что все прошло замечательно. Однако его хорошее настроение длится недолго. Звонит профессор Чепцов и прямо обвиняет Ярослава в убийстве.

— Знаю, что это сделал ты, — говорит он, — доказательств не имею, но уверен — ты убил Ольгу.

Ярослав успокаивает профессора, клянется в невиновности...

Олег вытащил пачку «Золотой Явы», закурил и спокойно произнес:

— Пару раз преступники, совершившие несколько убийств, причем нормальные люди, а не серийные маньяки, если только можно назвать нормальным человека, решившегося на убийство... Так вот, пару раз эти экземпляры говорили мне, что, если бы знали, какую цепь событий потянет за собой самое первое преступление, никогда бы не стали на этот путь.

Иногда наступает такой момент, когда человек уже не владеет ситуацией, он превращается в загнанного дикого зверя, знающего только один путь к спасению — убийство.

Рюрикову пришлось убить профессора Чепцова.

— А как он испортил баллон с кислородом? — влезла я.

— Почему ты решила, что он был неисправен?

— Так взорвался...

— Правильно, только эксперты нашли следы взрывчатого вещества. Он просто зашел в операционную ночью и подложил взрывчатое вещество.

— Э, нет, — возмутилась я, — сама сидела на посту, никто не проходил.

— Совсем никто?

— Из посторонних да.

— А из своих?

— Только инженер по медтехнике прошел в операционную — там сломался аппарат, подающий наркоз, — выпалила я и ахнула. — Боже, это...

— Именно, — кивнул Олег.

Рюриков убивает профессора, следом ему приходится расправиться с наглой девчонкой Алисой. Ольга считает дочь ребенком, но та хитра, умна и по отдельным оброненным матерью фразам быстро понимает, в чем дело. Телефон «Сироткина» есть в книжке, и Алиса решает не упустить шанс. Потом приходит черед сторожа Василия. Рюриков осторожен, он не желает светиться в своем автомобиле, и к дому Зверевой, к клинике Чепцова и на место встречи с Алисой прикатывает на «Вольво» Андрея Савельевича Венедиктова. Говорят, жуткого бабника!

Я покраснела и спросила:

— Дальше что?

— А дальше был твой черед, дорогая.

— Но как он вообще узнал обо мне? Ибрагим сказал? Почему Рюриков так испугался? Мало ли кто мог разыскивать его на рынке?

— Милая, — вздохнул Олег, — включи мыслительные способности. Ты ездила в колонию на улицу Красные Поля к Валентине Загораевой, бухгалтеру?

— Да.

— И назвалась младшей дочерью Клавдии Васильевны, следовательно, сестрой Сироткина.

— Ну и что?

— Так настоящий Яков Петрович, переделанный в Рюрикова, и сидит в этой колонии... Жена мигом рассказала ему про твой визит, и мужчина сообразил, что дело нечисто. Он-то знает, что никаких сестер у него нет. Более глупую версию трудно было придумать! Лжерюриков мигом сообщил об этом настоящему. Лжеярослав тоже боится разоблачения — ему грозит в этом случае новый тюремный срок. Но, в отличие от своего «обменника», он не хочет ничего предпринимать; несмотря на уголовное прошлое, Яков Петрович не желает убивать.

— Как он узнал мой телефон и зачем украл Настю?

— Ну с телефоном элементарно, — усмехнулся Олег, — а про Настю он ничего не знает и крайне удивился, когда ты затараторила про какие-то сто тысяч долларов и девочку-инвалида. Решив подыграть жертве, похвалил твою прозорливость и редкий ум, ты и попалась мигом...

— Кто эта тетка с лошадиным лицом, которая хотела меня подвезти? И почему я упала в обморок у нее в машине?

Олег тяжело вздохнул:

— Ох, не по голове шапка Мономаха! Да не женщина это, а Рюриков переодетый! Вовсе он не собирался встречаться с тобой у метро. Ему надо было, чтобы ты села в машину — угнанные им «Жигули». Что ты и проделала. А мы не сразу сообразили, тоже подумали, что соседка зовет... Скажи спасибо Юрке, он первый заподозрил неладное...

— Не понимаю...

— Да все просто. Милейший Ярослав выстрелил в тебя из специального пистолета, которым пользуются ветеринары, чтобы временно усыпить агрессивное животное. Он хотел отвезти жертву на дачу и устроить допрос, чтобы выяснить, что тебе известно, и вообще откуда ты взялась на его голову... Надеюсь, тебе будет приятно узнать, что дозу снотворного он рассчитал для тебя, как для зеленой мартышки, очень мило с его стороны... Ну а после допроса, естественно, должна была последовать казнь Виолы Таракановой.

— Но как он узнал меня?

— Помнишь, ты ходила в шашлычную к Ибрагиму? Рюриков сидел за столиком и запомнил тебя. Ему не слишком понравилось, что какая-то баба ищет с ним встречи, да еще так странно, через Ибрагима. Вот и пустил по твоему следу мальчишку, который проводил до дома и узнал твой адрес. А уж узнать телефон было совсем легко. Он тебе сам позвонил, решил все же потолковать, а ты сразу завела про деньги.

— Ужас! — воскликнула Тамара.

— Но как узнали... — залепетала я.

— Когда увидел свою жену в клинике, — пояснил Олег, — сразу понял, что дражайшая половина занимается частным сыском. Пришлось прослушивать наш телефон.

— Омерзительно, — выпалила я.

Олег развел руками:

— Сама виновата! Лучше бы сказала спасибо.

— А зачем ты прикидывался пациентом клиники?

Муж пояснил:

— Мы давно подозревали, что дражайший Феликс Ефимович Чепцов не только исправляет носы и губы. Через его больницу прошли несколько объявленных в розыск молодых людей с криминальными биографиями. Вот и решили меня отправить на разведку. Пришлось прикидываться богатым идиотом, решившим сделать шлифовку лица. Кстати говоря, мне там проделали ряд процедур, жутко неприятных, замотали морду бинтами... Зато эффект! Вам не кажется, что я помолодел?

— Выглядишь изумительно, — подтвердила Тома.

— И как только Рюриков не побоялся мне сам звонить, — протянула я.

— А чего ему было опасаться? — хмыкнул Олег. — Он-то знал, что скоро убьет тебя и что встречи у метро «Речной вокзал» не будет. Теперь все понятно?

— Нет, — вздохнула я.

— Что еще?

— Зачем Ольга Леонидовна ходила в «М. и К°»? Что за желание загадала?

— Это была Алиса.

— Алиса?

— Да. Девочка влюбилась и решила таким образом заполучить кавалера, но в фирме велели принести для оформления договора паспорт кого-нибудь из взрослых, Алисе еще нет восемнадцати, а сотрудники «М. и К°» предпочитают иметь дело только с совершеннолетними. Ну, девочка и взяла у мамы деньги да документы. Ольга жутко ругалась и даже выдрала дурочку за глупость... Ясно?

— Ясно, а что с Настей? Зачем ее похитили?

— О-о-о, — протянул муж, — это совсем другая история.

ГЛАВА 32

— Какая? — в один голос спросили мы с Тамарой.

— Печальная, — ответил Олег, — ладно, пошли.

Мы двинулись за ним в соседний кабинет. Там, в комнате чуть больше той, которую мы только что покинули, сидели четыре человека. Трое мужчин и девушка, лицо которой показалось мне странно знакомым.

Муж повернулся к нам и сказал:

— Знакомьтесь, Анастасия Леонова.

— Настенька, — закричала я, кидаясь к девушке, — очень рада, это вы со мной разговаривали по телефону, когда просили помощи. Уж извините, пришлось обмануть и сказать, будто я — Полина, но не могла же...

— Это недоразумение, — спокойным голосом парировала Настя, — ни с кем не говорила, ничего не просила.

В комнате воцарилось молчание.

— Но как же, — залепетала я, — как же? Еще плакали, велели мне соглашаться на все...

— С чего вы взяли, что это была я? — абсолютно невозмутимо проговорила девушка. — Мало ли кто мог назваться моим именем... Между прочим, во время разговора по телефону собеседника не видно.

Я застыла с раскрытым ртом и стала разглядывать младшую сестру Полины. Худенькое, почти прозрачное личико порочного ребенка, окаймленное пышными густыми волосами. Казалось, что тоненькая шейка вот-вот переломится сейчас под грузом этого великолепия. Хрупкая фигурка двенадцатилетней девочки, руки, похожие на спицы, и пальчики, напоминающие спички. Но аккуратные ноготки украшает слой нежно-розового лака, слегка облупившегося на мизинцах.

Мизинцы! Я так и подскочила.

— Олег! У нее все пальцы целы!

Муж только качал головой:

— Конечно.

— Но чей же мизинец прислали в коробке из-под сигарет?

— Вы можете ответить на этот вопрос? — спросил Олег Настю.

Та фыркнула:

— Совершенно не понимаю, о чем речь!

— Но где вы были все эти десять дней? — не выдержала я.

— Как где? — удивилась Настя. — Дома.

— Дома?!! — воскликнула я. — Дома?!!

— Что здесь удивительного, — распахнула свои огромные глаза девица, — люди, как правило, живут дома!

— Но, — забормотала я, — кто же вас обслуживал...

— А зачем ее обслуживать? — поинтересовался Олег.

— У нее ноги не ходят.

Настя хмыкнула, спокойно поднялась со стула и спросила:

— И кто придумал такую глупость?

От неожиданности я просто онемела:

— А, но, ой!

Олег мрачно глянул на меня, потом на Настю:

— Вот что, Леонова, кончайте ваньку валять. Сережа, позови там, этого...

Дверь приоткрылась, и в комнату вошел высокий плечистый парень. Настя отскочила к окну.

— Ты?

— Он, он, — преспокойненько ответил Олег. — Раскаявшийся Караулов Федор Петрович, массажист, собственной персоной. Он — молодец, рассказал абсолютно все!

— Знаю его, — прошептала я, — видела парня, он угощал меня вкусным мясом! Это он отволок деньги в «М. и K°», чтобы эстрадная певица Нино захотела взять его замуж, но баба предпочла полунищему массажисту богатого американца, и тогда...

— Он решил исправить свое материальное положение за счет Полины!

— Это она придумала, — быстро ткнул Федор пальцем в Настю, — ее идея, я только подчинялся, не хотел...

— Мразь, — завизжала Леонова, топая ногами, — сволочь, гадина...

— Тише, тише, — поморщился Олег.

— Вы мне ничего не сделаете, — внезапно спокойно сообщила Настя, — ничего криминального не произошло, просто неудачная шутка, семейное дело!

Секунду мой муж брезгливо смотрел на девчонку, потом повернулся к нам с Тамарой.

— Пошли.

Мы вернулись в его кабинет.

— Самое отвратительное, — прошептал Олег, — что эта дрянь целиком и полностью права! Ей и впрямь нечего вменить!

— Ничего не понимаю, — прошептала я, — она здорова! Но зачем Полина говорила про сестру-инвалида?

Олег снова вытащил сигареты.

— Ладно, девчонки, слушайте следующую сказочку, на этот раз о сестринской любви.

Всю жизнь Полина ненавидела себя за то, что нечаянно сделала Настю инвалидом. Надо сказать, что вину бедняга искупала истово, посвятив себя целиком и полностью сестре. Все заработанные деньги уходили на Настю: лекарства, деликатесная еда, эксклюзивная одежда, санатории, лучшая косметика... Младшая Леонова имела все. Старшая питалась кое-как и постоянно думала, где бы добыть денег.

Потом ей посоветовали обратиться к массажисту Федору Караулову, люди поговаривали, что мужик творит чудеса. Может, парень и впрямь обладал гениальными руками, а возможно, просто время пришло, но в ногах Насти затеплилась жизнь, а потом она и вовсе стала ходить, с каждым разом все лучше и лучше... Но Полине они об этом не рассказали. Говоря языком протокола, Леонова-младшая и Караулов вступили в преступный сговор.

Фактуристый, красивый Федька понравился Насте, и та предложила способ получить от Поли сто тысяч долларов.

Настя слышала разговоры Полины про какую-то кассету. Что там заснято, она не знает, но хорошо понимает, что видеозапись ценная.

Наша парочка разрабатывает план. Утром первого июня Полина, как всегда, уходит на работу. Настя звонит Федору, тот приезжает и забирает любовницу вместе с инвалидной коляской. Расчет негодяев безупречен. Полина подумает, что Настю украли из-за кассеты, и потом продаст квартиру, чтобы отдать «похитителям» деньги. А в том, что сестра поступит именно так, Настя не сомневается. Сказано — сделано. Возникает только одна накладка, зато какая! Первого июня, в тот момент, когда Федор и Настя, весело смеясь, едут к нему домой, чтобы начать разыгрывать комедию, Поля уже мертва. Вот если бы мерзавцы чуть-чуть погодили с постановкой «спектакля», квартира досталась бы Насте без всяких усилий. Но они назначили час «икс» на день смерти бедной Поли!

И здесь в дело активно вмешивается Вилка. Решив помочь беспомощному инвалиду, она едет домой к Насте, хватает трубку...

Тут стоит вспомнить, что у Виолы в этот день болит горло, и она хрипит. А у Поли хронический тонзиллит, и у нее частенько внезапно пропадает голос. Настя совершенно не удивляется, услышав натужное хрипение... Они с Федором, абсолютно уверенные в том, что говорят с Полиной, начинают по очереди запугивать женщину. Сначала массажист изображает из себя похитителя, потом Настя рыдает в трубку... В качестве апофеоза под дверь в сигаретной пачке был подкинут мизинец...

— Где они его взяли? — вздрогнула я.

— В магазине «Смешные ужасы», — пояснил Олег, — похож на настоящий до отвращения, что на вид, что на ощупь. Есть категория людей, обожающих дурацкие приколы, типа искусственного дерьма на ковре, пукательной подушки, горького сахара... Мизинец из их числа... Впрочем, Настя знает, что Поля придет в ужас и ни за что не станет детально разглядывать пальчик...

Затем, чтобы окончательно запутать Полю, Федор велит привезти кассету к магазину «Седьмой континент». Этим они еще хотят проверить, не обратилась ли Леонова в милицию. Сам на встречу парень, естественно, не является, подсылает молдаванку, нанятую на вокзале за сто рублей. Та приносит ленту и отчитывается:

— Девушка, худая, в яркой куртке...

Федор и Настя ликуют — афера удалась. Полина клюнула!

Но уже вечером программа «Дорожный патруль» показывает взрыв на Петровке, называют и фамилию пострадавшей. Любовники приходят в восторг, их хитроумный план не нужен, Полина мертва. Настя возвращается домой, кстати, ей сообщают из милиции о смерти сестры... Девушка преспокойненько начинает готовиться к похоронам. Но она не знает, что ее разыскивает Виола.

Я чуть не разрыдалась от злости.

— Значит, пока я мучилась, эта дрянь...

— Преспокойненько жила у Федора, — пояснил Олег. — Правда, она иногда ненадолго заходила домой, но в основном проводила время у любовника.

— Так вот кто купил сухарики и намочил полотенце, — протянула я, — надо же, просидела целый день у нее в квартире, поджидая звонка, извелась вся до предела... Ну разве могла я заподозрить в чем-то инвалидку? Правда, соседка Анна Петровна рассказала, какая противная девица эта Настя, но чтобы такое! Разыграть собственное похищение, скрыть выздоровление, почему?

Олег вздохнул:

— Настя понимала, что Полина, узнав о том, что ноги сестры великолепно бегают, тут же перестанет потакать капризам и еще заставит девицу работать. А той страшно не хотелось ничего делать, она прожила больше двадцати лет на всем готовом... И еще — Настя ненавидела Полю!

— За что? — прошелестела Томуся. — Неужели за детскую глупость?

— Трудно ответить на этот вопрос. Больше всего иногда ненавидят тех, кто помог в трудную минуту, — вздохнул Олег. — Кстати, их соседка Анна Петровна чуть не умерла от ужаса, увидав, как Анастасия на своих двоих выходит из лифта. А переварив новость, мигом бросилась в милицию и обвинила младшую Леонову в смерти сестры. Мы стали проверять информацию и докопались до истины. Обидно лишь, что эта жаба Настя не понесет никакого наказания.

Забежав вперед, скажу, что муж оказался прав. Абсолютно невозмутимая Настя лишь пожимала плечами:

— Дурацкая шутка, глупый розыгрыш. Думала удивить Полю, вовсе не собиралась брать деньги, хотела вечером вернуться и показать ей, как ловко умею ходить.

Опомнившийся Федор дул в ту же дуду. Словом, негодяев отпустили, и я не знаю, где они теперь. Небось живут в квартире, продать которую вынуждали несчастную Полю.

— Эта ситуация очень похожа на игру в крысу, — сказал Олег, — в детстве занималась такой забавой?

— Нет, — покачала я головой, — в нашем дворе развлекались иначе. А что это за игра в крысу?

Олег хмыкнул:

— Играющие делятся на две команды. Одна из них должна выбирать крысу, но члены второй команды не знают, кто избран. Дальше все, включая крысу, начинают бегать. Ее задача поймать кого-нибудь. Усыпив бдительность игроков, крыса неожиданно хватает кого-нибудь за плечо со словами:

— Я крыса, ты попался!

Ну и дальше все по новой. Весь фокус в том, что крысой оказывается тот, на кого меньше всего думаешь!

Я только вздохнула и ничего не сказала.

ЭПИЛОГ

Жизнь участников произошедших событий потекла своим чередом. О Насте и Федоре я уже рассказала и вспоминать еще раз об этих гадюках мне, честно говоря, совсем не хочется. Настоящего Ярослава Рюрикова арестовали, и он сейчас ждет суда. Надеюсь, что никакие припрятанные деньги не помогут ему избежать ответственности. Подлинный Сироткин оказался на свободе, пока под подписку о невыезде. Его участь тоже будет решать суд, но Олег говорит, что Яков отделается условным сроком. Он сейчас работает на мебельной фабрике, Валентина по-прежнему щелкает калькулятором в бухгалтерии. Ее талия подозрительно располнела, и на свет скоро явится новорожденный. А поскольку ребеночку нужна бабушка, Яков собрался с духом и явился к матери. Та, разглядывая чужое лицо, долго отказывалась верить в то, что видит невесть как воскресшего сына. Убедила ее большая родинка, расположенная на левой лопатке мужика, да еще то, что он назвал потайное место, куда Клавдия Васильевна прячет деньги. Теперь они живут все вместе, на «какашкиных двориках». Квартира возле Таганской площади сдана, а у соседей по двору чуть не приключился массовый инсульт, когда они услышали новость о воскресении Сироткина.

Агентство «М. и К°» по-прежнему дурит доверчивых людей, пресечь его деятельность оказалось невозможно. Хитрый владелец, оказывается, зарегистрировал контору как... «Салон по оказанию оккультных услуг». А сотрудники подобного места просто обязаны общаться с нечистой силой.

Мы с Томочкой ведем прежний образ жизни. Семен и Олег, как всегда, пропадают на работе, Кристя отправилась в спортлагерь в Болгарию. Кошки дрыхнут целый день, Дюшка тоже. Наша собака теперь беспрестанно ест, и я искренне надеюсь, что она принесет не очень много щенков.

Двадцатого июня провожали Пешковых.

Пока Даня бегал на проспект за машиной, мы с Томочкой катали младенцев и умилялись: такие они хорошенькие, завернутые в одинаковые одеяльца, только шапочки разные: у Костика зеленая, у Ники красная. Наконец прибыл автомобиль. Со всеми почестями мы усадили внутрь Анелию... Поцелуи, слезы, клятвы в вечной дружбе... Затем в чуть припахивающее бензином нутро наемного экипажа влезла Иришка, нежно прижимая к себе Костика. Даня сел возле шофера. Взвизгнув на повороте, такси исчезло. Мы двинулись домой.

— Томочка, — раздался крик.

Возле подъезда притормозило еще одно такси. Из него выскочила Машка Родионова:

— Девочки, спасибо, как там Светка? Не измучились с ней?

— Кто? — спросила я.

— Дочка моя, — верещала Машка, — решила ее Светланой назвать.

Я глянула на мирно сопящую Нику и проговорила:

— Чудный ребенок, просто ангел.

— Иди к маме, кошечка, — засюсюкала Машка, — мамусечка тебя больше никому никогда не отдаст, ах ты, моя ягодка.

Мы поднялись наверх. Томочка принялась заваривать чай, Машка разворачивала Нику.

— Что это? — раздался через секунду дикий вопль. — Нет, что это такое?!

У Томы из рук выпал чайник, а я от неожиданности заорала:

— Где?

— Здесь, — вопила Машка, тыча пальцем в голую Нику, — здесь, здесь...

Недоумевая, что могло случиться, мы кинулись к дивану и увидели... мальчика.

— Как, — бормотала Родионова, — почему, откуда? Его не было...

Не говоря ни слова, мы ринулись с Тамарой в прихожую. Я закутывала Костика, нашаривала туфли. Также молча мы вылетели на проспект, за нами неслась в домашних тапках рыдающая Родионова.

Поезд еще стоял у перрона, когда, отталкивая локтями проводницу, мы влетели во второе купе.

— Ты перепутала детей, — заорала я.

Ирина побледнела:

— Не может быть. Взяла Костика — он был в красной шапке.

— Нет, в зеленой, — ответила Томочка, отдуваясь.

Словно сговорившись, младенцы заорали.

— Дай сюда, — завизжала Машка и выдрала у Анелии из рук Нику-Светлану, — верни немедленно мою дочь!

— Поезд Москва—Волгоград отходит с третьего пути, — ожило радио, — провожающих просят покинуть вагоны.

Мы начали бестолково обниматься, потом, оставив семейство Пешковых в купе, выскочили на перрон, где уже стояла обозленная Машка Родионова. Поезд, тихо лязгнув, медленно двинулся вперед. Внезапно Ирина высунулась в окно:

— Ждем вас в августе, с Никой. Всех вместе, Дюшку, Клеопатру и Сыночка тоже, приезжайте.

Мы с Томусей закивали. Иришка выкрикнула:

— Никогда не забуду того, что вы для меня сделали...

Поезд рванулся и исчез.

— Я тоже не забуду, — прошипела Машка Родионова, — доверила им ребенка! Безответственные особы! Как могли перепутать младенцев?!

— Понимаешь, Ириша — дальтоник, страшная редкость для женщины, — пустилась в объяснение

Тамара, — путает красный и зеленый цвет, а шапочки у ребят...

— Ничего не желаю слышать, — злобилась Родионова.

Потом она повернулась и чеканным шагом пошла к метро.

Мы с подругой растерянно наблюдали, как она удалялась.

— Да, — вздохнула я, — вот и делай добрые дела.

— Завтра Машка все забудет и прибежит пить чай, — сказала Томочка, — сколько раз она на нас обижалась? Больше двадцати минут не выдерживает.

Секунду мы с подругой глядели друг на друга, потом захохотали.

— Абсолютно уверена, — простонала Томуся, — нам с тобой в голову пришла одна и та же мысль: хорошо, что Машка никогда не узнает о том, сколько раз мы путали младенцев.

——————————————————
—————————— главы из нового романа
——————————————————

ИРОНИЧЕСКИЙ ДЕТЕКТИВ

> Относительно родственников можно сказать много
> чего... и сказать надо, потому что напечатать нельзя.
>
> *Альберт Эйнштейн*

ГЛАВА 1

Отчего люди не летают, как птицы? Странный вопрос. У них нет крыльев. И потом, если бы они имелись у человека, то страшно бы мешали тому ползать. Ну скажите, возможно ли, имея за плечами два чудесных приспособления для перемещения в воздухе, делать пакости, обманывать, пресмыкаться перед вышестоящими и обижать тех, кто стоит ниже нас? Существо, умеющее парить, — это ангел...

— Эй, Вилка, — раздраженно сказала Лера, — ты меня не слушаешь?

— Что ты! — Я изобразила крайнее внимание. — Как можно! Очень внимательно слежу за всеми твоими мыслями. Только секунду назад ты заявила: «Кто еще, кроме любимой свекрови, способен довести человека до полной отключки сознания!»

— Ну и твое мнение по этому вопросу?

— У меня его нет, — спокойно ответила я, — как нет и свекрови. Олег достался мне сиротой, причем круглой. Впрочем, точно не знаю. О матери он сообщил, будто та умерла достаточно давно, а об отце промолчал. Сказал, что его воспитывал отчим, я поняла, что его тоже нет в живых. Там была какая-то неприятность в семье. То ли его родители разошлись, то ли разъехались, не оформляя ничего по закону... Одним словом, и свекор, и свекровь у меня отсутствуют.

Лерка взвизгнула.

— Нет, ты и не представляешь, как тебе повезло. А у меня полный боекомплект, даже чересчур полный: папенька, маменька и даже бабушка у Витьки живы, здоровы и веселы. Прикинь, что вчера произошло...

Я уставилась на Леру, наклеила на лицо самую приветливую улыбку и принялась кивать, изображая полнейшее внимание. Этому трюку я обучилась в семь лет. Моя мачеха Раиса, когда напивалась, а случался запой, как по расписанию, два раза в месяц, второго и пятнадцатого числа, то есть тогда, когда выдавали получку, начинала бешено орать, тыча в меня пальцем: «Убью на фиг, ты почему не в школе, сволочь!» Сначала я пыталась объяснить разъяренной бабе, что часы давно пробили двадцать один час и телевизор демонстрирует программу «Время».

Но Раиса продолжала бушевать. Длился скандал, как правило, минут тридцать, потом мачеха рушилась в кровать и начинала оглушительно храпеть. Утром, страдая от головной боли, она притягивала меня к себе, прижимала к большой, мягкой груди и бормотала:

— Ну не сердись, кричу, значит, люблю, воспитываю. Иди-ка, глянь в сумку, купила тебе с получки пряничков.

Очень скоро я сообразила, что спорить с Раисой в тот момент, когда она орет, бесполезно. Надо просто молчать, чтобы не злить бабу. Сначала просто кивала в такт ее воплям, но потом внезапно поняла, что научилась не слышать крики, изображая на лице полнейшее внимание. Это умение пригодилось в школе, когда во втором классе мне досталась новая училка, Валентина Никитична, визжащая так, что у детей кровь сворачивалась в жилах.

— Уроды, дебилы, кретины! Всем заткнуться!!!

Одноклассники начинали рыдать, а мне хоть бы хны! Закаленная тетей Раей, я преспокойненько дремала на задней парте, делая вид, что испугана сверх всякой меры. Наверное, поэтому я и закончила школу на одни пятерки, просто не воспринимала ничего, кроме знаний.

Умение отключаться пригодилось и во взрослой жизни. Вот сегодня Лерка Парфенова битый час жалуется на свекровь, пытаясь объяснить крайне простую вещь: ей, несчастной, досталась в родственницы Медуза горгона, от взгляда которой, как известно, все живое мигом превращалось в камень. Лерке надо выговориться, но мне ее взаимоотношения с этой женщиной совершенно не интересны... но не обижать же подругу! Поэтому пусть болтает, а я подумаю о своем... Любопытно, когда сегодня явится с работы Олег? Это мой муж, Олег Михайлович Куприн. К сожалению, он служит в милиции, и я чаще разговариваю с ним по телефону, чем на кухне за столом, вдвоем... Впрочем, вдвоем в нашей семейке остаться проблематично, слишком много народу проживает в квартире. Но лучше начну по порядку.

Меня зовут Виола, а фамилия... Если стоите, то лучше сядьте, — Тараканова. Вот повезло, так повезло. В детстве я часто плакала от досады: ну почему меня зовут так по-идиотски? Как хорошо жить девочкой с незатейливыми именем и фамилией Таня Иванова или Лена Петрова... Я уже не вспоминаю о Наташе Смирновой или Гале Михайловой... Но самый цирк начинается, когда надо представиться по отчеству. Полностью меня следует называть так: Виола Ленинидовна Тараканова. Папеньку моего зовут Ленинид, что в расшифровке означает «ленинские идеи». Впрочем, хорошо еще, что крайне революционно настроенные родители не обозвали его Оюшминальд, что является сокращением фразы «Отто Юльевич Шмидт на льдине», был такой полярник, страшно известный в прежние годы, или Статразав, что попросту обозначает «Сталинский тракторный завод»... «Ленинидовна» многие путают с «Леонидовной», а я и не возражаю, мое отчество могло оказаться куда более противным. В общем, как говаривала тетя Рая, пытаясь научить падчерицу уму-разуму:

— Не завидуй тем, кому лучше, погляди на того, кому хуже.

Маменьку свою я не помню, она бросила дочурку в младенчестве, папенька загремел на зону за кражу в первый раз, когда мне едва исполнилось шесть. И долгие годы я считала, что он умер. Воспитывали меня мачеха Раиса и родители лучшей подруги Томочки, дядя Витя и тетя Аня.

Но вот уже много лет мы с Томой живем одни. Мачеха Раиса умерла, а дядя Витя и тетя Аня разбились в автокатастрофе. Мы с Томкой поселились в крохотной «распашонке» и долгие годы обитали вдвоем. Но потом случился целый каскад событий, в результате которых я выскочила замуж за Олега, а Томуська за Семена, получив вместе с супругом и дочку, тринадцатилетнюю Кристину.

Теперь мы живем все вместе в огромной квартире, двумя семьями, есть у нас собака Дюшка, девушка неизвестной породы, кошка Клеопатра и Сыночек, выросший ребенок Клепы.

Впрочем, называть Дюшку девицей как-то не с руки. Со дня на день мы ждем, что она станет матерью.

Ни Семена, занимающегося издательским бизнесом, ни Олега никогда нет дома. Мы же с Тамарой настолько привыкли жить вместе, что просто не способны разъехаться. Кое-кто из подруг, та же Лера Парфенова, удивляется и спрашивает:

— Ну неужели вам не хочется пожить своей семьей?

Мы сначала просто пожимали плечами, но однажды Томуська не выдержала и ответила:

— А мы и живем своей семьей, просто она у нас такая большая!

Скоро, однако, она станет еще больше. Дело в том, что где-то в апреле Тома должна родить. Кого, мы пока еще не знаем, ультразвук не показывает ничего на таком маленьком сроке, и никаких изменений в стройной фигуре Томы пока не произошло...

— Вилка, — вновь возмутилась Лера, — ты чего сидишь, как китайский болванчик, с выпученными глазами? Спишь, да?

— Нет, конечно, — вынырнула я из глубин сознания, — разве можно спать с выпученными глазами. Просто на работу пора, скоро пять!

Высшего образования у меня нет. Но в свое время мы с Томой окончили так называемую специальную школу с преподаванием ряда предметов на немецком языке. Я же обладаю феноменальной памятью, позволившей не только получить золотую медаль, но и выучить немецкий так, что окружающие уверены, будто у меня за плечами иняз, или, на худой конец, филфак МГУ, романо-германское отделение. Но институт я не посещала. После смерти дяди Вити и тети Ани нам с Томуськой пришлось идти на службу, иначе мы бы просто умерли с голоду. К сожалению, мне в основном доводилось проводить время с ведром и шваброй, пока однажды соседка не попросила подтянуть по немецкому своего сынишку Тему, вдохновенного двоечника и самозабвенного лентяя. В нынешние времена репетиторы просто озверели и меньше чем за десять долларов урок и пальцем не шевельнут. Но у Наташи не было таких денег, и она сказала:

— Буду платить сто рублей за час, идет?

Так началась моя карьера домашней учительницы, учеников набралось много, в основном дети из малообеспеченных семей, родителям которых не по карману нанять «настоящего» преподавателя. Но вот парадокс. Среди толпы небогатых школьников оказались и три ребенка из более чем денежных семей. До того как попасть в мои руки, они прошли через многих дипломированных специалистов без всякого толку. В дневниках у них как были двойки, так и остались. Но через месяц занятий со мной в основном документе учащегося прочно начинают селиться четверки, а там и пятерки. Почему так происходит, я не знаю, дети тоже не могут объяснить, отчего в их мозгах после глубокой и темной ночи наступает солнечный рассвет. Впрочем, Тема один раз сказал:

— Знаешь, Вилка, ты объясняешь не как училка, а как человек.

— В кои-то веки пришла обсудить свои проблемы, а у тебя времени нет, — обиделась Лерка.

Я развела руками.

— Ну извини, но на самом деле мне пора идти!

— А Томка где? — хищно поинтересовалась Парфенова.

Я подавила улыбку:

— Пошла с Кристиной в ГУМ покупать девочке зимние сапожки, небось до ночи проходят, сама знаешь, какой теперь выбор.

Поняв, что все же придется уходить, Лерка двинулась вместе со мной в прихожую и, натягивая ботинки, недовольно забубнила:

— Денег вам, что ли, девать некуда, по ГУМу шляетесь, нет бы на рынок съездить!

Я молча вытолкала зануду на лестничную клетку. Сама я одевалась на черкизовской толкучке, наивно полагая, что куртка за триста рублей, произведенная вьетнамцами, защитит тело от холода, а ботиночки из кожи «молодой клеенки» предохранят ноги от сырости... Но куртенка разваливалась после первой стирки, а у замечательных сапожек мигом отлетали подметки... Потом нам с Томуськой пришла в голову замечательная мысль: мы не настолько богаты, чтобы покупать дешевые вещи. Поколебавшись немного, отправились в ГУМ и, походив по всем линиям, сделали удивительные выводы. Во-первых, в дорогих магазинах очень часто случаются распродажи, когда цена вещи падает вдвое. Во-вторых, покупатели бутиков — люди капризные, избалованные. Они ни за что не купят модель прошлого года или пальто с крохотным пятнышком на рукаве. Мне же, ей-богу, все равно, какой воротничок у блузки: закругленный или острый, но данный факт оказывает решающее влияние на стоимость. В-третьих, вся одежда, приобретенная в ГУМе, сидит на нас идеально, что, в общем-то, совершенно не удивительно. В магазинах, расположенных тут, имеются примерочные, и вы натягиваете понравившиеся брюки в комфорте и тепле, окруженные зеркалами, а не стоя на кусочке грязной картонки за линялой тряпкой, которую держит подвыпивший торговец. В-четвертых, продавцы дорогих лавок вымуштрованы до невероятности, они мигом показывают уцененные вещи, да еще и советуют, что подешевле... Результат впечатляет. Моя черненькая курточка от Нины Риччи стоила всего на пятьдесят рублей дороже, чем произведение неизвестных «кутюрье» с толкучки... И ношу я ее третий сезон, а она как новая... В общем, теперь мы с Тамарой ходим только по дорогим магазинам...

Лерка Парфенова, желая довести начатое до конца, проводила меня до дома Никиты Федулова. Выслушав у входа в подъезд последние стоны на тему «Моя свекровь — ужас, летящий на крыльях ночи», я наконец-то избавилась от подруги и набрала на домофоне 083.

— Кто там? — пропищал Никита.

— Вилка.

Дверь распахнулась. Никита Федулов — замечательный мальчишечка семи лет. Папа его, Павел, бизнесмен. Честно говоря, сначала я считала, будто мужик просто бандит. Один раз, придя на урок, увидела в углу холла небрежно, горой, сваленное оружие: пару пистолетов, какие-то странные железные палки и что-то похожее на автомат...

— К папе друзья приехали, а маме не нравится, когда они по дому вооруженные ходят... — пояснил мальчик.

Маме Никитки, Лене, всего двадцать три. Сынишку она родила в шестнадцать. Впрочем, Павел ненамного ее старше, ему двадцать четыре. Но в отличие от многих браков, заключенных в юном возрасте, их союз не распался, и оба до жути любят Никитку. У мальчишки есть все — компьютер, музыкальный центр, горы игрушек и холмы одежды... Но вот интересно: живя как маленький принц, Кит абсолютно неизбалован, он хорошо учится, увлекается компьютером... Единственная тройка у него — по немецкому, но кажется, что скоро проблем не будет.

Я люблю приходить в этот дом, и вовсе не потому, что Лена, всегда улыбчивая, приветливая, приносит на подносике кофе, булочки и конфеты, а после урока вручает конверт с десятью долларами. Именно конверт, Леночка никогда не сует мне «голую» бумажку... Нет, у них в доме очень уютно и как-то спокойно, так хорошо бывает в семье, где люди просто любят друг друга. Кстати, Лена — очень хорошая художница, мне ее простые, ясные картины нравятся.

Но сегодня в доме Федуловых царила непривычная нервозность. Хозяйка не вышла, как всегда, в холл, а двери в гостиную, кабинет и спальню, обычно распахнутые, оказались плотно закрытыми. Да и Никитка вел себя странно, отвечал невпопад, а когда я удивленно спросила: «Кит, да ты не выучил, почему?» — внезапно расплакался.

Минут за пять до конца занятия в детскую вошла Лена. Я поразилась ее виду. Лицо не накрашено, глаза лихорадочно блестят, нос распух, словно она долго плакала.

— Виола, — сказала Лена, — вас не затруднит пройти ко мне в спальню?

Я не раз бывала в красивой, уютной комнате с огромной кроватью и белыми шкафами с позолотой. Иногда мы с Китом играем в такую игру: я пишу записочки на немецком, ну, примерно такие: «Иди в кухню, посмотри на подоконнике». Мальчик кидается в «пищеблок», но там его ждет другое указание: «В спальне, на маминой половине кровати, под подушкой». Цель поисков — немудреный подарочек, чаще всего киндерсюрприз. Естественно, Лена может купить сыну сразу коробку шоколадных яиц, но Никитке нравится сама забава. Поэтому квартиру Федуловых я знаю, как свою, и могу подтвердить: у Лены в доме царит идеальный порядок.

Но сейчас в спальне стоял кавардак. Все шкафы открыты, ящики выдвинуты, вещи валяются на полу...

— Господи, — вырвалось у меня, — что у вас произошло?

Лена села на пуфик и спокойно сообщила:

— Павлуху арестовали, обыск был.

Я замерла с открытым ртом.

Увидав мою реакцию, Леночка хмыкнула, вытащила сигареты и продолжала:

— Если вы, Виола, сейчас скажете, что больше не хотите заниматься с Китом, ей-богу, не обижусь. От меня уже ушли домработница и няня.

Я пожала плечами:

— Ну от сумы и от тюрьмы в нашей стране зарекаться нельзя. И потом, мой родной отец отсидел полжизни по лагерям и зонам. Я и увидела-то его совсем недавно, правда, теперь он взялся за ум, женился, работает. Но факт остается фактом, я — дочь вора, согласитесь, похвастаться нечем, но даже если бы мой папенька был академиком, я бы не бросила сейчас Кита. Ребенок-то при чем? Кстати, совсем не обязательно платить десять долларов в час, подавляющее большинство учеников дает мне сто рублей за урок.

Лицо Лены посветлело.

— У меня нет пока проблем с деньгами. Виола, не могли бы вы мне помочь?

— С удовольствием.

Лена протянула небольшой ключик:

— Вы ведь знаете, где мастерская?

— Конечно, на чердаке.

— Пожалуйста, поднимитесь туда, на стене, между гипсовыми масками, висит картина, она там одна висит, остальные просто стоят. Мое любимое произведение, дело жизни, изумительный пейзаж — пруд, лодка, лес. Я обожаю эту работу, писала три года, только вчера завершила... Выньте ее из рамы, скатайте аккуратно трубочкой, положите в пакет и заберите к себе. Только дома обязательно вновь вставьте в раму и повесьте где-нибудь в темном углу, от яркого света краски блекнут, а я мечтаю выставить полотно в ноябре на выставке в «Арт-Мо».

— Хорошо, — удивленно ответила я, — только зачем уносить вашу работу?

Леночка опять схватилась за сигареты.

— Павлик попался на наркотиках, согласился провезти в партии товара героин. Заработать хотел, дурачок. Статья, по которой его повязали, предполагает конфискацию имущества. Не хочу, чтобы картина, на которую я возлагаю такие надежды, попала в опись. Не смогу тогда ее ни выставить, ни продать...

Я кивнула:

— Конечно, сделаю. Хотите, припрячу и что-нибудь еще: драгоценности, столовое серебро...

Лена печально улыбнулась:

— Да плевать на барахло, потом, скорей всего, удастся доказать, что вещи куплены на собственные сбережения, только процедура эта длительная, а выставка, вот она, на носу. Я у вас заберу полотно недели через две.

— Она мне не помешает и в течение большего времени, — сказала я и пошла на чердак.

Никитка увязался со мной. Отсутствовали мы

около часа. Сначала я никак не могла открыть замок. Очень жаль, что Лена сама не пошла в мастерскую, но она ждала прихода адвоката и боялась, что тот, позвонив в домофон, уйдет.

Наконец дверь распахнулась. На стене и впрямь висело только одно полотно. У Лены определенно был талант. От пейзажа веяло умиротворением. Большой пруд, темный, заросший ряской, на глади которого одиноко покачивалась самая простецкая, деревянная лодочка, выглядел бы излишне мрачным. Тем более что по берегам стоял дремучий лес из старых, замшелых деревьев. Но наверху сияло голубое небо, и тонкий луч золотил верхушки елей. «Федулова» — стояло в углу пейзажа.

Мы с Китом осторожно разобрали простую раму, превратив ее в набор беленьких палочек. Потом я аккуратно скатала картину, засунула «трубочку» в пакет, положила туда же разобранный багет. Затем опять мы провозились с замком и пошли вниз.

Дверь квартиры была открыта. Я слегка удивилась, хорошо помня, что Лена, доведя нас с Никиткой до выхода, заперла замок... Впрочем, может, пришел адвокат и Леночка забыла повернуть ключ.

— Мама, — заорал Никитка и побежал по коридору. В ту же секунду зазвонил телефон. Никита развернулся и бросился на кухню, откуда неслась трель. Я вошла в спальню и увидела Лену. Она сидела спиной к двери, положив голову на маленький туалетный столик.

— Лена, — позвала я.

Но Федулова не шелохнулась.

Испугавшись, что ей стало плохо, я быстро подошла к Лене и взглянула на повернутое вправо лицо. В ту же секунду из моей груди чуть не вырвался крик ужаса. Леночке и впрямь было плохо, очень плохо, так плохо, что дальше некуда. Огромные голубые глаза, не мигая, смотрели остекленевшим взором в даль, словно Лена видела нечто, недоступное мне. А на виске чернела небольшая дырочка. Крови отчего-то почти не было, на губах женщины застыла улыбка, производившая еще более жуткое впечатление, чем предсмертная гримаса.

ГЛАВА 2

Только мысль о том, что в каждую секунду сюда с радостным кличем: «Мама», может ворваться Никитка, заставила меня на плохо слушающихся ногах выползти в коридор. Кстати, весьма вовремя, Кит уже закончил разговор и несся на всех парах в комнату к матери.

— Стой, — притормозила я его, — туда нельзя.

— Почему? — удивился мальчик.

— У мамы началась мигрень, она легла в кровать.

— А-а-а, — протянул Кит.

У Лены иногда случались приступы дикой головной боли, и Никитка совсем не удивился.

— У тебя ведь в семь вечера бассейн? — спросила я.

— Да, — радостно кивнул Кит, — с девятнадцати до двадцати тридцати.

— Тогда собирайся, — велела я, — быстро бери необходимое: мыло, мочалку, плавки, тапки — и пошли.

— А кто меня заберет? — поинтересовался мальчик, выходя на лестницу.

Я заперла дверь ключами Лены, положила их в карман, подхватила пакет с картиной и сказала:

— Бабушка, сейчас позвоню Марье Михайловне, скорей всего к ней ночевать пойдешь, раз маме так плохо.

— Ура, — заскакал Никитка, — к бабе Маше, вот зыко, там Модест.

Модест — это отъевшийся сверх всякой меры перс, больше похожий на карликового бегемота, чем на представителя славной породы кошачьих.

Я отвела Никиту в бассейн, потом вернулась назад в квартиру Федуловых и позвонила сначала своему мужу Олегу, потом бабушке Никиты, Марье Михайловне.

Мой супруг — хороший профессионал, кстати, мы и познакомились с ним благодаря его службе. Я пришла к нему в рабочий кабинет с одной просьбой... Роман наш протекал стремительно и завершился свадьбой. Но приятного ощущения от замужества у меня никак не возникает. Олега никогда нет дома, и все то, что обычно делает в квартире мужчина, лежит на моих плечах.

Я ловко вбиваю гвозди, меняю перегоревшие лампочки, могу просверлить дырку и, засунув туда дюбель, ввернуть шуруп. Мне известна разница между долотом и стамеской, также я никогда не путаю крестовую отвертку с обычной. Я спокойно справляюсь с засором в ванной или на кухне, не боюсь мышей и великолепно усвоила несколько постулатов женщины, в одиночку управляющейся с хозяйством: то, что нельзя поднять из-за тяжести и перенести, можно оттащить. Не желающую откручиваться пробку у бутылки с газированной водой легко повернуть, зажав ее щипцами для колки орехов. Правило рычага. Помните, проходили в школе по физике? Если же нет сил скрутить крышку у банки, последнюю следует перевернуть и аккуратненько поддеть тонким ножом железный кругляшок. Раздастся бульканье или звук «чпок» — и готово дело. Впрочем, справедливости ради следует сказать, что всеми вышеперечисленными умениями я овладела еще до знакомства с Олегом.

В браке у меня появилась стойкая уверенность: в случае любых неприятностей следует звать на помощь Олега. В конце концов он появится и поможет! Ну повесил же он все-таки новую кухонную полку, которая категорически не желала отрываться от пола, когда я пыталась ее приподнять. Правда, до этого мы три месяца жили, натыкаясь на стоящий у окна шкафчик...

Но сегодня, услыхав о том, что стряслось у Федуловых, Олег примчался через пятнадцать минут. Причем не один, а в компании мужиков, которые принялись бесцеремонно ходить по квартире, открывая шкафы и перешагивая через горы неубранных вещей.

— У них всегда такой бардак стоит? — поинтересовался Олег.

Я покачала головой.

— Нет. Вчера был обыск. Мужа Лены, Павла Федулова, арестовали.

— Ясно, — протянул супруг, — ну а ты где была в момент убийства?

— Поднималась вместе с Никитой в мастерскую, на чердак.

— Зачем?

Я уже хотела было сообщить правду, но мигом передумала. Картина Лены не имеет никакого отношения к данной истории. Федулова хотела выставить ее на вернисаже в «Арт-Мо». Вот я и отнесу туда пейзаж. Леночка очень нравилась мне, я должна выполнить ее последнее желание...

Взгляд упал на небольшой холст в красивой раме, стоявший у стены в кабинете.

— Да вот, — сказала я, — она просила принести эту картину, хотела здесь повесить.

— Чего же сама не пошла?

— Боялась пропустить приход адвоката!

— Понятно, — процедил муж и крикнул: — Юрка, забери эту мазню.

Я почувствовала ликование в душе. Так и знала! Скажи я правду про пейзаж, он бы мгновенно оказался среди вещественных доказательств. А мне очень хотелось отнести вещь в «Арт-Мо».

В кабинет влетел Юрка. Я знаю его всю жизнь, с самого детства, мы жили с ним в одном подъезде, и он частенько прибегал к нам просто так, на огонек. Кстати, именно он отправил меня в свое время к Олегу, и жена Юры, Лелька, долго говорила потом:

— Ну видали, замуж вышла благополучно, а сватам ничего? Ни мне шали, ни Юрке шапки...

— Здорово, Вилка, — сказал Юра, ухватил картину и присвистнул, — ох, е-мое, красота офигенная!

— Что там? — не утерпела я и подошла к приятелю.

В ярких лучах летнего солнца на полянке стояла, вытянув руки к небу, абсолютно обнаженная женщина, с роскошной фигурой. Неизвестная натурщица была хороша статной, несовременной красотой. Грудь этак размера пятого, тяжелые бедра, полные ноги, но кожа белая-белая, сияющая, а по плечам рассыпан каскад рыжих роскошных волос. Лицо же простое, даже простецкое, с полными щеками, носом-картошкой, не слишком выразительными голубыми глазами и крупным ртом. Таких дам любил изображать Кустодиев.

— А ты не видела, что взяла в мастерской? — прищурился муж.

Я вздрогнула. Вот ведь какой наблюдательный — сразу заметил мою оплошность, надо выкручиваться.

— Естественно, видела, — сердито ответила я.

— Зачем тогда еще раз посмотреть решила? — спокойно осведомился Олег.

Я дернула плечом:

— Просто интересно стало, что так понравилось Юрке. По-моему, ожиревшая корова.

— Ну не скажи, — улыбнулся тот, — очень даже ничего, этакий персик сочный.

Я хихикнула:

— Ну-ну, на Новый год обязательно подарю тебе репродукцию «Деревенской Венеры», повесишь в гостиной!

Юрасик с опаской глянул на меня:

— Ты всерьез?

Я подавила ухмылку:

— Конечно, раз так нравится, должно находиться перед глазами.

Потом, глядя на смущенного Юрку, я не утерпела и продолжила:

— Представляю, в какой восторг придет Лелька!

Патологическая ревность Лели, жены Юры, отлично известна всем знакомым. Если бы она могла, то водила бы мужа по городу с завязанными глазами. Откуда взялась эта милая привычка — непонятно. Юрасик добропорядочный семьянин, отец двух мальчишек-близнецов, жене своей не изменяет, но, как всякий субъект мужского пола, иногда с интересом поглядывает в сторону молодых, длинноногих и белокурых...

— Хватит паясничать, — хмуро велел Олег, — давайте действуйте. Ты, Юрка, займись своим делом, а ты, Вилка, двигай домой, там и побеседуем, вечером!

Я покорно пошла в прихожую, чтобы натянуть куртку, но тут послышался громкий шорох. Из двери спальни показался мужик в синем комбинезоне, потом другой... Между ними покачивались носилки, на которых лежал наглухо закрытый на «молнию» мешок веселенького голубого цвета. Лена покидала родной дом. У меня перехватило горло, словно чья-то жестокая рука сжала его и не собиралась отпускать.

В нашей квартире витал дивный аромат, Тамара пекла в духовке свинину. Глядя на ее раскрасневшееся лицо, я сказала:

— По-моему, в твоем положении вредно толкаться на кухне.

— Почему? — изумилась Томочка. — И потом, стыдно признаться, но я абсолютно не ощущаю никаких неудобств. Отчего-то совершенно не тошнит, и голова не кружится, да и слабости никакой! Помнишь, как плохо приходилось несчастной Лере Парфеновой? Целый день лежала в кровати...

Я, ничего не сказав, пошла в ванную. Томуся человек невероятной доброты, а Лерка использует любой момент для того, чтобы пожаловаться на здоровье. Причем все ее стоны имеют только одну цель: вызвать у окружающих желание ухаживать за Парфеновой.

Она и впрямь девять месяцев провалялась в кровати, поедая фрукты и щелкая пультом от телевизора, а «мерзкая свекровь» и муж бегали вокруг ложа на цырлах, не зная, чем угодить бедняжке. Кстати, родив ребенка, Лера не слишком-то изменила своим привычкам. Первые полгода после родов она чувствовала себя слишком слабой, требовалось восстановить потраченные силы, затем у нее оказался низкий гемоглобин. Одним словом, Лерка вновь осела у телика с коробочкой шоколадных конфет, а «Медуза горгона» вскакивала ни свет, ни заря и бежала на молочную кухню. Правда, теперь Парфенова утверждает, что свекровь избаловала внука донельзя. А бедная бабушка молча воспитывает мальчика, Лерка совсем не интересуется сыном.

Раздалась веселая трель звонка. Дюшка с лаем

кинулась в прихожую, следом с топотом понеслась Кристина.

— Ну и отлично, — воскликнула Томуська, — в кои-то веки кто-то из наших мужей успел к ужину.

— Вам кого? — спросила Кристина.

Из-за двери раздалось недовольное бурчание. Я подошла к створке, отодвинула Крисю и глянула в глазок. На площадке стояла странная парочка. Довольно высокий, полный мужик, одетый в нелепое пальто с огромным воротником, и маленькая, толстенькая тетка отчего-то в мужской черной шляпе с широкими полями. Между ними маячил отвратительного вида потертый чемодан, перетянутый ремнями.

— Вам кого? — крикнула я.

— Олег Михайлович Куприн тут проживает? — визгливо отозвалась баба.

От злости я чуть не отгрызла дверную ручку. Среди клубка достоинств у моего мужа имеется один недостаток. Этакая крохотная иголка в пуховой перине. Вы и не заметите ее, пока по случайности не сядете на острие задом. И тогда будет все равно, что иголка среди перьев одна...

Разъезжая по командировкам, Олег, будучи человеком добрым, сверх меры гостеприимным, раздает наш адрес провинциальным коллегам со словами:

— Будете в Москве, заезжайте в гости.

К сожалению, большинство людей понимает его буквально, поэтому наш дом частенько похож на гостиницу. Однако я не могу сказать приезжим фразу:

— Рада бы оставить вас у себя, да места нет!

Наша жилплощадь огромна. На самом деле она соединена из двух квартир: четырех- и двухкомнатной. «Лишнюю» кухню мы тоже превратили в спальню, правда, ванная и туалет существуют у нас, слава богу, в двойном варианте. Места полно, и приходится, скрежеща зубами, давать приют гостям. Ладно бы они просто ночевали, а потом уходили по делам... но ведь с этими посторонними людьми еще нужно раз-

говаривать, улыбаться... Вне себя от злости я прошипела Кристе:

— Пойди к Томуське и скажи, что Олег опять на-
слал на нас десант ментов из глубинки.

Кристя мигом развернулась и полетела в сторону
кухни, где ничего не подозревающая Томочка разворачивала фольгу, в которую была укутана свинина.

Старательно навесив на лицо сладенькую улы-
бочку, я распахнула дверь и защебетала:

— Здравствуйте, Олег еще не пришел с работы, а
я его жена Виола.

— Очень приятно, Филипп, — улыбнулся мужик
в кретинском пальто.

— Давай входи, — пнула его баба, — потом по-
знакомишься...

Парень покорно шагнул внутрь.

— А чемодан! — вскрикнула тетка. — Господи,
что за ребенок! Ничего по-человечески не сделает!
Да ноги вытри о тряпку, а теперь шагай, гляди, не за-
пнись о порог...

Мужик молча втянул баул в коридор. Теперь я
могла как следует разглядеть парня. Полный, кажу-
щийся еще более грузным в идиотском ратиновом
пальто с бобровым воротником. На дворе, правда,
стоял октябрь, но теплый. Сегодня с утра градусник
за окном показывал пятнадцать выше нуля. Редкая
погода для столицы, золотая осень, «бабье лето»...
Представляю, как бедняге неудобно в зимнем одея-
нии. Мало того, что вошедший был в пальто, так еще
и в шапке-ушанке, более уместной в декабрьском
Норильске, чем в октябрьской Москве...

— Поставь чемодан, — велела бабища, — и помо-
ги мне раздеться.

Филипп грохнул жуткий саквояж и улыбнулся:

— Ой, у вас собачка, какая миленькая!

— Животные должны выполнять функции, данные им от природы, — отрезала тетка, разматывая
черный шарф, — корова дает молоко, кошка ловит
мышей, а собака обязана охранять двор, а не валяться на диванах!

— Папа, — с укоризной начал Филипп.

— Я тебе сорок лет папа, — отрезала баба, — а ну живо сними с меня пальто!

Я уставилась на них во все глаза. Эта тетка — мужик? Но в ту же секунду гостья сняла шляпу, и я увидела обширную гладкую лысину. Когда тень от широких полей исчезла с лица этой особи, стало понятно, что она принадлежит к представителям сильного пола. Вернее, существо являлось женоподобным мужиком. Невысокий рост, абсолютно по-бабьи толстая фигура... У мужчин к средним годам отрастает живот, задница и ноги остаются относительно тощими. Это у женщин жир откладывается на спине и «мадам Сижу». Но у дядьки, недовольно развязывавшего ботинки, было тело, как у нашей соседки Нюши с третьего этажа, просто не фигура, а мешок с арбузами. Зато лицо невозможно перепутать с дамским: огромный, совершенно квадратный подбородок, крупный, бесформенный нос, из ноздрей которого торчали пучки седых волос, крохотные, насупленные глазки непонятного цвета и тонкий, сжатый в нитку рот.

Когда мужчина, наконец, освободился от верхней одежды, по прихожей поплыл крепкий запах пота. Дюшка чихнула.

— Собака больна! — грозно проговорил гость. — Отвратительно! Вы, надеюсь, в курсе, что у животных бывают жуткие инфекции!!!

Мое терпение лопнуло. Пнув ногой чемодан, я заявила:

— Дюша у себя в доме, а вас, между прочим, сюда не звали. Кстати, сейчас в Москве нет проблем с гостиницами. Можете оставить вещи и пойти на поиски подходящей!

Филипп покраснел и потянулся к пальто.

— Папа, она права, может, лучше...

— В этой жизни прав бываю только я, — отрезал папуля. — Кругом одни идиоты, вот пусть и слушают умного, образованного, много пожившего человека!

Потом ткнул в меня корявым пальцем и осведомился:

— Насколько я понял, ты — жена Олега?

Кипя от негодования, я кивнула.

— Не могу сказать, что очень рад, — вещал хам, — но делать нечего, приходится знакомиться. Аким Николаевич Рыков, отец Олега и твой свекор.

От изумления я плюхнулась на отвратительно воняющий чемодан и пролепетала:

— Я думала, вы давно умерли...

Аким Николаевич сжал губы еще сильней, однако промолчал. Я же продолжала от растерянности говорить:

— Но Олег по паспорту Михайлович, и фамилия его Куприн...

Рыков налился свекольным цветом, но тут в прихожую вышли Томуся с Кристей.

— Это кто такие? — бесцеремонно поинтересовался приезжий.

— Моя подруга Тамара и ее дочь Кристина, — стала я знакомить его с домашними.

Но Аким даже не улыбнулся.

— Время позднее, девять уже, приличные люди спят себе дома, оставьте нас тут, дело семейное, обсудить многое надо без посторонних!

Повисло молчание. Минуты через две я выдавила из себя:

— Мы живем все вместе, в одной квартире: Тома, Семен, Крися, Олег...

— Табором, значит, — резюмировал папенька, — по-цыгански!

Мой взгляд упал на пульт сигнализации. Так, сейчас нажму «тревожную кнопку», и через десять, максимум пятнадцать минут сюда ворвется патруль со служебной собакой. Скажу им, что мужики не имеют ко мне никакого отношения, вошли обманом. Пусть их заберут в милицию да подержат немного в «обезьяннике», авось в разум войдут.

И потом, почему я должна верить этому невоспитанному мужику, если он называется Акимом Николаевичем Рыковым, а мой супруг Куприн, и в паспорте у него четко написано: Олег Михайлович, а?

Рука сама потянулась к штуке, похожей на старомодный выключатель, нет уж, пусть лучше в дело вмешается милиция... Но тут во входной двери заворочался ключ, и появился Олег, страшно довольный, с коробкой торта «Медовик» в руках. Увидав чемодан и гостей, муж вежливо произнес:

— Здравствуйте.

— Ты их не узнаешь? — обрадовалась я.

Олег принялся, сопя, стаскивать ботинки. Мой супруг — мужчина крупного телосложения, к тому же большой любитель пивка, поэтому к своим сорока пяти годам нажил такую штуку, которую немцы называют «Bierbauch», а попросту, «пивной живот». Иногда я пытаюсь посадить его на диету, но у муженька при виде крайне полезного и низкокалорийного салатика из капусты делается такой несчастный вид, что моя рука сама собой тянется к холодильнику и вытаскивает жирную буженину.

— Так ты не знаешь этих людей? — радовалась я. — Слава богу, это просто аферисты, невесть откуда добывшие наш адрес! Вот был бы кошмар, если бы папа Олега и впрямь оказался таким!

Муж выпрямился и сказал:

— Простите, вы не из Ставрополя? Из криминалистической лаборатории? Помнится...

— Немедленно прекрати идиотничать, — рявкнул Аким, — какое хамство! Счастье, что Нина не дожила до такого позора. Я, между прочим, всегда говорил, человек, не способный выучить стихотворение Пушкина «Пророк», никогда не добьется в жизни успеха!

Внезапно я увидела, как лицо Олега залила синева. Обычно его щеки и лоб, как у всех гипертоников, имеют слишком розовый оттенок, а в минуту гнева они и вовсе становятся похожими на переваренную свеклу, но сегодня муж сравнялся по цвету с обезжиренным кефиром «Био-макс». Куприн лихорадочно полазил по карманам, вытащил очки, водрузил их на нос и потрясенно прошептал:

— Ты?

— Естественно, я, — фыркнул Аким. — У тебя что, несколько отцов? Имею в виду, конечно, родных, а не тех, которых приводила Нина, получив свободу, которую она решила использовать неправильно.

Внезапно Олег посинел еще больше и совершенно каменным голосом произнес:

— Пройдите в гостиную, сюда налево.

Аким Николаевич нахмурился:

— Нам с дороги требуется помыться, да и не ели мы ничего с утра, с трудом дом твой нашли. По справочной дали другой адрес, там какие-то людишки живут.

— Олег сдает свою квартиру, — сообщила Кристя.

— Когда взрослые разговаривают, дети молчат, — мигом отрезал Аким.

— Идите в комнату, — велел Олег и почти втолкнул папеньку в гостиную, захлопнув за собой поплотней дверь.

Мы уставились на Филиппа. Мужик поежился под нашими взглядами.

— Хотите чаю? — вежливо осведомилась Томуся.

— С превеликим удовольствием, — отозвался гость.

Мы прошли на кухню. Тамарочка быстро наполнила тарелку гостя ароматной свининой и печеной картошкой.

— Вы великолепно готовите, — благодарно пробормотал Филя с набитым ртом.

Тут только я увидела, что он до противности похож на Олега. Те же глаза, тот же нос и подбородок, только уголки рта у него стекали вниз, придавая лицу обиженное выражение. Отчего-то мне стало совсем не по себе.

— Извините, — пробормотала я, отодвигая чашку с чаем, — голова разболелась, пойду лягу.

Томуська бросила на меня быстрый взгляд.

— Конечно, Вилка, отдыхай.

Я пошла к двери.

— Ну и что привело вас к нам? — обратилась Тома к гостю.

Уже выходя в коридор, я услышала ответ мужика.

— Диссертацию приехал защищать, кандидатскую.

Господи, он ученый!

ГЛАВА 3

Олег вошел в спальню около полуночи и против обыкновения зажег верхний свет. Я отложила детектив и сказала:

— Он и правда твой отец?

— Увы, да, — раздраженно ответил муж, — сей субъект и впрямь посодействовал моему появлению на свет. Честно скажу, этот факт не слишком меня радует.

— Но почему ты Михайлович и по фамилии Куприн?

Олег плюхнулся на кровать, с наслаждением потянулся и сказал:

— Вилка, ведь я никогда не` рассказывал тебе о моей семье.

Я кивнула.

— Так вот, теперь наберись терпения и послушай чуток.

Мать Олега, Нина Андреевна, разошлась с Акимом Николаевичем, когда сыну едва стукнуло тринадцать. Вернее, сыновей в семье было двое: Олег и Филипп. Второй был на пять лет младше старшего брата и на момент разрыва между родителями едва успел отпраздновать восьмой год рождения. Когда отцу с матерью пришла в голову идея разъехаться, Олег вздохнул с облегчением. Жить с Акимом Николаевичем было невозможно.

Папенька работал в школе, преподавал русский язык и литературу. Профессия наложила неизгладимый отпечаток на его характер. Самая частая фраза, вылетавшая изо рта Акима, звучала так: «Слушать меня, только я знаю, как правильно поступать».

Спорить с отцом в доме даже не пытались. По каждому вопросу он имел определенное мнение, железобетонное и непоколебимое. Спать следует ложиться в девять вечера, читать в кровати нельзя, лирика Пушкина — вершина русской поэзии, детей нужно воспитывать в строгости, иметь много денег стыдно... Причем эти постулаты произносились четким «учительским» тоном и сопровождались поднятием вверх указательного пальца.

— Ты хорошо меня понял? — вопрошал Аким. — Теперь повтори!

Отец никогда не прислушивался к чужому мнению, считая себя абсолютным авторитетом во всем. Лет в девять Олег понял, что папенька просто злобный неудачник, прикрывающий свою неспособность заработать деньги ложной принципиальностью. Больше ста сорока рублей Аким отродясь не получал. Многие педагоги пополняют семейную кассу, занимаясь репетиторством, но к Рыкову никто не хотел идти, слишком уж занудлив и противен был мужик. Семья жила, одевалась, питалась, ездила отдыхать на деньги матери.

Нина Андреевна крутилась, как белка в колесе. Она работала парикмахером, имела обширную клиентуру, не гнушалась бегать по домам... У Олега сердце сжималось от жалости, когда мамочка вваливалась домой, потная и запыхавшаяся, около одиннадцати вечера. Отец, оказывавшийся дома не позже четырех, даже не выходил в коридор, чтобы встретить жену. Правда, он сам ходил за продуктами, считая, что супруга не умеет тратить деньги.

Дверь в самую большую комнату в их квартире была плотно закрыта. Сколько Олег себя помнил, папенька говорил всем, что пишет кандидатскую диссертацию о Пушкине. Именно поэтому Акиму и создали все условия. Жена и два сына ютились в крохотной комнатенке, «диссертант» один занимал двадцать пять метров.

В 12 лет Олег сообразил, что отец врет. Никакого научного труда нет и не будет. Наверное, одновременно со старшим сыном это же понимание пришло и к матери... Через год Нина Андреевна подала на развод.

Аким, смекнувший, что он может лишиться дармовой прислуги и жить ему придется на свой скромный оклад, попытался, как мог, помешать разрыву. Но Нина Андреевна натерпелась под завязку от мужа «ученого» и довела начатое дело до конца. Ее не остановило даже то, что судья, смущенная велеречивостью Акима, присудила ему младшего ребенка. Собственно говоря, Филипп был совершенно не нужен отцу. Рыков думал, что угроза остаться без одного из сыновей отрезвит жену и вернет ее в лоно семьи, но Нина Андреевна закусила удила и сказала судье:

— Вот и хорошо. Двоих парней мне не поднять, пусть уж Филиппа Аким Николаевич до ума доводит.

Женщина разменяла квартиру. Бывшему муженьку досталась отдельная однокомнатная жилплощадь, а Нине Андреевне — комната в коммуналке, на которую ее сначала не согласились прописать с разнополым ребенком, но в конце концов недоразумение уладилось, паспортистки тоже хотят иметь красивую стрижку. Одним словом, свое четырнадцатилетие Олежек впервые встречал за праздничным столом в компании одноклассников. До сих пор в их семье ничего такого не отмечали.

— Деньги не следует тратить впустую, — вещал Аким.

О брате Олег не жалел, впрочем Нина Андреевна тоже не слишком переживала отсутствие Филиппа. Ей, наконец, открылся мир. Она стала ходить в театр, кино, покупать себе новую одежду, косметику... И через какое-то время Олег с удивлением понял: мамочка-то молодая, красивая женщина... Потом судьба и вовсе повернула к ним лицо, сияющее улыбкой. В коммунальной квартире у них было еще двое соседей: тихая пенсионерка Степанида Власьевна и спокойный мужик Михаил Куприн. Через год сыграли свадьбу.

Миша работал на обувной фабрике, попросту говоря, был сапожником, хотя в трудовой книжке его профессия называлась хитро: оператор-моторист второго класса. Но как ни назови, а суть одна: Куприн шил дамские туфли, кондовые и жуткие, как вся обувка, производившаяся в советской России. О Пушкине мужчина имел слабое представление и диссертацию писать точно не собирался. Но только при нем Олег понял, что такое настоящий отец. Походы на рыбалку, игра в футбол, воскресный день, проведенный под автомобилем... У Миши имелся старенький «Москвич», требующий постоянного внимания. А еще у Куприна оказались золотые руки, и он с упоением мастерил мебель, терпеливо объясняя Олегу, как правильно держать рубанок. Жену Миша обожал, мальчишку искренне считал сыном.

В 16 лет, получая паспорт, Олег сменил фамилию на Куприн, а отчество — на Михайлович. Вообще-то делать подобное было не совсем законно, но начальник паспортного стола давно искал непьющего человека, который бы сделал ремонт в его квартире. Миша за десять дней превратил «двушку» в пасхальное яичко, взял за труды... тридцать рублей. Благодарный милиционер выдал Олегу паспорт!

— И ты больше не встречал Акима? — спросила я.

— Нет, — покачал головой Олег. — Никогда, честно говоря, думал, папенька — давно покойник.

— Откуда же он взялся?

Муж вздохнул:

— До 1990 года он жил в Москве, в той квартире, что получил при разводе, вместе с Филей. Жениться он не собирался.

Но потом в Москве начался чуть ли не голод. Длинные очереди змеились за всем: от молока до гвоздей. Цены скакали вверх, зарплата стояла на месте... Аким перепугался и сдуру женился на Анфисе, сельской жительнице, обладательнице дома и участка в двадцать соток.

— Так он теперь где живет?

— В ста километрах от столицы, в деревне Воропаево, — ответил Олег. — Преподает там в школе, хотя давным-давно вышел на пенсию.

— А за каким чертом он нам на голову свалился, у него же есть квартира в Москве, — злилась я.

Олег закурил.

— Ну жилплощадь он еще в 90-м продал, когда решил поближе к земле устроиться, боялся с голоду в городе помереть... А приехали они по важному поводу. Филя собрался защитить диссертацию.

— Господи, да по какой науке?

— Филя — ветеринар, — пояснил Олег, — работает на селе: коровы, козы, поросята, те же собаки... В Ветеринарную академию приехал.

— А зачем папеньку прихватил?

Муж развел руками:

— Я так понимаю, что Аким его окончательно под себя подмял...

— Но почему к нам?

— У них никого в столице нет, гостиницы дорогие. Кстати, они сегодня весь день мой адрес искали, — ответил муж. — Еле-еле добрались.

— И надолго?

Супруг тяжело вздохнул:

— Не знаю. Завтра Филя поедет в академию, и вечером услышим об их планах.

— Черт знает что, — прошипела я, — только свекра с деверем мне не хватало или с шурином (никогда не знала, как точно называется брат мужа). Хорош отец, который даже адреса любимого сына не знает! Почему мы должны их тут терпеть?

— А что делать? — пробормотал Олег, вытягиваясь на одеяле. — Выгнать вон? Как-то совесть не позволяет!

Я встала, приоткрыла окно, вдохнула прохладный, сырой, ночной воздух и сказала:

— Только имей в виду, я не буду пресмыкаться перед этими субъектами...

Супруг молчал.

— И хамство терпеть тоже не стану!

Олег не издавал ни звука. Я повернулась и увидела, что муж крепко спит поверх одеяла, забыв снять брюки и свитер. Неожиданно мне стало жаль его, злость испарилась. Я аккуратно стянула с Олега

штаны, но, попробовав вытащить из-под стокило-
граммового тела одеяло, потерпела неудачу. Накры-
ла его пледом, захлопнула окно, выключила свет и
улеглась на свою половину кровати.

В конце концов родителей не выбирают.

— Вилка, — прошептала Тома, тихонько приот-
крывая дверь, — ты спишь?

— Еще нет, — тоже шепотом ответила я.

— К телефону подойдешь?

— Кто это? — удивилась я, влезая в халат.

— Какая-то Марья Михайловна, — пожала плечами Тома.

Я схватила трубку.

— Слушаю.

— Бога ради, Виолочка, извините за столь поздний звонок, — прозвучал голос бабушки Никиты
Федулова, — вы, наверное, уже легли...

— Нет, нет, — поспешила я возразить. — Все в
порядке. Что-то случилось?

Марья Михайловна вздохнула:

— Да уже хуже не бывает. Леночка в морге, а
Павлик в тюрьме...

Я удрученно захлопнула рот. А что тут скажешь?
Молчание затянулось. Пожилая женщина всхлипы-
вала. Наконец: она справилась с рыданиями:

— Виолочка, дорогая, извините, но вам придется
теперь ездить ко мне, в Кузьминки, правда, дом прямо у метро. Никиточка и слышать не хочет о другой
учительнице. Кстати, я ему пока ничего не сказала
про Леночку, пусть думает, что мама просто заболела. Как считаете, это правильно?

— Не знаю, — растерянно пробормотала я, —
может, вы и правы, зачем ребенку такой стресс! Хотя
все равно ведь придется когда-то объяснить...

— О господи, — снова заплакала Марья Михайловна, — ну за что? Кому она помешала?

— Успокойтесь, — попыталась я утешить бабушку, — вам нельзя так нервничать, еще Никиту надо
на ноги ставить. Павла-то небось судить будут, мальчик у вас останется...

Неожиданно Марья Михайловна деловито сказала:

— Виолочка, боюсь, десять долларов мне теперь не по карману. Честно говоря, пока не слишком представляю, на какие средства мы станем существовать с Китом.

— Ста рублей за урок вполне достаточно, — быстро ответила я. — Впрочем, могу работать в долг, расплатитесь, когда сумеете, мне не к спеху.

— Сто рублей мне по силам, — обрадовалась Марья Михайловна. — Вот спасибо так спасибо, и еще...

Она замолчала.

— Говорите, говорите, — приободрила я ее, — постараюсь для вас все сделать!

— Понимаете, — принялась снова вздыхать Марья Михайловна, — у Никиточки с собой нет никаких сменных вещей, у меня здесь только пижамка и домашний костюмчик. Не могли бы вы завтра с утра подъехать на квартиру к Леночке и взять его вещи?

— Пожалуйста, — ответила я, — только как я попаду внутрь?

— Там с восьми утра будет женщина, Лида, — пояснила бабушка, — она вам откроет, я предупрежу.

— Ладно.

— Спасибо, ангел мой, — прошептала Марья Михайловна. — Понимаю, что глупо, но просто не могу войти в эту квартиру, ноги не идут...

— Конечно, конечно, — поспешила я успокоить пожилую женщину, — мне совсем не трудно.

— Вещи уже сложены в такой довольно большой чемоданчик из крокодиловой кожи, темно-коричневый, — пустилась в объяснения бабушка, — он стоит у них в кладовке, между шкафами, извините, но он, кажется, заперт, просто для того, чтобы не открылся случайно. Лена собиралась завтра отправить Никиту со школой во Францию. Да только теперь нам не до поездок.

ГЛАВА 4

Утром я звонила в квартиру к Федуловым. Дверь распахнулась сразу, словно женщина специально поджидала меня у порога. Полная, в резиновых перчатках и спортивном костюме, она моментально сказала:

— Вы Виола! Хозяйка вас очень точно описала!

Я вошла в знакомую прихожую и принялась растегивать ботинки.

— Идите так, — велела Лида, — все равно мыть.

Я покосилась на ее резиновые перчатки. У Лены работала в прислугах интеллигентная дама лет пятидесяти, Ольга Львовна, бывшая преподавательница химии, волею судеб поменявшая класс с учениками на ведро с тряпкой. Эту же бабу я вижу впервые. Странно, однако, Марья Михайловна говорила, что нуждается и не может платить мне десять долларов, а наняла прислугу...

— Вы теперь будете тут убирать? — поинтересовалась я у Лиды.

Та улыбнулась.

— Нет, только один день. Я не простая домработница.

— Да? — из вежливости поддержала я разговор. — А какая?

Терпеть не могу людей, которые корчат из себя черт знает что. Если стоишь в чужой квартире с веником и совком, то, как ни называйся, суть одна. Поломойка она и есть поломойка. Я в своей жизни только и делала, что возила тряпкой по комнатам и коридорам. Ну и что? Но Лида, очевидно, стесняется своего занятия, да она не одна такая!

Видели когда-нибудь в метро, при входе на станцию, у касс бумажку: «Требуется оператор для работы в зале на машине»? Долгое время я никак не могла сообразить, на каком таком автомобиле предлагается разъезжать по станции и при чем тут оператор? Мне что, дадут видеокамеру? В действительности же оказалось, что это просто объявление о найме уборщицы. А машина — такая серая штука с бешено крутящимися внутри щетками, которую следует толкать перед собой, оставляя сзади мокрую полосу свежепомытого мрамора...

— Вот, — продолжала Лида, — возьмите визитку, вдруг понадобится когда, не дай бог, конечно!

Ничего не понимая, я взяла карточку и уставилась на цифры и буквы: «Лидия Ковригина, уборка квартир и офисов после террористических актов, убийств и аварий».

— Это чья? — глупо поинтересовалась я. — Ваша?

Лида хихикнула:

— Конечно.

— Так вы моете...

— После преступлений, — пояснила женщина. — Знаете, родственникам-то не слишком приятно. Вот вчера кабинет уделали, жуть! Кровищи везде! Все стены, пол, и даже на потолок попало. Здесь-то сегодня чисто, подумаешь, чуть на стол натекло, ерунда! А что, правда, будто тут совсем молодую убили?

Я подавила легкую тошноту.

— Да.

— Вот горе, вот горе, — запричитала Лида, но глаза ее горели любопытством.

Никакой жалости к погибшей Лене уборщица не испытывала, ну да это и понятно.

— Где же вы находите клиентов? — поинтересовалась я.

— В «Из рук в руки» объявления печатаю, визитки раздаю, иногда сама предлагаюсь. Прочитаю в «Московском комсомольце», кого где убили, и звоню...

Внезапно тошнота опять подступила к горлу, и я пошла в кладовку за чемоданом.

Элегантный саквояж из крокодиловой кожи нашелся там, где указывала Марья Михайловна. Я попыталась поднять его и охнула. Маленький на вид баульчик оказался каменно тяжелым. С трудом оторвав от пола чемоданчик, я дотащила его до двери.

— Уходите? — весело спросила Лида.

— Да, — ответила я.

— Ну счастливо вам, — улыбнулась уборщица, — визитку мою не потеряйте, вдруг пригодится.

— Типун вам на язык, — обозлилась я и ушла.

Марья Михайловна не обманула. Ее дом, самая обычная пятиэтажка из желтых блоков, стоял в двух шагах от станции метро «Кузьминки». На небольшом пятачке шумел рынок. Я обогнула полосатые палатки и вошла в подъезд.

Марья Михайловна открыла дверь и мигом заплакала, увидев меня с саквояжем в руках. Я растерянно пробормотала:

— Ну, ну, успокойтесь.

— Проходите, Виолочка, на кухню, — сморкаясь в платочек, сказала хозяйка. — Оставьте чемоданчик вот тут, около вешалки.

— Он тяжелый, — сказала я, — давайте отнесу к Никите в комнату.

— Спасибо, — вежливо отозвалась Марья Михайловна. — Ничего, пусть пока тут постоит!

Мы двинулись на кухню. Хозяйка извинилась и ушла. Из ванной послышался шум воды. Я села на стул и огляделась. Большое помещение, метров двадцать, было обставлено самой простой отечественной мебелью. И плита, и холодильник оказались здесь советскими, купленными небось еще в 70-е годы. Такие кухни у большинства малообеспеченных москвичей. Удивила только кубатура помещения, обычно в хрущобах пятиметровые «пищеблоки». Наверное, Марья Михайловна в свое время разбила стену между крохотной кухонькой и прилежащей к ней комнатой.

Честно говоря, узнав в свое время от Лены, что ее мать художница, я очень удивилась. Больше всего Марья Михайловна была похожа на бабушку Красной Шапочки. Полноватая, совершенно седая, со старомодной укладкой... Косметикой дама не пользуется совершенно, парфюмерией тоже, впрочем, иногда от нее пахнет старомодными духами «Клима», новинкой шестидесятых годов фирмы «Ланком». И теперь можете представить, что по-

добная мадам рисует странные, мистические картины сродни офортам Гойи или полотнам Босха?

Увидев впервые натюрморт, на котором изобра-
жались давленые фрукты, слегка подгнившие и
грязные, горкой уложенные внутри человеческого
черепа, я долго не могла поверить, что сие творение принадлежит Марье Михайловне. Такая бабуся, если уж она взялась за кисть, должна выписывать зайчиков, козликов и собачек, на худой конец, полевые или садовые цветочки... Кстати,
Марье Михайловне всего шестьдесят три года, я
высчитала, что Леночку она родила очень поздно,
в сорок, а уже в пятьдесят шесть стала бабушкой.
Но выглядит она на все семьдесят с гаком. Впрочем, насколько я понимаю, даме совершенно на-
плевать на производимое впечатление, она не из
тех людей искусства, кто ложится на косметические подтяжки.

Вот и сейчас она просто умылась и не стала ни
пудрить лицо, ни красить губы. Мы начали пить
кофе.

— Ума не приложу, — вздыхала бабушка Никиты, — как теперь жить? Бедный Павлик, понимаю,
он хотел заработать, связался с наркотиками... Господи, ну почему молодым все сразу надо? Я же живу
спокойно в этой квартире? Нет, подавай им хоромы
шестикомнатные, элитный автомобиль, загородный
дом... Вот, теперь буду продавать Леночкину квартиру. Надо Никиточку поднимать, да и Павлику передачи носить.

— Разве вы можете реализовать жилплощадь? —
удивилась я. — Лена же только-только умерла.
Должно пройти, по-моему, полгода!

— Эта квартира, — спокойно ответила художница, — куплена и приватизирована на мое имя.

От удивления я разинула рот:

— Правда?

Марья Михайловна печально улыбнулась:

— Павлуша-то все время с законом играл. Вы
знаете, чем он занимался?

Я растерянно пробормотала:

— Вроде торговал продуктами, Леночка говорила, у него контейнеры на рынках стояли, конфеты, зефир, мармелад...

Марья Михайловна с жалостью посмотрела на меня:

— Виолочка, вы и впрямь полагаете, что, отвешивая карамельки, можно заработать на апартаменты, в которых они жили, и на безбедное существование?

Я окончательно перестала понимать, что к чему.

— Но вы же только что сказали, будто квартира ваша?

— Павлик боялся, — пояснила бабуся, — что рано или поздно попадет в поле зрения правоохранительных органов, вот и сделал так, что конфисковать у него нечего. Апартаменты записаны на тещу, дача на жену, автомобиль тоже Леночкин... Павлик у нас почти бомж, прописан у своей матери. А сватья моя, уж извините, пьяница запойная, описывать там нечего: две тарелки да кружка... Так что я теперь хочу продать квартиру, да только...

Она замолчала.

— Что-то не так? — спросила я.

— Павлика арестовали дома, — пояснила Марья Михайловна. — Обыск провели и забрали документы на жилье. Конечно, никакого права не имели, Лена сразу заявила, что они живут у меня... Только следователь теперь откровенно хамит. Позвонила ему и попросила вернуть договор купли-продажи, без него риэлторские агентства даже разговаривать не хотят! Так этот идиот ответил: «Мы еще посмотрим, на какие денежки все приобреталось!»

Марья Михайловна, не будь дура, мигом проконсультировалась у адвоката. Тот объяснил, что волноваться не надо. Во-первых, квартира не подлежит конфискации, а во-вторых, документы обязаны вернуть... Старуха мигом донесла до следователя эту информацию. Тот процедил сквозь зубы:

— Вот сейчас освобожусь и отдам договор.

Только противный мент неуловим. По телефону разные голоса отвечают:

— Уехал.

— Еще не появился.

— Уже ушел.

— Вернется завтра.

Одним словом ясно, мужик делает все возможное, чтобы досадить Марье Михайловне.

— Самое обидное, — объясняла старушка, — что нашелся покупатель, но он торопится и ждать не станет! Ума не приложу, как поступить, денег совсем нет, в кошельке копейки.

— Хотите, дам в долг? — предложила я.

— Ну что вы, — замахала руками бабушка. — Не надо, и так обременила вас без меры.

— Знаете, — сказала я, — могу попробовать вам помочь, как фамилия следователя и в каком он отделении сидит?

— Волков, — мигом ответила Марья Михайловна, — Волков Андрей Семенович, с Петровки. А как вы поможете?

Я вздохнула. Ни Лена, ни Павлик, ни тем более бабушка Никиты не знают ничего о моем семейном положении. Я стараюсь меньше рассказывать о себе, да и, честно говоря, людям все равно, кто супруг у наемной репетиторши, главное, чтобы дети вместо двоек начали приносить по крайней мере тройки! С одной стороны, мне ужасно хочется помочь Марье Михайловне, но с другой, будет лучше, если информация об Олеге останется «за кадром».

— У одного моего ученика папа работает на Петровке, — бодро соврала я.

Марья Михайловна умоляюще сложила руки:

— Виолочка, попросите, вдруг поможет? Ведь не отдает договор из вредности...

— Дайте мне телефон, — попросила я.

Трубку снял Юрка.

— Это Виола Тараканова, — сказала я.

— Боже, как торжественно, — хихикнул приятель.

— Скажите, Олег Михайлович на работе?

— Ты белены объелась? — поинтересовался Юрасик.

— Нет, — продолжала я изображать постороннего человека. — А вы, Юрий, знакомы со следователем Волковым Андреем Семеновичем?

— С Андрюхой?

— Да.

— Конечно, а что случилось?

— Вы разрешите подъехать?

Юрка заржал:

— Давай дуй по-быстрому.

— Ждите моего звонка, — велела я бабушке и побежала к метро.

Комната Олега была заперта, у Юрки же сидела какая-то тетка в серой грязной куртке. Увидав меня, он серьезно сказал:

— Входите, Виола Ленинидовна.

Тетка тревожно повернулась к двери и спросила:

— Это кто?

— Не волнуйтесь, Анна Марковна, — вежливо забубнил Юра, — Виола Ленинидовна — наш сотрудник, из 12-го отделения.

Я села за свободный стол.

— Ну продолжайте, — велел Юрка.

Тетка забормотала:

— Спать не могу, есть тоже. Молоко в холодильнике мигом скисает, и газету приносят не такую!

Юрка слушал это бред с каменным лицом.

— Иногда газ под дверь пускают, — горячилась Анна Марковна, — но хуже всего излучения, так голова болит.

— Если я правильно понял, — сказал Юра, — инопланетяне мучают вас давно?

— Да уже несколько лет, — пожаловалась баба.

— Очень правильно сделали, что пришли к нам, — одобрил ее Юрасик.

— Значит, вы их арестуете? — радостно воскликнула тетка.

— Нет, — ухмыльнулся Юрка, — одних заберем, другие заявятся. Сделаем лучше. Дам вам одну штуку...

Он замолчал, тетка уставилась на него и подозрительно спросила:

— Какую?

Юрка вытащил из ящика стола маленькую коробочку, больше всего похожую на пластмассовую мыльницу. Из нее торчали две палочки, соединенные проволокой.

— Что это? — поинтересовалась баба, осторожно взяв «прибор».

— Биопогаситель чужеродных излучений и агрессивных волн, — на полном серьезе заявил Юрка. — Разработка секретного оборонного НИИ. Над этой штукой ломали головы десятки профессоров и академиков, сами понимаете, всем мы его дать не можем, лишь избранным, тем, кто много сделал для нашей родины, вот, как вы, например.

Баба дрожащим голосом поинтересовалась:

— А как он действует?

— Очень просто. Только услышите, что инопланетяне подлетают, нажимаете вот эту кнопочку и все. Ударная волна отбрасывает врагов.

— Спасибо, спасибо, — забормотала сумасшедшая, прижимая к груди «погаситель», — знала, что наши доблестные органы помогут. Вы за Зюганова голосовали?

— Да, — соврал Юрка, не ходивший вообще на выборы.

— Дай я тебя, сыночек, поцелую, — взвыла психопатка.

Я закусила нижнюю губу, стараясь не разрыдаться от смеха. Наконец Юра вытолкал посетительницу в коридор и со вздохом сказал:

— Ну прикинь, если я пропуск забуду, то меня не впустят в здание, а психи пробираются стаями!

— Что за дрянь ты ей дал? — удивилась я.

Юрка хихикнул:

— Ленька Медведев придумал. Его в университете психологии обучают, вот он и применил теоретические знания на практике. Психу-то бесполезно объяснять, что никаких инопланетян нет, а вся беда у него в голове. Вот и сконструировал Леня «прибор». Теперь просто кайф! Раньше по нескольку часов сумасшедшие сидели, да еще потом драться лезли, когда понимали, что им не верят. А сейчас «погаситель» в зубы, и все счастливы, расстаются с поцелуями. У тебя-то что стряслось?

Я рассказала про Марью Михайловну и противного следователя Волкова.

— Андрюшка не вредничает, просто у него небось и впрямь времени нет, ладно, погоди...

Приятель встал, запер сейф, сунул ключи в карман и вышел. Я расстегнула куртку, некоторые действия настолько привычны, что выполняются человеком автоматически. Юра ни на секунду не сомневается в моей честности, но железный ящик захлопнул и «открывалку» унес. Кстати, мог бы чайку предложить!

Минуты текли томительно, наконец Юрка вернулся и протянул мне... шнурки, брючный ремень, кольцо-печатку и листок бумаги.

— Что это? — оторопела я.

— Сделай милость, отдай родственнице Федулова, — велел Юрка, — тут все по описи, кольцо из желтого металла, похожего на золото...

— А шнурки с ремнем при чем? — спросила я, вглядываясь в бумажку. Слава богу, вот он, договор купли-продажи...

— Положено, — возвестил приятель. — У всех отбирают.

Я молча сгребла вещи в сумочку.

— А где Олег?

— Оперативная необходимость, — загадочно сообщил Юрка.

СОДЕРЖАНИЕ

Литературно-художественное издание

Донцова Дарья Аркадьевна
ТРИ МЕШКА ХИТРОСТЕЙ

Ответственный редактор *О. Рубис*
Редактор *В. Юкалова*
Художественный редактор *В. Щербаков*
Художник *А. Сальников*
Технический редактор *Н. Носова*
Компьютерная верстка *Т. Жарикова*
Корректор *Н. Цыркова*

Подписано в печать с готовых монтажей 24.03.2003
Формат 84x108$^1/_{32}$. Гарнитура «Таймс»
Печать офсетная. Усл. печ. л. 20,16
Доп. тираж 12 000 экз. Заказ № 1223

Отпечатано с готовых диапозитивов во ФГУП ИПК «Ульяновский
Дом печати». 432980, г. Ульяновск, ул. Гончарова, 14